FELICIA AU SOLEIL COUCHANT

ŒUVRES DE JULIETTE BENZONI

DANS PRESSES POCKET

Dans le lit des rois.

Dans le lit des reines.

La Florentine :

1. Fiora et le Magnifique.
2. Fiora et le Téméraire.
3. Fiora et le Pape.
4. Fiora et le roi de France.

Les Loups de Lauzargues :

2. Hortense au point du jour.
3. Félicia au soleil couchant.

JULIETTE BENZONI

Les Loups de Lauzargues

* * *

FELICIA AU SOLEIL COUCHANT

Roman

PLON

ISBN 2-266-05166-0

RÉSUMÉ DES LIVRES PRÉCÉDENTS

Après la mort tragique et inexplicable de ses parents, Hortense Granier de Berny, fille d'un banquier de Napoléon Ier, est contrainte par la volonté du roi Charles X d'aller vivre chez son oncle, le marquis de Lauzargues, légitimiste convaincu, dans la vieille forteresse féodale qu'il habite au cœur de l'Auvergne. L'atmosphère y est étrange et une guerre, à peine voilée par les règles de la politesse, s'établit entre l'oncle et la nièce. Mais sur le chemin de Lauzargues, Hortense a rencontré Jean. Jean de la Nuit, Jean le Meneur de loups qui est le fils bâtard et détesté du marquis. Entre les deux jeunes gens naît une vraie passion.

Contrainte à épouser son cousin Étienne qui mourra de ce mariage, Hortense, pour sauver sa vie, doit fuir Lauzargues en y abandonnant par obligation l'enfant qu'elle a mis au monde.

A Paris, où lèvent les ferments de la révolution de 1830, Hortense trouve refuge chez son amie de couvent, Felicia Orsini, comtesse Morosini, qui est une ardente bonapartiste affiliée au carbonarisme. Mais elle s'aperçoit bientôt qu'elle se trouve en danger à Paris autant qu'à Lauzargues.

Après avoir tenté de faire évader d'une prison en pleine mer le frère de Felicia, Hortense et ses amis – dont le peintre Eugène Delacroix – vont se trouver mêlés aux Trois Glorieuses. Puis la jeune femme découvre la vérité sur la mort de ses parents et se voit contrainte de regagner l'Auvergne pour son fils. Là, elle recueille en héritage le petit château que lui laisse une amie, ce qui lui permet de s'établir non loin de Lauzargues, mais la guerre avec le marquis, plusieurs fois assassin, a repris plus cruelle que jamais. Jean de la Nuit réussit à sauver *in extremis* la jeune femme et à la ramener chez elle avec son fils tandis qu'une explosion détruit Lauzargues, ensevelissant le marquis sous les pierres de son château des solitudes.

Première Partie

LA FÊLURE

CHAPITRE PREMIER

VISITE À COMBERT...

La douairière de Sainte-Croix déposa trois morceaux de sucre dans sa minuscule tasse de café et fit tourner sa cuillère d'argent avec une sage lenteur. Les flammes de la cheminée arrachèrent un éclair violet à la grosse améthyste, souvenir d'un oncle évêque, dont s'ornait son annulaire gauche.

C'était l'époque de l'Avent et, fidèle à sa coutume de s'habiller aux couleurs du propre du temps liturgique, la vieille dame offrait aux regards une symphonie de velours d'une nuance épiscopale qui ne manquait pas d'allure et qui d'ailleurs seyait aussi bien à son âge qu'à ses cheveux blancs. Elle sourit à Hortense qui s'installait à ses pieds sur une petite chaise basse, et se mit à déguster son café à petites gorgées en plissant les yeux. De petites rides satisfaites étoilèrent les coins de ses paupières.

– Hmmm! apprécia-t-elle voluptueusement, comment peut-on oser boire du café ailleurs quand, une seule fois, on en a bu chez vous?

– Vous devriez dire chez Dauphine, dit Hortense. C'est elle qui avait appris à Clémence cet art difficile : réussir un bon café. Et chaque fois que le plateau apparaît au salon, il me semble qu'elle va entrer à sa suite, toute souriante sous son bonnet de dentelle à rubans verts, pour en réclamer sa part. C'est étrange mais j'ai toujours l'impression d'être son invitée et je n'arrive pas à me faire à l'idée que cette maison est à présent la mienne.

– C'est pour cela que vous ne changez rien?

Le regard de Mme de Sainte-Croix fit le tour du salon paisible, caressa les jolis fauteuils « à la Reine » et le canapé assorti que l'aiguille habile de Mlle de Combert avait semés d'une jonchée de roses aux tons délicats; les mêmes roses que l'on retrouvait aux embrasses des grands rideaux de toile verte. Puis il effleura la chaise longue habillée de velours du même vert et s'arrêta finalement sur le métier à tapisser dont le cadre d'acajou ancien gardait un ouvrage inachevé.

– Je n'ai pas envie de changer quoi que ce soit, dit Hortense doucement, j'aime cette maison telle qu'elle est et jusqu'au moindre détail. C'est pour moi une certaine façon de garder Dauphine en vie. Elle est là. Je la sens près de moi et cette présence m'est douce. D'ailleurs Mme Soyeuse ne permettrait pas que l'on touche à son cadre, ajouta-t-elle en étendant la main pour effleurer la fourrure gris pâle de la superbe chatte qui dormait sur un coussin auprès du feu.

– Cette tapisserie inachevée est cependant bien triste. Pourquoi ne pas vous y mettre puisque vous entendez continuer Dauphine? Toutes les châtelaines de Combert, depuis la nuit des temps, ont été d'enragées tapissières.

– J'essaierai donc mais j'ai peur de ne pas avoir le talent qu'il faut.

– Encore un peu de café?

– Volontiers. Comme, depuis des années, je ne dors plus que trois heures par nuit, ce serait dommage de se priver pour une pareille misère.

Hortense remplit les tasses et revint à sa petite chaise. Le silence enveloppa les deux femmes, ce silence des campagnes qui n'est jamais absolu et qui est tissé, habité par les signes imperceptibles de la vie. Celui-là était fait de bien-être, de confiance et d'amitié. L'arôme du café s'y mêlait à la senteur des branches de pin et de hêtre qui brûlaient dans la cheminée et tout cela enfermait Hortense et sa vieille amie dans cette sorte de cocon protecteur que savent si bien sécréter les cœurs généreux.

Au-dehors, c'était le souffle glacé des montagnes d'Auvergne dépouillées par l'hiver de leur végétation périssable, c'était le brouillard d'eau montant des torrents, les assemblées hautaines des grands sapins noirs au bord des plateaux, les nuages bas annonçant la neige prochaine. C'était le temps des fermes et des villages refermés sur bêtes et gens, des veillées entre voisins, des menus travaux où la main, libérée du labeur des champs, se laisse aller à suivre les fantaisies de l'esprit pour créer de beaux objets, celui enfin des contes et des légendes que l'on ne se lasse pas d'écouter parce que, d'année en année, l'imagination des vieilles gens les enjolivent et les raffinent...

Hortense aimait cette période hivernale dont elle avait découvert le charme dans la grande cuisine de Lauzargues, sous le « cantou [1] » de Godivelle. Ici, à Combert, cela prenait seulement plus de grâce et de confort. Et elle attendait beaucoup de cet hiver à peine commencé parce qu'elle espérait le vivre auprès de Jean dans la tendre intimité de l'amour comblé. Elle avait imaginé leurs longs mois de solitude auprès de leur fils, le regardant s'ouvrir à la vie jour après jour, comme une fleur au printemps.

Mais les fenêtres étaient trop bien closes pour Jean de la Nuit et le salon trop douillet. La soie et le velours ne convenaient guère à un homme qui, en dépit d'une réelle culture acquise dans la solitude, n'aimait vraiment que les grands espaces, les profondes forêts et le ciel libre. Et, trois mois après le drame où s'était abîmé Lauzargues, Hortense commençait à se demander quel genre de vie Jean envisageait pour eux deux.

D'un geste décidé, la douairière abandonna sa tasse au bord d'un guéridon et demanda, du ton le plus naturel et tout à fait comme si la jeune femme avait pensé tout haut :

– Où est-il en ce moment?

Cela répondait tellement bien aux préoccupations d'Hortense que celle-ci n'eut même pas l'idée de demander à sa vieille amie de qui elle parlait.

– Je n'en sais rien. Il n'est pas homme à se raconter, vous le savez...

– Mais est-il homme à faire votre bonheur?

Et comme Hortense fronçait les sourcils, elle ajouta plus doucement :

– Ne croyez surtout pas que je cherche à me mêler de ce qui ne me regarde pas. L'amour est une chose sublime mais combien fragile et ceux qui n'y ont point part ont souvent tendance à se comporter envers lui en fichus maladroits. Moi, je vous aime et je voudrais vous voir heureuse. L'êtes-vous? Là est la question...

Une telle lumière emplit alors les yeux dorés de la jeune femme que Mme de Sainte-Croix retint un sourire. C'était une réponse que ce regard. Mais il s'éteignit vite :

1. Le grand manteau de la cheminée.

Hortense baissait les yeux et détournait la tête. Se penchant alors, la vieille dame posa sa main habillée de mitaines violettes sur celle de sa compagne.

– Je crois, dit-elle, que mon âge m'autorise à répondre moi-même et pardonnez-moi si je vous choque...

– Eh bien?

– Je pense que si la vie se composait uniquement de nuits, vous seriez la femme la plus heureuse du monde. Allons, ne rougissez pas! Nous sommes entre femmes et si difficile que ce soit à croire lorsque l'on me regarde à présent, sachez que j'ai connu, moi aussi, les bienheureux orages de la passion. Je sais ce que c'est d'aimer à en perdre la tête.

Hortense ne put s'empêcher de sourire. Elle n'avait aucune peine à croire sa vieille amie orfèvre en la matière car ses amours de jadis avec le vidame d'Aydit faisaient presque partie de l'anthologie des contes de la veillée. Tout le monde dans la région de Saint-Flour savait qu'autrefois, avant la Révolution, la belle Herminie de Sorange et le vidame s'étaient aimés avec une rare intensité, ce qui avait fait scandale car les deux amants, jouant à Roméo et Juliette, se retrouvaient tout simplement dans la chambre de la jeune fille, à quelques pas de celle où reposait le sévère président de Sorange. Naturellement, ils avaient été découverts et Louis d'Aydit avait dû s'enfuir en chemise pour échapper aux bâtons des valets du père outragé. Quant à Herminie, on l'avait enfermée mais elle avait réussi à s'enfuir et à rejoindre son vidame dans le vieux castel à demi écroulé où il gîtait comme un aigle solitaire aux confins de la Margeride.

On n'avait eu aucune peine à les y retrouver et, à l'issue d'un siège dans les meilleures règles médiévales, Herminie avait été ramenée de force à Saint-Flour tandis que Louis rejoignait Malte pour y dépenser ses ardeurs juvéniles dans la chasse aux Barbaresques. Quelques semaines plus tard, Herminie épousait, toujours de force, le vieux comte de Sainte-Croix qu'elle détesta tant qu'il vécut, ce qui heureusement ne dura guère.

Après une quarantaine d'années de séparation, les deux parfaits amants se retrouvèrent quand le vidame, toujours aussi désargenté, revint au pays. Mais ils avaient changé. Herminie était devenue une grande femme maigre qui ne gardait de sa beauté passée que ses grands yeux noirs; lui était un gros homme poussif et couperosé qui aimait trop la table et la bouteille.

Ce qui n'avait pas changé, c'étaient leurs caractères, aussi entiers, aussi emportés l'un que l'autre. Et, à se revoir tellement différents de leurs souvenirs, ils éprouvèrent un choc si cruel qu'ils se retrouvèrent, sinon ennemis, du moins en perpétuelle bisbille, prenant un malin plaisir à exercer l'un contre l'autre leurs esprits mordants. Ils avaient été une légende, ils devenaient sujets à plaisanteries...

Devinant ce que pensait sa jeune amie, Mme de Sainte-Croix se mit à rire.

– Ce pauvre vidame! l'ai-je assez aimé! Et pourtant voyez ce que les ans ont fait de lui... et de moi! On devrait songer à la vieillesse quand on s'embarque pour un grand amour. Le temps abîme tout.

– Je sais, dit Hortense. Mais je ne veux pas penser à cet avenir-là. Jean me donne un bonheur si grand que je ne l'aurais jamais cru possible.

– Grand peut-être mais certainement incomplet. Il y a la vie de tous les jours et, que vous le vouliez ou non, votre Jean est un Lauzargues.

– Sans doute. Que voulez-vous dire?

– Que, bons ou mauvais, ils sont avant tout hommes de passions et d'orgueil. Surtout, ils n'ont jamais admis de ne pas être maîtres en leurs demeures et celui-là ne doit pas être différent des autres. D'autant que, bâtard, il n'a pas même le droit de porter le nom bien que toute la province sache qu'il est le fils du défunt marquis.

– Vous avez raison sur ce point. Il n'accepte pas de vivre dans cette maison...

– Et cela vous étonne? Ma chère Hortense, une femme de votre qualité devrait être sensible à cette fierté, à cette pudeur, à cette force d'âme. Il sait bien que ce qui est à vous est avant tout à votre fils.

– Il est *son* fils aussi, affirma la jeune femme avec fierté.

– Je le sais bien, mais vous ne pouvez faire que, pour tout un chacun, il ne soit le fils de ce pauvre Étienne de Lauzargues mort si tragiquement. En outre, votre Jean n'a pas de nom à vous offrir. Ce qui rend un mariage difficile.

– Il a le nom de sa mère et je saurai bien m'en contenter.

– Ou je le devine mal ou lui ne s'en contente pas. Tout bâtard qu'il soit, il a l'orgueil de son sang et n'acceptera jamais de vous faire partager un autre nom. Il vous aime trop pour vous faire déchoir.

– Je ne vois pas où serait la déchéance.

– Lui la voit. Il sais aussi que c'est important dans nos régions. Au fait, où vit-il puisqu'il refuse cette maison?

– A la ferme. François Devès lui a donné une ancienne bergerie. Il s'y est installé dès sa guérison. Il dit qu'il ne veut pas être une entrave à ma vie. Comme s'il ne savait pas que ma vie c'est lui! ajouta Hortense assombrie.

La douairière haussa les épaules.

– Ce sont des mots, ma chère enfant. Ceux que l'on dit quand l'amour nous tient. Mais quand on s'aperçoit qu'ils ne veulent pas dire grand-chose on a déjà commis une bonne quantité de sottises. Votre vie, c'est aussi votre fils et sa position à venir dans le monde. Celle de Jean n'est pas de rester assis à votre porte comme un chien à l'attache.

– Dans ce cas, quelle est sa vie, selon vous?

– Je crois qu'il saura bien la trouver tout seul. Vous devriez lui faire confiance...

Mme de Sainte-Croix prit sa canne et, avec effort, se tira de son fauteuil, étouffant un léger bâillement.

– Je crois que j'ai assez parlé pour ce soir. Il est temps d'aller dormir, n'est-il pas vrai?

– Je vous accompagne.

Les deux femmes passèrent dans le vestibule où les bougeoirs étaient disposés sur un bahut ancien. Hortense battit le briquet, alluma un petit chandelier à deux branches et se disposa à précéder sa vieille amie dans l'escalier. Mais, sur la première marche, elle s'arrêta et se retourna.

– Votre visite me cause un plaisir infini et j'espère que vous n'en doutez pas. Mais me diriez-vous enfin pour quelle raison vous avez affronté ce temps affreux et nos mauvais chemins pour venir jusqu'ici?

Mme de Sainte-Croix sourit :

– Ne l'avez-vous pas encore compris? Pour boire votre merveilleux café, mon enfant... et aussi vous laisser entendre que l'on commence à jaser. Vous savez ce que sont nos petites villes et nos vieux châteaux où l'on s'ennuie si fort? Les langues ne s'arrêtent jamais bien longtemps.

– Alors, laissez-les marcher car je m'en soucie peu. Je ne veux ni ne peux me séparer de Jean!

– Je savais bien que vous me répondriez cela. Aussi prenez que je n'aie rien dit et mettez cette visite sur le seul compte qui importe : je vous aime beaucoup et je voulais vous voir. A présent, menez-moi à ma chambre!

Elle glissa son bras sous celui d'Hortense et lentement les deux femmes montèrent l'escalier sans plus parler sinon pour échanger baisers et vœux de bonne nuit au seuil de la chambre que Clémence avait préparée avec un soin tout particulier, car elle aimait et redoutait à la fois la douairière de Sainte-Croix. Puis Hortense redescendit.

Elle retourna au salon, ajouta une bûche dans la cheminée, puis, resserrant frileusement autour d'elle le grand cachemire bleu qui couvrait ses épaules, elle s'installa dans le fauteuil abandonné par la vieille dame. A ses pieds, Mme Soyeuse ouvrit languissamment ses yeux d'or mais les referma aussitôt, ayant dûment constaté que le moment n'était pas encore venu de regagner la chambre. Dans la cuisine, des tintements de cristaux et d'argenterie signalaient que Clémence était en train d'achever sa vaisselle. Dans un instant, elle monterait se coucher et Hortense demeurerait seule.

Elle n'avait pas envie d'aller au lit. Elle attendait Jean sans l'attendre. S'il savait la présence de Mme de Sainte-Croix, il demeurerait à l'écart comme il le faisait chaque fois qu'un visiteur apparaissait à Combert.

Hortense s'en montrait affectée car elle refusait farouchement toute idée de clandestinité pour ses amours. Ce que l'on pouvait en dire dans la région lui était profondément indifférent et si ses voisins l'avaient abandonnée à la solitude, elle ne se fût pas plainte puisque cette solitude l'eût laissée plus près de Jean. Et elle ne comprenait pas qu'il eût sur ce point des idées différentes. Apparemment, il pensait à leur fils plus qu'à elle...

Avec un soupir, Hortense appuya sa tête au dossier du fauteuil et ferma les yeux. Jean savait-il seulement que la douairière était là? Depuis deux jours, il n'avait pas reparu... Une absence qui n'avait rien d'inquiétant d'ailleurs et qui se produisait parfois depuis sa guérison. Il arrivait au solitaire de partir deux ou trois jours quand son goût de la chasse et sa passion pour les grandes solitudes l'entraînaient vers les confins de l'Aubrac, de la Margeride ou même du Gévaudan. Il s'en allait alors de son grand pas souple, un bissac sur l'épaule avec son ample cape de berger et le chapeau noir – celui des paysans de par ici – qu'il aimait à porter, toujours suivi de Luern, le grand loup roux apprivoisé qui faisait si bien partie de son personnage que personne, autour de Combert, n'en avait peur...

Jean ne disait jamais où il allait au moment du départ. Peut-être parce qu'il ne le savait pas vraiment. C'était au retour qu'il se racontait, tout en dévorant à belles dents, en homme affamé, les solides repas que lui préparaient Clémence ou Jeannette Devès, la nièce de François, quand il ne venait pas au manoir.

Certains jours, il partait pour la journée et ne disait rien du tout mais, la nuit suivante, il aimait Hortense avec plus de passion, plus d'ardeur encore que de coutume. La jeune femme alors n'avait pas besoin de l'interroger : elle savait qu'il était allé à Lauzargues et qu'il en avait rapporté une charge de chagrin et de rage.

C'était là qu'il était allé pour sa première sortie après sa blessure, sans permettre qu'Hortense l'accompagnât, acceptant seulement un cheval pour éviter la trop grosse fatigue. Il en était revenu pâle jusqu'aux lèvres et les larmes aux yeux.

– Lauzargues n'est plus qu'une énorme ruine : quatre tours à ciel ouvert veillant sur un amoncellement de pierres et de morceaux de poutres, trop gros pour brûler... Le château est mort, Hortense, mort à jamais...

Ce n'était pas une nouvelle et tous deux savaient déjà que la vieille forteresse médiévale était ravagée. Dès le lendemain de l'explosion qui l'avait mise à mal, Hortense avait envoyé François Devès pour juger de l'étendue des dégâts et prendre des dispositions en vue de l'enterrement des victimes : d'abord le marquis de Lauzargues, oncle d'Hortense et aussi Eugène Garland, le bibliothécaire fou qui avait déclenché la catastrophe, mais sauvé Hortense et Jean des desseins meurtriers du marquis [1].

François rapporta un tableau saisissant de ce qu'il avait vu. Il dit aussi qu'au lieu de deux corps il en avait trouvé quatre mais pas ceux que l'on attendait : celui d'Eugène Garland, l'incendiaire, et ceux du fermier Chapioux, de son fils et de son valet qui tentaient de forcer la porte du château à l'instant où la déflagration s'était produite. De celui du marquis, aucune trace : les énormes blocs de lave

1. Voir *Jean de la Nuit* et *Hortense au point du jour*.

dont était construit Lauzargues s'étaient refermés sur lui comme la main de Dieu.

– Si on veut le retrouver pour lui donner sépulture en terre chrétienne, il faut déblayer tous les décombres, dit François. Avec tous ceux du village, on devrait y arriver mais ça prendrait du temps et Dieu sait ce que l'on trouverait...

Alors Hortense ordonna de laisser les choses dans l'état. L'orgueilleux marquis reposerait plus heureux sous les pierres du château où il avait apporté la malédiction que sous les dalles de la petite chapelle Saint-Christophe voisine – et miraculeusement restée intacte – où dormaient de leur dernier sommeil ses victimes principales : sa femme, assassinée par lui, et son fils Étienne, le jeune époux d'Hortense qu'il avait conduit au désespoir et qui s'était pendu.

Les choses restèrent donc, à Lauzargues, telles que les avait faites la folie d'un homme aigri. Il y avait de cela trois mois au cours desquels Hortense refusa toujours de revoir ces lieux où elle avait tant souffert et où, par deux fois, elle avait failli mourir. Elle gardait rancune au château familial de ce qu'elle y avait enduré et, peut-être aussi, de lui avoir dérobé une partie de son cœur car elle avait aimé le vieux repaire qui avait vu l'enfance de sa mère et qui l'avait conduite à Jean.

– J'y retournerai peut-être mais plus tard, disait-elle à son ami. Pour l'instant, c'est trop tôt...

Jean n'avait pas insisté et ne parla plus d'emmener Hortense mais, après cette première visite, il retourna souvent là-bas et la jeune femme n'osa l'en empêcher. Elle savait quelle puissante attraction exerçait le château dont il aurait dû porter le nom sur celui que, dans le pays, on appelait Jean de la Nuit ou le « Meneu'd'loups »...

Quelqu'un d'autre, à Combert, subissait aussi cette attirance. C'était la vieille Godivelle, qui avait été la nourrice du marquis et lui gardait un amour fidèle en dépit de ses forfaits. Au jour du désastre, il n'avait pas été si facile d'arracher la vieille gouvernante à ce château où toute sa vie s'était écoulée. On y était parvenu en lui mettant dans les bras le petit Étienne qu'elle aimait d'un amour d'aïeule doublé de l'espèce de dévotion qu'en servante fidèle Godivelle portait au dernier des Lauzargues. Et pourtant, cet amour-là ne suffit pas longtemps à la vieille femme.

Il lui eût suffi peut-être si elle avait été seule avec l'enfant mais, à Combert, il y avait aussi Jeannette qui était la nourrice du bébé Étienne et Clémence l'ancienne servante dévouée de feue Dauphine de Combert... Et cela faisait beaucoup de monde. Trop de femmes surtout, sans parler d'Hortense elle-même, pour une vieille despote habituée à régner en maîtresse sur sa cuisine – où elle s'était fait une réputation qui courait tout le pays cantalien – et sur une maisonnée d'hommes qui, à des degrés divers, reconnaissaient sa puissance.

Godivelle tint deux mois. Et puis...

Et puis, au matin du jour des morts, alors qu'Hortense au jardin cueillait les dernières fleurs et une brassée de feuillage roux pour en fleurir la tombe de Mlle de Combert, elle vit venir à elle Godivelle habillée pour sortir : robe, châle et devantier noir, la grande mante sur les épaules et le capuchon déjà rabattu sur la coiffe de lin blanc empesée.

Le visage rond de la vieille femme, avec son réseau de rides qui la faisait ressembler si fort à une pomme fripée, était pâle et tiré. Comme toute la maisonnée, à l'exception de l'enfant, elle n'avait pas dû dormir beaucoup à cause de l'ancienne coutume qui voulait que, durant toute la nuit de la Toussaint, les cloches de l'église ou de la chapelle sonnassent en glas pour les âmes des trépassés. Mais elle avait cette allure décidée et ce pli serré de la bouche qui lui étaient habituels lorsqu'elle décidait de faire ou de dire quelque chose qui lui tenait à cœur. Et, toujours à son habitude, elle alla droit au but :

– Madame Hortense, dit-elle, avec votre permission, je m'en vais.

De surprise, la jeune femme lâcha son sécateur et se baissa vivement pour le ramasser, ce qui lui donna un instant de réflexion.

– Et où allez-vous ainsi, Godivelle?

– Je retourne à Lauzargues. Il ne faut pas m'en vouloir, madame Hortense. Je suis très bien chez vous... seulement je n'y suis pas chez moi. Je n'y suis pas à mon aise. Je crois vraiment qu'il n'y a pas de place pour moi...

– Pas de place pour vous? Auprès de moi? Et surtout auprès d'Étienne? Je croyais que vous ne souhaitiez rien de mieux que vivre désormais avec lui?

– Je le croyais aussi mais il n'a pas vraiment besoin de

moi. Jeannette qui s'en est toujours occupée le fait mieux que personne. C'est normal puisqu'elle était sa nourrice...

– Et il ne vous vient pas à l'idée que je pourrais avoir peine à me séparer de vous? Je vous dois tant, Godivelle! Sans vous, que serais-je devenue lorsque, après la mort tragique de mes parents, je suis arrivée à Lauzargues? Vous m'êtes très chère et je crois qu'Étienne vous aime.

– Je reviendrai vous voir de temps en temps. On ne sera pas vraiment séparées. Ce n'est pas si loin, Lauzargues. Et puis, voyez-vous, madame Hortense... je crois que, là-bas, quelqu'un a besoin de moi. Je le pense depuis plusieurs jours déjà mais, aujourd'hui, en ce jour des morts, je le sens plus fort encore que d'habitude.

Godivelle détourna la tête vers les lointains bleuâtres et laissa une larme rouler le long de sa joue fripée.

– Il est tout seul là-bas sous les ruines de son château. Je sais bien qu'il a fait beaucoup de mal, mais il était comme mon enfant et moi je me sentais un peu sa mère. Alors l'idée qu'il n'aura pas de prières, pas de fleurs, que personne ne viendra s'agenouiller auprès de lui, cela me fait une trop grosse peine, madame Hortense.

– Loin de moi la pensée de vous empêcher d'aller prier là-bas, ma chère Godivelle. Tenez, ajouta Hortense en glissant le sécateur dans la main de la vieille femme, coupez ici toutes les fleurs que vous voulez et allez les lui porter. Je vais demander à François de vous conduire...

– C'est pas la peine. Mon neveu Pierrounet vient d'arriver avec le barrot à défunt Chapioux pour me chercher. Mais je veux bien quelques fleurs et je vous en dis grand merci. Seulement... je ne reviendrai pas. Pas de quelque temps, tout au moins.

– Enfin, Godivelle, soyez raisonnable! Nous voici presque en hiver. Vous ne pouvez demeurer dans des ruines. A votre âge, ce serait aller au-devant de la mort.

– Il n'y aurait alors pas grand mal. Mais je suis encore solide et puis, n'ayez crainte : je logerai dans la ferme. Paraît qu'elle n'a pas trop souffert de l'explosion et ça sera bien suffisant pour moi. Si ça ne l'était pas, je peux toujours habiter au village chez ma sœur Sigolène qui ne demandera pas mieux. Et, au moins, je serai tout près de lui qui n'a d'autre abri que des ruines comme le réprouvé qu'il est peut-être à présent. On dit, en effet, alentour que

Lauzargues est hanté. On y aurait vu des lueurs, des ombres..., ajouta Godivelle en se signant précipitamment.

– Ce n'est pas nouveau; Lauzargues a toujours été hanté et vous le savez bien, coupa Hortense avec une soudaine violence. Avez-vous oublié que j'ai rencontré moi-même...

– Parlez pas de ça, madame Hortense! gémit Godivelle en se signant de nouveau. Votre pauvre chère tante est en paix à présent et s'il y a là-bas une âme en peine, j'ai bien peur que ce ne soit celle de M. Foulques...

– Qu'y pourrez-vous alors? Si le marquis est réprouvé, damné même, il a toujours fait tout ce qu'il fallait pour cela!

– Peut-être, mais la miséricorde divine n'est-elle pas infinie?

– Encore faut-il y croire et y faire appel, ce dont il a toujours su se garder. Oh, Godivelle, ajouta la jeune femme d'une voix soudain éteinte, faut-il vraiment que vous nous abandonniez, Étienne et moi?

– Vous savez bien que vous n'avez pas besoin de moi. Mais lui, M. Foulques, si je l'abandonne tout à fait, j'aurai l'impression de m'abandonner moi-même parce qu'il a toujours été ma raison de vivre et que je veux mourir auprès de lui comme ces vieux chiens qui ne se peuvent consoler de la mort de leur maître et qui s'installent sur sa tombe pour attendre le dernier soupir. Il faut comprendre et, pour vous qui êtes jeune, ce n'est sûrement pas facile.

Ce qu'Hortense comprit surtout, c'est que rien ne pourrait retenir Godivelle et la vieille gouvernante partit, les bras pleins de fleurs blanches et de feuillage roux avec sur le visage cette lumière et cette certitude de qui s'en va combattre pour sa foi.

– Soyez tranquille, madame Hortense, j'en prendrai bien soin! lui lança Pierrounet au moment du départ en guise de consolation. Je suis un homme à présent, vous savez?

Il commençait à prendre de la moustache et il y croyait, mais si Hortense trouva un sourire à cet instant pénible, ce fut uniquement grâce à lui. Debout sur le chemin, elle regarda la carriole s'éloigner jusqu'à ce qu'elle eût disparu au premier tournant puis rentra, emportant la désagréable impression que l'ombre du marquis de Lauzargues ricanait derrière son dos. C'était la première victoire que, depuis sa mort, il remportait contre elle et Hortense se mit à souhaiter désespérément que ce fût la seule.

Elle découvrait avec tristesse qu'en dépit de ses crimes, ou peut-être à cause d'eux, le vieux forban gardait une influence qui n'allait sans doute pas tarder à se muer en auréole de légende contre laquelle ses victimes mêmes risquaient de se retrouver impuissantes. Ce départ laissait un froid, un vide qu'Hortense souhaitait oublier et combler le plus vite possible grâce à l'amour de Jean. Mais comme un fait exprès, ce fut très peu de temps après l'éloignement de Godivelle que Jean prit l'habitude de s'absenter davantage et que son regard eut, plus souvent, l'expression lointaine de l'homme qui se voudrait ailleurs.

Pourtant, leur amour n'était pas en cause. Hortense savait que Jean l'aimait et n'imaginait pas un seul instant qu'il pût en être autrement car leurs nuits faisaient toujours renaître la même ardeur passionnée qui les avait jetés l'un vers l'autre lorsque Hortense s'était donnée. Leurs corps, instruments merveilleusement accordés, jouaient, sans se lasser jamais, une symphonie toujours semblable et toujours renouvelée. Malheureusement, le jour revenait inexorablement, et le jour chassait Jean des bras d'Hortense pour le renvoyer vers cette vie rude à laquelle la jeune femme n'avait pas part et que, cependant, il refusait de changer parce qu'il avait appris à l'aimer et n'en avait jamais connu d'autre. La douceur des repas pris en commun, la joie de voir Jean fumer sa pipe au coin de la cheminée, les pieds sur les chenets et le dos appuyé à des coussins de soie étaient bien rarement accordées à Hortense.

– Je ne veux pas vivre de toi puisque je ne peux même pas te donner un nom en échange, disait-il.

Alors il allait aider son ami François Devès aux travaux de la ferme, gagnant ainsi son pain quotidien jour après jour, jusqu'à ce que son goût de l'errance le reprît et le chassât en compagnie de Luern vers les lointains bleus des montagnes... ou vers Lauzargues.

Le nom sonore atteignit Hortense au fond du sommeil où elle avait glissé insensiblement et la réveilla, frissonnante. Dans la cheminée, le feu n'était plus que braises rouges qu'elle se hâta de couvrir de cendres pour qu'on pût, au matin, le ranimer facilement. Puis, prenant Mme Soyeuse dans ses bras où la chatte se pelotonna avec délices, elle souffla les chandelles du salon, prit son bougeoir sur le coffre du vestibule, monta à sa chambre et se hâta de gagner son lit où le « moine » installé par Clémence entretenait une douce chaleur. Non sans soupirer d'ailleurs : lorsque Clémence mettait le « moine » en place, c'est qu'elle était à peu près certaine que Jean ne viendrait pas cette nuit-là et elle faisait preuve en cette matière d'une étrange divination.

Mais Hortense n'avait plus envie de penser, préférant le sommeil qui, souvent, lui ramenait son ami. Elle s'endormit, la tête à peine sur l'oreiller, Mme Soyeuse lovée contre son flanc et ronronnant comme un rouet ancien. A celle-là, l'éloignement de Jean ne portait pas peine car, en son absence, elle s'étalait béatement sur le lit d'Hortense au lieu de s'en aller dormir sur son grand coussin bleu.

La douairière de Sainte-Croix devait regagner Saint-Flour au matin et ce fut le chapeau sur la tête – un étonnant assemblage de velours, de plumes et de raisins violets – qu'elle prit en face d'Hortense un petit déjeuner substantiel destiné à adoucir la fatigue des cinq lieues de route à travers la planèze couverte de gelée blanche. Le café de Clémence y figurait naturellement en belle place auprès du jambon de montagne, du beurre frais, des confitures de pruneaux et d'un superbe « Cadet-Mathieu [1] » aux pommes sauvages que Clémence avait confectionné dès le matin d'après une recette personnelle de Godivelle et qui, encore tiède, embaumait la vanille et la crème.

La vieille dame fit honneur au tout et ne protesta pas quand Hortense ordonna à Clémence d'emballer le reste du gâteau et d'y joindre deux pots de confiture de pruneaux plus quelques pâtes de coing pour que sa visiteuse pût se souvenir plus agréablement de Combert une fois rentrée chez elle.

– C'est chez vous le palais de Dame Tartine, ma chère enfant, il n'est que trop facile de s'en souvenir.

– Que n'y venez-vous plus souvent alors? Ou même que n'y restez-vous un peu plus longtemps? Cette visite fut bien courte et je ne vois pas ce qui vous presse.

1. Sorte de tarte garnie d'une bouillie sucrée à la fleur d'oranger et de pommes coupées en lamelles.

– L'archiprêtre de la cathédrale compte sur moi pour les préparatifs de Noël. Il paraît que personne ne sait comme moi décorer la crèche et veiller à l'élégance de ses habitants. Si je laissais faire le marguillier, la Sainte Vierge aurait l'air d'une campagnarde du haut-plateau et saint Joseph d'un bandit de grand chemin.

– La Sainte Vierge était bien un peu campagnarde, tout de même? sourit Hortense.

– Peut-être mais je ne veux pas le savoir. De toute façon, ce n'est pas supportable dans une cathédrale. Mais revenons à nos moutons! Il ne serait pas charitable à moi de m'attarder auprès de vous. Je crains que ma présence ne tienne à l'écart... certaines visites et ce ne serait pas gentil de payer de cette façon une si douce hospitalité. L'amour a ses droits que je ne me sens pas le cœur de contrarier.

– Je sais. Et je sais aussi qu'en cette circonstance vous êtes de mon côté. Et je l'apprécie car, je vous l'avoue, il y a des moments où je ne sais trop quelle conduite tenir.

– Mon âge m'autorise à vous donner tous les conseils du monde, ma chère Hortense, pourtant je n'en ferai rien. Simplement, je me contenterai de vous poser une dernière question... si vous le permettez.

– Je vous en prie.

– L'amour comporte des risques et vous ne les ignorez pas. Que ferez-vous si vous vous trouvez enceinte?

Hortense comprit alors que cette seule question avait de la valeur et que c'était dans l'unique but de la poser que sa vieille amie avait fait le voyage de Saint-Flour. Et c'était en effet une question grave, une question qui méritait que l'on s'y arrêtât, même si jusqu'à présent elle ne se l'était jamais posée. Peut-être parce qu'elle devinait que Jean se la posait à sa place et se comportait en conséquence.

Cette fois, elle regarda l'hypothèse en face, la soupesa, l'examina et finalement déclara tout doucement :

– Je crois que j'en serais très heureuse. Il n'est jamais bon pour un enfant d'être élevé seul...

– Réfléchissez aux conséquences, au bruit : la comtesse de Lauzargues attendant un enfant hors mariage, cela ne se peut concevoir! Songez que votre fils Étienne est d'ores et déjà titré marquis de Lauzargues. Vous ne pouvez lui infliger cette offense.

– Une offense qu'il est peut-être un peu jeune pour

ressentir, mais si vous pensez à l'avenir, je crois qu'au fond un événement de ce genre apporterait une réponse aux questions que je me pose car il obligerait Jean à m'épouser.

– Un mariage avec lui serait presque aussi scandaleux aux yeux du monde.

– Le monde ne m'intéresse pas, ma chère comtesse. Seule compte à mes yeux la paix avec ma conscience et aussi avec Dieu. Je suis certaine que le cher chanoine de Combert bénirait volontiers un mariage entre Jean et moi. Et pourquoi pas un mariage secret qui me permettrait de garder mon nom?

– Peut-être. A condition bien sûr qu'il ne soit pas trop secret et que le bruit en transpire quelque peu. A présent, je vous laisse, ma chère enfant, en vous remerciant encore d'avoir gâté la vieille gourmande que je suis... et surtout de l'avoir écoutée. Je vous aime beaucoup, décidément... Lorsque j'avais votre âge, je vous ressemblais un peu...

Elle partit et Hortense regarda sa voiture s'éloigner comme elle avait regardé s'éloigner celle de Godivelle mais dans un état d'esprit bien différent. Ce que lui laissait la douairière, c'était le goût renouvelé du combat. Cette visite lui avait fait toucher du doigt ce qu'elle soupçonnait depuis la guérison de Jean : c'est que la fin du marquis de Lauzargues ne signifiait pas obligatoirement pour elle le début du bonheur absolu et qu'il restait des obstacles, moins faciles à franchir qu'elle ne l'avait cru. Des obstacles qu'elle était désormais bien décidée à abattre.

Songeuse, elle rentra chez elle et gagna la cuisine où Jeannette faisait manger une bouillie sucrée à « Monsieur le marquis » avec un succès évident. Agé de dix-neuf mois à présent, le petit Étienne gardait un appétit qui faisait la joie de ses adoratrices. Il dévorait littéralement et poussait comme un champignon tout en laissant paraître les signes avant-coureurs d'un caractère digne en tout point de sa lignée. La moindre contrariété lui arrachait des cris de rage mais il supportait les souffrances des poussées dentaires avec un étonnant courage. Seules les larmes qui coulaient silencieusement sur sa petite figure brune révélaient son mal et cette douleur si vaillamment supportée bouleversait le cœur d'Hortense, de Jeannette et de Clémence qui, ensuite, ne se sentaient plus le courage de sévir lorsque l'enfant piquait une colère. En outre, il commençait à marcher timidement, mais se déplaçait à quatre pattes avec une vélocité qui obligeait à une surveillance continuelle.

Apercevant sa mère, Étienne se mit à gazouiller comme un moineau au printemps et, arrachant la cuillère des doigts de Jeannette, il s'en servit pour taper dans sa bouillie avec une énergie toute virile qui arracha à sa jeune nourrice des cris de protestation :

– Mon Dieu, madame Hortense, il va falloir que je le change complètement! gémit Jeannette. Regardez comme il s'arrange!

En effet, la bouillie s'étalait largement à présent sur le bonnet et les vêtements du petit garçon, comme d'ailleurs sur la table et sur les vêtements de Jeannette.

– Un vrai petit diable! commenta Clémence, déjà occupée à réparer les dégâts à grands coups de torchon. Une petite fessée ne lui ferait peut-être pas de mal.

– Gre... gre! approuva Étienne avant d'ajouter aimablement avec un sourire épanoui qui montra trois quenottes couleur de lait : Mama...mamama...

Hortense se mit à rire et embrassa la frimousse barbouillée de son fils.

– Tu es un petit sacripant... mais tu es trop mignon!

– Si vous lui passez tous ses caprices, madame Hortense, on n'a pas fini de s'en voir avec lui!

– Laissez-lui encore un peu de temps pour grandir, Clémence... et remettons les fessées à plus tard!

– N'empêche que c'est un Lauzargues, et un vrai, et qu'à ces gens-là, faut la poigne d'un homme!

– Le temps des hommes viendra, dit Jeannette doucement. Tant qu'il est encore à nous, laissez-nous en profiter. Avec cela d'ailleurs que vous seriez capable de le battre, hein, Clémence?

– C'est pas mon travail, déclara celle-ci en retournant à ses casseroles. Et ce que j'en dis, c'est histoire d'en causer. Je l'aime moi, ce petiot.

– Si vous croyez que je ne le sais pas. Dites-moi, Jeannette, est-ce que François est à la ferme, ce matin?

– Je crois. Il voulait remplacer deux des lauzes du toit de la laiterie qui ont été emportées par le grand vent de l'autre soir. Vous voulez que j'aille le chercher?

– Non, Jeannette, merci. Je vais y aller. J'ai envie de marcher un peu.

Elle alla prendre, dans le vestibule, sa grande mante à capuchon, chaussa des socques et se dirigea vers la ferme qui s'élevait en contrebas à quelque distance de la maison, respirant à pleins poumons l'air vif et froid des montagnes. Le brouillard du petit matin commençait à se dissiper pour laisser percer de pâles rayons de soleil qui arrachaient de petits éclats à la gelée blanche qui poudrait l'herbe couleur de vert-de-gris. Sur les pentes descendant à la rivière, les grandes étendues de fougères rousses devenaient brunes mais les haies de houx avaient de grosses baies d'un beau rouge vif qui seraient d'un bel effet à Noël quand on en ferait couronnes et bouquets. De l'autre côté de Combert, vers le hameau et la chapelle près de laquelle reposaient Dauphine et les siens, commençait la longue châtaigneraie qui fourrait les pentes des combes profondes et fournissait une partie de la nourriture du pays... Haut dans le ciel, un busard planait, cherchant une pâture qui se faisait rare... Hortense suivit un moment des yeux les grands orbes de l'oiseau, puis s'engagea dans le chemin bordé de sureaux qui menait droit à la ferme sur laquelle régnait François Devès.

Hortense avait de l'amitié et même de l'affection pour François. Sa mère, Victoire de Lauzargues l'avait aimé en son adolescence avant qu'elle ne s'en allât à Paris pour y mener, contre la volonté des siens, la vie fastueuse d'une femme de banquier. Et François, Hortense le savait, était demeuré fidèle à cet amour de sa jeunesse. Pour lui le mariage avec le père d'Hortense, Henri Granier de Berny, n'avait jamais existé et il attendait sereinement que la mort lui permît de rejoindre celle dont le souvenir demeurait la lumière de sa vie. De cet amour, il avait reporté une petite part, essentiellement paternelle, sur Hortense parce qu'elle était la fille de Victoire et parce qu'elle lui ressemblait. Hortense aimait François pour cela, pour l'aide qu'il lui avait apportée au temps de ses difficiles relations avec le marquis de Lauzargues, son oncle et beau-père. Elle l'aimait aussi parce qu'il était, avec Luern le grand loup roux, le seul ami de Jean...

La maison, abritée sous un ressaut de rochers, alignait sous son toit à deux pentes l'habitation, l'étable, la fenière et la grange. Seule la laiterie occupait un petit bâtiment séparé et, sur son toit, Hortense aperçut en effet François occupé à sa réparation.

Au bruit des pas d'Hortense, il abandonna son ouvrage,

se laissa glisser le long de l'échelle et se trouva debout au milieu de la cour quand la jeune femme y pénétra. Ôtant son grand chapeau, il la salua avec ce mélange de respect et d'amitié qu'il lui montrait toujours et attendit en souriant qu'elle parlât.

– François, dit la jeune femme, savez-vous où est Jean?

– Si vous ne le savez pas, madame Hortense, ce n'est pas moi qui pourrai vous renseigner. Il ne me dit jamais où il va.

– A moi non plus et voilà bientôt trois jours qu'il est parti. N'est-ce pas inquiétant?

– Je ne crois pas. Vous savez son goût des longues randonnées dans la montagne. Et puis, vous aviez du monde hier?

– Vous voulez dire qu'il s'éloigne toujours lorsque j'ai des visiteurs? Mais cette fois il n'a pas pu savoir l'arrivée de Mme de Sainte-Croix?

– Tout se sait dans nos vallées. Je suis persuadé que Jean n'en ignore rien.

– Alors, il devrait savoir aussi qu'elle est repartie? Et il devrait être là...

– Mais je suis là...

Et Jean apparut sortant de derrière un bouquet de pins. Son long pas silencieux de chasseur l'avait amené jusqu'à la jeune femme sans qu'elle l'entendît. Une onde de joie et de chaleur envahit celle-ci comme chaque fois qu'elle retrouvait cet homme qu'elle aimait. Elle s'émerveillait toujours de cette haute taille qui l'obligeait, bien qu'elle fût grande, à lever un peu la tête, de l'éclat de ces yeux couleur de glace bleue, du charme de ce sourire à belles dents blanches qui contrastait si fort avec la courte barbe noire. Il y avait aussi cette voix profonde qui savait si bien la bouleverser lorsqu'elle lui parlait d'amour sans doute, mais aussi avec les mots les plus simples.

– Si vous êtes en peine de moi, je vous en demande pardon, dit Jean doucement, mais je savais que vous n'étiez pas seule. Donc que vous ne m'attendiez pas.

– Je vous attends toujours, Jean. Où étiez-vous?

– A Lauzargues.

– Encore?

– Encore et toujours! Venez! Il faut que je vous parle. Nous pourrions marcher jusqu'à la rivière pour profiter un peu de ce soleil...

CHAPITRE II

LE MENSONGE

Avec un signe d'amitié à François qui remontait sur son toit, les deux jeunes gens s'éloignèrent d'un pas accordé, par l'étroit sentier à peine indiqué qui longeait un champ labouré descendant vers la rivière dont on entendait l'eau se précipiter dans l'étranglement d'une gorge étroite. Cette rivière leur était chère à tous les deux. Sa voix avait accompagné leur premier baiser et l'éblouissement d'une nuit d'amour vécue sous la garde des loups [1]. L'un comme l'autre avait toujours plaisir à la retrouver.

Ils descendirent le chemin en silence. Arrivée au bord de l'eau, Hortense s'assit sur un rocher moussu, ramenant autour d'elle les plis de sa grande cape mais laissant retomber le capuchon. Le brouillard à présent était complètement dissipé et le soleil mettait dans l'air une douceur et dans ses cheveux blonds un reflet brillant. Ce fut elle qui parla la première.

– Quand es-tu rentré? demanda-t-elle.

– Je rentre à l'instant. François m'a découvert en même temps que toi...

– Alors, pourquoi ne m'as-tu pas encore embrassée?

Jean se mit à rire.

– Tu semblais si fort en colère; je ne me serais pas permis. Mais... je ne demande pas mieux.

Sans effort apparent, il la fit lever de sa pierre, l'enferma entre ses bras et l'embrassa longuement avec une ardeur qui lui fit perdre le souffle et cogner le cœur. Comme toujours lorsqu'il la tenait contre lui, Hortense sentit fondre la petite amertume que lui avaient laissée

1. Voir *Jean de la Nuit*.

ces trois jours d'absence. Elle glissa ses bras autour du cou de Jean et, quand leurs lèvres se séparèrent, ne permit pas qu'il s'éloignât d'elle. Clignant des yeux, elle le considéra à travers la frange de ses longs cils :

– Comment peux-tu m'embrasser comme cela et me laisser seule pendant trois jours?

– Je t'embrasse comme cela parce que je t'aime et je te laisse seule quand tu n'as pas besoin de moi.

– J'ai toujours besoin de toi... Oh, Jean! Une nuit sans toi et je me sens perdue, abandonnée. J'ai froid.

– Alors, c'est que je t'aime mal, dit Jean gravement. Même séparé de toi par toute l'épaisseur de la terre, tu devrais sentir la chaleur de mon amour autour de toi. Je ne te quitte jamais vraiment. Je suis toujours auprès de toi. Si tu avais cette certitude, tu ne te sentirais jamais abandonnée. Et il faut que tu l'aies, cette certitude, parce que tu sais très bien que nous ne pouvons pas vivre réellement ensemble.

– Nous le pourrions si tu voulais, dit-elle, têtue.

– Non. Nous ne sommes pas des bohémiens qui ne cherchent que leur plaisir et se moquent de tout ce qui vit et respire autour d'eux. Il y a Étienne auquel nous devons penser, toi et moi. Il y a Étienne qui ne peut s'accommoder d'une mère décriée. Moi, en tout cas, je ne pourrais le supporter. Et je ne peux continuer à vivre à ta porte. Si nous voulons que l'on accepte notre amour, il faut donner une dignité à notre vie. Voici des jours que j'y pense et j'en suis venu à cette conclusion : le mieux est que j'aille m'installer à Lauzargues.

Hortense eut l'impression que le ciel s'éteignait.

– Toi aussi? s'écria-t-elle. Toi aussi, tu veux aller là-bas? Mais qu'ont-elles donc ces maudites ruines pour m'enlever l'un après l'autre tous les gens que j'aime? Godivelle d'abord, toi maintenant? Est-ce que tu veux veiller toi aussi sur les cendres du marquis? Après tout ce qu'il nous a fait?

– Non. Si je veux aller à Lauzargues, c'est dans un but tout différent. C'est d'abord pour essayer de sauver ce qui peut l'être encore. Il reste la ferme et quelques terres que je veux tenter de remettre en culture afin que le bien d'Étienne ne demeure pas improductif. Je ne peux pas grand-chose pour lui. Au moins je voudrais qu'il garde une parcelle des biens qui portent son nom. Et puis...

Jean hésita, puis attira de nouveau Hortense contre lui.

Elle résista un peu, déjà sur la défensive. Peut-être parce que depuis longtemps elle attendait obscurément ce qui allait venir.

– Et puis j'ai besoin d'aller vivre là-bas parce que j'y ai toujours vécu. Comprends-moi, Hortense : à défaut du nom, j'en porte le sang et j'en suis fier. Ne me condamne pas à n'être sur cette terre que l'amant furtif de la châtelaine de Combert.

– Je n'ai jamais rien souhaité de tel pour toi, lança Hortense violemment. Épouse-moi et plus personne n'aura rien à dire et tu pourras régner autant que tu voudras et sur Lauzargues et sur Combert!

– Non, Hortense. Tu ne peux pas épouser le fils de Catherine Bruel. C'est tout juste si j'existe aux yeux de la loi. Dans le pays, on a toujours considéré l'homme aux loups comme un être à part.

– De même qu'on a toujours considéré le marquis, mon oncle et ton père comme un être à part, presque un réprouvé. On dit à présent que son spectre hante les ruines. Tu ne feras que le rejoindre dans sa légende et tu ne seras pas accepté davantage.

– Je crois que si. On admettra que le bâtard se veuille le gardien du passé. C'est ce qu'a choisi Godivelle et elle m'approuve parce qu'elle a compris...

– Ce que moi je refuse de comprendre, n'est-ce pas? Espérais-tu vraiment que j'accepterais cela, ne plus te voir...?

– Il y a une lieue et demie à peine d'ici Lauzargues. Tu me verras tout autant qu'en ce moment. Crois-tu que je pourrais renoncer à te tenir dans mes bras, à vivre auprès de toi ces heures qui valent une éternité?...

– Mais qui ne valent pas que tu me sacrifies ton orgueil?

– Je n'ai pas d'orgueil, ni d'ailleurs aucune raison d'en avoir. Mais j'ai ma fierté d'homme, Hortense! Ne me demande pas de la sacrifier. Je ne veux pas que mon fils me regarde un jour avec mépris.

– Je ne le lui conseille pas. Et d'ailleurs, il saura un jour la vérité. Quant à toi, que tu le veuilles ou non, il va tout de même falloir que tu m'épouses.

– Pourquoi?

– Je suis enceinte!

Poussé par la colère et le chagrin qui envahissaient la jeune femme, le mot s'envola, impossible à rattraper et parut résonner jusqu'au fond de la gorge. Jean lâcha Hortense si brusquement qu'elle chancela et faillit tomber...

– Ce n'est pas possible?...

– Et pourquoi donc? L'idée ne t'est-elle jamais venue que cela pouvait arriver en dépit de toutes les précautions?

– Bien sûr que si, mais... Depuis quand le sais-tu?

– Quelques jours. Je n'avais pas de certitude, mais à présent je ne crois pas me tromper...

Dieu que c'était facile de mentir! Avec un mélange de honte et de crainte où se mêlait une joie maligne, Hortense s'écoutait mentir à l'homme qu'elle aimait plus que tout au monde. Elle avait toujours su que, pour le garder, elle serait prête à n'importe quelle folie, mais ce qu'elle venait de faire lui était toujours apparu comme impensable. Or, elle venait de le faire. Dans un instant d'affolement sans doute, mais avec une assurance qui la confondait. Et à cet instant, elle aurait donné tout au monde pour que ce fût vrai, pour qu'un enfant fût réellement en gestation dans ses flancs... Néanmoins, elle trouva très vite une consolation en pensant que ce pourrait être assez rapidement la vérité. Il fallait que ce fût vrai et que ce fût vrai au plus tôt, même si toute la province devait en faire des gorges chaudes...

Elle et Jean n'avaient réussi à se rejoindre qu'après mille difficultés, mille dangers et à présent Hortense refusait de perdre l'homme qu'elle avait gagné de haute lutte. Car – et elle en était persuadée! – si elle permettait à Jean de s'éloigner d'elle, ce serait la fin de leur amour à plus ou moins brève échéance. Ils vieilliraient bêtement à « une lieue et demie à peine » l'un de l'autre sans jamais se rejoindre vraiment, sans jamais avoir de vie commune, presque sans souvenirs. Et peut-être qu'avec le temps, quand leur jeunesse se serait évanouie à jamais, ils en viendraient à se détester comme se détestaient Mme de Sainte-Croix et son vidame d'Aydit. Cela, Hortense ne le permettrait pas.

Plus ancrée que jamais dans sa résolution, elle chercha Jean. Il s'était éloigné de quelques pas et, assis sur une pierre, il regardait couler la rivière. Hortense ne voyait de son visage qu'un profil perdu mais l'impression d'accablement que suggérait sa pose était frappante et la jeune femme sentit son cœur se serrer :

– Es-tu vraiment si malheureux de cette nouvelle? demanda-t-elle si douloureusement qu'il tressaillit, se leva vivement et vint à elle pour l'envelopper à la fois de son bras et de sa grande cape noire dans ce mouvement de protection tendre qu'il avait souvent.

– Il n'y aurait pas de joie plus grande pour moi si tout était normal entre nous, si j'étais Jean de Lauzargues au lieu d'être Jean de la Nuit, un bâtard meneur de loups. Je ne suis malheureux que pour toi. Tu vas te trouver dans une situation bien difficile.

Hortense se mit à rire.

– Garde ta pitié pour qui en a besoin, Jean! Épouse-moi et je serai la femme la plus heureuse du monde. Quand donc comprendras-tu qu'à nous deux nous pouvons faire face au monde entier? Et si l'on nous laisse dans cette solitude où d'ailleurs se sont plu les derniers Lauzargues, eh bien, tant mieux! Nous y serons plus près l'un de l'autre...

– Mon amazone raisonne comme une petite fille amoureuse qui ne voit pas plus loin que le bout de son nez...

– Je sais! Il y a Étienne, il y a... l'enfant à venir. Mais ne m'appelle pas ton amazone. Cela ne me va pas. C'est à mon amie Felicia Morosini que cela convient. A elle seule.

– As-tu reçu de ses nouvelles?

– Aucune. Quand nous nous sommes quittées à Paris, après ces jours de révolution, je rentrais à Lauzargues et elle partait pour Vienne afin de convaincre le fils de Napoléon de revenir en France et de réclamer au roi Louis-Philippe, que Felicia considère comme un simple usurpateur, le trône de l'Aigle. J'ignore ce qu'elle est devenue et j'avoue qu'à certains moments cela me soucie. Elle est bien capable de s'être fait mettre en prison! Il y a des moments où j'ai presque envie d'aller la rejoindre, ajouta-t-elle par taquinerie. Elle m'avait donné rendez-vous, au cas où les choses tourneraient mal pour moi ici. Je devais la retrouver à Vienne...

Elle fut payée de sa malice en sentant le bras de Jean se resserrer autour de sa taille.

– Une mère de famille ne court pas les grands chemins. Tu dois songer à présent à l'enfant que tu portes. Et à ce mariage que tu désires tant.

– Tu acceptes donc?

– Je n'ai le droit de refuser cela ni à toi... ni à Dieu

puisqu'au moins nous serons en paix avec lui mais, Hortense, il faudra te contenter d'un mariage secret. Et cela ne changera rien à ce que je veux faire pour Lauzargues.

– Tu veux partir quand même?

– Sans doute, puisque ce sera désormais devant deux enfants et non plus un seul que nous devrons rendre compte de notre conduite. Tu auras de moi tout l'amour du monde, Hortense. Mais tu ne me feras pas renoncer à ce que j'ai décidé.

« Nous verrons bien! » pensa Hortense tandis que, serrés l'un contre l'autre, ils remontaient vers la maison. Le temps d'hiver n'était pas celui des travaux des champs. La neige serait bientôt là. Et Jean n'aurait plus aucune raison valable pour ses excursions à Lauzargues. De même, on ne recevrait plus beaucoup de visites à Combert. Et Hortense pensa qu'elle allait peut-être pouvoir vivre ces quelques semaines d'intimité heureuse, rien qu'à deux, dont elle rêvait tellement.

Cette nuit-là, tous deux s'aimèrent avec toute l'ardeur d'un jeune amour, avides de retrouver les heures perdues par leur courte séparation. Mais s'y mêlaient déjà des sentiments contradictoires. Pour Jean, c'était le remords, léger il est vrai, d'avoir peiné son amie en lui annonçant son désir de vivre à Lauzargues. Pour Hortense, c'était la conscience désagréable de ce premier mensonge jointe au désir forcené que ce mensonge, justement, cessât d'en être un. Elle semblait ne pouvoir se rassasier de son amant et ce fut Jean qui, pour la première fois, s'avoua vaincu au premier chant du coq...

Tendrement, Hortense le regarda s'endormir, la tête contre son épaule, émue par cette force au repos, cette puissance dont elle avait su se rendre maîtresse. Elle-même n'avait pas sommeil et, durant un long moment, elle regarda Jean dormir, posant de temps en temps sur ses yeux clos ou sur sa bouche entrouverte un baiser aussi léger qu'un souffle. Comme elle l'aimait à cet instant où le monde se réduisait à l'intimité chaude de son lit enveloppé dans ses rideaux de brocatelle bleue sous lesquels la veilleuse mettait une lumière douce qui ciselait la puissante musculature de l'homme, caressait sa propre peau d'un reflet doré et faisait vivre les mèches blondes de ses cheveux ruisselant sur l'oreiller et sur la poitrine de Jean.

Avec un soupir de bonheur, elle se coula contre son corps, l'entourant de son bras comme d'une fragile branche de lierre autour du tronc d'un grand arbre. Un petit lierre têtu et obstiné qui ne voulait pas se laisser arracher sous peine d'en mourir. Jean était à elle et à elle seule. Elle avait combattu assez rudement pour posséder ce droit de le dire sien et elle combattrait encore avec toutes les armes mises par la nature à sa disposition. Une nature qu'il s'agissait d'obliger à répondre à son attente. Grâce à Dieu, elle avait devant elle quelques nuits comme celle qui s'achevait! Ces nuits lui permettraient de concevoir cet enfant qu'à présent elle voulait à tout prix. Et c'est forte de cet espoir qu'elle finit enfin par s'endormir...

La première neige vint le lendemain soir et Hortense l'accueillit comme une amie. Jean n'était pas reparti plus loin que la ferme où il aidait François à réparer son toit. Si la neige s'installait, il n'aurait aucune raison d'aller entreprendre quoi que ce soit à Lauzargues... Mais Clémence, rentrant de chercher quelques poires au fruitier pour en fourrer une tourte, doucha son enthousiasme.

– Durera pas cette saleté! dit-elle, l'est déjà en train de fondre. D'ailleurs voilà la « traverse » qui prend. Va nous amener de la pluie...

– Vous n'aimez pas la neige, Clémence?

– Aimer la neige qui gèle les pieds et donne l'onglée? Pauvre Sainte Vierge! Vous voulez dire qu'elle me fait à peu près autant plaisir qu'une pierre dans mon sabot!

– Je la trouve pourtant plus agréable que la pluie qui transforme les chemins en fondrières...

– Ouais mais la pluie au moins elle amène pas les loups. C'est quand la neige prend et s'installe qu'ils sortent des bois cette engeance. C'est vrai qu'ici on ne les craint point grâce à... à...

Clémence s'arrêta et Hortense se sentit rougir. Ce n'était pas la première fois qu'elle remarquait cette difficulté que rencontraient aussi bien Clémence que les gens du pays lorsqu'il s'agissait de désigner Jean. Autrefois, avant qu'on ne le sût lié à Hortense, il était pour tous « le Jean de la Nuit », ou « le Jean des Loups » ou encore « Le Meneu'd'loups » et comme tel on le respectait comme un être à part tout en ayant un peu peur de lui. En dépit de ses attaches paysannes, car on avait estimé sa mère malgré son « malheur » et l'on savait bien qui était son père, il demeurait un être en marge, à mi-chemin entre le sorcier et le bohémien. Quand encore on ne lui trouvait pas quelques vagues ressemblances avec le diable. Mais à présent qu'on le savait l'ami de la châtelaine de Combert, on ne savait plus trop quel nom lui donner. Hortense décida qu'il était temps d'en finir une bonne fois avec ses tergiversations.

– Est-ce qu'il ne serait pas plus simple de l'appeler tout bonnement monsieur Jean?

– Monsieur Jean? C'est que, par ici, on l'a jamais considéré comme un monsieur.

– On? Qui est *on*?

Mise en face d'un problème linguistique aussi ardu, Clémence jeta un regard suppliant à la petite statue de la Vierge noire du Puy qui ornait le manteau de la cheminée et s'en prit aux coins de son devantier...

– Ben... tous ceux des alentours. Pas seulement ici ou à Lauzargues, mais je crois bien de Saint-Flour à Chaudes-Aigues et jusqu'à la Margeride. Faut pas vous offenser, madame Hortense, parce qu'on sait que vous l'aimez bien mais y a des habitudes difficiles à perdre. Et puis... si vous voulez que je vous dise le vrai, on pense qu'il est pas du même monde que vous!

« *Vox populi, vox Dei!* » eût dit la douairière de Sainte-Croix, dont Hortense crut entendre le timbre aristocratique; mais la jeune femme repoussa farouchement un dicton dont la sagesse lui avait toujours semblé douteuse et plus encore lorsqu'au cours de la révolution de Juillet elle avait pu entendre gronder cette voix du peuple.

– Pas du même monde que moi? Tous ces gens auxquels vous faites allusion savent bien, pourtant, qu'il est le fils du défunt marquis de Lauzargues, mon oncle et que, de ce fait, il est mon cousin?

– Peut-être, mais...

– Pas de peut-être et pas de mais! D'autre part, je préfère vous l'annoncer tout de suite, Clémence, en vous priant toutefois de bien vouloir garder la nouvelle pour vous : nous allons nous marier.

– Mais, dit Clémence après ce bref silence qui suit toujours la chute d'un objet lourd, comment que vous allez faire puisqu'il n'a pas de nom à lui?

– Celui de sa mère devrait suffire. D'ailleurs, nous ne

passerons pas par la mairie. Notre mariage sera un mariage secret dont vous serez, vous et François, les témoins et que le chanoine de Combert bénira. Si François se rend au marché de Saint-Flour samedi, je l'accompagnerai et j'irai voir le chanoine. Ainsi, dès à présent, je vous serais reconnaissante de dire monsieur Jean quand vous parlez de mon futur époux... en vous rappelant que Mlle Dauphine l'estimait et même l'aimait. Au fait, n'oubliez pas de mettre son couvert, ce soir : il soupera ici...

Matée, Clémence s'en alla casser ses œufs pour faire sa tourte avec une énergie qui en disait long sur ses sentiments intimes et Hortense regagna le salon où elle tourna en rond pendant quelques instants. Elle se sentait nerveuse et irritée car elle n'imaginait pas que son amour pour Jean ne reçût pas l'approbation pleine et entière de tous ceux qui vivaient autour d'eux. Elle découvrait que les gens simples pouvaient être aussi fermement attachés aux usages que des aristocrates de vieille souche et elle en éprouvait quelque chose qui ressemblait à de la peine.

Au-dessus de sa tête, elle entendait Jeannette, qui rangeait un placard dans la chambre d'Étienne, aller et venir en fredonnant une romance et elle faillit aller la rejoindre pour lui annoncer, à elle aussi, son mariage. La jeune femme, elle en était certaine, n'oserait jamais se permettre la moindre remarque, mais si une simple expression de son visage laissait supposer qu'elle était choquée elle aussi, Hortense savait que sa peine s'en augmenterait et elle renonça. « Que ces gens pensent ce qu'ils veulent, se dit-elle, je n'en ferai pas moins ce que j'ai décidé... »

Indécise, elle tournait et retournait dans la grande pièce, ne sachant que faire, quand son regard tomba sur la tapisserie commencée par Dauphine de Combert et que la mort l'avait empêchée d'achever. Elle s'en approcha et la contempla avec un intérêt nouveau. C'était, sur un fond ivoire, un semis capricieux de feuillages d'automne que l'artiste destinait aux chaises de sa salle à manger.

Dans le petit chiffonnier voisin dormaient toujours les sacs contenant les soies, les laines, les fils d'or, les aiguilles, les crayons, les ciseaux de vermeil et aussi les feuilles sèches ramassées au hasard des promenades et qui servaient de modèles.

Tandis que ses doigts caressaient une belle feuille de

hêtre pourpre, Hortense crut entendre rire Dauphine, comme elle seule savait rire. Et puis, lointain, il y eut l'écho de sa voix :

– La tapisserie est le meilleur calmant que je connaisse, ma chère Hortense. Elle occupe les mains tout en laissant l'esprit libre et c'est parfois bien commode. Par exemple, lorsque l'on reçoit une visite qui ne vous passionne pas ou encore lorsque l'on vous raconte des histoires qui ne vous intéressent pas. Elle m'a permis d'entendre le marquis votre oncle durant des soirées entières sans lui offrir d'autre réponse qu'un sourire par-ci par-là... et sans tomber de sommeil. Vous devriez essayer.

Jusqu'à présent, Hortense ne s'était pas laissé séduire mais cette fois elle ouvrit le chiffonnier, y prit le sac de toile brodée qu'elle accrocha au cadre d'acajou, s'assit dans le fauteuil cabriolet où personne ne s'était assis depuis des mois, choisit un brin de soie de la nuance de la feuille commencée, l'enfila et, d'un geste où entrait une part de défi, elle planta l'aiguille dans la toile tendue. Et, curieusement, ce simple geste suffit à l'apaiser : il était temps, grand temps qu'elle s'imposât ici comme la maîtresse absolue et non plus comme l'invitée perpétuelle de Mlle de Combert!

Lorsque Clémence entra un moment plus tard afin de s'assurer que la provision de bûches était suffisante pour la soirée, elle fut si saisie de voir Hortense installée à cette place toujours vide et travaillant à la tapisserie qu'elle en lâcha l'un des tronçons de bois qu'elle portait. Hortense leva les yeux :

– Eh bien, Clémence?

– Faites excuses, madame Hortense, mais je ne m'attendais pas à vous voir là. En ouvrant la porte j'ai cru... Pauvre Sainte Vierge, j'en ai encore le cœur qui me bat!

– Vous avez cru revoir Mlle Dauphine, n'est-ce pas? C'est un peu ce que j'espérais. Sachez qu'à l'avenir je me conduirai exactement comme elle l'eût fait à ma place. C'est-à-dire que je ferai en toutes choses ce que j'ai envie de faire, quoi qu'on en puisse dire autour de moi.

L'entrée de Jeannette qui amenait le petit Étienne à sa mère dispensa Clémence de répondre. Elle se hâta de disposer ses bûches et reprit le chemin de sa cuisine en fermant la porte aussi doucement que s'il s'agissait d'une chambre de malade.

– Qu'a donc Clémence? dit Jeannette qui avait suivi cette sortie inhabituelle avec surprise.

– Elle est mal remise de ce que je viens de lui apprendre et qu'après tout je vais vous annoncer à vous aussi. Jean et moi allons nous marier, secrètement bien sûr, mais nous marier tout de même.

Le sourire qui illumina le doux visage de la jeune nourrice réchauffa le cœur d'Hortense.

– C'est une nouvelle qui fait plaisir à entendre, madame Hortense. Mon oncle et moi nous espérions bien que vous en viendriez là.

– Cela n'a pas été sans peine. Jean refusait farouchement ce mariage. A cause des gens... Comme si cela avait de l'importance.

– Non, pas à cause des gens, rectifia Jeannette doucement, à cause de sa fierté. C'est vous qui avez tout et lui n'apporte rien... rien de visible tout au moins. Mais je suis bien heureuse pour tous les deux qu'il accepte. Cela ne vous ressemblait ni à l'un ni à l'autre de vivre dans le péché...

Vivre dans le péché! La petite phrase trottait encore dans la tête d'Hortense tandis que, le lendemain après-midi, elle foulait du pied les petits pavés ronds de la rue de la Rollandie à Saint-Flour en direction de la maison de son vieux cousin le chanoine de Combert. Elle avait profité de la voiture de François qui venait au marché de la ville renouveler la provision de chandelles et d'huile pour les lampes de Combert. Sa visite faite, elle repartirait avec lui sans d'ailleurs s'accorder le plaisir d'une visite à Mme de Sainte-Croix pour ne pas être obligée de passer la nuit à Saint-Flour.

Proche de la belle cathédrale dont les sévères tours carrées couronnaient les toits bleus de la ville haute, la rue de la Rollandie, qui rejoignait le rempart à la Grand-Place, contenait quelques-unes des plus anciennes maisons d'une cité qui cependant en comportait beaucoup et de fort belles. Celle du chanoine de Combert, avec la triple accolade de pierre de sa porte Renaissance et ses fenêtres à colonnettes, était sans doute l'une des plus élégantes. Le petit chanoine rond et rose qui, avec sa couronne de cheveux blancs bouclés, ressemblait à un angelot vieilli, menait là une vie douillette sous la houlette d'une gouvernante format grenadier qui veillait sur sa santé et sur son confort avec une farouche énergie.

D'ordinaire, l'intérieur de la maison fleurait une délicate odeur de bergamote mais quand Hortense monta son bel escalier de pierre blanche que Florette – c'était l'incroyable prénom de la vigoureuse gouvernante – devait certainement racler au couteau tous les jours pour qu'il fût aussi propre, une roborative odeur de choux, d'oignons et d'épices apprit à la jeune femme que le chanoine aurait de la potée pour son souper. Mais ce n'était un secret pour personne que le cher homme vivait, lui aussi, dans le péché. Un aimable péché qui était celui de la gourmandise.

La voix de Florette, précédant Hortense dans l'escalier, lui revint, tonitruante en dépit de l'épaisseur des murs.

– C'est Mme la comtesse de Lauzargues qui s'en vient vous faire visite, Monsieur le chanoine.

– Mais quelle bonne surprise! Venez, ma chère enfant, venez vite!

La fin de la phrase s'acheva sur le palier, et en y arrivant Hortense tomba pratiquement dans les bras courts de son vieil ami. On s'embrassa à la mode paysanne que le chanoine appréciait plus que les révérences de cour...

– Tâchez d'ajouter quelques friandises à notre menu, ma bonne Florette! Mme de Lauzargues soupera avec moi ce soir...

– Malheureusement non, dit Hortense, et je vous en demande bien pardon en ajoutant que je le regrette de tout mon cœur. Mais je ne suis en ville que peu de temps : tout juste celui de venir causer avec vous un moment. Si toutefois je ne suis pas importune?

– Importune, vous? Entrez, mon enfant, et croyez que je regrette de ne pas vous garder plus longtemps. Du thé, Florette!

Avec sa profonde cheminée où brûlait un bon feu, ses vieux meubles de châtaignier bien cirés, les deux bibliothèques bourrées de livres qui se faisaient face et ses fauteuils antiques adoucis d'épais coussins de velours rouge, assorti aux rideaux, la pièce où entra Hortense était chaude et accueillante. Elle contrastait agréablement avec le courant d'air glacé qui régnait dans la rue et que le faible soleil hivernal ne parvenait pas à réchauffer. Hortense s'installa avec un soupir de satisfaction après avoir ôté son manteau fourré et desserré un peu les larges brides de sa capote de velours noir dont la passe de mousseline blanche bouillonnée mettait sur son visage une jolie lumière. Bien carré dans son fauteuil, le chanoine la considérait avec un plaisir visible.

– Les jolies femmes sont une joie rare dans cette maison, ma chère Hortense, et vous êtes, Dieu me pardonne, plus rayonnante que jamais. Comment va notre petit Étienne?

Ainsi que l'exigeait le code des bonnes manières, Hortense donna des nouvelles de son fils, s'enquit de la santé du chanoine et échangea avec lui quelques généralités touchant leurs parents ou amis communs. Cela donna à Florette le temps de revenir avec un plateau chargé d'une théière fumante, de petits gâteaux et de tous les ustensiles nécessaires à la cérémonie du thé telle qu'on la concevait dans les bonnes familles. Et ce fut seulement après avoir grignoté deux galettes et bu une tasse de l'odorant breuvage qu'Hortense exposa enfin le but de sa visite :

– Mon cousin, je suis venue vous demander de me marier et j'espère que vous ne refuserez pas de procéder à une cérémonie tout intime et qui devra demeurer ignorée...

Si le chanoine fut surpris, il n'en montra rien. Sa main dodue chassa soigneusement quelques miettes de pâtisserie qui s'attachaient à sa soutane :

– Un mariage secret?

– Oui. Aucun autre n'est possible, hélas!... Du moins à ce que tout le monde me laisse entendre.

– Ce *tout le monde*-là doit se résumer à une demi-douzaine de personnes tout au plus, remarqua M. de Combert qui s'enfonça plus profondément dans ses coussins et croisa ses doigts sur la belle croix pectorale pendue à son cou. Puis il ferma les yeux un instant. N'imaginant pas qu'il fût en train de s'endormir, Hortense respecta son silence. Mais comme celui-ci menaçait de s'éterniser, elle se hasarda à murmurer :

– Vous ne me demandez pas qui j'ai l'intention d'épouser?

Le chanoine rouvrit les yeux. Ses prunelles d'un joli bleu gentiane eurent un pétillement amusé qui ne se traduisit cependant pas par un sourire.

– Je crois que je le sais. Nous parlions de vous voici peu, notre cousine de Sainte-Croix et moi – oh, soyez sans inquiétude – avec toute l'affection que nous vous portons l'un et l'autre, et nous en étions venus à cette conclusion que c'était une éventualité à envisager. Bien qu'elle ne soit guère souhaitable...

Tout de suite, Hortense s'insurgea :

– Guère souhaitable pour qui? Pour moi en tout cas, épouser Jean représente le plus grand bonheur qui soit au monde.

Cette fois, le chanoine sourit :

– Je ne devrais peut-être pas vous le dire mais j'ai appris, au cours d'une vie déjà longue, que le mariage, même s'il se pare dans ses débuts des couleurs tendres de l'amour partagé, les conserve rarement jusqu'à la fin dernière. Et quand il s'agit d'une passion, c'est encore plus rare.

– Je suis sûre de l'amour de Jean et je suis sûre de mon amour. Si deux êtres ont été destinés l'un à l'autre de toute éternité, c'est bien nous.

– C'est ce que l'on dit toujours en pareil cas. Mon enfant, je ne nie pas les grandes qualités de ce garçon. Je ne nie même pas qu'il soit sans doute le plus digne représentant de cette vieille race des Lauzargues. Malheureusement...

– Il n'en porte et n'en portera jamais le nom, je sais! coupa Hortense. Et c'est la raison pour laquelle j'ai parlé d'un mariage secret dans lequel la loi n'entrera pas en jeu puisqu'il faut tenir compte de cette misérable question de nom. Et ce mariage, je vous demande de le célébrer, ici ou à Combert, au jour et à l'heure qui vous conviendront. Je ne peux ni ne veux vivre sans l'homme que j'aime mais au moins je veux pouvoir être sa compagne devant Dieu et en pleine tranquillité de conscience.

– Ces sentiments vous honorent, soupira M. de Combert, et je ne vois pas comment vous refuser. Pourtant, quelque chose m'intrigue : comment êtes-vous parvenue à convaincre votre ami de consentir à ce mariage? D'après Mme de Sainte-Croix – et vous l'avez vue tout récemment – il en était fort éloigné? En outre, c'est, si je ne me trompe, un homme qui ne change pas facilement de ligne de conduite? Alors?

Hortense sentit la rougeur monter à son visage et l'envahir jusqu'à la racine de ses cheveux blonds. Elle aurait dû tenir compte de l'extrême pénétration de ce vieux prêtre habitué dès longtemps à sonder les replis de l'âme humaine. Mentir à ces yeux bleus qui la scrutaient lui parut tout à coup impossible... Elle choisit alors ce qu'elle crut une échappatoire habile.

– Mon père, dit-elle, voulez-vous m'entendre en confession?

Le chanoine eut un haut-le-corps et fronça les sourcils.

– Sans doute... mais vous m'inquiétez! Vous seriez-vous servie d'un moyen déloyal? D'autre part, je vous rassure tout de suite. Point n'est besoin de l'appareil d'un confessionnal pour qu'un secret demeure caché au fond de mon cœur. Souvenez-vous que j'ai pour vous estime et affection.

Hortense comprit qu'elle était vaincue, qu'il allait falloir tout dire mais, curieusement, cela lui parut tout à coup beaucoup plus facile.

– Vous parliez d'estime? Je crains d'en perdre une partie car, c'est vrai, j'ai obtenu l'assentiment de Jean par un stratagème.

– Lequel?

– Je lui ai dit que j'attendais un enfant.

– Et... ce n'est pas vrai?

– Pas encore. Mais j'espère de tout mon cœur que cela le sera très vite.

Il y avait du défi dans la voix de la jeune femme et l'aimable visage du chanoine se ferma.

– Je vous le souhaite. Sinon, ne comptez pas que je bénirai un mariage bâti sur un mensonge. Comment ne comprenez-vous pas que vous avez tendu à cet homme un piège indigne de vous et indigne de lui?

– Je l'aime et je veux le lier à moi pour toujours.

– C'est une explication, ce n'est pas une excuse!

Voyant s'assombrir le visage de sa visiteuse, le vieil homme adoucit le ton et même trouva un sourire.

– Mon enfant! Ne croyez pas que je vous condamne. La passion, je le sais, peut conduire à bien des excès. Elle rend aveugle et sourd, elle entame parfois les défenses de la conscience, mais vous êtes une femme de trop haute qualité pour vous laisser aller à ces accommodements douteux avec le ciel. Vous me dites que vous avez, de tout temps, été destinés l'un à l'autre? Vous dites encore que vous voulez être la compagne de Jean au moins devant Dieu et en toute conscience? Alors, pourquoi tant de hâte? Pourquoi ne pas laisser justement à Dieu le soin de juger? Si vous devez être unis, Il saura bien démêler l'écheveau si embrouillé de vos deux vies pour en tisser un ruban lisse et uni...

– Comme Il l'a fait pour notre cousine de Sainte-Croix, lorsqu'elle s'appelait Mlle de Sorange et pour le vidame d'Aydit? fit Hortense amèrement.

– Peut-être ces deux-là n'aimaient-ils pas assez? Notre chère cousine a toujours été d'un caractère porté vers le goût de la contradiction et je crois que le vidame était du même bois. Ils tenaient l'un à l'autre d'autant plus qu'on voulait les empêcher de s'unir. Je crois votre amour d'une qualité plus haute et plus solide, mais...

– Mais vous, le serviteur d'un dieu qui proclame tous les hommes égaux devant sa face, vous faites grief à Jean, comme les autres, de n'être pas de même rang que moi? Le rang? Est-ce que cela signifie quelque chose lorsque l'on s'aime?

– Je ne crois pas avoir employé ce mot-là, dit le chanoine sévèrement. Il est certain que, de par la naissance... officielle, vous êtes assez éloignés l'un de l'autre, mais je crois aussi qu'un mariage secret... qui ne le sera sans doute plus pour personne au bout de quelques mois, pourrait être une bonne solution.

– Eh bien?

– Encore faut-il qu'il soit bâti sur des bases franches. Je vous ai dit que vous étiez une femme de qualité et je vais aller plus loin. Par ce que je sais de lui, je le crois un homme de très grande qualité. Voilà pourquoi vous n'avez pas le droit de lui tendre un piège aussi misérable. Il pourrait ne jamais vous le pardonner.

– Vous le croyez vraiment? murmura Hortense, ébranlée pour la première fois dans ses certitudes.

– J'en suis tout à fait persuadé. Alors, écoutez ceci, mon enfant : dans la semaine qui suivra le saint jour de Pâques, je me rendrai à Combert pour vous marier. Et je le ferai, croyez-moi, avec une vraie joie dès l'instant où vous me direz que cette vilaine petite ombre que vous avez suscitée sur votre âme s'est dissipée, soit que vous ayez avoué la vérité, soit que Dieu ait sanctionné, par la nature, une union qui entre, peut-être, en effet dans les plans qu'Il a formés pour vous.

Hortense se leva et alla reprendre son manteau qu'elle avait posé au dos d'un fauteuil.

– Il en sera comme vous le désirez, soupira-t-elle.

J'espère seulement que Jean sera toujours à Combert à ce moment-là !

– Pourquoi n'y serait-il pas? Doit-il donc s'absenter?

– Il veut aller vivre à Lauzargues pour tenter de sauver, des terres et des bâtiments, ce qui peut encore être sauvé. Le château sous lequel repose son père l'attire comme un aimant et mes bras ne sont pas assez forts pour le retenir. C'est pourquoi j'ai menti : pour le garder auprès de moi...

Le chanoine se leva à son tour et vint prendre les deux mains d'Hortense qu'il enferma entre les siennes :

– N'essayez pas trop de le retenir. C'est la meilleure... peut-être la seule manière de le détacher de vous. Puisque, de toute façon, mariés ou non, vous ne pouvez vivre ensemble quotidiennement, laissez-le s'éloigner un peu... de crainte qu'il ne s'éloigne davantage. Qu'est-ce qu'une lieue et demie quand on s'aime? Il me semble me souvenir que, de leur vivant, le marquis votre oncle et notre chère Dauphine savaient s'en accommoder?

– Le marquis sans doute. Mais Dauphine souhaitait de tout son cœur échanger son doux Combert contre les sévérités du château de Lauzargues...

– Et devenir marquise? Je sais. Mais à la lumière des derniers événements, je crois qu'il valait mieux pour elle que les choses demeurassent en l'état. Même si la morale n'y trouvait pas tout à fait son compte.

Brusquement, le chanoine se mit à rire :

– Eh bien, vous me faites tenir, depuis un moment, d'étranges propos! Je crois que je vais aller jusqu'à la cathédrale pour y dire une prière. Voulez-vous m'accompagner? Ne fût-ce que pour y recevoir l'absolution dans les règles?

Hortense rentra à Combert songeuse et presque résignée. Sa visite au chanoine et les quelques minutes passées sous les voûtes glacées de la cathédrale, pour inconfortables qu'elles eussent été, lui avaient fait grand bien et si elle était toujours aussi décidée à tisser entre elle et Jean ces liens que seule la mort peut dénouer, du moins comprenait-elle à présent qu'elle avait pris le mauvais chemin. Et peut-être, après le long temps de réflexion que lui avait laissé la route aux côtés de François le silencieux, eût-elle tout de suite avoué son mensonge à son ami, mais Jean n'était pas là au moment de son retour. La nuit était alors close depuis longtemps, et dans la soirée, on avait entendu hurler des loups en direction du sud. Jean avait alors sifflé Luern et, enveloppé de sa grande cape, son large chapeau noir enfoncé jusqu'aux sourcils, il avait disparu dans les ténèbres, son loup familier sur les talons...

Guettant autour de la maison les bruits de la campagne, Hortense dormit peu cette nuit-là. Le fait que Jean ait répondu au premier appel de ces loups qu'il aimait, qu'il comprenait et dont il savait si bien se faire entendre accentuait singulièrement leurs différences. Comme l'autre nuit, ce fut seulement au chant du coq que la jeune femme trouva le sommeil. Mais cette fois, ce n'était plus l'amour qui l'avait tenue éveillée mais une angoisse nouvelle. L'angoisse d'une solitude, semblable à celle qu'avait vécue Dauphine de Combert, et à laquelle il allait lui falloir s'habituer si les choses ne s'arrangeaient pas comme elle l'espérait.

Clémence adorait les colporteurs pour tout cet air venu d'ailleurs qu'ils apportaient avec eux. Elle aimait l'instant magique où ils ouvraient leurs grandes boîtes sur tous les petits objets que les femmes apprécient tant : rubans, aiguilles, épingles à tête, dentelles, menus bijoux, mais aussi images saintes, almanachs si précieux et si passionnants, sans oublier la collection d'histoires et de nouvelles que chacun d'eux emmagasinait dans sa tête pour la plus grande joie de ses pratiques. A Combert, le colporteur trouvait toujours, sur la table, le chanteau de pain, le jambon, les cochonnailles, la soupe, bien sûr, et le pichet de vin mais aussi quelques gâteaux, le café et même une bonne goutte d'eau-de-vie de prune.

Celui qui débarqua deux jours plus tard avait grand besoin de réconfort. Il était pâle comme une mauvaise aube, tremblait comme une feuille et semblait ne se soutenir qu'à peine. Il avala d'un trait le verre de vin que lui offrait Clémence, tendit le verre pour qu'on le lui remplît à nouveau et se laissa tomber sur l'un des bancs de la cuisine comme s'il ne pouvait plus se soutenir.

– Eh bien, vous voilà dans un bel état, mon pauvre Sainfoin, s'écria Clémence qui le connaissait de longue date. Que les saints du paradis me pardonnent, mais on jurerait que vous avez vu le diable!

– Vous ne croyez pas si bien dire, la Clémence. Je l'ai pas vu mais je l'ai entendu et j'ai vu surtout les feux de son enfer! Et c'était pas beau à voir.

– D'où venez-vous donc comme cela? intervint Hortense qui, attirée par l'entrée fracassante du colporteur, pénétrait à cet instant dans la cuisine. Sainfoin se souleva de son banc pour saluer bien poliment puis, incapable de rester debout, se laissa retomber bruyamment.

– De Lauzargues, sauf vo't respect, mame la comtesse, de Lauzargues où j'ai cru périr d'effroi... Dites voir, la Clémence, vous auriez pas un petit quelque chose à manger? J'ai la panse encore plus vide que ma poche!

Tandis que, sur un signe d'Hortense, Clémence se hâtait de sortir de quoi nourrir le bonhomme, la jeune femme s'assit de l'autre côté de la table.

– Et qu'êtes-vous allé faire à Lauzargues? Ne saviez-vous pas que le château a été détruit par... un incendie?

– Sûr que je l' savais! Vot' incendie, l'a fait assez d' bruit dans l' pays. Mais j' pensais qu'à la ferme y avait encore du monde. Le père Chapioux il aimait bien mes almanachs... et j'en ai des bien beaux pour l'année qui vient, ajouta le bonhomme chez qui le sens du commerce ne s'endormait jamais.

– On verra ça plus tard, coupa Clémence. En attendant, pour ce qui est du Chapioux, ça m'étonnerait bien qu'il ait acheté un almanach. L'a été tué avec son fils et son valet en essayant de porter secours à M. le marquis...

– Eux aussi? Ça fait bien des morts, dites voir, Clémence! Et des morts pas belles! Pas étonnant que le diable soit installé dans ces ruines maudites!

– Je ne vois pas pourquoi Lauzargues serait maudit, coupa Hortense sèchement. Le château et ses habitants ont été victimes d'un accident, mais il n'y a rien de diabolique là-dedans.

– C'est vous qui le dites, mâme la comtesse mais, sauf vot' respect, je sais ce que j'ai vu...

– Eh bien, racontez... ou plutôt mangez d'abord! Votre récit n'en sera que plus clair.

Sainfoin se hâta d'obéir puis, dûment lesté d'une large part de *pounti*, il avala une grande goulée de vin, se torcha la moustache d'un revers de main et entama son récit.

La veille au soir, il était déjà tard quand il s'engagea, sa balle sur le dos, dans le chemin qui de la planèze descendait à travers bois vers la gorge au bord de laquelle se dressait le vieux château, ou tout au moins ce qu'il en restait. Sainfoin n'était pas peureux par nature : il avait trop roulé sa bosse sur toutes les routes d'Auvergne, des abords de Clermont à la profonde vallée du Lot, pour craindre de voyager la nuit à travers une campagne déserte. Il avait déjà beaucoup marché dans la journée mais tenait à atteindre Lauzargues où il savait trouver, à la ferme du château, un abri, un couvert et des oreilles attentives pour ses contes.

Au temps du marquis, le colporteur ne poussait jamais jusqu'au château parce que le maître l'impressionnait et aussi parce qu'il ne s'entendait pas trop bien avec Godivelle. Celle-ci ne fréquentait ses pareils que dans les seules et rares occasions où elle avait besoin de quelque chose. Pour le reste, elle tenait Sainfoin et ses confrères pour des bavards, des médisants et même des calomniateurs aux paroles desquels il fallait se garder soigneusement d'accorder le moindre crédit.

– Ces gens-là sont tout en langue comme le renard est tout en queue! répétait-elle volontiers. En foi de quoi les colporteurs préféraient se tenir à distance et il fallait que ce fût un nouveau dans le métier pour qu'il se risquât sur le sentier en pente qui menait au château. Mais Sainfoin était un vieux de la vieille et ne s'y fût pas risqué pour un empire...

Il se dirigeait donc vers la ferme d'un bon pas et arrivait en vue de l'énorme ruine quand il s'arrêta brusquement : une lueur rougeâtre filtrait à travers les pierres, comme si un feu brûlait au cœur des décombres. Étonné, Sainfoin contemplait le phénomène quand un long gémissement perça la nuit, un gémissement qui s'enfla jusqu'à devenir un hurlement comme doivent en pousser les damnés dans leur fournaise, puis se brisa et mourut dans un sanglot. Alors apparut une forme blanche qui se glissa à travers les pierres et disparut tandis que le gémissement reprenait.

L'épouvante s'empara du colporteur, persuadé qu'il avait entrevu l'entrée de l'enfer. Trébuchant sur les pierres, il remonta le sentier et, oubliant à la fois sa fatigue et le poids de son chargement, il s'enfuit droit devant lui. Quelqu'un qui le vit passer aux abords du petit village de Lauzargues, distant du château d'une demi-lieue, voulut l'arrêter mais l'homme, emporté par sa terreur, ne se possédait plus. Il bouscula l'homme en criant :

– Le diable est dans votre château de malheur! Vous serez tous maudits si vous ne le chassez pas! Maudits, tous maudits...

Et l'homme en pleine panique continua de courir jusqu'à ce qu'une souche d'arbre l'abattît, exténué et à moitié assommé, sous un buisson où il finit par s'endormir. Au matin, il reconnut qu'il se trouvait sur le chemin de Combert et s'y traîna comme il put.

– Vous en savez autant que moi, à présent, soupira-t-il en tendant la main vers la cruche de vin. Sauf vot' respect, mâme la comtesse, votre nom est celui d'un endroit qui n'est plus chrétien. Vous devriez en changer...

– Lorsque j'aurai besoin d'un conseil, Sainfoin, je vous le demanderai. Quant à ce que vous avez cru voir...

– Ce que j'ai vu! s'insurgea le bonhomme, *vu et entendu!* Je peux le jurer sur les cendres de ma pauvre mère et sur le salut de mon âme!

– Vous racontez tellement d'histoires que vous finissez par y croire. Et puis, vous étiez très fatigué, n'est-ce pas, hier au soir?

– Ah ça, pour être fatigué, j'étais fatigué! A moitié mort, vous voulez dire...

– Eh bien, c'est tout simple : vous avez été victime d'une hallucination. Ce sont des choses qui arrivent dans les cas de grande lassitude...

Au prix de son âme, Hortense eût été, sur le moment, incapable de dire pour quelle raison elle tenait tant à arracher de la mémoire de Sainfoin le terrifiant souvenir qui s'y était implanté. Mieux que quiconque, elle savait que le château familial était un lieu étrange où tout était possible, même l'invraisemblable, dès l'instant où il servait de sépulture à l'homme terrible qu'avait été le marquis Foulques, mais elle ne pouvait permettre que la terreur s'installât dans la région ni qu'on vînt lui dire en face que le nom de son fils pouvait être considéré comme frappé de malédiction.

Une fois encore, elle remplit le verre du bonhomme, ajoutant avec un sourire :

– Buvez encore un peu! Le vin chasse les mauvaises fumées de la nuit. Puis vous irez dormir à la ferme où Clémence va vous conduire car vous avez besoin de repos. Demain, après un bon repas, vous verrez les choses sous d'autres couleurs et vous vous sentirez un autre homme.

– Ma foi, mâme la comtesse, c'est pas d' refus. C'est vrai que je me sens pas bien. Vous croyez que j'aurais pu avoir des... comment vous dites?

– Des hallucinations? J'en suis persuadée. Il court déjà bien des légendes sur Lauzargues. Elles vous seront montées à la tête. De toute façon, nous ferons dire des prières...

Remorqué par une Clémence qui, visiblement, ne savait trop que penser, Sainfoin quitta la cuisine et prit la direction de la ferme. Du seuil de la porte, Hortense les regarda s'éloigner dans la brume du matin.

– Tu as agi sagement, fit derrière elle la voix de Jean. Il est mauvais de laisser courir de telles histoires. J'ai seulement peur que, même après un long sommeil et même si tu le faisais boire à rouler par terre, cet homme n'ait pas complètement oublié.

– Tu as entendu?

– Tout. J'étais là, dans la salle à manger, mais j'ai préféré ne pas me montrer. Viens, Clémence va revenir et nous avons à parler.

Ensemble, ils gagnèrent le salon où Hortense alla tendre ses mains au feu qui flambait dans la cheminée. Elle se sentait glacée jusqu'à l'âme et, en vérité, ne savait trop que penser du fantastique récit du colporteur. Derrière elle, le pas régulier de Jean, qui arpentait le salon, faisait craquer les lames du parquet.

– Que penses-tu de cette histoire? demanda-t-elle au bout d'un moment.

– Que veux-tu que j'en pense? Cet homme boit comme une éponge. Dieu sait combien de verres il avait dû absorber au long de son chemin quand il est arrivé en vue du château...

– Mais ce feu... ces cris!

– Tu l'as dit toi-même : des hallucinations, des rêveries d'ivrogne. Tu ne vas tout de même pas y attacher foi?

Brusquement, elle se retourna et lui fit face :

– Et toi? Est-ce que tu n'essaies pas de te convaincre toi-même? Tu sais aussi bien que moi qu'il s'est toujours passé d'étranges choses au château, du vivant même du marquis. Pourquoi en irait-il autrement après une mort qui n'a rien eu de saint?

Jean vint vers Hortense et posa ses mains sur ses épaules et, au contact des grandes paumes chaleureuses, la jeune femme sentit son cœur se calmer.

– J'ignore ce qui s'est passé réellement là-bas durant la nuit dernière, mon cœur, mais je sais une chose : c'est que je dois y aller.

Tout de suite, elle protesta.

– Pour quoi faire?

– Parce qu'il le faut. As-tu oublié que Godivelle est là-bas? Si les cris de cet imbécile ont affolé le village et les alentours, Dieu sait ce qui peut se passer à présent! Godivelle est peut-être en danger?

– Qui pourrait vouloir du mal à Godivelle? A dix lieues à la ronde on l'estime. Je ne dirais pas qu'on l'aime car elle est d'un caractère plutôt tranchant mais il ne viendrait à personne l'idée de lui faire du mal.

– Tu n'en sais rien. En choisissant d'aller vivre dans l'ancienne ferme de Chapioux, auprès de ces ruines que d'aucuns peuvent considérer comme maudites, Godivelle s'est mise à l'écart des autres. Et quand la peur prend les hommes, elle est capable d'en faire des fauves. Qui te dit qu'on ne la considère pas un peu comme sorcière? En ce cas, elle pourrait, je le répète, se trouver en danger. Je ne peux pas permettre cela.

– Elle n'est pas seule. Elle a Pierrounet.

– Ce n'est pas suffisant. Le garçon est de bonne race et il a du cœur, mais que pourrait-il contre une troupe déchaînée?

– Et que pourrais-tu toi-même, si grand et si fort que tu sois?

– Je n'ai pas que ma force. Moi, j'ai les loups!... C'est la meilleure garde que je puisse souhaiter.

– Je sais...

Avec une soudaine lassitude, Hortense s'écarta, et les mains de Jean retombèrent après avoir glissé de ses épaules en un geste caressant.

– Je sais surtout que tu veux, de toutes tes forces, aller vivre là-bas. Je pensais qu'au moins tu passerais l'hiver auprès de moi. Notre mariage devrait avoir lieu à Pâques. Le chanoine de Combert viendra tout exprès pour nous unir. Et d'ici là, j'espérais que nous serions ensemble puisque, bientôt peut-être, la neige nous enfermera. Si tu pars à présent, tu ne reviendras pas...

Presque de force, il la reprit contre lui :

– Quelle sottise! Comme si la neige, la tempête ou le gel pouvaient m'importer quand il s'agit d'aller vers toi? Je reviendrai, ma douce, je reviendrai souvent. Mais à présent je dois voir ce qui se passe là-bas et protéger Godivelle. Elle est vieille, tu sais? Même si elle fait semblant de ne pas le savoir.

Il l'embrassa et elle lui rendit son baiser car elle était bien incapable de s'en défendre.

– Et si j'allais avec toi?

– A Lauzargues? Allons, Hortense, ne m'as-tu pas dit que tu ne voulais plus te retrouver là-bas? Que cet endroit te faisait horreur?

– Pour être avec toi, j'irais jusqu'en enfer, tu le sais bien...

– Je n'en doute pas un seul instant, mais moi je ne consentirais pour rien au monde à t'y conduire...

Sa voix s'adoucit jusqu'à n'être plus qu'un tendre murmure, un chuchotement doux contre l'oreille de la jeune femme :

– Toi, tu vas rester sagement ici, bien au chaud, bien au calme. N'oublie pas que tu as charge d'âme et que tu portes en toi quelque chose d'infiniment précieux... quelque chose qui m'est déjà cher. Laisse-moi partir à présent. J'ai hâte de voir Godivelle...

Elle s'accrocha à lui.

– Quand reviendras-tu? fit-elle, furieuse contre elle-même parce qu'il y avait des larmes dans sa voix. Des larmes qui étaient de tristesse mais aussi de rage de se retrouver ainsi prise à son propre piège.

– Bientôt, je te le promets. De toute façon, je veux passer Noël auprès de toi. Et Noël est dans une semaine...

Quelques instants plus tard, Jean était parti, Luern sur les talons. Il s'en allait à pied comme il l'avait toujours fait. Restée seule, Hortense se laissa tomber dans un fauteuil et se mit à pleurer. Elle avait beau savoir que Jean n'allait pas loin, elle se sentait triste à mourir. Quelque chose lui disait que plus d'une semaine s'écoulerait avant qu'elle ne revît celui qu'elle aimait.

La lettre arriva le lendemain...

CHAPITRE III

OÙ L'AMITIÉ REPREND SES DROITS

Recevoir une lettre à domicile était encore, en cette fin de l'année 1830, une sorte d'événement. Il n'y avait, en effet, qu'un peu plus de dix-huit mois que l'administration des Postes avait créé les facteurs ruraux. Et ces braves gens, qui exécutaient alors des trottes d'environ cinq lieues quotidiennes, ne pouvaient passer tous les jours. Aussi leur entrée dans une maison était-elle toujours accueillie selon les meilleures lois de l'hospitalité.

Il en fut ainsi à Combert quand le facteur de Chaudes-Aigues fit son entrée dans la cuisine en lançant un vigoureux :

– Bien l'bonjour à la compagnie! Fait plutôt frais ce tantôt!... qui incita immédiatement Clémence à mettre à chauffer du vin, qu'elle additionna de sucre et de cannelle avant de poser la lettre sur un plateau pour la porter à Hortense qui travaillait à sa tapisserie tandis qu'Étienne s'efforçait, en se traînant sur le tapis, de salir le plus vite possible la robe propre que Jeannette lui avait mise.

– Ça vient de Paris, remarqua Clémence qui se hâta d'ajouter aimablement : J'espère que je vous apporte de bonnes nouvelles?

– Je l'espère aussi, Clémence. Vous prenez bien soin de Gratien Dauzat, n'est-ce pas? Un facteur est un homme précieux.

– N'ayez crainte, madame Hortense. Il aura pas à se plaindre de la maison.

La jeune femme avait déjà fait sauter le cachet rouge, déplié la lettre et cherché la signature, car l'écriture lui était inconnue. Avec une vive surprise, elle vit que la missive était de Vidocq, l'ancien chef de la Police de

Napoléon et de Louis XVIII présentement reconverti dans la papeterie à Saint-Mandé. Mais pour elle, Vidocq était surtout un ami...

« Mme Morizet m'a donné votre adresse, écrivait-il, et je me hâte de vous faire part d'un renseignement que je viens de recevoir d'un de mes anciens collaborateurs dont vous me permettrez de taire le nom. Cet homme m'a dit que votre amie, la comtesse Morosini, n'a jamais quitté Paris ainsi que nous le pensions, vous et moi. Elle se trouverait actuellement sous les verrous et dans une situation que je n'hésite pas à déclarer dramatique.

« Malheureusement, je ne peux rien pour elle, n'ayant plus de pouvoir mais je pense que vous pourriez lui être d'un grand secours étant donné l'aide que la banque Granier a apportée au moment de l'instauration du nouveau gouvernement. Pouvez-vous venir jusqu'ici? Je sais bien que le temps d'hiver n'est guère propice aux voyages mais je sais aussi ce que signifie pour vous le mot amitié. Alors j'ai confiance. Mme Morizet se joint à moi pour vous envoyer mille bonnes pensées. Elle ajoute que sa maison sera toujours prête à vous recevoir... »

Pour être bien certaine de n'être pas en train de rêver, Hortense relut la lettre, très soigneusement, une seconde fois et sentit son cœur se serrer. Felicia en prison? Mais pourquoi? Felicia en danger? Mais de quoi? De se voir enterrée vivante au fond de quelque vieille forteresse marine comme l'avait été son frère? Ou bien...

Serrant la lettre dans sa poche, Hortense courut à la recherche de François qu'elle trouva au jardin en train d'arracher des souches pourries avant de bêcher.

– La malle-poste qui part de Rodez passe quand? lui demanda-t-elle.

– Elle part de Rodez aujourd'hui à 2 heures et relaiera à Chaudes-Aigues demain matin vers 7 heures.

– Préparez-vous à me conduire à Chaudes-Aigues, François. Je pars dans une heure pour Paris. Ma plus chère amie y est en danger. Je dois l'aider. Vous direz cela à Jean quand vous le verrez. C'est une chose qu'il doit comprendre...

– Il la comprendra encore mieux si vous lui laissez un mot d'écrit. J'ai l'impression que vous lui en voulez et, en toute sincérité, je crois que vous avez tort.

– Tort parce que je veux passer ma vie auprès de lui? S'il m'aimait autant que je l'aime, c'est un problème qui ne se poserait pas.

– S'il vous aimait mal, sans doute. Jean sait que la place de chacun est marquée ici-bas et qu'il doit l'occuper coûte que coûte. Puis, presque bas, il ajouta :

« Croyez-vous que je n'aimais pas celle qui est devenue votre mère? Je l'aimais plus que tout au monde et je n'ai jamais cessé de l'aimer. Pourtant, je n'ai jamais rien fait pour l'empêcher de partir. Vous allez où votre devoir vous appelle comme il est allé là où le sien l'appelait. Mais ne partez pas sans lui laisser quelques lignes... »

Une heure plus tard, bagages faits et lettre écrite, Hortense partait pour Chaudes-Aigues où elle comptait passer la nuit dans la maison de ses amis Brémont.

Le docteur et sa famille aimaient beaucoup la jeune femme qu'ils avaient aidée lorsqu'elle s'était enfuie de Lauzargues pour échapper aux sévices du marquis. Ils n'auraient pas compris que venant dans leur petite cité, elle choisît de s'installer au relais de poste plutôt que chez eux. Cela valut à la jeune femme une agréable soirée passée au coin du feu entre Mme Brémont et ses filles car le docteur, bien sûr, courait la ville pour secourir ses malades, et cela lui fut infiniment doux. C'était, comme jadis – ou plutôt comme naguère car cette première soirée avait été vécue à peine un an plus tôt – une halte chaleureuse avant un combat, une manière comme une autre de prendre son souffle. Et quand, le lendemain, Hortense se retrouva dans la malle-poste, roulant sur les routes difficiles de sa haute Auvergne, elle eut l'impression que le temps s'abolissait et que tout recommençait.

L'impression était encore là quand, quatre jours plus tard, la lourde voiture pénétra, sous les appels de trompe de ses postillons, dans la cour des Messageries de la rue Plâtrière. Tout était comme au précédent voyage. A deux exceptions près : aucun colonel en demi-solde ne s'était mis au service d'Hortense au long du parcours et le temps était détestable. Une pluie fine et glacée noyait Paris, où, cependant, l'activité était grande en cette avant-veille de Noël. On ne voyait partout, sous une floraison de ces parapluies récemment promus emblèmes royaux [1], que des gens qui se hâtaient, le dos rond, pour protéger de leur mieux les paquets qu'ils rapportaient chez eux.

Hortense eut quelque peine à trouver une voiture qui

1. Louis-Philippe se montrait sans cesse avec un parapluie.

consentît à la conduire à Saint-Mandé. La course était longue et la nuit commençait à tomber. D'autre part, étant donné le mauvais temps, la pratique ne manquait pas, mais la chance finit par lui sourire sous les traits d'un vieux cocher de cabriolet qui lui déclara :

– J'vas remiser à Picpus, ma petite dame. Alors votre Saint-Mandé ça me va tout à fait si vous donnez un petit quelque chose pour le retour au bercail. J'ai une voiture neuve mais un cheval qui commence à plus l'être tout à fait. Alors, le mauvais temps, moi, ça ne me dit rien. Faut que j'les ménage...

En foi de quoi, trois quarts d'heure plus tard, le cabriolet déposait sa passagère devant l'entrée du jardin de Mme Morizet, à travers les branches dépouillées duquel on voyait briller les lumières du rez-de-chaussée. Hortense sourit à cette image. La petite maison de Saint-Mandé avait été pour elle et pour son petit Étienne le plus accueillant des refuges et elle éprouvait une vraie joie à s'y retrouver.

Le son un peu fêlé de la cloche fit accourir sur le perron Honorine, la servante, qui cria :

– Qui est là?

– Mme de Lauzargues, ma bonne Honorine. Voulez-vous demander à votre maîtresse si elle veut bien...

Elle n'eut pas le temps d'achever sa phrase. Déjà sur le perron, une petite silhouette replète vêtue de soie noire et coiffée de dentelles blanches doublait celle, nettement plus vigoureuse, de la domestique.

– Quand je vous disais que ce ne pouvait être qu'elle? cria Mme Morizet en mettant dans les mains d'Honorine un parapluie grand comme une tente de campagne. J'étais certaine qu'elle arriverait ce soir. Je l'avais vue en rêve...

Un instant plus tard, la voyageuse tombait dans les bras de l'aimable vieille dame qui, au milieu d'un concert d'ordres contradictoires donnés à Honorine, la débarrassa de son manteau, de son chapeau, l'enveloppa d'un châle de cachemire et l'entraîna dans son petit salon où elle l'installa au coin du feu, les pieds sur les chenets et le dos bien calé dans un confortable fauteuil avant de la nantir d'une tasse de thé bouillant apparue comme par magie avec un cortège de tartines beurrées, de miel et de confitures.

Hortense se laissait faire avec bonheur, goûtant pleinement, après la longue épreuve de la route, la douceur conjuguée de cette amitié maternelle et de cette maison où tout semblait fait pour accueillir et réconforter les cœurs malheureux. Son corps se détendait. Ses jambes raidies par une longue immobilité dans le froid cessaient de lui faire mal et, tout en donnant à son amie des nouvelles de son petit Étienne auquel la vieille dame était fort attachée, elle renouait peu à peu avec ces jours du printemps précédent qui avaient fait entrer Mme Morizet dans sa vie et dans celle de son fils pour leur plus grand bien à tous les deux.

– Quelle joie de vous retrouver! dit-elle enfin quand le flot de paroles de Mme Morizet lui en laissa le loisir. J'ai si souvent pensé à vous!

– Et moi donc! Depuis que M. Vidocq est venu me demander votre adresse, votre chambre est prête. J'étais certaine que vous alliez venir.

– Est-ce que M. Vidocq vous a dit ce qui s'est passé? Il n'explique pas grand-chose dans sa lettre, sinon que mon amie Felicia serait emprisonnée...

– Je n'en sais pas plus que vous. Mais il va certainement passer ce soir, puisque nous sommes un jour d'arrivée de la malle de Rodez. Lui aussi était certain que vous alliez venir.

– Cela prouve que vous me connaissez bien tous les deux. D'ailleurs je ne pouvais pas faire autrement : je suis trop inquiète...

La cloche de la rue annonçant un visiteur lui coupa la parole.

– Ce doit être lui, dit Mme Morizet en se levant pour aller l'accueillir. Je n'attends personne à cette heure.

C'était en effet Vidocq. L'ancien pensionnaire du bagne de Brest devenu le plus grand policier de France avait beau n'être plus qu'un simple fabricant de papier depuis qu'en 1827 il avait donné sa démission, il n'en demeurait pas moins l'homme le mieux informé qui soit, grâce à toutes les amitiés, proches de la complicité, qu'il gardait aussi bien dans la police elle-même que dans les milieux les plus divers. De sa place, Hortense entendit sa voix sonore qui s'écriait, dans le vestibule :

– Elle est là? C'est la meilleure nouvelle de la journée...

– En fait de nouvelles, s'écria-t-elle, il semblerait que les vôtres ne soient guère bonnes, monsieur Vidocq. Votre lettre m'a épouvantée.

– C'est la raison pour laquelle je l'ai écrite, madame la comtesse. J'espérais qu'elle vous ferait venir, car si quelqu'un peut tirer votre amie du piège dans lequel elle est tombée, c'est bien vous.

– Moi? fit Hortense avec surprise. Je ferai bien sûr tout ce que vous me direz de faire, mais je ne suis qu'une campagnarde sans relations et je ne crois pas avoir beaucoup d'influence.

– La banque Granier de Berny, dont votre fils est l'héritier, en a, elle. Comme la banque Laffitte, elle s'est engagée résolument dans le financement de la nouvelle monarchie. Le roi Louis-Philippe ne devrait pas avoir grand-chose à vous refuser...

– J'espère que vous avez raison mais, je vous en prie, apprenez-moi ce qui s'est passé. Quel est ce piège dont vous dites que la comtesse Morosini a été victime? Et d'abord où est-elle? Le savez-vous?

– Bien sûr que je le sais. Elle est à la Force.

– A la Force? Ce n'est pas une prison de femmes, cela?

– C'est une prison politique, et Mme Morosini n'y est pas en tant que femme. Elle a été arrêtée sous des habits d'homme et on s'en est tenu là. Je crois même savoir qu'elle est au secret et en grand danger d'aller remplacer son frère dans l'une des casemates de ce château du Taureau dont vous aviez presque réussi à le faire évader.

Hortense ne put s'empêcher de frissonner à l'évocation de cette heure, la plus noire qu'elle eût vécue auprès de Felicia : une grève bretonne un peu avant le lever du jour, une barque montée par quatre hommes qui venaient de tenter l'impossible : arracher un prisonnier au château du Taureau, la vieille forteresse marine ancrée devant la rade de Morlaix. Ils auraient réussi ce fantastique exploit s'ils n'étaient arrivés juste à temps pour voir mourir celui auquel ils se dévouaient : Gianfranco Orsini, le frère de Felicia, arrêté depuis des mois pour carbonarisme.

Hortense gardait au fond des yeux la silhouette grise de la terrible prison battue des vents, battue des flots. L'idée que Felicia, la belle, la fière Felicia pût aller y vivre une lente et désespérante agonie lui était intolérable.

– Si vous me disiez ce qui s'est passé, soupira-t-elle, et si piège il y a eu, qui le lui a tendu?

– D'honneur je n'en sais rien. Quelques jours après

votre départ, Mme Morosini a été convoquée, suivant la procédure habituelle, à une réunion au café Lamblin. Elle a, paraît-il, hésité à y aller car elle était alors sur le point de quitter la France pour se rendre à Vienne afin de...

– Je sais. Il m'est arrivé d'avoir envie d'aller la rejoindre...

– Heureusement que vous n'en avez rien fait! Elle était donc sur le point de partir, mais l'invitation était pressante et elle a dû penser qu'elle trouverait auprès des « bons cousins » une aide quelconque, une recommandation peut-être auprès des carbonari de là-bas. Et, comme d'habitude, elle y est allée en costume de garçon. Or, là-bas, elle n'a trouvé aucun des habitués : ni Buchez, ni Rouen l'aîné, ni Flotard... ni votre serviteur. Simplement quelques comparses attirés là pour la circonstance et qui devaient servir de décor. Car, bien sûr, il y a eu une descente de police... et même une remontée car le souterrain du café des Aveugles était gardé lui aussi. Quand la police est arrivée, l'un des hommes qui étaient là a mis un paquet dans les mains de Mme Morosini en lui criant qu'il valait mieux qu'elle le reprenne et s'en débarrasse. Naturellement, c'est la police qui l'en a débarrassée et c'était...

– Quoi?

– Une bombe. Non amorcée, mais une bombe tout de même. Voilà pourquoi la malheureuse se retrouve à la Force sous l'inculpation de complot terroriste contre la personne du roi-citoyen...

– Cela ne tient pas debout! s'écria Hortense indignée. Chacun sait que Felicia n'a rien contre Louis-Philippe. Elle est une bonapartiste convaincue sans doute, mais j'ai cru comprendre, d'après les bruits qui sont venus jusqu'à moi, que le roi essaierait de s'attirer justement les bonapartistes. On dit qu'il rappelle les demi-soldes, qu'il leur rend leurs grades, leurs commandements?

– Sans doute. Sauf à ceux qui œuvrent pour le retour du fils de l'Empereur. Et votre amie est de ceux-là.

– Moi aussi, figurez-vous.

– Le contraire serait étonnant. Je pense comme vous d'ailleurs, mais ce n'est pas pour fait de bonapartisme qu'elle a été arrêtée. Vous oubliez cette maudite bombe qui a fait d'autant plus mauvais effet que le roi et sa famille habitent toujours le Palais-Royal et ne semblent pas disposés à le quitter pour les Tuileries. Voilà pourquoi je vous ai écrit que votre amie était en grand danger.

– Mais enfin, qui a pu monter pareil piège? Felicia n'a pas d'ennemis... sinon l'empereur d'Autriche. Du moins je ne lui en connais pas d'autres.

– Il faut croire qu'elle en a au moins un. Et puissant. Je sais qu'à la Force on refuse de la croire quand elle affirme qu'elle est une femme. Elle est détenue sous le seul nom d'Orsini, sans autre mention. Elle n'a vu ni juge ni avocat. On l'a mise, je le répète, au secret en attendant Dieu sait quoi. Sans doute un transfert dans un endroit où il sera facile de l'oublier, mais le plus étonnant est que les bruits qu'on me rapporte insistent sur la Bretagne. C'est comme si on voulait lui faire prendre la place de son frère défunt.

– Mais enfin, cette histoire du café Lamblin n'a pu être montée qu'avec l'aide des carbonari? Je les aurais crus incapables d'une pareille noirceur, fit Hortense avec amertume.

– Ils n'y sont pour rien... J'ai parlé, bien sûr, à Buchez et à Rouen qui ont fait une enquête. Ils ont acquis la certitude de la présence d'un traître dans leurs rangs, mais jusqu'à présent ils ne l'ont pas encore trouvé. Ce qui ne veut pas dire qu'ils abandonnent. Découvert, l'homme mourra. Buchez a été formel là-dessus. C'est d'ailleurs la loi des « bons cousins ». Mais, en attendant...

– En attendant, il faut faire quelque chose pour tirer Felicia de ce mauvais pas. Il est impensable qu'un roi installé sur son trône depuis moins de six mois donne de pareils ordres : une femme attirée dans un piège, jetée en prison, privée de son identité et même de son sexe et en passe d'être jetée dans une autre prison sans le moindre jugement? Ce n'était pas pire sous Charles X!

– Il est possible que le roi ne sache rien et que l'on ait tendance à faire du zèle au ministère de l'Intérieur comme à la police. Mais ce n'est que possible : ce n'est pas certain.

– Comment l'entendez-vous?

Vidocq réfléchit un instant et jeta un regard autour de lui comme s'il s'attendait à découvrir un espion derrière les rideaux et quand il parla, ce fut d'une voix qui avait baissé de plusieurs tons. Ce qui incita ses compagnes à rapprocher leurs fauteuils pour mieux entendre.

– Je ne crois pas me tromper en disant que le roi s'attache à donner de lui-même une image toute différente du personnage qu'il est en réalité. Il se veut le symbole du libéralisme et s'attache à plaire à la bourgeoisie. Mais en fait, ce pouvoir qui lui est échu, il en rêvait depuis quinze ans, se jugeant mieux fait pour le règne que le gros Louis XVIII ou le pâle Charles X. Peut-être a-t-il raison d'ailleurs. Mais sachez bien qu'il n'est pas là pour assurer un intérim : il est roi pour le rester et il entend non seulement assurer sa dynastie mais encore ramener le pouvoir qui lui est imparti, et qui est celui d'un roi constitutionnel, vers l'absolutisme. Ce ne sont pas, bien sûr, de ces choses que l'on déclare hautement et j'ai peur que ce règne ne soit celui des menées souterraines, des coups de main de basse police, des répressions sournoises...

– Est-ce que vous ne noircissez pas un peu le tableau? dit Mme Morizet, choquée. Je vous soupçonne d'être un peu trop imaginatif, monsieur Vidocq.

– Je ne crois pas. Voulez-vous un exemple? Vous savez... ou vous ne savez pas, que Mme la duchesse de Berry a refusé de confier son fils, le petit duc de Bordeaux qui est, somme toute, notre roi légitime, à son cousin Louis-Philippe. On dit qu'elle n'a aucune confiance en lui et craint pour la vie de l'enfant...

– Oh! Tout de même pas? Le roi, un si bon père de famille, ne s'en prendrait pas à un enfant innocent...

– Vous croyez? Il lui a tout de même fait ça!

D'une de ses vastes poches, l'ancien chef de la Police tira une petite liasse de feuillets qu'il mit dans les mains de Mme Morizet. La vieille dame chaussa ses lunettes, saisit la brochure et lut à haute voix, en articulant : « Le duc de Bordeaux bâtard! » Elle avait à peine lu qu'elle rejeta les feuillets avec horreur.

– Pouah! le vilain torchon. Vous ne me ferez pas croire que c'est l'œuvre du roi?

– Depuis la première ligne jusqu'à la dernière. On y expose les circonstances de la naissance du jeune prince en s'appesantissant sur les détails qui peuvent la déclarer discutable. Et si vous vous donniez la peine de lire, vous verriez que le fils du malheureux duc de Berry y est, avec démonstration à l'appui, déclaré illégitime. Ce qui, bien sûr, confère quelque légitimité à notre Louis-Philippe et à son fils aîné, Ferdinand, dont il n'a tout de même pas osé faire un dauphin de France.

– Déteste-t-il donc à ce point la duchesse de Berry?

J'en ai gardé un souvenir si charmant au jour de ma dramatique présentation à la Cour, dit Hortense. Elle seule semblait vivante, gaie, aimable. Elle seule était humaine au milieu de cette cour peuplée de fantômes. Elle m'avait souri, et elle avait essayé de m'attirer à sa cour...

– Gardez bien ce souvenir, madame de Lauzargues, la petite « duchesse Vif-Argent » le mérite. Mais c'est justement cette joie de vivre, cette pétulance, cette gaieté dont on lui fait crime aujourd'hui. N'oubliez pas que l'actuelle reine Marie-Amélie, une noble femme en l'occurrence, était l'amie de l'austère Madame, duchesse d'Angoulême, qui n'était pas la dernière à blâmer ouvertement la conduite de sa jeune belle-sœur. Mais laissons là Mme de Berry. Tout ceci n'avait d'autre but que vous montrer qu'accusée de terrorisme, suspectée même d'avoir voulu attenter à la vie d'un roi qui y tient fort, votre amie Morosini n'a pas grand-chose à attendre en fait d'indulgence. A moins que vous et nous ne parvenions à démonter la machine infernale dont elle est victime ou que vous n'obteniez sa grâce...

– Qu'est-ce qui vous paraît le plus facile?

– La grâce, sans doute. Sinon je ne vous aurais pas fait venir. Je vous l'ai dit, je n'ai guère d'espoir qu'en vous.

– Eh bien, voilà qui classe tout! soupira Hortense en se levant pour faire quelques pas. Il me faut une audience du roi... Dites-moi comment l'obtenir!

– Il faut la demander, bien entendu, mais si vous n'êtes pas recommandée, c'est presque impossible : Étrange, n'est-ce pas, de la part d'un roi qui se promène démocratiquement tous les matins au jardin des Tuileries, le chapeau sur la tête et le parapluie sous le bras? Il est vrai que les demandes d'audience s'accumulent au palais.

– La recommandation me paraît facile. Il suffit que je voie le conseil d'administration de la banque Granier, puisque vous dites que là est ma meilleure arme.

– Il faudra le voir sans doute pour qu'il ne vous démente pas et pour qu'il vous soutienne, ce dont je ne doute pas. Mais pour être entendue, je dirais... dans l'intimité comme il convient pour ce genre d'affaires, il faut être introduite par un familier.

– Il est tout trouvé votre familier! fit Hortense gaiement. Demain j'irai à l'hôtel de Talleyrand, je verrai Mme de Dino. Le prince de Talleyrand n'est-il pas l'une des chevilles ouvrières du nouveau régime?

– Sans doute. C'est même pour cela qu'on en a fait un ambassadeur. Il est à Londres votre diable boiteux et la belle duchesse de Dino est partie faire les honneurs de Hanover Square comme, au temps du Congrès de Vienne, elle faisait ceux du palais Kaunitz.

– Il faudrait peut-être voir M. Laffitte, le Premier ministre? dit Mme Morizet. Votre père devait le connaître, ma chère enfant? Et puis c'est lui qui a dépensé le plus d'argent pour installer le roi sur son trône.

– Mon père, en effet, le connaissait, mais je ne sais trop ce que je pourrais en attendre?

– Pas grand-chose, à mon sens, dit Vidocq. Certes, le roi dorlote Laffitte, lui fait des confidences, lui parle à l'oreille... mais je ne suis pas certain que M. Laffitte reste à son poste encore longtemps. C'est un poids difficile à supporter que la reconnaissance. Votre chance, à vous, réside dans le fait que vous n'avez encore rien demandé en échange des services de votre banque.

– Alors, comment faire? A qui m'adresser?

– Le peintre Eugène Delacroix est votre ami, je crois?

– Et un excellent ami. Mais...

– Il est fort bien en cour. N'oubliez pas qu'il est le fils du vieux Talleyrand. Je sais que le roi vient parfois, en voisin, jusqu'à son atelier pour suivre les progrès de la grande toile que l'artiste prépare pour le Salon. Elle représente, m'a-t-on dit, la Liberté entraînant le peuple sur une barricade...

Hortense, qui arpentait le salon, s'arrêta net, saisie.

– La Liberté! s'écria-t-elle. Mais bien sûr! La liberté, qui a le visage de Felicia...

– Que voulez-vous dire?

– Que c'est la comtesse Morosini qui a posé pour ce tableau. La comtesse Morosini qui est en prison, au secret. Vous avez raison, monsieur Vidocq. Dès demain, j'irai chez Delacroix...

– Mais demain, dit timidement Mme Morizet, c'est la veille de Noël?

– Vous faites bien de me le rappeler, dit Hortense gravement. C'est ce soir que je dois y aller. L'idée que Felicia va passer ce Noël au fond d'une prison m'est insupportable...

– Je m'en doute. Mais, ajouta doucement Vidocq, je peux vous dire quelque chose qui vous rassurera un peu :

on ne transfère jamais de prisonniers durant les fêtes de fin d'année.

Vidocq se levait pour partir et reprit son chapeau. Hortense leva sur lui un regard implorant :

– Il est vraiment impossible de la voir?

– Je vous ai dit qu'elle est au secret. Mais si vous voulez lui écrire quelques lignes, je peux peut-être arriver à les lui faire passer... moyennant un peu d'argent.

Hortense courut s'asseoir à un petit secrétaire, prit le papier que lui offrait Mme Morizet, griffonna quelques mots affectueux et prit dans sa bourse une pièce d'or, puis remit le tout à l'ancien policier.

– Au moins, elle saura que je suis là et que nous allons nous occuper d'elle. Puis elle ajouta, les larmes aux yeux : si vous pensez qu'il soit possible de lui faire passer quelques objets bien nécessaires... des couvertures... de la nourriture... n'hésitez pas, je vous en prie, à faire appel à moi!

Vidocq fit sauter dans sa main la pièce brillante et sourit :

– Je peux vous assurer qu'à ce prix-là elle aura votre message et que son Noël, au moins, ne sera pas sans espoir. C'est, je crois, le plus beau cadeau que vous puissiez lui faire. Pour le reste, ne vous tourmentez pas trop : elle n'est pas mal traitée. Il semblerait que quelqu'un paie pour qu'elle ne manque de rien, ce qui épaissit encore le mystère car, apparemment, personne ne sait qui elle est.

– Mais, j'y pense : que sont devenus ses serviteurs, Timour, Livia et Gaetano?

– Je vous avoue que je n'en sais rien. Étant donné que ce n'est pas la comtesse Morosini que l'on a arrêtée, je suppose qu'ils sont toujours chez elle et sans doute fort en peine d'elle. J'avoue ne pas y avoir pensé...

– Je m'en charge. J'irai demain rue de Babylone...

En dépit de la fatigue du voyage, Hortense dormit mal cette nuit-là et entendit sonner toutes les heures à l'horloge de l'église voisine. Sa pensée ne quittait pas son amie. Depuis leur séparation, elle l'avait souvent imaginée galopant vers Vienne, rejoignant là-bas le colonel Duchamp et se lançant joyeusement avec lui dans la grande aventure dont elle rêvait depuis des années : ramener en France le fils de Napoléon, le réinstaller au palais des Tuileries, le mener à Notre-Dame pour lui rendre la couronne de son père, effacer les années d'exil et enfin ériger, plus brillante que jamais, l'aigle impériale dans le ciel de France... Or, au lieu de ce rêve héroïque et dangereux, Felicia l'Amazone vivait un cauchemar et Hortense fouillait vainement sa mémoire, recherchant le moindre des événements vécus ensemble, le moindre visage rencontré dans l'entourage de la jeune femme pour essayer de trouver au moins un indice sur l'ignoble dénonciateur. Qui avait pu monter contre son amie un piège aussi lâche? Dans quel but? Et pour assouvir quelle vengeance inavouable?

Quand revint le jour, Hortense n'avait pas encore fermé l'œil mais elle avait établi un début de plan de bataille. Veille de Noël ou pas, elle se rendrait tout à l'heure chez Felicia puis, de là, quai Voltaire où son ami Delacroix avait son atelier. Et aucune des représentations de la bonne Mme Morizet, qui, inquiète de la voir aussi pâle, la suppliait de se reposer, ne vint à bout de sa résolution. Dès 9 heures du matin, elle envoya Honorine lui chercher un fiacre et quitta Saint-Mandé en promettant d'être rentrée avant la nuit afin que son hôtesse ne se tourmentât pas trop.

Le temps était froid mais clair et Paris, qu'elle avait connu emporté par la révolte quelques mois plus tôt, offrait l'image la plus paisible et la plus joyeuse qui soit. Chacun visiblement se préparait pour le réveillon du soir et pour la fête du lendemain. Des servantes et des femmes du peuple revenaient du marché avec des paniers débordants ou bien faisaient queue dans les boutiques. La fête prochaine était dans l'air comme une petite musique allègre, comme une petite flamme de gaieté à laquelle se réchauffaient les cœurs. Mais Hortense ne se sentait pas accordée à cette atmosphère de joie. Elle pensait à Felicia bien sûr, mais aussi à son enfant et à Jean. Sans cette dramatique histoire, elle eût passé avec eux un doux Noël au coin de la cheminée, entre les touffes de houx dont Clémence garnissait toujours la maison à cette époque et la grosse boule de gui pendue au plafond, entre la chaleur de la messe nocturne où se retrouvait tout un peuple et les agréments plus terrestres du repas de Noël auquel tous ceux de Combert eussent été conviés... Ce soir, demain, il n'y aurait rien de semblable, mais pour Felicia ce serait pire.

Quand sa voiture s'arrêta devant le petit hôtel de la rue

de Babylone où Felicia l'avait recueillie avec tant de gentillesse et de générosité, Hortense eut un peu l'impression de rentrer chez elle. C'était, entre toutes, une maison amie mais, pour le moment, cette maison amie avait perdu son âme. Cela se sentait aux volets dont presque tous étaient clos, au portail soigneusement fermé, à cette atmosphère étrange, insaisissable, qui caractérise les maisons vides.

Et pourtant, dans celle-là, trois personnes vivaient encore, ainsi que la jeune femme s'en convainquit, lorsque la porte lui fut ouverte sur un cri de joie après qu'elle eut donné son nom. Et tandis que jouaient les verrous, elle entendit la forte voix de Timour qui appelait :

– Livia! Gaetano! Venez, venez vite! C'est la contessa Hortense!

Ce qui fait que, la porte ouverte, elle tomba droit dans les bras d'une Livia qui oublia son rang de femme de chambre en l'embrassant sur les deux joues avec un enthousiasme tout italien. Gaetano, le cocher, se contenta de s'incliner jusqu'à terre mais Timour, le géant turc, le fidèle garde du corps l'enleva du sol pour mieux la voir comme s'il voulait s'assurer que c'était bien elle. Mais il s'en tint là et, avec un éclat de rire tonitruant, la reposa avant de lui adresser le plus protocolaire des saluts.

– Sois la bienvenue, madame la comtesse. C'est Allah lui-même qui t'envoie. J'allais t'écrire...

– Vous aussi, Timour? Il se trouve que j'ai déjà reçu une lettre.

– De qui?

– D'un ami. De M. Vidocq, l'ancien policier...

– Il sait où elle est?

– Oui... mais ne pourrions-nous parler ailleurs qu'au milieu de la cour?...

– Bien sûr, protesta Livia. Entrez, madame la comtesse. Je vais vous apporter quelque chose de chaud. Il fait froid, ce matin.

Tandis que Gaetano allait s'assurer que le portail était bien fermé après avoir jeté un coup d'œil aux alentours, Timour et Livia conduisirent Hortense au salon. La jeune femme eut la surprise de constater que, derrière ses volets clos, la pièce vivait comme par le passé. Le ménage était fait avec un soin extrême, des feuillages roux mêlés à des branches de houx et à quelques fleurs occupaient les vases et un bon feu brûlait dans la cheminée.

– On espère toujours qu'elle va arriver, expliqua Livia, des larmes dans la voix. La maison est toujours prête à la recevoir. Et c'est une bonne chose puisqu'elle se trouve ainsi toute prête pour sa meilleure amie, vous...

– Merci, Livia, mais je ne resterai pas. Du moins, pas aujourd'hui. Je suis descendue à Saint-Mandé, chez Mme Morizet et je lui ai promis de passer Noël avec elle. Mais j'accepterais volontiers une tasse de café.

Tandis que Livia s'esquivait en direction de la cuisine et que Gaetano se retirait discrètement, Hortense resta en face de Timour.

– A présent, dites-moi pour quelle raison vous alliez m'écrire, fit-elle.

– C'est à cause de cet homme qui est venu avant-hier... L'homme de Morlaix, l'homme aux cheveux rouges...

– De... Morlaix? L'homme aux cheveux rouges? Vous ne voulez pas dire... Patrick Butler?

– Si. C'est bien lui. Il est venu me dire que si je veux revoir la contessa, il faut que je te fasse venir ici.

Ce fut comme si la foudre venait de tomber dans ce salon au décor galant qui avait connu les grâces d'une danseuse de l'Opéra et où nymphes et chèvre-pieds se poursuivaient en peintures murales à travers un bois émaillé de fleurs. Suffoquée, Hortense se laissa tomber dans un petit fauteuil, qui protesta contre cette agression brutale, et leva un regard effaré sur le visage impassible du Turc auquel une longue et mince moustache conférait un certain type mongol. Elle était devenue si pâle que Timour n'hésita pas : il alla prendre un petit verre dans un cabaret de salon, le remplit de cognac et le tendit à Hortense qui le saisit et l'avala d'un trait comme si c'était pour elle une chose tout à fait habituelle... Une bouffée de chaleur monta au visage de la jeune femme. Se sentant près d'étouffer, elle arracha plus qu'elle ne les dénoua les brides de son chapeau de velours.

– Patrick Butler! répéta-t-elle comme si elle cherchait à se convaincre elle-même de ce qu'elle venait de dire. Ce serait donc lui?... Mais c'est impossible! Comment aurait-il fait? Et d'abord, comment a-t-il pu nous retrouver? Il ne nous connaissait que sous les noms de Mrs. Kennedy, native d'Irlande, pour moi et de la señorita Romero, demoiselle de compagnie espagnole, pour Felicia!

– Je ne sais pas, mais il a trouvé. Et si la contessa a

disparu, c'est lui qui en est cause. Il ne l'a pas caché...

– Et vous ne l'avez pas étranglé? s'écria Hortense dans une poussée de colère sauvage.

– Si lui seul sait où elle est, cela n'aurait servi à rien. Je voulais le suivre, mais il était venu à cheval et le temps de seller une bête... Gaetano a essayé de lui courir après, mais il l'a perdu.

– Moi je sais où est la contessa..., dit Hortense.

Rapidement, pour Timour et pour Livia qui revenait avec son café, elle fit le récit de son entretien avec Vidocq.

– En prison? s'écria la camériste. Et à cause d'une bombe? Il faut que cet homme soit le diable!

– J'ai toujours su qu'il l'était et je m'en suis toujours méfiée. C'est un homme violent, dur et impitoyable, mais ce que je ne comprends pas, c'est qu'il se venge sur votre maîtresse. C'est à moi qu'il doit en vouloir le plus. C'est moi qui ai froissé son orgueil. C'est moi qui me suis moquée de lui, ajouta-t-elle plus bas...

Les souvenirs défilaient dans la tête d'Hortense. Elle se voyait quittant Paris l'été précédent, en compagnie de Felicia et sous de fausses identités procurées par les « bons cousins » carbonari Buchez et Rouen l'Aîné. Avec l'aide du colonel Duchamp, bonapartiste enragé, il s'agissait d'arracher du château du Taureau le frère de Felicia, le prince Gianfranco Orsini, incarcéré pour avoir conspiré contre le régime. L'homme qui devait les aider dans cette entreprise pour le moins risquée était un riche armateur de Morlaix, Patrick Butler, sur qui les carbonari croyaient pouvoir compter pour procurer un bateau destiné à faire passer le prisonnier évadé en Angleterre. Hortense devait se présenter à lui sous l'identité d'une lointaine cousine irlandaise dont on espérait qu'elle saurait le séduire. La jeune femme avait beaucoup répugné à ce rôle équivoque, mais elle avait fini par accepter pour essayer de rendre à Felicia son jeune frère.

L'entreprise de séduction n'avait que trop bien réussi. D'abord réticent, ce qui avait mis les conjurés en garde, Butler avait fait à Hortense une cour pressante, ardente, passionnée qui ne lui avait laissé d'autre échappatoire que la fuite. Et, tandis que Butler partait pour Brest afin d'y attendre la jeune femme, celle-ci tentait avec ses compagnons d'enlever Gianfranco Orsini à sa prison. Vaine tentative : le jeune homme était mourant quand on était parvenu jusqu'à lui. Une heure plus tard, Felicia et Hortense, oubliant Butler et sa passion, reprenaient la route de Paris où elles étaient d'ailleurs tombées en pleine révolution. De là, Hortense avait regagné l'Auvergne sans plus songer un seul instant qu'il pût exister quelque part un certain Patrick Butler. Il venait de se rappeler à son souvenir de bien terrible façon...

– Mais pourquoi, répéta-t-elle, pourquoi s'en être pris à la contessa?

– Parce qu'il ne connaît ni ton nom véritable ni ton adresse. Bien sûr, il a essayé de savoir mais je n'ai rien dit. Pour la contessa, ça a dû être assez facile. Elle est bien connue chez les carbonari et l'un d'eux a dû parler, contre de l'or. Et si l'homme aux cheveux rouges a appris là-bas la mort du prince Gianfranco, le rapprochement a fait le reste...

Timour devait avoir raison. Remontant encore le cours de ses souvenirs, Hortense crut entendre la voix railleuse de l'armateur : « Vous ne me ferez jamais croire que votre Mlle Romero n'est qu'une simple lectrice. Elle a l'allure d'une grande d'Espagne... ou mieux : d'une impératrice romaine. » Et elle crut entendre encore son insolente affirmation : « Quand on veut une femme, quand on la veut vraiment, on y parvient toujours. C'est une question de temps, de patience, d'habileté, parfois d'argent et rien de plus... »

Il y avait une menace dans ces quelques mots et elle ne l'avait pas compris. Pas davantage qu'en blessant dans son orgueil cet homme riche et sans doute puissant elle s'en ferait un ennemi et un ennemi non négligeable. Néanmoins, qu'il ait eu assez de pouvoir pour monter le piège infernal dans lequel Felicia était tombée était proprement inimaginable. Et Hortense ajouta à sa liste de visites une rencontre avec Rouen l'Aîné dans sa discrète maison de la rue Christine.

– Ce Butler vous a-t-il donné une adresse quelconque où le joindre? demanda-t-elle.

– Je t'ai dit, madame la comtesse, que j'avais voulu le faire suivre, reprocha le Turc. Il m'a dit qu'il repasserait...

– Quand?

– Je ne sais pas. Pas avant quelques jours certainement. Il faut qu'une lettre ait le temps d'arriver et que l'on ait le temps de venir...

– C'est juste! S'il revient, Timour, vous ne m'avez vue ni les uns ni les autres. Je vais essayer de libérer votre maîtresse au plus vite et, si possible, avant son retour. Si Dieu veut bien m'assister, tout au moins, ajouta-t-elle avec un rapide signe de croix, auquel s'associa Livia.

– Je vais avec toi, déclara Timour. Tu as besoin d'un garde du corps, avec ce giaour infâme lâché dans Paris...

– Je préfère que vous restiez ici, au cas où il reviendrait. Mais vous savez où me trouver et, de toute façon, je vous appellerai quand le moment sera venu ou si j'ai besoin d'aide. Vous posez toujours pour Delacroix, Timour?

– Non, pas pour le moment.

– Peut-être y retournerez-vous. C'est un bon endroit pour communiquer. D'ailleurs, j'y vais de ce pas...

Une nouvelle voiture de place, prise aux Invalides, déposa un moment plus tard Hortense devant le numéro 15 du quai Voltaire où le peintre avait son atelier. Là aussi, les souvenirs étaient au rendez-vous! Après sa présentation à la Cour et la tentative d'enlèvement qui avait suivi, Hortense y avait trouvé un refuge temporaire, mais singulièrement chaleureux. Un refuge où elle avait eu la merveilleuse surprise de voir Jean venir la rejoindre et où, enfin, elle avait vécu avec lui quelques-unes des heures les plus brûlantes de leur amour. Et ce fut d'un doigt presque tendre qu'elle frappa à la porte verte qui fermait l'atelier du peintre.

– Entrez! rugit une voix bien connue, mais, qui que vous soyez, ne me dérangez pas!

Doucement, Hortense poussa la porte et entra. Le peintre était en effet en plein travail. Vêtu d'une de ces grandes blouses de flanelle rouge qu'il affectionnait, Eugène Delacroix, le cheveu en désordre, des taches de peinture maculant son visage, se démenait comme un démon en face d'une immense toile qu'Hortense, muette de saisissement, reçut en plein cœur...

Enjambant hardiment une barricade couverte de morts, traînant après elle un peuple qui semblait surgir de la fumée des canons, la Liberté, brandissant un drapeau aux trois couleurs, semblait vouloir s'élancer hors de la toile. L'évocation du combat pour l'Hôtel de Ville, dont Hortense avait été le témoin, était saisissante. Les maisons beiges et grises, la silhouette de Notre-Dame et le ciel de juillet plus qu'à moitié caché par la fumée, tout cela racontait l'épopée avec une passion qui ne pouvait laisser indifférent. Quant à la Liberté aux seins nus, vers laquelle se tournait le visage ardent d'un homme armé d'un fusil qui avait les traits du peintre, elle possédait le superbe profil de Felicia, son grand front pur, même si le peintre lui avait donné plus de vigueur physique que n'en possédait son modèle : longue et mince, la comtesse Morosini n'était pas ce Rubens en mouvement qui devait symboliser la force. Mais que le visage était donc ressemblant !

Perdue dans sa contemplation, Hortense ne s'était pas aperçue de ce que Delacroix avait cessé de peindre et se tenait à présent à son côté, armé du long pinceau semblable à une lance, avec lequel il travaillait au ciel.

– Est-ce que je me trompe ou bien est-ce que ce tableau vous plaît ? dit Delacroix avec autant de naturel que si lui et Hortense s'étaient quittés de la veille.

Elle tourna vers lui un regard où l'émerveillement se mêlait de chagrin.

– Il me plairait plus encore si votre Liberté était elle-même libre.

L'artiste posa palette et pinceau, s'essuya les mains à un chiffon puis vint, avec toute la grâce d'un parfait homme du monde, baiser les doigts de sa visiteuse. Ses yeux noirs brillaient de cet éclat que donne une vraie joie :

– Je suis béni du ciel aujourd'hui puisque, pour mon Noël, il m'envoie un ange, dit-il gaiement. Je suis infiniment heureux de vous revoir, madame. Mais que disiez-vous donc de ma Liberté ? Elle ne serait plus libre ? Est-ce que les Autrichiens lui auraient mis la main dessus ?

– Elle n'a même pas eu le temps d'atteindre l'Autriche. C'est à Paris même qu'elle a été arrêtée quelques jours après notre séparation. Elle est à présent à la Force et je suis venue vous demander votre aide.

Une fois encore, elle fit le récit de son départ, de sa rencontre avec Vidocq, mais y ajouta cette fois ce que lui avait appris Timour ; ce qui donna finalement une sorte de confession que Delacroix écouta avec une mine de plus en plus sombre.

– Il faut que je voie le roi, conclut Hortense. Je comptais sur Mme de Dino et sur le prince, mais il paraît qu'ils se trouvent actuellement en Angleterre. Nous n'avons pas de chance...

– Aviez-vous réellement besoin d'eux? Vous êtes la fille d'un homme qui était puissant. La banque Granier existe toujours et le régime lui a quelques obligations. C'est d'ailleurs à ce titre que Vidocq vous a fait venir. Que vous faut-il de plus?

– La possibilité de rencontrer le roi seul à seule. L'affaire que je dois plaider est délicate... De celles qu'on ne débat pas en Conseil des ministres.

– C'est le moins que l'on puisse dire! Une histoire de bombe! Pauvre comtesse!

– ... en outre, il y a, paraît-il, de nombreuses demandes d'audience. La mienne pourrait intervenir trop tard. Et je suis pressée. C'est pourquoi je viens m'adresser à vous.

– A moi? Qui a pu vous mettre dans la tête que je possédais le moindre pouvoir?

– Le roi vous apprécie, à ce qu'on m'a dit. Il lui arrive de venir ici, en voisin...

– C'est, bien sûr, Vidocq qui vous a raconté cela?

– C'est lui, en effet. Les grands peintres ont toujours eu de l'influence sur les princes qui les aiment. Ne pouvez-vous user de ce privilège pour moi? Quand le roi doit-il venir?

– Mais je n'en sais rien, ma pauvre enfant! Quand il vient ici, c'est à l'improviste. Je reconnais qu'il s'intéresse de près à cette toile en laquelle il voit l'illustration de son triomphe... Pas au point, toutefois, de me donner l'argent que je réclame pour la finir! J'ai dû faire appel à la liste civile chargée de liquider les dettes de la Cour de Charles X afin que l'on me règle la *Bataille de Poitiers* que m'avait commandée Mme la duchesse de Berry...

– Si vous avez besoin d'argent, je peux vous en faire prêter... ou vous en prêter moi-même?

Une grimace qui se voulait un sourire passa sur le visage de prince oriental du peintre.

– Non merci, ma chère. Pas vous! Je veux ce que l'on me doit, rien de plus mais rien de moins. Quant au roi, il y a peut-être un moyen de vous présenter à lui sans attendre qu'il vienne ici. Ce qui pourrait être long. Et vous avez dit que vous étiez pressée?

– Celle qui l'est le plus, ce n'est pas moi, c'est elle! dit Hortense, désignant du menton la toile encore inachevée. Mais à quoi pensez-vous?

– A une promenade... une simple promenade que nous pourrions faire ensemble. Par exemple, mardi prochain?

– Mardi? Nous ne sommes que vendredi...

– Et demain, c'est Noël et ensuite c'est dimanche! Le roi et sa famille passeront certainement ces jours-là dans leur cher domaine de Neuilly. Ce que je me propose de faire pour vous n'est possible que mardi. Vous pourriez venir déjeuner avec moi? Je vous promets du lapin et de la tarte aux pommes. Cela vous rappellera des souvenirs... ajouta-t-il avec un sourire qui révéla ses dents éclatantes.

Mais comme Hortense ne répondait au sien que par un pauvre sourire, Delacroix fronça les sourcils :

– Ah! fit-il seulement. Puis, après un petit moment, il ajouta, avec une grande douceur : Est-ce que les amours, elles non plus, n'iraient pas mieux?...

Pour cacher son émotion, Hortense entreprit le tour de l'atelier, toucha les rideaux qui dissimulaient le divan couvert de coussins où Jean et elle s'étaient aimés si ardemment durant un jour entier, déplaça un peu le paravent qui cachait la toilette, caressa la pierre lithographique, jeta un regard émerveillé sur les dessins qui encombraient la table et finalement alla tendre ses mains à la chaleur du grand poêle de tôle noire avant de se retourner, un peu plus sûre d'elle, vers son ami.

– Je ne puis dire qu'elles aillent mal, soupira-t-elle, c'est la vie qui est difficile, la vie ensemble. Elle nous a faits très différents l'un de l'autre, Jean et moi...

– Mais complémentaires, ce qui est mieux.

– Sans doute. Et nous pourrions être heureux s'il n'y avait les autres...

– Quels autres?

– Les gens qui vivent autour de nous. Vous ne savez pas ce que c'est que la province, mon ami. Jean est né bâtard, sans nom véritable, et j'ai un fils auquel je me dois de garder une certaine réputation. C'est du moins ce que l'on s'efforce de me faire comprendre...

– Et vous, cette réputation vous indiffère?

– Je crois que oui. Seul compte le bonheur. A mesure que passe le temps, il m'apparaît plus fragile. Jean a choisi de vivre à une lieue et demie de moi, sur les ruines de ce château de Lauzargues dont il ne pourra jamais porter le nom. Et moi, je ne le supporte pas.

– Il le faut pourtant. J'ai peu vu votre ami, Hortense, mais je le crois de ceux qui ne permettent pas qu'on les enchaîne, fût-ce avec deux bras très doux. Ne l'essayez pas. Laissez-le libre. Il saura toujours vous retrouver.

– Sans doute avez-vous raison. Mais c'est difficile quand on aime comme je l'aime...

– Alors qu'il souhaite être aimé autrement, n'est-ce pas?

– Peut-être. Mais je vous empêche de travailler. Je vous en prie reprenez vos pinceaux...

– A la seule condition que vous me promettiez de rester là encore un moment. Je suis si heureux de vous revoir. Vous allez me parler de votre Auvergne, et aussi de vous. Je crois que je ne vous connaîtrai jamais assez...

Et Hortense resta là une grande heure, regardant Delacroix marier les fumées de la poudre à fusil au ciel bleu de l'été, l'écoutant refaire pour elle l'histoire parisienne de ces quelques semaines vécues par elle au cœur de l'Auvergne, c'est-à-dire presque sur une autre planète. Il lui raconta ce que l'on savait de l'exil anglais du roi Charles X. Il lui parla du grand procès qui avait été fait à ses ministres dans une atmosphère de semi-révolution. Le peuple voulait du sang, réclamait les têtes de ceux qui en juillet avaient donné l'ordre de tirer sur lui. Il y eut même, en octobre, une émeute qui, sous les fenêtres du Palais-Royal, s'en alla hurler : « A mort les ministres... ou la tête du roi Louis-Philippe! »

– C'est difficile de gouverner dans ces conditions-là, commenta Delacroix. C'est tout de même à l'honneur du roi de n'avoir pas cédé à de telles pressions. Polignac a été condamné... à la mort civile, ce qui, pour lui, est sans doute pire que l'échafaud. Les autres à des peines diverses. Non, Louis-Philippe n'a pas la part aussi belle qu'il voudrait le laisser croire. Il a contre lui tous ceux qui espéraient une république et les bonapartistes, même ceux qu'il a réintégrés dans l'armée et qui n'hésiteraient sans doute pas à acclamer le fils de l'Aigle s'il reparaissait. Alors il essaie de se créer une troisième force en attirant à lui la bourgeoisie. Tous ses ministres en sont sortis et aussi le nouveau cérémonial d'une cour où l'on accueille plus d'épicières que de duchesses... Cela crée une étrange atmosphère qui déroute les Français et les induit en erreur. Ils croient Louis-Philippe faible et débonnaire, ce qui incite la presse – avec laquelle d'ailleurs il va falloir compter de plus en plus – à le prendre pour cible. Il ne réagit pas, ou si peu, du moins en apparence mais je crains fort que ce règne ne soit celui des précautions inutiles, des affaires étranges tel ce curieux « suicide » du vieux prince de Condé qui s'est pendu à l'espagnolette de sa fenêtre au château de Saint-Leu, après avoir légué sa formidable fortune au jeune duc d'Aumale, le quatrième fils du roi.

– Pourquoi dites-vous « curieux suicide »? demanda Hortense, intéressée en dépit de ses soucis.

– Parce qu'il y a de fortes chances pour que le vilain travail ait été fait par la maîtresse du prince, une prostituée anglaise dont il a fait une baronne de Feuchères, qui d'ailleurs n'a pas été inquiétée et qui continue à vivre paisiblement au château qu'on lui a laissé.

– Vous ne pensez tout de même pas que le roi soit son complice?

– Le mot est gros. Disons que l'histoire l'arrange et qu'il ferme les yeux. Quand il s'agit de pouvoir et d'argent, les âmes que l'on imagine les plus hautes peuvent avoir d'étranges cheminements. Quand il n'était que le comte de Provence, le « bon roi Louis XVIII » s'est comporté de façon infâme envers son frère Louis XVI et sa belle-sœur Marie-Antoinette... sans parler de son neveu, le malheureux petit Louis XVII. Louis-Philippe offre une image paisible, rassurante, solide. Reste à savoir ce qu'il y a dessous. C'est une sorte de sphinx dont je n'aimerais pas faire le portrait.

– Pourquoi cela?

– Par crainte d'être trop vrai. Je n'aimerais pas quitter cet atelier pour je ne sais quelle prison semblable à celle de notre amie Felicia...

– Et dire que son nom veut dire Félicité!...

– Oui. C'est un nom qui me poursuit. Ma tante préférée s'appelle ainsi : Félicité Riesener. Une femme droite et courageuse. Je ne suis pas loin de penser qu'il existe une analogie entre les gens qui portent le même prénom. Allons! Assez philosophé! Je vous avais tirée de vos idées sombres et voilà que je vous y ramène...

Brusquement, il jeta sa palette sur la table, planta ses pinceaux dans le grand pot qui les attendait et saisit Hortense par les deux bras.

– Il faut y croire! s'écria-t-il avec cette ardeur passionnée qu'il laissait parfois déborder de son personnage de dandy sceptique. Il faut croire que nous allons la tirer de là. Je vous aiderai de toutes mes forces. Mais vous, par grâce, faites attention. L'homme qui vous cherche et qui, pour vous retrouver, ose employer de tels moyens ne me dit rien qui vaille.

– Tant qu'il ne me saura pas à Paris, je n'ai rien à craindre. Et il faut que nous puissions, Felicia et moi, en repartir avant qu'il ne m'ait trouvée. L'Auvergne est loin, elle est profonde et sûre. Elle saura bien nous garder toutes les deux.

– C'est un miracle qu'il n'ait pas encore réussi à trouver votre nom. Êtes-vous certaine qu'il n'y parviendra jamais? Que ferez-vous s'il arrive un jour jusque chez vous?

– Honnêtement, je n'en sais rien et je ne le souhaite pas, répondit Hortense en se signant vivement pour conjurer le sort. Mais je crois que, là-bas, on saurait me défendre. Il y a autour de moi des hommes courageux : mon fermier François Devès, mes voisins... et puis...

– Et puis, le mystérieux Jean?

– Surtout lui! Lui et la horde de loups qu'il peut réunir quand il lui plaît. Ne vous tourmentez pas pour moi, cher Eugène! Il faut seulement que nous puissions, Felicia et moi, disparaître sans qu'il le sache...

En conclusion de quoi Hortense se haussa sur la pointe des pieds et posa un baiser sur la joue pas très bien rasée du peintre.

– Merci, mon ami! Merci d'avance!

CHAPITRE IV

L'HOMME AU PARAPLUIE

En dépit de l'optimisme affiché par Hortense chez Delacroix, l'image de Patrick Butler la hanta durant toute la soirée : pendant son voyage de retour vers Saint-Mandé où, à chaque instant, elle croyait reconnaître, parmi les passants, l'insolent visage couronné de cheveux roux de l'homme dont elle avait cru qu'il cesserait de penser à elle lorsqu'il ne la verrait plus; durant la veillée qu'elle passa au coin du feu entre Mme Morizet et Honorine, l'une évoquant de vieux souvenirs où passaient les grands effrois de la Révolution et les fastes de l'Empire, et l'autre tricotant des bas, et même durant la messe de minuit qu'elles entendirent toutes trois dans la vieille église voisine, une petite église rectangulaire dont le fronton et les cannelures avaient vu passer les splendeurs du surintendant Fouquet. Les sœurs du couvent voisin l'avaient abondamment garnie de fleurs et de boules de gui. Une forêt de cierges brûlait devant l'autel aux dorures un peu éteintes et devant la crèche naïve où une petite Sainte Vierge toute frêle et toute mignonne se penchait sur un Enfant Jésus tellement vigoureux et tellement joufflu qu'on avait peine à croire qu'il ait pu naître de cette délicate jeune femme. Mais la ferveur ne s'en trouvait pas amoindrie et c'était merveille d'entendre tous les assistants reprendre en chœur les vieux chants de Noël.

C'était un grand moment de douceur et de joie profonde; pourtant Hortense n'y participa pas autant qu'elle l'aurait voulu. Son esprit vagabondait vers Combert, vers Jean qui lui avait promis de passer auprès d'elle cette belle fête et qui ne la partagerait pas avec elle.

Bien sûr elle était certaine qu'il ne lui en voulait pas, qu'il avait compris que son amitié pour Felicia l'obligeait à partir à tout prix et qu'il l'attendrait le temps qu'il faudrait, sans colère et sans impatience. Mais, à présent, entre Hortense et son retour vers les siens, barrant le chemin en quelque sorte, il y avait la silhouette menaçante d'un homme dont elle avait eu l'imprudence d'encourager l'amour et qui, blessé davantage dans son orgueil que dans son cœur, entendait tirer vengeance d'avoir été dédaigné. Mais quelle vengeance? Que voulait-il au juste, ce Patrick Butler dont elle s'était méfiée dès leur première rencontre, cet homme dur et impitoyable qui avait su cependant lui parler d'amour avec tant de passion? A voir la façon dont il s'en était pris à Felicia, il ne s'en tiendrait pas à quelques bonnes paroles si le malheur voulait qu'ils se retrouvent face à face... Que ferait Hortense alors? Que lui dirait-elle? Et s'il prenait fantaisie à cet homme obstiné de la suivre jusque chez elle? Comment s'en tirerait-elle? Une seule solution était possible : il fallait, ainsi qu'elle l'avait dit à Delacroix, quitter Paris avant même qu'il pût savoir qu'elle y était venue.

La joie paisible qui irradiait de tous ces visages tendus vers l'autel finit par agir sur la jeune femme, et quand vint l'élévation, elle laissa son cœur s'ouvrir pour une ardente prière à Celui qui peut tout afin qu'Il vînt à son aide, lui permît de sauver son amie et d'éviter le piège que représentait l'homme de Morlaix.

Cette prière lui fit du bien, et ce fut avec une sorte d'entrain qu'elle prit place, avec ses deux compagnes, à la table d'un petit repas composé d'une poularde et d'une crème à la vanille auxquelles les trois femmes firent honneur après que l'on eut déposé dans la cheminée, avec quelque cérémonie, la bûche que l'on avait fait bénir dans le courant de la journée. Puis on échangea de menus cadeaux. Hortense offrit à sa vieille amie les dentelles du Puy qu'elle avait pris la précaution d'emporter pour la circonstance et reçut des mouchoirs brodés par Mme Morizet. Honorine, pour sa part, eut de l'une et de l'autre un châle de laine et une paire de mitaines qui la remplirent de joie. Après quoi, l'on monta se coucher à une heure tout à fait inhabituelle, bien sûr. Mais, cette fois, exorcisée de son fantôme par la grâce d'une prière de Noël, et aussi fatiguée par une trop longue journée,

Hortense dormit profondément et ne se réveilla que vers le milieu de la matinée au bruit des casseroles qu'Honorine agitait furieusement dans la cuisine. Mme Morizet attendait, en effet, un couple de cousins et deux vieilles amies pour le déjeuner.

Le temps était clair et beau, l'atmosphère était sereine. Des enfants parcouraient les quelques rues du village en chantant des Noëls, s'arrêtant dans les maisons pour recevoir un gâteau ou une pièce de monnaie. Leurs voix fraîches chantaient : *Il est né le divin enfant*... ou encore *Les anges dans nos campagnes*..., pas toujours très juste, mais avec tant de conviction et d'entrain que c'était plaisir de les entendre.

Toujours aussi délicate, Mme Morizet s'était excusée auprès d'Hortense de lui imposer ainsi la visite de gens qui n'étaient peut-être pas, pour elle, d'un grand intérêt. Mais la jeune femme la rassura :

– Je tombe chez vous comme la foudre et vous voudriez que je désorganise complètement vos projets? Je serai ravie de voir vos amis. Dites-moi seulement si j'ai déjà rencontré ces personnes aux temps où j'habitais chez vous sous le nom de Mme Coudert?...

En effet, quand, fuyant son oncle le marquis de Lauzargues, elle avait trouvé grâce à Vidocq refuge chez Mme Morizet, on l'y avait connue sous ce nom passe-partout qui ne tirait pas à conséquence autant qu'un titre de comtesse.

Mme Morizet admit qu'en effet ses cousins avaient déjà rencontré « Mme Coudert » et qu'il vaudrait peut-être mieux qu'on ne leur en apprît pas davantage :

– Ce sont de braves gens, mais ils sont un peu bavards et très férus de noblesse. Ils seraient sans doute très heureux de dîner en compagnie de Mme de Lauzargues, mais le lendemain tout le pays le saurait. Je ne pense pas que vous souhaitiez cela?

Ce fut donc, comme par le passé, Mme Coudert que le couple Brodier et les dames Menu et Clinchant rencontrèrent dans le salon fleuri de leur vieille amie pour les paisibles agapes de Noël. On parla de tout et de rien, mais surtout d'histoires locales qui n'intéressaient pas beaucoup Hortense, mais qui lui permirent au moins de garder un silence souriant assez confortable pour elle et tout à fait satisfaisant pour les autres. Elle répondit avec grâce à quelques questions sur la vie à Saint-Flour, puisque c'était là que « Mme Coudert » était censée habiter, et cette journée de Noël, un peu éprouvante pour quelqu'un qui brûlait d'entrer en action, s'acheva finalement le mieux du monde.

Vidocq vint le lendemain apporter à Mme Morizet quelques œufs des poules que sa femme, Fleuride, élevait : bon prétexte pour s'entretenir avec Hortense. Celle-ci lui raconta sa visite rue de Babylone et ce qu'elle y avait appris. L'ancien policier fronça les sourcils :

– Savoir qui est derrière tout cela est une bonne chose, mais cela ne nous avance guère au fond. Paris est grand et pour trouver cet homme...

– Mais je ne veux pas qu'on le trouve! coupa la jeune femme. Pas plus que je ne souhaite le rencontrer : je n'ai qu'un espoir : réussir à libérer Mme Morosini et partir avec elle pour l'Auvergne le plus tôt possible...

– Encore faut-il que vous puissiez y parvenir. En outre, quand on se sait un ennemi, il est de bonne guerre de le surveiller. Donnez-moi son signalement. Vous dites qu'il s'appelle Patrick Butler, armateur à Morlaix et que c'est par Buchez et Rouen l'Aîné que vous avez fait sa connaissance? Je les verrai tous les deux ce soir même. Ils pourront peut-être m'en apprendre davantage. En outre, je me renseignerai à la police. On peut toujours faire le tour des hôtels élégants. Cet homme-là ne doit pas descendre dans une gargote...

– Il est peut-être descendu chez un ami? Soyez prudent, en tout cas. Il doit avoir de grandes relations à la police pour avoir pu s'emparer si facilement de Felicia...

– Moi aussi, j'ai des relations, madame la comtesse. Moins hautes peut-être, mais tout aussi efficaces. Je saurai le fin mot de cette vilaine histoire ou je ne m'appelle plus Vidocq. Quant à vous, ne manquez surtout pas cette promenade à laquelle vous convie votre ami Delacroix. Elle pourrait être des plus intéressantes.

– En vérité, je ne vois pas du tout. Pourquoi?

– C'est assez simple pourtant : le mardi et le jeudi, quel que soit le temps, le roi fait, à pied, une promenade dans le jardin des Tuileries. Avec un peu de chance, vous pourrez lui parler...

– Il se laisse aborder si facilement en public?

– Non. Mais quand il reconnaît quelqu'un, il lui arrive de l'appeler auprès de lui. Votre peintre doit compter là-dessus.

Forte de cette assurance, Hortense employa le reste de sa journée à une visite dans les bureaux de la banque Granier, rue de Provence. Son père, le banquier Henri Granier de Berny, en avait été le fondateur et en avait fait l'une des plus puissantes maisons de Paris, au temps de l'Empire, avant de mourir assassiné avec sa femme. Le fils d'Hortense était à présent l'héritier des parts de son grand-père amputées de ce qu'avait coûté à la banque la gestion désastreuse du prince San Severo [1] mais cela constituait encore une assez jolie fortune pour que la jeune femme pût réclamer l'aide de la banque dans n'importe quelle circonstance. D'autant que désormais elle savait retrouver rue de Provence son ami Louis Vernet qui, en dépit de son infirmité, avait été réintégré, à la demande d'Hortense et au moment du changement de règne, dans l'un des postes principaux. Et elle n'imaginait pas un seul instant que l'ancien homme de confiance de son père pût refuser de soutenir une juste cause.

Et, de fait, Louis Vernet l'accueillit avec une amitié véritable et une joie qui était visiblement sincère. Le retour aux affaires avait rendu une sorte de santé au jeune fondé de pouvoir, à défaut de lui rendre l'usage de ses jambes qui demeuraient cachées sous un plaid écossais.

– Vous voyez, dit-il en souriant, je suis redevenu presque le même que par le passé. Chaque matin, ma voiture m'amène de ma rue Garancière et me ramène chez moi le soir. Et cela, c'est grâce à vous. Peut-être ces messieurs n'auraient-ils pas songé à me rendre un poste si vous ne l'aviez demandé si instamment. Je sais que cela a été l'objet de la première lettre que vous avez adressée ici.

– Je savais que le travail vous ferait du bien. Peut-être votre mère n'est-elle pas du même avis?

– Ma mère ne cessera jamais de trembler pour moi. Elle m'accompagne le matin et revient me chercher le soir, exactement comme lorsque j'étais petit garçon et qu'elle me conduisait au collège. Mais elle a compris que j'avais besoin de tout cela, ajouta-t-il en désignant du geste l'austère bureau vert olive demeuré fidèle au style Empire où de grands cartonniers et une bibliothèque d'acajou occupaient la majeure partie des murs. A présent, dites-moi ce que vous êtes venue me demander. Vous avez besoin d'argent...?

1. Voir *Hortense au point du jour.*

– Pas vraiment... mais ce n'est pas exclu. En fait, je suis venue vous poser des questions. La première est celle-ci : on dit que notre banque a, comme la banque Laffitte, contribué à mettre Louis-Philippe sur le trône? Est-ce vrai?

– C'est vrai. Moins que la banque Laffitte, malgré tout. C'est sans doute pourquoi notre directeur, M. Sonolet, n'est pas ministre, dit Vernet avec un sourire.

– Mais suffisamment tout de même pour espérer que, si je demande une grâce au roi, elle ne sera pas refusée?

– Une grâce! Quel genre de grâce?

– La libération d'une amie jetée injustement en prison. Une amie qui s'est dévouée sans compter pour moi, à qui je dois la vie, et plus encore peut-être...

Rapidement, Hortense conta la mésaventure de Felicia, insistant sur la lâcheté du piège tendu et sur la honte qu'il y avait pour un roi, tout nouvellement intronisé, à laisser se produire, sous le couvert de sa police, des faits aussi odieux. Louis Vernet l'écouta avec une grande attention, accoudé à son bureau et le menton dans la main. Il n'y avait plus l'ombre d'un sourire sur son visage et, un instant, Hortense sentit son cœur trembler. Est-ce que cet homme dont elle avait appris à apprécier le caractère élevé allait l'abandonner? Le silence qui suivit son récit lui parut accablant et, angoissée, elle s'apprêtait à le rompre quand Louis Vernet demanda d'une voix très douce :

– Qu'attendez-vous au juste de moi, madame de Lauzargues? Que la banque en chœur aille sommer le roi de remettre votre amie en liberté?

– Certainement pas. J'aimerais seulement que vous me donniez une lettre que je pourrais remettre au roi, une lettre disant que la banque Granier de Berny serait profondément reconnaissante si Sa Majesté voulait bien m'entendre favorablement. Je sais, ajouta-t-elle vivement, que notre nouveau souverain aime l'argent et je suis toute disposée à abandonner, à son profit... ou au profit de l'un de ses enfants, quelques-unes de mes parts personnelles. Suis-je assez claire?

Le sourire revint sur l'étroit visage du fondé de pouvoir, tandis qu'une petite flamme amusée s'allumait dans ses yeux bleus :

– Tout à fait claire, madame la comtesse, et je vois avec plaisir que le séjour de la province ne vous fait pas perdre de vue les événements parisiens. C'est... le testament du prince de Condé qui vous a donné cette idée?

– On ne peut rien vous cacher.

– C'est une bonne idée. J'ignore ce qui se passera au conseil d'administration lorsque j'en ferai part à ces messieurs. Il est probable que certains renâcleront. Mais j'en fais mon affaire. Et après tout, vous êtes la fille de notre fondateur, la mère de notre futur président et je ne vois pas comment nous pourrions refuser de vous aider dans une circonstance qui vous touche de si près.

– J'aurai ma lettre? s'écria la jeune femme qui n'osait encore croire à sa victoire.

– Vous allez l'avoir tout de suite. Ma signature suffira, je pense.

Il prit dans un tiroir une feuille de papier à en-tête de la banque, choisit une plume d'oie neuve et se mit à écrire lentement, calmement, en homme conscient d'être en train de rédiger un document d'importance. Puis, la lettre achevée, sablée, pliée et cachetée, Louis Vernet prit sur son bureau la clochette d'argent qui lui servait à appeler son secrétaire. Celui-ci parut presque aussitôt.

– Apportez-moi mille louis! ordonna-t-il. Mme la comtesse de Lauzargues, ici présente, a besoin de cette somme. Je vais rédiger le reçu moi-même...

Joignant le geste à la parole, il prit un autre papier dans un classeur, écrivit quelques mots et tendit la plume à Hortense :

– Voulez-vous signer, madame la comtesse?

– C'est une grosse somme, dit celle-ci, et je ne vous ai pas demandé...

– Je sais. Mais il faut tout prévoir. Même les mauvaises humeurs et l'ingratitude royale.

– En ce cas, pourquoi cet argent?

– Parce que tout s'achète... et qu'une évasion bien montée, cela coûte toujours assez cher. J'espère seulement que vous ne serez pas obligée d'en venir là mais, le cas échéant, je crois que vous trouverez dans votre ami Vidocq un orfèvre en la matière. A présent, voulez-vous me permettre de vous donner encore un conseil? Au cas où le roi ne semblerait pas disposé à vous écouter?...

– Mais... Je vous en prie.

– Depuis cette révolution de Juillet qui a changé tant de choses, il existe en France une force nouvelle avec laquelle il convient à présent de compter, une force que le roi redoute parce qu'il ne sent pas son trône encore bien solide. Cette force, c'est la presse. Elle a été à l'origine du soulèvement du peuple et elle n'entend pas le laisser oublier. Ivre de sa liberté toute neuve qu'elle a ramassée sur les barricades, elle en use par l'écrit et par les illustrations. Les journaux ne font pas de cadeaux au roi, et bien qu'il ne règne que depuis peu, il a déjà appris à les redouter. Si vous sentiez la partie perdue, il y a peut-être là une dernière carte à jouer. Ne l'oubliez pas et revenez me voir dans ce cas.

Hortense avait des ailes, un moment plus tard, en descendant, pour rejoindre sa voiture, le noble escalier de pierre sur la rampe duquel s'était appuyée si souvent la main de son père. Avec ses mille louis et sa lettre accréditive bien rangés dans le portefeuille qu'elle serrait contre elle, il lui semblait que rien ni personne ne pourrait désormais l'empêcher d'atteindre son but. Et ce fut le cœur joyeux qu'elle regagna la maison de la chaussée de l'Étang, à Saint-Mandé, où l'attendait Mme Morizet.

– Vous semblez prête à vous lancer à la conquête du monde, lui dit la vieille dame en la voyant revenir, ses yeux dorés brillant comme de petits soleils.

Pour toute réponse, Hortense se jeta dans ses bras et l'embrassa puis ajouta :

– J'ai un véritable espoir, chère madame Morizet, et cela vaut toutes les conquêtes... Si je m'écoutais, nous ferions la fête ce soir !

– Ce n'est plus tout à fait de mon âge, mon enfant, dit la vieille dame en remettant d'aplomb son bonnet de dentelle bousculé par sa jeune amie, mais il y a une chose que nous pouvons faire ensemble : c'est prier pour vos armes. Car demain, c'est jour de bataille. Et vous avez besoin d'aide...

En dépit de la grande confiance qu'elle avait retirée de son entretien avec Louis Vernet, le cœur d'Hortense battait un peu la chamade quand, le lendemain, vers 3 heures, elle franchit, au bras de Delacroix, la grille du jardin des Tuileries. Et cela en dépit du courage que le peintre s'était efforcé d'insuffler à son amie durant le déjeuner qu'ils avaient pris, tête à tête, sur la table de l'atelier.

– J'aurais peut-être dû vous conduire dans un bon restaurant, lui avait dit Delacroix, mais les conspirateurs craignent les oreilles indiscrètes...

– ... Et puis vous m'aviez promis du lapin et de la tarte aux pommes, comme la dernière fois! fit Hortense.

Ils avaient fait honneur à l'un et à l'autre mais, au moment de se mettre en route, Hortense avait senti le souffle lui manquer comme si une main était venue se resserrer autour de sa gorge.

– Je ne me sens pas très bien, dit-elle. Je crois bien que j'ai peur.

– De quoi, puisque vous êtes avec moi?

– Mais... que le roi ne vienne pas d'abord...

– Pour cela soyez sans crainte. Il faudrait une véritable tempête pour qu'il renonce à cette promenade où il voit l'un des meilleurs moyens d'assurer sa popularité. Et encore : il sort toujours avec un parapluie!

– Un parapluie? Le roi en porte-t-il vraiment un? Je ne puis le croire.

– Mais bien sûr! N'est-ce pas l'emblème le plus représentatif de la bourgeoisie? Et nous avons, ma chère, un roi bourgeois!

– Et s'il allait ne pas vous parler? Il paraît qu'on ne peut s'approcher de lui sans qu'il vous fasse signe?

– C'est tout à fait exact, mais je crois que le roi m'aime bien et, quand il me rencontre, il ne manque jamais de me dire bonjour. Cela suffit comme signe. Allons, calmez-vous! Tout se passera bien.

– Quand il m'aura entendue, il n'aura peut-être plus envie de vous dire bonjour?

– Allons donc! Un homme qui travaille à sa gloire? Et dans un sens c'est aussi ce que vous allez faire? Cette vilaine histoire n'est pas de nature à ennoblir un règne...

La marche jusqu'au jardin réussit tout de même à rendre un peu d'assurance à la jeune femme. Non que l'idée d'approcher un roi lui fît peur, mais l'enjeu de leur rencontre était d'une telle importance qu'elle ressentait le poids de sa responsabilité. Allait-elle réussir à sauver Felicia, à la tirer de sa prison avant qu'elle ne fût envoyée se dissoudre au fond du château du Taureau?

Il y avait beaucoup de monde aux Tuileries. Malgré le froid assez vif, de nombreux promeneurs arpentaient les allées et l'on pouvait voir des femmes emmitouflées de fourrures, bavardant assises sur les rangées de chaises bordant les allées adjacentes à celle des Orangers. Par-dessus les cimes dépouillées des marronniers, on apercevait les façades blanches et les toits d'ardoise bleue des maisons de la nouvelle rue de Rivoli. Des enfants jouaient au cerceau, à la balle ou à la marelle surveillés par des mères à capotes emplumées ou par des nourrices aux bonnets enrubannés. Il faisait froid, mais sec, et le petit rayon de soleil des derniers jours était fidèle au rendez-vous, jouant sur la boîte de cuivre poli du marchand d'oublies.

Sans hésiter, Delacroix entraîna Hortense vers le grand bassin rond placé entre les parterres et les quinconces. Arrivés là, ils se promenèrent à petits pas en gens qui n'ont d'autre souci que profiter d'un temps agréable mais dans leur manchon de velours noir fourré d'hermine, assorti à la capote qui auréolait son joli visage, Hortense sentait ses mains devenir de glace en dépit des gants qui les recouvraient. Delacroix lui parlait pour tenter d'alléger la tension d'esprit qu'il devinait mais elle n'entendait rien de ce qu'il disait...

– Vous ne m'écoutez pas! se plaignit-il gentiment. La révolution qui secoue la Pologne depuis un mois ne vous intéresse pas?

– Pas beaucoup, avoua-t-elle avec un sourire. Je crois que je n'entends rien.

– C'est parce que votre cœur bat trop fort. J'essayais de vous distraire de vos soucis en vous parlant de ceux des autres. Je pensais que vous préféreriez cela à des potins de salon...

– Vous pensiez juste et je vous demande pardon. Vous disiez donc que les Polonais se sont révoltés?

– Oui, notre révolution a fait école : il y a d'abord eu les Belges, qui ont protesté contre le despotisme de Guillaume Ier et l'union avec les Pays-Bas, puis la Pologne contre la Russie... mais je crois que votre supplice se termine. Voilà celui que nous attendions!

La masse des promeneurs venait en effet de se séparer en deux, laissant libre un assez large espace au milieu duquel un homme en pelisse, un grand chapeau haut de forme gris sur la tête et un parapluie à la main, s'avançait à pas lents. Trois hommes le suivaient à distance respectueuse, et n'eût été l'isolement où il s'avançait, rien ne distinguait ce personnage des autres hommes un peu élégants qui se trouvaient dans les jardins.

A cinquante-sept ans, Louis-Philippe apparaissait comme un homme grand et fort avec un visage plein que ne déparaient pas un long nez et des lèvres minces au pli légèrement dédaigneux. Ses épais cheveux châtain roux se continuaient en longs favoris qui disparaissaient sous le menton. La vie n'avait pas toujours été clémente pour le fils d'Égalité et il avait connu des heures très dures, notamment quand un père, qu'il aimait profondément, était monté sur l'échafaud et qu'il lui avait fallu vivre l'errance et la gêne à travers une Europe bouleversée par les guerres. Sa figure en avait gardé des plis profonds. Son âme aussi et il arrivait à ce prince, au demeurant plutôt timide, des réactions que n'aurait pas désavouées un Louis XIV.

Pour le moment, il semblait parfaitement heureux de son sort et répondait d'un sourire, parfois en soulevant légèrement son chapeau, aux saluts et aux révérences que suscitait son passage. De temps en temps, il s'arrêtait pour parler à quelqu'un puis reprenait son chemin. Derrière lui, son escorte s'arrêtait aussi puis repartait sans jamais cesser de respecter la distance.

Arrêtés près du bassin, Hortense et Delacroix le regardaient approcher. Soudain, le roi aperçut le peintre et son sourire s'élargit :

– Ah, monsieur Delacroix! dit-il d'une voix qui avait gardé la hauteur des commandements donnés sur un champ de bataille. Que voilà une heureuse rencontre! J'allais vous faire chercher...

Le peintre s'inclina :

– Serais-je assez heureux pour que le roi ait besoin de mes services?

– Sans doute, sans doute!

Le regard de Louis-Philippe glissa sur Hortense qui plongea aussitôt dans sa révérence.

– Présentez-moi donc votre compagne. Je ne crois pas avoir encore eu le plaisir de l'apercevoir?

– Sans doute parce qu'elle n'est plus parisienne depuis plusieurs années. Mais puisque le roi le permet, j'ai l'honneur de lui présenter Mme la comtesse de Lauzargues, fille du défunt banquier Henri Granier de Berny dont Votre Majesté connaît très certainement le nom?

– Et la banque. Je suis heureux, madame, de vous rencontrer et d'autant plus que j'ai quelques obligations à votre maison. Il me serait agréable de vous faire plaisir.

– Le roi est infiniment bon, murmura Hortense dont

l'émotion faisait trembler la voix. Delacroix s'en rendit compte et vola à son secours :

– Mme de Lauzargues est très émue, sire. Je crains qu'elle ne trouve pas l'audace de dire au roi qu'elle souhaite ardemment obtenir une grâce de Votre Majesté.

– Une grâce? Et laquelle?

– Celle de ma plus chère amie, sire, la comtesse Morosini, jetée en prison... par erreur.

Le sourire du roi s'effaça tandis que se creusait davantage le double pli de ses sourcils.

– En prison? Quelle prison? Je ne crois pas avoir jamais entendu ce nom?

– Elle est à la Force, sire.

– Une femme? A la Force? Qu'est-ce que cette histoire?

– C'est exactement ce que Mme de Lauzargues souhaite faire entendre à Votre Majesté, intervint Delacroix. J'admets volontiers que le lieu est mal choisi, ajouta-t-il hypocritement, mais il y a urgence et les délais d'obtention d'une audience royale sont actuellement interminables...

– Et vous avez pensé qu'une rencontre... fortuite n'est-ce pas, ne tirait pas à conséquence? Ce cher prince de Talleyrand serait fier de vous, monsieur... Et comme vous avez pleinement raison en disant que le lieu est mal choisi, je vous invite à suivre ma promenade et à m'accompagner ensuite au Palais-Royal. Vous aurez votre audience dès que nous serons rentrés, madame. Elle ne sera peut-être pas très longue, mais je veux vous entendre...

– Je savais déjà, sire, que le roi était la bonté même, dit Hortense. Qu'il veuille bien me permettre de le remercier du fond du cœur.

– Il ne faut jamais remercier avant d'avoir obtenu satisfaction, madame. Nous verrons cela plus tard.

Du geste, il appela l'un des hommes de son escorte et lui dit quelques mots à l'oreille. Celui-ci s'inclina légèrement devant Hortense et son ami.

– Si vous voulez bien nous suivre, madame et monsieur?

Ainsi augmentée de deux unités, la petite escorte royale se remit en marche à la suite de Louis-Philippe qui avait entrepris de contourner le bassin. Apparemment, le supplice d'Hortense n'était pas encore terminé... car le roi ne se pressait pas.

Trois quarts d'heure plus tard, toujours sur les traces du roi et accompagnée de Delacroix, elle pénétrait au Palais-Royal.

La demeure des Orléans était sans doute alors le plus beau palais de Paris et très certainement le plus confortable. Depuis qu'en 1815 il avait été rendu définitivement à la famille, après avoir connu depuis la mort sur l'échafaud de Philippe-Égalité des avatars divers, Louis-Philippe, avec l'aide de l'architecte Fontaine, y avait entrepris des travaux considérables. Cela donnait une grande résidence où d'admirables boiseries grises, blanches et or servaient de toile de fond à des meubles, à des tableaux et à des objets d'une grande beauté. On vantait le cabinet aux vingt-cinq mille estampes, la collection de tableaux historiques de la galerie Montpensier et aussi les merveilles de l'éclairage au gaz dont le Palais-Royal était l'un des premiers grands bénéficiaires.

Un large escalier de marbre liseré d'une admirable rampe de bronze et éclairé par de grandes torchères qui avaient peut-être connu les fastes du Régent menait aux appartements du nouveau roi qui se situaient dans le pavillon central. Hortense et Delacroix le gravirent à la suite de Louis-Philippe puis allèrent attendre dans une antichambre meublée de banquettes de velours rouge le moment de cette audience dont ils espéraient tant.

Ils n'attendirent pas longtemps. Un chambellan vint les chercher après quelques minutes et les introduisit dans le grand cabinet dont les hautes fenêtres donnaient sur la cour d'honneur. C'était une pièce imposante où le style Empire régnait en maître. Sa sévérité somptueuse évocatrice d'une puissance aux dimensions d'un homme exceptionnel avait séduit l'ex-duc d'Orléans. Avide d'une gloire dont son caractère timide et indécis le tiendrait toujours éloigné, il puisait dans ce décor quasi guerrier – encore renforcé par une superbe toile : *Le Cuirassier blessé* de Géricault – une sorte d'énergie que les grâces du style Louis XV ne lui eussent pas insufflée. En outre, c'était un décor de bonne politique : les nombreux bonapartistes, anciens officiers de la Grande Armée ou anciens fonctionnaires de l'Empire s'y retrouvaient dans une ambiance familière et, comme tels, rassurés... Seule note vraiment féminine : le bouquet de roses, venues des serres de

Neuilly, qui occupait à lui seul un guéridon rond. La signature discrète d'une épouse née au soleil de Naples et qui adorait les fleurs.

Assis derrière sa grande table de travail, le roi regarda entrer les deux jeunes gens, apprécia à sa juste valeur l'impeccable révérence d'Hortense et lui désigna une chaise mais laissa le peintre debout. Un instant, il considéra la jeune femme qui, sous ce regard lourd, s'efforça de faire bonne contenance.

– Vous m'avez dit, madame, fit-il enfin, que votre meilleure amie, la comtesse Morosini si je ne me trompe...?

– La mémoire du roi est parfaite, sire. J'ajoute qu'elle est née princesse Felicia Orsini.

– Ce sont là de bien grands noms d'Italie! Donc vous me disiez que la comtesse Morosini avait été jetée en prison, par erreur, mais en prison tout de même? En général, il faut faire quelque chose pour en arriver là. Pour quelle raison a-t-elle été arrêtée?

– Terrorisme, sire! Et comme Louis-Philippe avait un haut-le-corps qu'elle jugea peu encourageant, elle se hâta d'ajouter : Si le roi le permet, je lui ferai le récit exact de ce qui s'est passé.

– J'allais vous en prier. Mais soyez claire, s'il vous plaît... et point trop longue!

Aussi succinctement que possible, mais en prenant soin de bien choisir ses mots, Hortense raconta l'aventure de Felicia et, sans nommer personne, laissa entendre qu'une obscure machination, une vengeance peut-être était à la base du drame.

– Ce que je ne comprends pas, c'est pourquoi l'on s'est obstiné à la traiter en homme et à ne la connaître à la Force que sous le seul nom d'Orsini?

– Je ne comprends pas davantage, madame... sinon peut-être qu'il est plus facile de faire disparaître quelqu'un qui n'existe pas. Mais vous racontez fort bien. Etiez-vous donc présente au moment de cette descente de police au café Lamblin?

– J'étais sur mes terres d'Auvergne, sire, et bien loin de me douter de ce qui se passait à Paris.

– D'où tenez-vous, dans ce cas, ce récit particulièrement vivant?

– D'un ami pour qui les dessous de la police ne semblent pas avoir beaucoup de secret. Il s'appelle François Vidocq!

De la façon la plus inattendue, Louis-Philippe éclata de rire :

– Vous connaissez cet ancien gibier de potence? C'est proprement impensable quand on vous regarde, madame!

– Je ne sais pas, sire, mais le fait est que je le connais et même que je le tiens pour un ami fidèle. Ce qu'il me dit, je le crois.

– Et vous pourriez bien avoir raison. Pendant des années, Vidocq a été l'homme le mieux renseigné de France. Quelque chose me dit qu'il n'a pas changé. Vous me donnez une idée, d'ailleurs. J'aurais peut-être intérêt à lui rendre du service. Que fait-il en ce moment?

– Il dirige une petite entreprise de papeterie qu'il a créée à Saint-Mandé, mais je ne suis pas certaine que ses affaires aillent au mieux.

– Vous ne m'étonnez pas; pour qu'un homme comme lui s'intéresse vraiment au papier, il faut qu'il y ait quelque chose d'écrit dessus. Et de préférence quelque chose d'important. Mais revenons à Mme Morosini. Il y a tout de même une circonstance assez peu claire dans son histoire : que faisait-elle habillée en homme au café Lamblin, ce repaire de demi-soldes et de bonapartistes... pour ne pas dire de carbonari? Personne, j'imagine, ne l'y a traînée de force?

Le regard d'Hortense croisa celui de Delacroix et elle y lut une inquiétude. Peut-être craignait-il qu'elle ne s'embarquât dans une histoire peu vraisemblable? Mais elle était décidée à dire les choses aussi franchement que possible.

– Elle est bonapartiste, sire, et ne s'en cache pas. Voici deux ans, son époux, Angelo Morosini a été fusillé par les Autrichiens, à Venise. Elle a dû fuir et elle est venue se réfugier en France... en dépit du fait que l'Empire n'était plus qu'un souvenir. Elle en a gardé, comme tant d'autres, une certaine nostalgie.

– Une nostalgie qui la poussait à conspirer contre mon cousin Charles X, si je ne me trompe?

Delacroix décida alors qu'il était temps pour lui de se mêler au débat :

– Elle conspirait surtout contre toute forme d'oppression. Durant les journées de Juillet, les carbonari, bonapartistes ou républicains se sont bien battus, sire. La comtesse Morosini a fait le coup de feu, elle aussi, sur la barricade du boulevard de Gand. Elle y a même été blessée.

Louis-Philippe se tourna vers le peintre et le considéra un instant avec une surprise amusée.

– Parce que vous la connaissez aussi, monsieur Delacroix? Quelle flamme! Vous en parlez comme d'une héroïne!

– C'en est une, sire, et des plus fières. Il est vrai que je la connais et que je l'admire. J'ajoute, si le roi le permet, que lui aussi la connaît.

– Moi?

– Oui, sire! Pour cette Liberté que le roi veut bien admirer, c'est son visage que j'ai peint.

– La Liberté? Celle de la barricade?

– Elle-même, sire. La comtesse Morosini a bien voulu me servir de modèle. Et je supplie le roi d'user de son pouvoir pour faire cesser une iniquité due sans doute à quelqu'un de ces éléments troubles qui subsistent encore dans sa police. Naguère, on n'aimait pas beaucoup la comtesse Morosini à la Cour de Charles X, mais M. de Talleyrand et Mme la duchesse de Dino la recevaient avec amitié. S'ils n'étaient en Angleterre, ils seraient certainement les premiers à demander sa libération.

Louis-Philippe quitta son fauteuil et se mit à arpenter le tapis de son cabinet. Le pli était plus creux encore entre ses sourcils et Hortense, qui avait repris espoir, sentit son cœur se serrer de nouveau. Elle jeta un regard suppliant à Delacroix qui se hasarda à demander :

– Puis-je me permettre de demander respectueusement si quelque chose tourmente le roi?

Celui-ci arrêta sa promenade et regarda tour à tour les deux jeunes gens :

– Je veux bien vous croire, mais il y a tout de même cette bombe... ici... au Palais-Royal?

Delacroix comprit que l'indécision, cette mortelle indécision qui allait empoisonner tout le règne et que seule Madame Adélaïde, la sœur très écoutée de Louis-Philippe, réussissait à vaincre, remettait tout en cause. Il s'agissait, à présent, de l'emporter de haute lutte.

– Sire, dit-il, ne serait-il pas plus utile de savoir qui a apporté cette bombe au café Lamblin afin de punir à coup sûr plutôt qu'en laisser peser la responsabilité sur une innocente? Sur mon honneur, je jure que la comtesse Morosini n'avait jamais vu cette bombe. Je suis prêt à en répondre.

– Moi aussi, dit Hortense en écho.
– Il est certain que, si vous en répondez... Je vous connais, mon cher peintre, et je sais qui vous êtes mais vous, madame, à y regarder de près, je ne vous connais pas du tout... Vous êtes la fille d'Henri Granier de Berny, sans doute... mais rien ne le prouve et...
Rapidement, Hortense fouilla son réticule et en tira le papier que lui avait remis Louis Vernet :
– Ceci le prouve, sire. Le fondé de pouvoir de la Banque y supplie le roi de bien vouloir m'entendre et ajoute qu'au cas où le roi accepterait, notre maison lui en serait... reconnaissante. M. Louis Vernet m'a donné toutes assurances à cet égard...
Une petite lumière brilla fugitivement dans l'œil gris-bleu du roi, perçant le nuage qui, depuis quelques instants, s'y était amassé :
– Ah! dit-il seulement en retournant s'asseoir à son bureau. Il s'installa confortablement dans son fauteuil et frotta légèrement ses mains l'une contre l'autre.
– Dans ce cas, je pense, dit-il après un court silence, qu'il faut vous donner satisfaction...
Il prit une feuille de papier aux armes, y écrivit rapidement quelques mots qu'il relut avant de les sabler :
– Voilà l'ordre d'élargissement du nommé Felix Orsini que le concierge de la Force devra, en échange de ceci, vous remettre demain matin avant midi... Mais je mets à cette libération une condition.
Déjà à genoux pour recevoir le précieux papier, Hortense leva la tête pour que son regard puisse rencontrer celui du roi :
– J'y souscris d'avance, sire!
– Vous me répondrez... sur votre tête des agissements à venir de la comtesse Morosini. Ceci pour pallier d'éventuels attentats. Vous veillerez personnellement à ce qu'elle quitte Paris dans les plus brefs délais et vous assurerez vous-même sa surveillance.
– Moi-même? Mais, sire, ma vie et celle de mon amie sont différentes. J'habite un petit château perdu au cœur de l'Auvergne et je ne puis l'obliger...
– C'est à prendre ou à laisser, madame. Ou bien vous vous en occupez, ou bien elle reste où elle est!
– Ce serait trop injuste, sire!
– Peut-être mais c'est ainsi. Choisissez!

– Je n'ai pas le choix. De toute façon, je comptais lui offrir l'hospitalité... au moins pour un temps.

– Eh bien, ce temps sera plus long que vous ne pensiez. Voilà votre ordre d'élargissement. Je vous salue, madame... de Lauzargues? C'est bien cela?

– C'est bien cela. Je remercie... infiniment le roi d'avoir fait droit à ma prière. Ma reconnaissance...

– Laissez, laissez! Prenez seulement la peine de faire savoir à ces messieurs de la banque Granier qu'ils ont été exaucés.

Ce fut sans échanger une parole qu'Hortense et Delacroix quittèrent le cabinet royal, descendirent l'escalier et traversèrent la cour d'honneur. Ce fut seulement quand ils eurent quitté le palais que le peintre, après avoir pris son amie sous le bras pour l'entraîner d'un pas vif, déclara :

– Vous avez entendu? fit-il entre ses dents. Il a écrit Felix Orsini. Or ni vous ni moi n'avons prononcé un prénom... que d'ailleurs nous ignorions. Il était au courant.

– Vous croyez?

– J'en suis certain. En tout cas, vous avez eu raison de mettre votre banque en avant. Cela a été du meilleur effet. Je ne suis pas certain que nous nous en serions tirés sans cela. J'ai bien peur, ma chère amie, que ce roi-là n'ait pas la grandeur que l'on souhaiterait sur un trône. Il y a du commerçant en lui. Que voulez-vous faire à présent?

– Rentrer le plus vite possible à Saint-Mandé. Je suis morte de fatigue, mon ami... J'ai besoin d'une bonne nuit!

– Je le crois volontiers. Je vais vous trouver une voiture et vous souhaiter un bon repos. Nous nous retrouverons demain matin devant la prison de la Force. Voulez-vous à 10 heures?

– Vous voulez venir avec moi?

Pour la première fois depuis leur entrée commune au jardin des Tuileries, Delacroix se mit à rire, un rire joyeux qui découvrit ses dents éclatantes tout en trahissant un profond soulagement.

– Voir ma Liberté sortir de prison? Pour rien au monde, je ne manquerais ce spectacle. Et puis, sincèrement, je vous vois mal discuter seule avec un concierge de prison. Ces gens-là ne sont guère fréquentables pour une jolie femme et il vaut mieux que je me charge des formalités désagréables...

Spontanément, Hortense se haussa jusqu'à sa joue et y posa un baiser rapide.

– Je ne remercierai jamais assez la Providence de m'avoir donné un ami tel que vous. Puis-je abuser et vous demander encore un service?

– Bien sûr! Je suis dans mon jour de grandeur d'âme, profitez-en!

– Voulez-vous passer rue de Babylone prévenir Timour? Je suis certaine qu'il voudra être là lui aussi... et je n'ose pas trop m'aventurer là-bas.

– C'est trop naturel. Comptez sur moi, je vais y passer sur-le-champ. Tenez! Voilà un fiacre qui va faire votre affaire! En revanche, je crois qu'il va vous falloir quelque patience : il y a beaucoup de circulation à ce que l'on dirait et, sur les Boulevards, cela pourrait être pire...

Un instant plus tard, la portière se refermait sur Hortense qui, après avoir adressé, de la main, un dernier signe à son ami, se laissa aller, avec un soupir de bonheur, contre le drap bleu point trop usagé de la voiture. Elle éprouvait une merveilleuse sensation de délivrance et voulait la savourer pleinement. Peu lui importait que la rue de Richelieu fût encombrée d'équipages variés et que l'on n'y avançât qu'au pas! Une invisible main venait de lui ôter, de sur la poitrine, le poids intolérable qui l'oppressait depuis son départ de Combert. Là, dans son réticule, elle tenait tout contre elle la clef de la prison de sa chère Felicia et l'avenir lui paraissait à présent aussi bleu qu'il avait été noir.

Bientôt, toutes deux reprendraient ensemble le chemin de l'Auvergne. Felicia, après cette terrible épreuve, devait avoir un immense besoin de repos et nulle part ailleurs elle ne le trouverait plus complet, plus chaleureux qu'auprès de la cheminée de Combert. La solitude de l'hiver lui apporterait de grandes possibilités de réflexions sur la direction qu'elle pensait pouvoir donner à sa vie dans l'avenir. Et Hortense envisageait avec plaisir l'idée de se charger de son amie comme on lui en avait arraché la promesse...

Une petite voix lui suggérait bien que Felicia, ardente et passionnée, ne s'accommoderait peut-être pas très longtemps de couler des jours sans but véritable, dans un hameau situé entre Saint-Flour et Chaudes-Aigues, mais elle la rejeta comme importune. Felicia devait être abattue par sa détention. Elle apprécierait à sa juste valeur le calme et la tranquillité qu'Hortense se proposait de lui offrir. Et puis, elle serait sans doute infiniment heureuse d'assister au mariage de son amie. Si mariage il y avait...

A présent qu'elle était rassurée sur le compte de Felicia, Hortense s'apercevait avec étonnement qu'elle avait un peu oublié Jean et les problèmes que lui posaient leur situation irrégulière, son mensonge et le désir qu'avait Jean de se faire le gardien de Lauzargues. Mais curieusement, dans cette voiture parisienne qui allait à une allure d'escargot, ces soucis personnels perdaient de leur acuité. Peut-être parce que l'image de Felicia et le drame qu'elle vivait l'emportaient sur toutes choses. En outre, Hortense savait à quel point son amie pouvait être de bon conseil et elle se découvrait un grand besoin de sa présence car Felicia, en vraie force de la nature, ne s'avouait jamais vaincue et savait comment sortir des situations les plus difficiles. En vérité, ce serait une grande joie de la retrouver même si c'était pour s'entendre dire des vérités premières sur sa façon de se conduire avec Jean...

Sur son siège, le cocher ronchonnait. La voiture, en effet, avançait à peine. Mais Hortense, au fond, n'était pas vraiment pressée et elle se penchait déjà pour lui conseiller un peu de patience quand la portière s'ouvrit. Un homme sauta dans la voiture en criant au cocher :

– Allez jusqu'au boulevard et arrêtez-vous!

Puis, se tournant vers la jeune femme qui le regardait, effarée :

– Ma chère madame Kennedy, vous n'imaginez pas comme je suis heureux de vous rencontrer...

Il ôtait son chapeau pour un salut ironique. Hortense vit flamboyer son épaisse chevelure rousse mais elle avait déjà reconnu Patrick Butler...

Chapitre V

LE DOS AU MUR

Le cœur arrêté, Hortense contemplait l'envahisseur. C'était bien lui, il n'y avait aucun doute; elle reconnaissait ce visage large à la peau tannée par la mer et le vent, ces traits fortement burinés, ces yeux couleur de feuilles nouvelles qui la regardaient avec l'expression de cruauté satisfaite du chat qui s'apprête à dévorer une souris. Il y eut un moment de silence où Hortense et Butler se mesurèrent du regard comme deux duellistes au moment d'engager le fer.

Un brusque réflexe de défense jeta la jeune femme sur la portière. Elle allait sauter, se perdre dans la foule... La voiture pourtant allait plus vite maintenant, mais Hortense ne songeait qu'à échapper à cet homme qui ne pouvait lui vouloir que du mal. Vain espoir : une main aussi dure que du bronze s'était déjà abattue sur son bras et le retenait fermement.

– Restez tranquille! Vous savez très bien que vous ne m'échapperez pas! Je vous tiens et je vous tiens bien! J'ai eu assez de mal pour y arriver.

– Comment m'avez-vous retrouvée? Comment êtes-vous là, dans cette voiture, à cet instant?

Il eut un sourire et, sans lâcher le bras d'Hortense, s'installa plus confortablement dans les coussins.

– Je ne veux pas me faire plus habile que je ne suis. Aujourd'hui, j'ai été servi par une chance véritablement insolente car, en vérité, je ne pensais pas que le Turc aurait déjà réussi à vous faire sortir de votre trou. Mais je prenais l'air aux Tuileries cet après-midi et, tout à coup, miracle! Je vous ai vue apparaître! Quand on veut passer inaperçue, ma chère, ce n'est pas une bonne idée que d'aller faire des révérences à un roi et de l'accompagner, au vu de toute une ville, jusqu'à sa résidence. Je n'ai plus eu qu'à vous suivre... et à exercer ma patience. Vous êtes restée assez longtemps au Palais-Royal, il me semble?

La voix du cocher vint l'interrompre. Le bonhomme avait arrêté sa voiture et criait :

– Hé, bourgeois! On est au Boulevard! Qu'est-ce que je fais?

– Conduisez-nous rue Saint-Louis-en-l'Ile, cria Butler en retour.

– On ne va plus à Saint-Mandé?

– C'est donc là que vous vous cachiez? dit Butler en regardant Hortense avec son sourire de loup, puis, plus haut :

– Non, nous n'allons plus à Saint-Mandé!

– Mais moi je veux y aller, cria Hortense. Cocher! Faites ce que...

La main de l'armateur, brutalement appliquée sur sa bouche, étouffa la fin de la phrase. De son autre main, il maintenait fermement la jeune femme contre lui.

– On fait ce que je dis! articula-t-il. Nous avons à parler, vous et moi, et j'entends que nous le fassions dans un endroit tranquille.

– Il me semblait que l'intérieur d'une voiture était un endroit suffisamment tranquille? lança Hortense que la colère envahissait. Dites ce que vous avez à dire et finissons-en!

– Oh! Il me faut plus que quelques minutes. Vous m'avez, ma chère... madame Kennedy, fort agréablement mené en bateau. Souffrez qu'à présent je vous mène, en voiture, là où je le désire. Vous avez tout intérêt à m'entendre. Vous et surtout votre amie, cette chère Mlle Romero qui porte en réalité un si beau nom romain. Je savais bien qu'elle avait l'air d'une impératrice transalpine. Mais au fait, et vous? Comment vous appelez-vous au juste?

Elle le regarda avec une stupeur qu'elle ne songeait pas à dissimuler.

– Vous ne le savez toujours pas? En dépit de tout ce que vous avez pu faire?

– Eh non! Le « bon cousin » qui, moyennant argent sonnant et trébuchant, m'a aidé à retrouver votre amie et à l'amener là où je le souhaitais ne connaissait qu'elle. Il savait qu'une amie l'accompagnait en Bretagne, mais il ignorait le nom véritable de cette mystérieuse dame et n'a pas réussi à l'apprendre. Les domestiques de la rue de Babylone sont aussi muets que la tombe. Quant à cette chère Felicia, malgré des visites que j'ai pu lui rendre dans sa prison, je n'ai pas pu lui arracher un mot en dépit des menaces que je faisais peser sur elle. Elle s'est contentée de me cracher au visage...

– Ce n'est pas l'envie qui me manque d'en faire autant, gronda Hortense. Ainsi, vous êtes allé la voir, la narguer dans sa prison? Alors qu'elle est au secret? N'importe qui peut donc faire ce qu'il veut dans les prisons du roi?

– Nous vivons une période encore mal remise de ses troubles, une période où aucune direction bien nette n'est encore établie. Vous n'imaginez pas ce que, dans ces périodes-là, on peut obtenir avec une poignée d'or. Mais oublions tout cela puisque, grâce à Dieu, je viens de vous retrouver!

– Ne mêlez donc pas Dieu à vos vilaines actions, monsieur Butler. Tout n'ira pas toujours à votre fantaisie, croyez-le bien!

– Peut-être, mais pour le moment, c'est moi qui suis le maître du jeu. Souffrez que j'en profite! Ah! Nous arrivons!

Du pommeau de sa canne, il frappa à la vitre pour alerter le cocher :

– Arrêtez-vous devant la maison suivante, ordonna-t-il, et allez sonner. On nous ouvrira et vous nous déposerez dans la cour.

Un portail s'ouvrit en grinçant et la voiture cahota sur de gros pavés inégaux qui devaient dater au moins du Roi-Soleil, puis s'arrêta. Un valet qu'Hortense reconnut pour l'avoir vu dans la maison de Morlaix ouvrit la portière et baissa le marchepied. Patrick Butler sauta à terre puis offrit sa main gantée à Hortense pour l'aider à descendre. Elle vit alors qu'elle se trouvait dans la cour d'un vieil hôtel particulier. Une cour et un hôtel qui n'étaient pas au mieux de leur entretien car des lézardes, légères mais réelles, se montraient dans les murs. De l'herbe brûlée par l'hiver poussait entre les pavés de la cour.

Butler, qui n'avait pas abandonné la main d'Hortense, l'entraîna à l'intérieur de la maison et lui fit monter un escalier de pierre aux marches usées dont certaines branlaient quelque peu.

– J'ai hérité cette maison l'an passé, expliqua-t-il. Je n'ai pas encore eu le temps, ni le goût, à dire vrai, de la faire remettre en état. Mais j'avoue qu'en ce moment je la trouve fort utile.

Il poussa une porte qu'il referma derrière lui d'un coup de talon après avoir fait entrer Hortense qu'enfin il lâcha.

– Voilà! fit-il avec un rire que la jeune femme jugea des plus déplaisants. Ici nous allons pouvoir parler en toute tranquillité. Vous pouvez retirer votre manteau et votre chapeau et vous considérer comme chez vous. Vous n'y aurez pas froid.

Un bon feu flambait en effet dans l'antique cheminée, mais si Hortense s'en approcha, elle n'obéit cependant pas à l'invitation d'ôter son manteau. Cette pièce, en effet, n'était pas un salon comme elle le pensait mais bel et bien une chambre à coucher, prête d'ailleurs à accueillir quelqu'un car la couverture du lit était faite.

Le regard d'Hortense ne fit qu'effleurer ce lit qui était vieux, à colonnes avec des rideaux en tapisserie fanée, puis fit le tour de la pièce. Celle-ci avait dû être à la mode au temps des Précieuses et elle offrait un assez beau décor de panneaux peints où des traces de dorure se voyaient encore, mais autant sur les murs que sur les sièges, l'usure du temps se faisait sentir et, en dépit du feu, une vague odeur de moisi flottait.

L'examen de la jeune femme s'acheva par Patrick Butler sur lequel s'arrêtèrent ses yeux froids :

– Votre éducation ne s'est pas améliorée depuis notre dernière rencontre, fit-elle avec dédain. Vous devriez savoir qu'on ne reçoit pas une dame dans une chambre. Cet hôtel me semble assez vaste pour renfermer au moins un salon?

– Il y en a quatre, mais encore plus vétustes que cette pièce. Et puis... pour le genre de conversation que nous allons avoir, belle dame, ajouta-t-il en appuyant intentionnellement sur le mot dame, une chambre me paraît un lieu tout à fait convenable. En fait, n'est-ce pas cette sorte d'endroit que vous m'aviez laissé espérer lorsque vous me disiez votre intention de me rejoindre à Brest? Rappelez-vous!... Rappelez-vous avec quelle grâce vous acceptiez mes hommages... mon amour! Vous saviez, n'est-ce pas, que je vous aimais?... Que dis-je? Que j'étais fou de vous et prêt à accomplir les choses les plus insensées pour vous gagner! Allons! Rappelez-vous ce que je vous ai dit, certain jour! Je vous ai dit que j'étais prêt à aller prendre au Taureau la place de l'homme que certainement vous souhaitiez délivrer, en échange d'une nuit d'amour! Et vous, m'avez-vous assez juré que vous ne vous intéressiez à aucun prisonnier? Que vous ne vouliez délivrer personne?

– Nous n'avons délivré personne! fit Hortense avec lassitude. Jamais elle ne s'était sentie aussi mal à l'aise, aussi mécontente d'elle-même et du rôle qu'elle avait dû jouer dans l'espoir d'aider Felicia à délivrer son frère. Chacun des reproches que Butler lui adressait était justifié... et jamais elle ne s'était sentie aussi humiliée... A présent, l'armateur riait.

– Je le sais bien que vous n'avez délivré personne; mais uniquement parce qu'il est mort avant, n'est-ce pas? Il s'appelait Gianfranco Orsini... le prince Orsini! Oh, ne soyez pas surprise, je connais fort bien le gouverneur du château. Je n'ai eu aucune peine à apprendre ce qui s'était passé certaine nuit où vous auriez dû, en principe, être sur la route de Brest pour me rejoindre. Vous l'aimiez, n'est-ce pas, ce prince? C'est pour lui que vous avez fait tout cela, joué ce rôle dégradant...

– Oui, c'est pour lui! Mais je ne l'aimais pas.

– A d'autres!

– Je ne le connaissais même pas! Mais, pour Felicia sa sœur, j'ai au moins autant d'affection que si nous avions eu la même mère. Nous avons été élevées ensemble et je ne pouvais refuser de l'aider. Son frère était tout ce qu'elle aimait au monde... avec moi peut-être!

Butler fit quelques pas dans la pièce dont le parquet au point de Hongrie craqua sous son poids. Il jeta son chapeau dans un coin, ôta le manteau à collets qui l'enveloppait et le lança sur un siège. La passion qui avait animé son visage tandis qu'il jetait ses reproches à la jeune femme semblait l'avoir abandonné. C'est très calmement qu'il vint vers elle, assez près d'elle pour qu'elle pût sentir à nouveau l'odeur légère de tabac anglais et de verveine qui imprégnait sa personne.

– Vous devez l'aimer beaucoup, en effet, ma belle inconnue, pour avoir accepté ce misérable rôle. Ou bien n'êtes-vous, après tout, qu'une bonne comédienne... une fille de théâtre peut-être? Il en est de fort belles et tout à fait capables de jouer les grandes dames. Vous étiez parfaite dans votre personnage de lady irlandaise. Je crois vous l'avoir dit car je n'étais pas vraiment dupe. Alors? De quels tréteaux sortez-vous?

C'était plus qu'Hortense n'en pouvait supporter. Peu importait, après tout, que cet homme sût son nom puisqu'il savait déjà celui de Felicia et qu'il avait été assez habile pour la retrouver elle.

– Je suis la comtesse de Lauzargues. Hortense de Lauzargues. Je suis veuve et mère d'un petit garçon. A présent, vous savez la vérité. Oh, ne prenez pas cet air satisfait! Vous pensez sans doute qu'en me traitant de fille de théâtre vous avez déclenché en moi une réaction d'orgueil? Il n'en est rien... ou si peu! J'avais déjà décidé de vous dire qui je suis. Je vous devais bien cela.

– Vous me devez encore bien autre chose, ma chère. Mais je suis content, je l'avoue, de vous connaître enfin sous votre véritable aspect. Hortense!... C'est un bien joli nom! Surtout pour un homme chez qui les hortensias poussent comme de l'herbe au printemps. Vous vous souvenez de ma maison du Dourduff? Ils étaient ce jour-là du même bleu que votre robe... du même bleu que le ciel. Et vous les avez admirés.

A nouveau il s'éloignait d'elle qui demeurait debout auprès de la cheminée, raidie dans un orgueil qui lui interdisait même de s'asseoir en dépit de la fatigue qu'elle sentait monter en elle. Il alla jusqu'à une lourde table aux pieds torsadés et s'assit sur l'un des coins, une jambe pendante, la regardant avec un demi-sourire.

– Vous étiez bien belle ce jour-là et moi j'étais bien fou. Mais je crois qu'aujourd'hui vous l'êtes encore davantage.

– Et vous êtes plus fou encore pour vous en être pris à une innocente...

– Pas si innocente que ça! Elle vous a poussée à jouer avec moi ce jeu infâme. Elle méritait de payer et elle paie... comme vous allez payer vous aussi. Vous ne sortirez pas de cette chambre sans m'avoir appartenu!

Sous le choc du mot, Hortense recula et dut s'appuyer à la cheminée.

– Vous ne savez pas ce que vous dites, fit-elle d'une voix blanche. Je vous en supplie, laissez-moi partir! Je reconnais que j'ai eu, envers vous, des torts immenses et je vous supplie de me les pardonner. Voilà des semaines que vous vous vengez de Felicia. Et de moi...

– Cela ne fait guère qu'un peu plus d'une heure, dit Butler en tirant de sa poche une grosse montre d'or. Je trouve que c'est un peu insuffisant. Voilà pourquoi j'entends que vous me payiez la dette que vous avez contractée envers moi lorsque vous m'avez obligé à vous aimer...

– Vous ne m'aimez pas, s'écria Hortense chez qui la colère remplaçait la peur. Pour oser demander froidement une chose pareille, il faut n'éprouver rien de ce qui fait l'amour. Quand on aime quelqu'un sincèrement...

– On se fait bêtement rouler. Eh bien, mettons que je ne vous aime pas. En revanche, je vous désire plus encore je crois que je ne vous désirais naguère. Et croyez-moi, ce n'est pas peu de chose. J'ai juré, entendez-vous? j'ai juré qu'au jour où je vous retrouverais je vous posséderais. Et croyez-moi, je n'ai jamais manqué à ma parole. Surtout envers moi-même. Regardez! Le lit est prêt. Il nous attend... Dans un instant, on va nous monter un souper agréable... du champagne. Et je vais allumer toutes les chandelles de cette chambre afin de lui donner un air de fête...

Joignant le geste à la parole, il prit un brandon dans le feu et se mit à allumer toutes les bougies qui se trouvaient sur la cheminée, sur la table, sur les chevets et sur divers meubles. Rapidement, la nuit qui commençait à envahir la pièce recula, disparut presque sous les bouquets de lumières.

– Je voudrais pouvoir faire entrer ici le soleil pour mieux éclairer vos yeux quand, tout à l'heure, le plaisir les fera pâlir... Je ne veux aucune ombre sur votre beauté lorsque, dans un instant, je vais la dévoiler. J'en ai tant rêvé, de ce corps que vous prétendez me refuser!

– Pour le coup, vous êtes fou! cria Hortense, effrayée par le flamboiement d'un regard qui, à cet instant, était bien celui d'un homme qui a perdu la raison. Et je ne resterai pas ici une minute de plus!

Elle s'élança vers la porte mais, déjà, rejetant son brandon dans la cheminée, il l'avait rejointe, la ceinturait et l'arrachait à cette porte dont elle touchait presque le loquet. Un instant, ils luttèrent. Hortense, tenaillée par le désir éperdu d'échapper à son persécuteur, se battit farouchement, des pieds et des griffes, mais le combat était par trop inégal. Les muscles de Butler, développés par des années de navigation, vinrent à bout rapidement de la force uniquement nerveuse de la jeune femme. Elle se retrouva jetée sur le lit comme un simple paquet et maintenue par le poids du corps de son ennemi et par ses mains qui lui tenaient les poignets écartés de leurs deux visages.

– Une vraie chatte sauvage! fit-il en riant, mais je ne déteste pas... à condition que cela ne dure pas trop longtemps. Vous m'avez fait mal, ma chère... Hortense! C'est curieux, ce nom nouveau auquel je ne suis pas habitué. Depuis longtemps, dans mes rêves, vous êtes Lucy. Cela apporte dans notre histoire l'attrait de la nouveauté... Voyons à présent si cette Hortense que je tiens à ma merci vaut la Lucy de mes songes amoureux!

Il l'embrassa longuement, profondément mais sans brutalité superflue avec, au contraire, une science qui surprit la jeune femme et la raidit encore davantage. Si cet homme savait être un amant, il n'en devenait que plus dangereux et, en dépit de la fugitive tentation qui lui vint, elle ne lui rendit pas son baiser. Une tentation dont elle n'aurait su dire de quelle obscure profondeur de son être elle lui venait.

Il la lâcha bientôt avec un soupir de déception.

– Décidément, je préférais Lucy! Vous êtes un glaçon, ma chère.

– Espériez-vous donc autre chose? Une femme que l'on viole n'est certainement pas une partenaire agréable...

– N'en soyez pas trop sûre. Il y a une saveur âpre dans la violence... et il arrive même qu'elle s'achève assez bien après avoir commencé fort mal. Je vais dire que l'on nous monte du champagne... et aussi à souper. Cela vous donnera peut-être du ton.

Il se dirigea vers la sonnette dont le cordon de tapisserie pendait le long de la cheminée. Ce faisant, il ramassa, sur le tapis, le réticule d'Hortense qui était tombé durant la bataille et s'était ouvert. Le contenu en était à demi répandu, au milieu duquel une grande feuille de papier plié : l'ordre d'élargissement de Felicia. Que, bien sûr, Butler se hâta de lire. Il éclata de rire.

– Voilà donc, dit-il, ce que vous avez obtenu du roi? Compliment! C'est du beau travail. Notez que je m'attendais un peu à quelque chose de ce genre. C'était étrange cette rencontre aux Tuileries, ce retour dans l'escorte royale... et cette longue attente que j'ai dû subir avant de vous voir ressortir du palais!... Ainsi, vous alliez m'arracher ma meilleure arme? Vous alliez gagner contre moi sans même que je m'en doute? J'imagine que vous songiez à quitter Paris aussitôt?

– Ce n'est pas certain, se hâta de dire Hortense, inquiète de ce grondement de colère qu'elle entendait monter dans la voix de Butler. Mais, je vous en prie, rendez-moi ce papier. Vous devez comprendre à quel point il m'est précieux...

– C'est à la portée du premier idiot venu, ma chère. Seulement, justement, je n'ai pas envie de vous le rendre.

– Je vous en prie : elle a assez souffert injustement! Laissez-la revivre. Garder ce papier ne vous apportera rien. Je n'étais pas seule, chez le roi...

– Mais si vous ne le présentez pas demain matin à la Force, la libération pourrait se trouver différée... peut-être *sine die*? J'ai bien envie de le jeter au feu!

– Non!

Le cri d'Hortense résonna à travers la vaste chambre, si haut qu'on dut l'entendre dans tout l'hôtel. Une fièvre monta aux pommettes de la jeune femme éperdue.

– Que voulez-vous, dit-elle d'une voix rauque, que voulez-vous pour me rendre ce papier?

Il eut pour elle ce sourire de loup qui donnait à Hortense l'envie de lui sauter à la figure. Au bout de ses doigts, la grâce royale tremblait doucement dans le souffle qui venait du feu. Il suffisait d'un geste, d'un tout petit geste pour que les efforts d'Hortense, ses espoirs se trouvassent anéantis car, avec un homme aussi indécis que Louis-Philippe, il serait sans doute plus difficile d'en obtenir un second.

– Que voulez-vous? dit-elle une troisième fois.

– Rien de plus que ce que je vous ai demandé tout à l'heure. Je vous veux.

Accablée de honte et de douleur, Hortense baissa la tête, s'efforçant désespérément de repousser loin d'elle l'image de Jean, le souvenir de Jean et de les remplacer par la pensée de Felicia attendant au fond d'une prison une libération qui ne viendrait peut-être plus jamais...

– Qu'il en soit fait comme vous le voulez! soupira-t-elle. Vous pourrez me prendre sans que je me défende... mais, par pitié, éloignez ce papier du feu!

Le sourire s'accentua en même temps qu'étincelaient d'orgueil les yeux verts de l'armateur.

– Vous avez raison : il est bien précieux puisqu'il vous amène à composition. Tenez... je vais le poser là, ajouta-t-il en désignant la tablette de la cheminée. Vous pourrez l'y reprendre vous-même plus tard. Mais je ne le poserai que lorsque vous m'aurez donné un commencement de satisfaction.

– C'est-à-dire?

– Je veux que vous vous déshabilliez! Là, devant moi. Et entièrement.

– Vous voulez?... oh non!

– Non?

Le papier trembla un peu plus et la main de Butler pencha légèrement vers les flammes :

– J'ai vu vendre bien des femmes dans ma vie, dit-il lentement. Sous le soleil d'Afrique ou d'Orient, on les dépouille de tout vêtement afin que l'acheteur se rende mieux compte de ce qu'il achète. Moi, je vous achète pour une nuit avec cet ordre de libération. Je veux savoir si vous en valez la peine.

Hortense sentit des larmes lui monter aux yeux. Ce misérable entendait ne lui épargner aucune humiliation!... Hélas, il lui fallait en passer par ses exigences. Alors, elle ôta son manteau qu'elle laissa glisser à ses pieds, son chapeau qu'elle jeta plus loin et, de ses doigts qui tremblaient, défit la collerette de dentelle qui éclairait le velours noir de sa robe et commença à déboutonner celle-ci.

Quand la robe tomba, elle ferma les yeux. Les nombreuses lumières allumées par son bourreau la blessaient et puis elle ne voulait plus voir ce regard avide qui la détaillait, suivant chacun de ses gestes avec une attention maniaque. A l'aveugle, elle ôta un jupon, puis un autre, dégraffa le léger corset de coutil qui lui étranglait la taille, le laissa tomber. Quand elle n'eut plus sur elle qu'une mince chemise garnie de dentelle et le long pantalon brodé qui descendait jusqu'à ses chevilles habillées de bas de soie blanche, elle s'arrêta, les mains nouées sur sa poitrine en un geste de défense dérisoire contre le regard qu'elle sentait sur elle, plus brûlant, certes, que les flammes. Mais Butler n'était pas encore satisfait.

– Allons! Encore un effort!... Je veux vous voir nue.

Fébrilement alors, Hortense dénoua le cordon qui retenait son pantalon, fit glisser les épaulettes de sa chemise et demeura droite dans la lumière sans plus aucun autre voile que ses bas et les escarpins dont les rubans croisés montaient jusqu'à ses mollets.

Les oreilles bourdonnantes, elle attendit ce qui allait venir... et ne venait pas. Elle percevait, tout proche d'elle, un souffle qui s'écourtait. Il y eut un bruit d'étoffes froissées, le double choc des bottes sur le parquet. Elle comprit qu'il se déshabillait et serra plus fort ses paupières. Son cœur battait dans sa gorge, l'étouffant à demi. Et, soudain, l'homme fut contre elle : une masse de muscles durs qui l'étreignaient, l'épousaient des épaules aux genoux. Hortense sentit ses lèvres dans son cou et son souffle brûlant :

– Tu es trop belle, gémit-il contre sa gorge. Tu vaux bien plus qu'un simple chiffon de papier. Et moi je crois que je ne t'oublierai jamais...

Déjà il la soulevait, l'emportait jusqu'au lit où il s'ensevelit avec elle. Une tempête de caresses et de baisers s'abattit sur la jeune femme qui, inerte et désespérée, se laissa emporter; il lui semblait qu'elle était en train de mourir, que c'en était fini d'elle à jamais. Et puis quelque chose réagit en elle, quelque chose qui était la voix même de sa honte et de son impuissance et, à l'instant où Butler s'assouvit en elle avec un grognement animal, elle éclata en sanglots. De gros sanglots de petite fille malheureuse qui le dégrisèrent. Encore haletant, il se pencha sur elle, toucha du bout des lèvres ses joues mouillées, ses yeux fermés...

– Pourquoi pleures-tu? demanda-t-il doucement. Je t'ai fait mal?

Incapable de répondre, elle hocha la tête négativement. Comment expliquer à cet homme impitoyable que c'était à son âme, non à son corps qu'il avait fait mal et que, de cette blessure qu'il venait de lui infliger, elle aurait du mal à guérir.

– Je t'ai atteinte dans ton orgueil, n'est-ce pas? Mais le mien, as-tu jamais songé à ce que tu lui as fait endurer?

Alors elle ouvrit les yeux, vit tout près de son visage le terrible regard vert qui la regardait sans le moindre brin de tendresse.

– Vous avez eu ce que vous vouliez, murmura-t-elle d'une voix qu'elle ne reconnut pas elle-même. Alors, à présent, laissez-moi m'en aller.

– En pleine nuit? Toute seule? Le quartier est mal famé, tu sais. Il pourrait t'arriver malheur.

– Il m'est déjà arrivé malheur...

– Ce sont des mots, rien que des mots! Quant à te laisser partir, n'y compte pas. Il est trop tôt. J'ai dit que je voulais une nuit. Et elle ne fait que commencer. Nous allons souper!

Il prit une robe de chambre de damas vert sombre sur un tabouret au pied du lit, s'en drapa et alla sonner. Presque instantanément, le valet apparut avec un grand plateau qu'il posa sur la table. Il s'apprêtait à mettre le couvert, mais Butler le chassa d'un mot :

– File! Nous nous servirons nous-mêmes...

Hortense avait bonne envie de refuser ce que son ennemi lui offrait – une aile de volaille et une flûte de champagne – mais elle se sentait épuisée, elle avait froid jusqu'au cœur et elle savait qu'il n'est jamais bon de bouder contre son ventre. Butler sentit cette hésitation et se mit à rire :

– « *Timeo Danaos et dona ferentes* [1] », cita-t-il avant d'ajouter : Même si tu me détestes, ce n'est pas une raison pour te laisser mourir de faim.

Alors elle accepta, mangea, but et se sentit un peu mieux, l'esprit plus clair et le goût du combat revenu. Butler, quant à lui, dévorait, en homme soigneux de ses forces mais sans quitter Hortense des yeux comme s'il avait peur que, par Dieu sait quelle magie, elle réussît à lui échapper s'il cessait de la regarder.

Pour sa part, Hortense pensait que, peut-être, après ce repas, Butler serait gagné par la somnolence, qu'il s'endormirait ou que, tout au moins, elle pourrait encore discuter, tenter d'obtenir sa libération immédiate. Mais, à peine la dernière goutte de champagne avalée, sans d'ailleurs qu'un seul mot eût été échangé, il arracha sa robe de chambre plutôt qu'il ne l'ôta et sauta dans le lit.

– Vive Dieu, ma belle! Je vais t'aimer jusqu'au matin! Je ne veux pas perdre une seule minute de cette nuit...

Hortense comprit alors qu'elle n'échapperait pas avant l'aurore et aussi qu'on ne peut pas lutter contre l'ouragan. Mais ce fut avec une passivité absolue qu'elle subit les assauts répétés d'un homme qui semblait ne pouvoir se rassasier d'elle. Une passivité si totale même... qu'il finit par abandonner et la laissa s'endormir.

1. « Je crains les Grecs même quand ils portent des présents. »

Le son d'une cloche réveilla Hortense en sursaut. Elle s'assit sur le lit en désordre, vit qu'elle était seule, que le feu flambait haut dans la cheminée, que ses vêtements abandonnés au hasard la veille étaient soigneusement étalés sur des sièges et qu'enfin sur la table, d'où avaient disparu le champagne et les reliefs du souper, un nouveau plateau était disposé supportant une cafetière, un pot à lait et les différents éléments d'un petit déjeuner. Mais ce fut la tablette de la cheminée que le regard de la jeune femme chercha tout d'abord et elle eut un soupir de soulagement : l'ordre d'élargissement de Felicia était toujours là, bien en évidence.

Sautant du lit sans se préoccuper de sa tenue sommaire, elle courut pour s'en emparer, s'assura que c'était bien le même et se hâta de chercher son réticule pour l'y resserrer. Ce faisant, elle vit une lettre disposée sur le plateau et la lut.

« Tu peux aller libérer ton amie, écrivait Patrick Butler. Je suis payé. A présent, déjeune et habille-toi. Une voiture t'attend en bas pour te conduire à la prison. Mais ne va pas t'imaginer que tu en as fini avec moi. Quand on a goûté au paradis, on n'y renonce pas facilement. Nous nous reverrons... »

Avec une colère née du souvenir de son humiliation, Hortense froissa la lettre et la jeta loin d'elle avec dégoût. En même temps, son regard cherchait le cadran de la pendule d'ébène et de bronze doré posée sur la cheminée. Elle vit alors qu'il était 9 heures et elle chassa énergiquement de son esprit l'image détestée de Patrick Butler pour ne plus songer qu'à la joie qui l'attendait dans une heure. Joie chèrement payée sans doute, mais d'autant plus précieuse.

Une main invisible mais attentive avait placé un pot d'eau chaude sur une table à toilette. Elle y fit de rapides ablutions, s'habilla, hésita à toucher au plateau mais réfléchit que se priver ne ferait que l'affaiblir et elle avala rapidement deux tasses d'un excellent café à la fois fort et parfumé, tout en remettant son chapeau devant une glace aux moirures anciennes.

L'image que lui renvoya le miroir lui parut étrangère. C'était celle d'une femme pâle, aux yeux tristes, aux traits tirés. L'image d'une femme qui venait de subir une terrible épreuve... Elle s'efforça cependant de lui sourire :

– Il va falloir essayer d'oublier, fit-elle à haute voix... Mais elle savait déjà que ce ne serait pas facile. D'autant moins que Butler semblait refuser de lâcher prise. Il laissait entendre clairement qu'il souhaitait revoir Hortense. Peut-être même la reprendre...

D'un furieux revers de main, elle essuya ses lèvres. Ce qui s'était passé ne devrait jamais plus se produire, dût-elle pour cela aller jusqu'au meurtre et abattre froidement l'homme qui venait de lui faire endurer la pire des hontes...

La pendule sonna la demie de 9 heures. Il était temps de partir. Hortense enfila son manteau, prit son sac et se dirigea vers la porte. La maison était curieusement silencieuse. Le bruit des pas y résonnait comme dans une grande coquille vide. Personne ne se montra, ni dans la galerie, ni dans l'escalier, ni dans le vestibule glacial. Le valet silencieux semblait avoir disparu aussi totalement que son maître.

Dans la cour, un cabriolet attelé d'un vigoureux cheval attendait. Assis sur le siège, la tête dans les épaules et le chapeau sur le nez, le cocher gardait une parfaite immobilité. Il ne tourna même pas la tête quand la jeune femme monta dans sa voiture et se contenta d'un hochement quand elle lui jeta :

– A la prison de la Force!

Sans commentaires et comme si c'eût été l'adresse la plus normale du monde, l'homme fit tourner son cheval. Le portail était grand ouvert mais, en se retournant, Hortense vit qu'une invisible main le refermait dès que le cabriolet fut sorti. Elle voulut voir là un augure favorable : il fallait que cette vilaine page de sa vie se refermât pour toujours...

Ancien hôtel des ducs de La Force converti en prison en 1780 après deux années d'aménagements, la prison de la Grande-Force, qui avait vu mettre en pièces la malheureuse princesse de Lamballe au moment des trop célèbres massacres de Septembre, ouvrait au fond d'une courte rue, la rue des Ballets, qui rejoignait la rue Saint-Antoine. Le trajet depuis l'île Saint-Louis n'était pas long et, quand le cabriolet arrêta Hortense devant l'entrée, il n'était pas tout à fait 10 heures.

Mais elle avait été précédée : debout auprès de la voiture noir et jaune que la jeune femme connaissait bien,

Timour attendait, bras croisés sur sa poitrine. Delacroix était auprès de lui.

Les deux hommes allèrent au-devant d'elle pour l'aider à descendre et, tandis que le peintre réglait le cocher, Timour conduisit Hortense jusqu'à la voiture dans laquelle il la fit monter.

– Fait froid, ce matin. Tu seras mieux là pour attendre, madame la comtesse... Tu as l'air d'être complètement gelée..., ajouta-t-il en glissant sous ses pieds l'une des deux chaufferettes qu'il avait pris la précaution d'emporter.

C'était vrai, Hortense avait très froid, d'autant qu'une bise aigre soufflait dans la rue mais, tout à l'excitation de la prochaine libération, elle ne s'en était pas aperçue. Fébrilement, elle fouilla son sac, en tira la lettre royale et la tendit à Delacroix qui la regardait avec inquiétude :

– Vous n'avez pas bonne mine, remarqua le peintre, vous n'êtes pas malade au moins?

– Non, mais je n'ai guère dormi cette nuit. Je vous en prie, allez vite! Je ne serai vraiment tranquille qu'une fois Felicia auprès de moi.

– Bien sûr?

Il saisit le document sans imaginer un seul instant ce qu'il avait coûté à Hortense, traversa l'étroite rue dont les pavés luisaient d'humidité et alla agiter la grosse cloche dont la chaîne pendait près de la porte basse. Un guichetier apparut. Delacroix lui dit quelques mots en agitant son papier. L'homme hocha la tête, fit entrer le peintre et referma soigneusement la porte derrière lui.

– Brr! fit Timour qui battait la semelle pour se réchauffer. Vilain endroit!

C'était vrai et en regardant ces murs lépreux avec leurs chaînages d'énormes pierres noircies par le temps, ces fenêtres grises défendues par d'épais barreaux, cette porte que l'on ne pouvait franchir qu'en se baissant et qui, avec sa peinture écaillée, semblait garder d'ineffaçables traces de sang, Hortense ne put s'empêcher de frissonner. Dire que depuis des semaines son amie était enfermée dans ce lieu immonde! En vérité aucun sacrifice n'était trop grand pour la joie de l'en tirer. Et Hortense, tout à coup, se sentit mieux.

De longues minutes s'écoulèrent sans que Delacroix reparût. Quelques personnes – surtout des ménagères se rendant au marché Saint-Paul – passèrent. Elles jetaient un regard à l'élégante voiture, un autre à la prison puis s'éloignaient vite en tournant la tête. Une vieille femme en bonnet fripé cracha même sur les pavés en passant devant la porte. Une prison n'a jamais bonne réputation, mais celle de la Force devait être déplorable...

Et puis, tout à coup, Hortense eut l'impression que le ciel, d'un vilain gris jaune annonçant la neige, venait de laisser passer un rayon de soleil : la porte s'ouvrait et livrait passage à Delacroix qui soutenait ce qui semblait être un jeune homme mince et pâle...

Timour bondit et, instantanément, Hortense fut en bas de la voiture pour aider le peintre à soutenir son amie mais, déjà, Timour l'avait enlevée dans ses bras et sans plus d'effort que si elle n'eût rien pesé, la portait dans la voiture où il l'installa avec une infinie douceur, ramenant jusqu'à son visage émacié l'ample et chaude couverture de fourrures qu'il avait emportée, mettant une chaufferette sous ses pieds. Le Turc ressemblait à une mère qui vient de retrouver son enfant et les deux autres se gardèrent bien d'intervenir dans cet instant privilégié. Silencieusement, ils montèrent dans la voiture. Hortense se pencha pour embrasser son amie mais celle-ci la repoussa :

– Je vous embrasserai tout à l'heure. Pour l'instant, je pue! Mais dites-moi tout de même comment vous êtes ici.

– Vidocq m'a prévenue et je suis accourue.

Pour la première fois depuis des mois, Felicia sourit, de ce sourire un peu moqueur qui n'appartenait qu'à elle.

– Il sait toujours tout celui-là! Mais que c'est bon de vous retrouver tous les trois, de revoir un jour sans barreaux, d'entendre les bruits de la vie... Je crois... oui, je crois que je désespérais de les retrouver jamais.

Et, brusquement, elle éclata en sanglots. C'était sans doute la conséquence logique d'une trop longue et trop dure tension nerveuse, mais Hortense sentit son cœur se serrer. Dans quel état lui avait-on mis sa fière Felicia! Et cela par la faute d'un fou! Elle avait passé son bras autour des épaules de la rescapée qui lui parurent bien maigres, bien fragiles. Et ce visage couleur de vieil ivoire que les yeux sombres semblaient avoir entièrement dévoré! Et cette pénible odeur de moisi et de saleté!... Une bouffée de colère gonfla soudain le cœur d'Hortense. Pour tout le mal qu'il avait fait, Butler méritait la mort. Ce serait une joie que la lui donner!... Mais, aussi brusquement qu'elle avait craqué, Felicia se calma. Elle se redressa, essuya ses yeux au mouchoir qu'Hortense avait glissé dans ses doigts et eut un petit rire.

– Quel spectacle je vous offre, mes pauvres amis! Ramenez-moi vite à la maison que je puisse redevenir moi-même!

Deux heures plus tard, en effet, on commençait à retrouver l'ancienne Felicia. Ses cheveux noirs encore humides du bain qu'elle venait de prendre, tressés en une haute couronne, enveloppée dans une confortable robe cachemire, Felicia, assise à une petite table placée au coin de la cheminée du salon – la salle à manger avait été jugée trop solennelle pour l'intimité de ces retrouvailles – se régalait, en compagnie d'Hortense et de Delacroix, de l'énorme plat de pâtes fraîches et de saltimbocce à la romana que Livia avait préparées pour elle. Seule concession à la France, un vieux chambertin arrosait le repas.

– N'allez pas vous imaginer qu'on ne me nourrissait pas à la Force, expliqua-t-elle, mais les meilleurs mets sont sans goût quand ils ne sont pas assaisonnés par l'air de la liberté. Je mangeais à peine parce que rien ne passait.

– Peut-être serait-il bon de faire venir un médecin? dit Hortense. Vous êtes si maigre, si pâle...

– Pas besoin de médecin! Dans trois jours, vous ne me reconnaîtrez plus. Parlons de vous à présent et dites-moi comment vous avez réussi à me tirer de là.

Ce fut un récit à deux voix que la rescapée écouta avec une attention profonde sans faire le moindre commentaire et sans rien marquer de ses impressions profondes. Et ce fut seulement quand Delacroix eut achevé de raconter l'entrevue avec Louis-Philippe qu'elle sortit de son mutisme.

– Et vous appelez cela un roi? s'écria-t-elle avec mépris. Un homme qui inaugure son règne par des exactions, qui cherche l'argent avec cette avidité? Moi, je dirais que c'est un commerçant. C'est dans la famille, d'ailleurs. Qu'était-ce d'autre, pour Philippe-Égalité, que ces galeries construites jadis au long de ses jardins sinon une très fructueuse entreprise commerciale?

– Une entreprise qui pourrait bien ne plus durer longtemps, fit Delacroix en riant. On assure que la reine Marie-Amélie et sa belle-sœur, Madame Adélaïde, assiègent le roi pour qu'il supprime les tripots, les cafés et surtout, bien sûr, les maisons de filles. Il ne pourra pas leur résister bien longtemps...

– Il perdra alors beaucoup d'argent. Mais c'est affaire à lui. Hortense, je ne sais vraiment pas comment je pourrais vous remercier. Vous avez pris tant de risques... en dehors du fait que vous avez, pour moi, abandonné votre Auvergne et ceux qui vous sont chers.

– N'ayez pas trop de regrets à ce sujet, Felicia, murmura Hortense. Ceux qui me sont chers peuvent parfaitement se passer de moi pendant quelque temps.

– Hmm! J'ai l'impression que vous avez encore bien des choses à me raconter. Et je n'aime pas beaucoup cette note de mélancolie dans votre voix. Mais nous avons tout le temps, à présent, car, bien sûr, vous restez ici. J'ai déjà demandé que l'on prépare votre chambre.

– Pas ce soir. J'habite depuis mon arrivée à Saint-Mandé, chez cette adorable Mme Morizet. Je lui dois au moins une dernière soirée. Mais je vous promets de revenir demain. J'ai en effet bien des choses à vous dire.

– Nous pourrions envoyer Gaetano prévenir votre amie et prendre vos bagages? Je suis sûre que Mme Morizet comprendrait... et je suis si heureuse de vous retrouver.

– Moi aussi, Felicia, et j'espère que vous n'en doutez pas mais je dois quelques égards à son amitié... ainsi d'ailleurs qu'à son âge.

Elle n'ajouta pas que la pauvre Mme Morizet ne l'avait pas revue depuis plus de vingt-quatre heures et qu'elle devait être mortellement inquiète. Aussi, après avoir demandé qu'on voulût bien lui faire chercher une voiture, elle confia à Delacroix le soin de tenir compagnie à Felicia et se retira.

Néanmoins, en quittant l'hôtel Morosini, elle regarda soigneusement autour d'elle si aucune voiture suspecte, aucun passant un peu trop flâneur ne se montrait. Si Butler voulait se lancer sur sa trace, il ne manquerait pas de venir la chercher rue de Babylone. Mais, à l'exception d'un couple qui visiblement se hâtait de rentrer chez lui et de deux jeunes gens qui discutaient devant l'ancienne caserne des Suisses, la rue était parfaitement déserte et Hortense s'efforça de chasser son ennemi de sa pensée. Il lui fallait à présent trouver un mensonge plausible pour sa vieille amie car, pour rien au monde, elle ne voulait lui dire la vérité sur ce qui s'était passé la dernière nuit.

L'univers aimable et délicat de la vieille dame en serait par trop perturbé. Finalement, après avoir longuement réfléchi, elle s'arrêta à l'explication qui lui paraissait la plus simple : devant se trouver de bonne heure à la Force pour libérer son amie, elle avait choisi, sur le conseil de Delacroix, de passer la nuit dans un hôtel du quai Voltaire proche du domicile du peintre.

Et, de fait, l'aimable femme accepta d'autant plus volontiers l'explication de sa jeune amie qu'elle ne s'était pas vraiment inquiétée.

– Je me doutais bien de quelque chose de semblable, lui dit-elle. D'autant que ce cher M. Vidocq vous avait vue suivre le roi et entrer derrière lui au Palais-Royal. Évidemment, si vous n'étiez pas revenue aujourd'hui, nous nous serions inquiétés. Malgré tout je suis bien heureuse que tout se termine à votre satisfaction. Mon seul regret est de vous voir partir. Car, naturellement, vous voulez passer quelques jours avec votre amie avant de rentrer chez vous?

– En effet, et je vous quitterai demain mais je n'oublierai ni votre hospitalité ni votre amitié. Et peut-être qu'aux beaux jours je pourrai vous amener Étienne. Je suis sûre qu'il serait très heureux de se retrouver ici...

– Cher petit ange! Rien ne me ferait plus de plaisir. Écrivez-moi dès que vous serez rentrée chez vous afin que je sache si vous avez fait bonne route!

Pour Vidocq, qui vint aux nouvelles le soir même, Hortense dut répéter son histoire, avec un égal bonheur. L'ayant aperçue avec Delacroix, l'ancien policier ne mit pas une minute en doute ce qu'elle lui racontait. Ce dont elle éprouva un peu de confusion... Elle découvrait que le mensonge lui devenait aisé, facile et cela lui ouvrait, sur elle-même, d'étranges perspectives. Des perspectives qui n'avaient rien d'agréable. Mais comment faire autrement après l'horreur de la dernière nuit? Désormais il allait falloir mentir, et encore mentir... tout au moins par omission lorsqu'elle retrouverait Jean.

A la seule pensée de l'homme qu'elle aimait, l'angoisse l'étreignait. Comment le revoir d'un front serein avec pareil souvenir derrière elle? Déjà, il allait falloir avouer qu'elle n'attendait pas d'enfant, qu'elle avait voulu le prendre à ce piège grossier pour l'amener à un mariage dont il ne voulait pas. A présent, Patrick Butler, invisible mais présent, se trouverait toujours entre eux et même si Jean ne se doutait jamais de rien, Hortense saurait qu'il était là et son bonheur s'en trouverait empoisonné... Et que se passerait-il si ce misérable, acharné à sa poursuite, parvenait jusqu'à Combert?...

Avec une sorte de terreur, Hortense repoussa cette idée. Il ne fallait pas qu'elle imaginât une chose pareille. Si elle savait brouiller ses pistes, jamais Butler ne la retrouverait. Grâce à Dieu, l'Auvergne était assez profonde et secrète pour la bien cacher. Et, de toute façon, demain elle parlerait à Felicia. Elle la déciderait à partir avec elle le plus tôt possible...

En revenant rue de Babylone après avoir fait ses adieux à Mme Morizet, Hortense s'attendait à trouver Felicia reprenant lentement goût à la vie au fond d'une chaise longue, mais en entrant dans la chambre de son amie, elle eut la surprise de la trouver debout devant sa grande psyché. Vêtue d'une longue amazone noire, Felicia cherchait le bon angle d'inclinaison d'un élégant haut-de-forme ceint d'une longue écharpe de mousseline blanche.

– Je vous attendais avec impatience! lança-t-elle au reflet de son amie, comment me trouvez-vous?

– Stupéfiante! dit Hortense, sincère. Est-ce que vous ne devriez pas être encore dans votre lit?

– J'ai passé une longue nuit dans mon lit et ce matin je me sens tout à fait remise. Ah! ma chère Hortense, c'est tellement merveilleux de se sentir à nouveau libre, à nouveau vivante, que je ne veux plus perdre une seule minute de ce bonheur dans un repos inutile.

Se retournant, Felicia avait pris Hortense dans ses bras et l'embrassait chaleureusement...

– Et tout cela grâce à vous qui avez volé à mon secours.

– N'est-ce pas au mien que vous aviez volé en vous laissant enfermer? Je sais que ce misérable est allé vous voir dans votre prison pour essayer de vous arracher mon nom, mon adresse. Oh, Felicia, comment aurais-je pu ne pas tout faire pour vous tirer de là?

Felicia ôta son chapeau et le posa sur une chaise. La joie avait disparu de son visage.

– N'aviez-vous pas assez de soucis et n'était-ce pas pour nous aider, moi et mon pauvre frère, que vous avez déchaîné l'amour insensé de cet homme? Je ne pouvais pas permettre qu'il allât vous rejoindre et causer Dieu sait quel drame. Je vous devais cela!

– Vous pouviez y laisser votre liberté pour toujours, peut-être votre vie?

– Une dette est une dette. Celle que j'ai contractée envers vous est sacrée... Au surplus, ne parlons plus de cela! J'ai des comptes à régler et je les réglerai. Pour l'instant il y a mieux à faire. Mais dites-moi : où en êtes-vous avec le marquis votre oncle?

Hortense regarda son amie avec stupeur. Elle avait oublié que Felicia, qu'elle croyait partie pour l'Autriche depuis leur séparation, ne savait rien, absolument rien de ce qui s'était passé à Lauzargues ni du drame qui avait détruit le château...

– Je crois, dit-elle avec un sourire, que je vais en avoir pour toute la journée à vous raconter ma vie.

– Je vous ai dit hier que nous aurions beaucoup à parler, dit Felicia en riant. Je change de robe et nous nous y mettons! D'ailleurs le déjeuner va bientôt être servi.

Aidée par Hortense, elle commença à dégrafer l'étroit corsage montant de son amazone. Et tandis que ses doigts s'activaient, celle-ci demanda :

– Pourquoi ce costume, Felicia? Pensez-vous déjà remonter à cheval?

– Peut-être. J'ai l'intention de voyager, en tout cas... et plus jamais je ne veux porter de costume masculin. J'en suis dégoûtée...

– Je suis heureuse que vous ayez envie de quitter Paris. C'est la sagesse, je crois. Et je serai si heureuse de vous faire connaître mon Auvergne!

Felicia se retourna si brusquement que le tissu de l'amazone faillit se déchirer entre les mains d'Hortense.

– L'Auvergne? fit-elle avec autant de douceur qu'elle avait mis de brusquerie dans son mouvement. C'est votre hospitalité que vous m'offrez généreusement, mon ange... mais je n'ai rien à faire en Auvergne... alors que je peux avoir beaucoup à faire ailleurs. Vous savez depuis longtemps où vont mes aspirations. Mon séjour en prison n'a fait que les renforcer. Ce n'est pas ce roi-mercanti qu'il faut à la France : c'est un empereur. Et je vais partir pour Vienne. Je suis déjà bien assez en retard...

Felicia était à présent débarrassée de son amazone et enfilait la robe de cachemire rouge qu'elle portait la veille et que d'ailleurs elle affectionnait parce qu'elle convenait parfaitement à son teint d'Italienne et à ses cheveux noirs. Hortense la regarda avec une admiration découragée. Comment avait-elle pu imaginer un instant que Felicia, même épuisée, consentirait à s'enterrer dans un hameau perdu des montagnes, elle qui considérait que le vaste monde était tout juste assez grand pour qu'elle pût s'y ébattre?

– Delacroix ne vous a pas tout dit hier, quand il vous a raconté notre entrevue avec le roi, soupira-t-elle. J'ai dû m'engager à veiller sur vous et je réponds de vos... agissements, sur ma tête!

Une brusque colère empourpra le visage de Felicia. La brosse dont elle se servait pour remettre de l'ordre dans ses cheveux lui échappa :

– Sur votre tête? Par tous les diables de l'enfer, jusqu'où peut aller la sottise d'un homme! Faire de vous une geôlière! Empoisonner votre vie par la crainte constante que je ne commette une sottise fatale! Comment avez-vous pu accepter cela?

– Je n'avais pas le choix. C'était cela ou...

– Ou me laisser pourrir dans ma prison? Cette histoire de bombe a dû donner une fière frousse à ce pauvre Louis-Philippe!... Venez, Hortense, nous allons déjeuner! Cela va nous aider à tirer au clair un tas de choses qui me paraissent encore obscures... Il est temps d'accorder nos violons.

Le repas... et le récit terminés, Felicia alla prendre un long cigare mince dans la boîte de bois des îles posée sur une desserte, l'alluma à l'une des bougies de la table et, revenant à sa place, fuma un instant en silence. Habituée, Hortense huma, non sans plaisir, l'odeur fine du havane dont la fumée bleue enveloppait l'étroit visage méditatif de son amie, lui prêtant une sorte de charme mystérieux.

– Que vous soyez débarrassée du marquis est une bonne chose, dit enfin Mme Morosini, mais la société actuelle est ainsi faite que vous deviez fatalement rencontrer une grande difficulté à vivre au grand jour votre belle histoire d'amour.

– La société m'est indifférente, Felicia et ses ragots plus encore. Pour vivre heureuse, je n'ai besoin que de Jean et de mon fils...

– Mais Jean, pour autant que je le connaisse, ce qui est bien peu, n'est pas homme à accepter de vivre en cage. Et il a tout à fait raison de refuser de vivre ouvertement avec vous. Et vous, vous n'auriez pas dû lui mentir...

– Je l'ai déjà regretté. Dès mon retour, je lui dirai la vérité.

– Alors, ce retour, il faut qu'il soit rapide. Allez-vous-en! Et ne me parlez plus de vos engagements envers votre gros roi. Jamais, je vous en donne ma parole d'honneur, je ne prendrai les armes contre lui et à présent que je suis au fait, je vous jure de ne jamais rien faire qui puisse vous mettre en danger.

– N'allez-vous pas conspirer peu ou prou?

– Pour faire sortir l'Aiglon de sa cage autrichienne, sans plus. Ce sera aux autres de lui conquérir son trône ici. Mais je suis tranquille : quand il reviendra, on ne tirera même pas un coup de feu. L'armée, les Français se tourneront vers lui comme des fleurs vers le soleil et Louis-Philippe n'aura plus qu'à faire ses bagages et à disparaître discrètement des Tuileries où il n'aura peut-être même pas le temps de s'installer. Il partira comme est parti Charles X : sur la pointe des pieds. Donc faites-moi confiance et partez tranquille. Grâce au Ciel vous avez dû prendre Butler de vitesse : il n'aura pas le temps de vous retrouver.

– Malheureusement... c'est déjà fait. Il m'a retrouvée...

– Quoi? il vous a... Où? Quand? Comment?

Hortense détourna les yeux, affreusement gênée tout à coup. Elle aurait voulu enfouir ce vilain souvenir au plus profond de sa mémoire, mais il était impossible de cacher à Felicia l'aventure de la rue Saint-Louis-en-l'Ile. En outre, elle avait désespérément besoin des conseils de son amie.

– Ce récit-là, soupira-t-elle, est le plus difficile à faire de tous ceux que j'aie jamais faits. Je vous en prie, ne me regardez pas, Felicia.

– Comme si quelque chose pouvait être un sujet de gêne entre nous! Parlez sans crainte, je vous en supplie!

Alors, très vite, en effleurant seulement les moments les plus désagréables pour sa pudeur, Hortense raconta ce qui s'était passé entre elle et Patrick Butler. Tout en parlant, elle reprit courage et osa regarder Felicia. Elle vit alors que les yeux noirs de celle-ci étincelaient de fureur. Puis, brusquement, jetant son cigare, Felicia se leva et vint embrasser Hortense qu'elle serra contre elle dans un mouvement de protection maternel.

– Pauvrette! dit-elle. Il était écrit que ce misérable nous ferait souffrir toutes les deux! Mais à présent, nous n'allons pas perdre notre temps à nous attendrir sur notre sort respectif. Dites-vous bien que nous sommes en guerre et cette guerre, il va falloir s'arranger pour la gagner.

– Que voulez-vous dire?

– Que les hostilités sont désormais ouvertes entre Butler et nous. Il s'est pris de passion pour vous et dites-vous bien qu'il ne vous lâchera plus. Il vous l'a écrit d'ailleurs.

– Bien sûr, mais que puis-je faire?

– Répondez d'abord à une question. Avez-vous envie de voir cet homme débarquer un beau jour dans votre castel auvergnat?

– Je ne vois pas comment il pourrait y arriver. C'est un endroit si caché, si perdu...

– Pas à ce point-là, et vous n'êtes qu'une innocente! Pour avoir réussi à monter contre nous deux un piège aussi perfide, il faut que cet homme ait des relations. Soyez certaine qu'il vous trouvera, puisque, à présent, il sait votre nom. Quelle diable d'idée avez-vous eue de le lui dire?

– J'ai cru, sottement je l'avoue, qu'un vieux nom lui inspirerait quelque respect. Il me traitait comme une fille. C'est parti tout seul.

– Si je vous ai bien comprise, cela n'a rien changé à son comportement. Au surplus, ma maison doit être une fois de plus surveillée et si vous alliez à présent prendre votre diligence pour Saint-Flour, soyez certaine qu'il le saurait dans l'heure suivante. J'ignore comment votre Jean accueillerait la visite de Butler...

– Je n'ose même pas y penser. Je crois que le sang pourrait couler...

– Mais pas assez vite sans doute pour empêcher que cette brute ne raconte votre nuit. Vous n'avez qu'une solution, Hortense, c'est de partir avec moi pour l'Autriche.

– L'Autriche? Mais, Felicia...

La comtesse Morosini sourit à son amie avec une chaude affection.

– Je sais. Il y a des risques, mais je les crois moins grands que celui de voir votre bel amour voler en éclats irréparables sous les coups de cet armateur en folie. La route est longue, d'ici à Vienne. Et il peut se passer bien des choses.

– Mais songez à ce que vous allez y faire! Entraîner cet

homme à votre suite, c'est multiplier les dangers, c'est mettre, au départ, votre entreprise en péril.

– Pas sûr! N'oubliez pas mon vieux Timour. Il n'aime pas que je traîne après moi des gens suspects. Croyez-moi, Hortense, c'est la seule solution. D'ailleurs, ainsi, vous pourrez tenir la parole que vous avez donnée à Louis-Philippe...

– Vous ne vous déciderez jamais, n'est-ce pas, à l'appeler le roi?

– Non. Ce n'en est pas un pour moi. En juillet, cet imbécile de Charles X en avait fait, dans son affolement, un lieutenant général du royaume. Louis-Philippe en a profité pour se faire couronner. Lui aussi est malhonnête. Et je vous rappelle enfin que, lorsque nous aurons un empereur, nous n'aurons plus rien à craindre de lui... ni de tous les Butler de la terre. Alors qu'en pensez-vous?

En dépit de la stupeur qu'elle lui avait causée primitivement, l'idée de Felicia commençait à faire son chemin dans l'esprit d'Hortense. Il fallait qu'elle réussît à se débarrasser, à quelque prix que ce soit, de Butler, faute de pouvoir jamais vivre en paix. Et pour cela l'aventure autrichienne – cette aventure qui d'ailleurs l'avait parfois tentée – pouvait apporter une solution...

– Combien de temps pensez-vous être absente? demanda-t-elle.

– Quelques semaines, quelques mois! Je ne sais pas. Le temps d'organiser la fuite du prince. Je ne parle pas de le convaincre : cela devrait être facile. On dit que là-bas, il rêve de la France et de la gloire de son père. Vous craignez d'être trop longtemps absente?

– Avez-vous oublié que je devais me marier à Pâques? fit Hortense avec un mince sourire.

– Je crois que, de toute façon, il vous aurait fallu retarder la cérémonie. Croyez-moi, Hortense, écrivez là-bas, dites que vous êtes retenue ici, que l'on ne s'inquiète pas!

– Encore un mensonge? J'ai peur d'en prendre l'habitude.

– Du moment que c'est pour le bien de tous, il ne faut pas vous le reprocher. Pas celui-là tout au moins. Et n'ayez crainte : vous n'êtes pas femme à en prendre l'habitude...

– D'abord, je vais déjà me libérer de celui qui me pèse le plus. Je vais écrire à Jean que je n'attends pas d'enfant... et tenter d'expliquer pourquoi je lui ai menti.

– Je serais fort étonnée s'il ne comprenait pas. Et puis, notre affaire faite, je vous ramènerai moi-même à Combert!

Un éclair de joie passa dans les yeux dorés d'Hortense. Elle savait qu'en compagnie de son amie rien ne pouvait jamais aller vraiment mal.

– Alors? dit Mme Morosini. Nous partons ensemble?

Brusquement, Hortense se pencha, prit sur la table une carafe emplie de vin, en versa un peu dans son verre et, avec le bel enthousiasme de la jeunesse au seuil d'une aventure exaltante, elle le leva en disant :

– Nous partons ensemble, Felicia! Et que Dieu nous aide! Vive l'Empereur!

– Vive Napoléon II! renchérit Felicia. Vous devez vous souvenir constamment qu'il est jeune, beau, malheureux, qu'il est le fils de votre parrain et que vous vous appelez aussi Napoléone. Dans une semaine, nous serons parties.

– Mais croyez-vous sincèrement que nous puissions être véritablement utiles à quelque chose? Voilà six mois que Louis-Philippe a pris le pouvoir. Si le roi de Rome devait revenir, ne croyez-vous pas qu'il serait déjà là?

– Il faut compter avec le chancelier d'Autriche. Metternich n'a aucune envie de lâcher sa proie et l'empereur François II n'agit que sur ses conseils. Bien sûr, le prince devrait déjà être là, mais la peur de revoir un Napoléon sur le trône de France est plus forte chez Metternich que la saine idée de voir régner le fils d'une archiduchesse, un enfant élevé somme toute à l'autrichienne. Aucun de ceux qui connaissent bien le problème ne s'attendait à un retour rapide car la cage est certainement plus étroitement close que jamais. Il va falloir la forcer et en arracher l'Aiglon.

– Mais nous qui ne sommes que deux femmes, quel pouvoir aurons-nous? Qu'allons-nous apporter de plus à ceux qui, sans doute, œuvrent là-bas?

Felicia se pencha, appuya ses deux coudes sur la table et darda sur son amie son regard étincelant :

– Un trésor de guerre. Tout au moins une partie. Je possède, vous le savez, de très beaux bijoux. Duchamp le sait aussi car je le lui ai dit et il m'attend. En outre, nous ne serons pas seules là-bas car le prince a des partisans jusque dans son entourage. Quant à Duchamp, vous connaissez sa valeur. Il vaut une armée à lui tout seul mais, à cette heure, il doit être assez inquiet de ne pas me voir arriver. Nous sommes donc attendues là-bas et même si je le voulais à présent, je n'aurais pas le droit de me dérober.

– Vous allez sacrifier vos joyaux? Mais ils sont le plus clair de votre fortune?

– L'Empereur me les rendra au centuple! dit Felicia avec un beau sourire. Ayez confiance, Hortense! Nous réussirons. La France est trop belle pour qu'on la laisse aux mains de l'homme au parapluie. Il lui faut un aigle. A nous de le sortir de son nid étranger.

La flamme qui habitait Felicia était communicative. Hortense s'y réchauffa durant toute la soirée. A sa surprise, elle se retrouvait telle qu'elle était au temps du couvent des Dames du Sacré-Cœur : la fille de l'un de ces aventuriers de génie comme il en était tant apparu dans le sillage de Bonaparte; l'adolescente qui, le soir, dans son lit de pensionnaire rêvait de ce jeune prince, né le même jour qu'elle, de ce roi de Rome que l'on avait cru déguisé sous un ridicule titre autrichien : duc de Reichstadt. L'aider à retrouver le trône de son père, c'était renouer avec le passé et payer, en quelque sorte, la dette contractée jadis par son père envers le grand Empereur qui l'avait protégé. C'était se retrouver pour un temps Hortense Granier de Berny, comme elle l'était autrefois avant que Lauzargues, ses rêves, ses fantasmes et ses maléfices ne fissent d'elle une autre femme.

Mais quand, retirée chez elle tard dans la soirée, Hortense se retrouva assise devant une feuille blanche, une plume au bout des doigts, l'exaltation héroïque de tout à l'heure tomba. Elle venait d'écrire quelques mots à François Devès pour le charger de remettre une lettre à Jean. A présent, le plus difficile restait à faire et le courage lui manquait. Auprès de l'amour qu'elle éprouvait pour le solitaire, la restauration d'un empire semblait bien peu de chose. D'ailleurs, il n'était pas question de lui en parler. Ce qu'il fallait dire, c'était que Felicia avait besoin d'elle et qu'un certain temps s'écoulerait avant son retour. Et puis il fallait avouer son mensonge et, cela, c'était le plus difficile. Jean l'aimait-il assez pour comprendre, pour pardonner? L'aimait-il assez tout court? Il y avait cette attirance irrésistible qu'exerçaient sur lui les tours ruinées de Lauzargues. Il y avait la vie sauvage qu'il aimait et que symbolisaient si bien ses loups fidèles. L'absence allait-elle les rapprocher ou bien agrandir la légère fêlure qu'avaient fait apparaître leurs aspirations différentes?

Et soudain, comme elle trempait sa plume dans l'encrier, une pensée épouvantable lui traversa l'esprit : cette nuit de cauchemar passée avec Patrick Butler... si elle allait porter un fruit? Si une dérision du destin lui infligeait pareille épreuve? La seule idée de rentrer à Combert enceinte de son bourreau lui soulevait le cœur... Felicia avait raison : il était impossible de rentrer chez elle à présent. Il fallait attendre, être sûre... et aussi éliminer définitivement le danger mortel que représentait la passion destructrice de Butler... Alors, autant aller à Vienne et tenter au moins d'en rapporter, avec la plus grande joie de Felicia, un souverain capable de se faire aimer de tous les Français...

La jeune femme rêva encore un instant en laissant son regard se perdre dans le cœur flambant du feu qui crépitait dans la cheminée, puis elle trempa de nouveau sa plume qui avait séché et commença : « Mon amour, nous allons être séparés pendant quelque temps... » Les premiers mots écrits, la plume courut plus vite. Hortense laissait son amour déborder de son cœur et plaider l'absolution d'un mensonge qui n'était, somme toute, qu'une autre preuve d'amour.

Ne sachant pas si la poste n'était pas surveillée par la police, elle ne parla pas du prochain départ pour Vienne. D'après Felicia, tout devrait aller très vite et l'absence n'excéderait pas quelques semaines. Mais quand elle eut cacheté sa lettre, Hortense éprouva une sorte d'angoisse. Après les dangers d'un malentendu, il allait y avoir, entre elle et l'homme qu'elle aimait, un long, très long chemin qui la conduirait au cœur de l'Europe tandis qu'elle eût tant aimé revenir vers sa maison. Et cela lui fit mal...

Alors, la tête enfouie dans ses bras repliés, Hortense pleura, pleura jusqu'à ce que la fatigue vînt au bout de ses larmes...

Deuxième Partie

LES JARDINS DE SCHÖNBRUNN

Chapitre VI

MONSIEUR GRÜNFELD, MAÎTRE D'ARMES...

Ceinturée de remparts et de bastions que les gens de la ville avaient transformés en promenades, constellée d'imposants palais baroques ou italiens gravitant autour de la Hofburg, résidence de l'empereur, comme des satellites autour d'une planète-mère, couronnée de dômes vert-de-gris et de flèches légères sur lesquels régnait celle, immense, de la cathédrale Saint-Étienne, Vienne apparut à Hortense semblable à quelque cité de légende quand, du haut de la dernière côte du Wienerwald, elle la découvrit étendue sous le ciel bas et soulignée par le large ruban jaunâtre du Danube. Le temps était sec, aucune brume ne voilait les contours ni les couleurs et la ville impériale s'enlevait, dessinée à l'encre de Chine avec la précision d'un dessin de Dürer.

– Vous aimerez Vienne, lui avait dit Felicia. C'est une ville qui n'est sévère qu'en apparence mais, en fait, c'est peut-être la ville la plus gaie du monde. Amoureux fous de musique et de pâtisseries, les Viennois ne songent qu'à danser et à manger.

En effet, tandis que leur voiture couverte de poussière et de boue traçait son chemin à travers les rues étroites de la cité, il semblait à Hortense qu'un air de valse voltigeait ici et là, apportant sa légèreté aux pierres grises des maisons. Dans les rues d'ailleurs, c'était un surprenant festival de couleurs qui rappelait que Vienne était une porte ouverte sur l'Orient. Il y flottait une atmosphère à la fois féodale et théâtrale. Devant les hauts portails ou les grilles des palais, on pouvait voir des portiers superbement harnachés de couleurs vives relevées d'or ou d'argent. De somptueux équipages – Vienne de tous temps avait été fière de ses voitures et de ses chevaux – croisaient la voiture des deux amies, précédés de coureurs brandissant de longues cannes d'ébène à lourds pommeaux d'or ou d'argent et suivis de heiduques en costumes hongrois. On apercevait des femmes qui s'en allaient à l'église enveloppées de grandes capes noires bordées de martre ou de renard bleu, doublées de satin rouge et relevées de houppes d'or fin, un laquais portant coussin et missel sur leurs talons. Il y avait des gardes aux uniformes rouges et aux épaulettes de velours noir, des gardes aux uniformes rouges et aux épaulettes d'argent, des gardes aux uniformes bleu de ciel et aux épaulettes d'or. Il y avait enfin, montant des chevaux pleins de feu, des officiers arrogants laissant apercevoir par l'entrebâillement du manteau à collets les uniformes blancs, ou vert foncé. D'autres encore qui arboraient la pelisse bleue soutachée d'argent des hussards. Il n'était jusqu'au menu peuple dont l'habillement ne fît montre d'une recherche, d'un certain air de fête. Les costumes folkloriques n'étaient pas rares et le feutre tyrolien côtoyait volontiers les coiffures enrubannées des Hongroises. Même les mendiants évoquaient, par les couleurs de leurs guenilles, d'anciennes prospérités.

– C'est incroyable, dit Hortense. Nous ne sommes pourtant pas encore en carnaval.

– Ici, ma chère, le carnaval est permanent. Vienne est un énorme creuset où se rejoignent, sans se fondre vraiment, toutes sortes de peuples. Il y a des Tchèques, des Bohémiens, des Roumains, des Hongrois, des Polonais, des Grecs, des Italiens, des Levantins et personne ne gêne personne parce qu'à l'exception de la police personne ne pose de question à personne. Vienne est la ville la plus cosmopolite qui soit. C'est pourquoi je l'aime... bien que je n'aime pas beaucoup les Autrichiens.

– Vous n'avez aucune raison de les aimer, Felicia. Mais j'avoue que cette ville m'impressionne avec ses remparts d'un autre âge, ces rues que la hauteur des palais fait si profondes. Par certains aspects, elle évoque pour moi une forteresse.

– Lorsque vous aurez vu la Hofburg, votre impression sera renforcée. C'est le palais le plus lugubre que je connaisse. Mais il n'est pas de prison dont on ne s'évade pour peu que l'on vous y aide, et nous avons ici des amis. Pour l'instant, il faut songer à nous loger.

A la surprise d'Hortense, Timour dirigeait ses chevaux à travers les encombrements de la rue avec une sûreté absolue, comme s'il avait vécu à Vienne toute sa vie.

– Il semble connaître la ville parfaitement bien, remarqua-t-elle. Est-ce qu'il y est déjà venu?

– Il y a vécu six mois avec mon pauvre Angelo, expliqua Felicia, mais y eût-il vécu seulement une semaine qu'il s'y retrouverait aussi aisément. Vous savez bien que sa mémoire est étonnante... Tenez, voilà la Hofburg!

Se penchant vivement, Hortense aperçut, au fond d'une petite place, un portail gigantesque sommé d'un dôme, des murs austères à peine relevés par l'éclat des uniformes des sentinelles qui en assuraient la garde et puis, derrière, ce qui semblait être un assortiment de bâtiments allant du médiéval au baroque. En résumé, un palais sans grâce mais imposant et qu'Hortense jugea vaguement menaçant.

– La cage de l'Aiglon! soupira Felicia. Comment osent-ils, ces Autrichiens, le tenir enfermé dans ce mausolée, lui pour qui Napoléon voulait construire, sur la colline de Chaillot, le plus grand, le plus beau palais du monde...

Mais déjà l'image du palais s'effaçait et la voiture roulait à présent dans une rue assez large où les employés de la ville commençaient à allumer les réverbères, car la nuit d'hiver tombait vite. Elle tombait même de plus en plus vite depuis que l'on avait quitté Paris plus de trois semaines plus tôt, puisque l'on avait continuellement marché vers l'est... L'un après l'autre, les réverbères s'allumaient, diffusant une lumière tamisée particulièrement agréable.

– Comme c'est joli! dit Hortense, sincère. Je n'ai jamais vu d'éclairage aussi réussi.

– Quand je vous disais que vous aimeriez cette ville?... dit Felicia en riant. Les Viennois sont justement fiers de leurs lumières nocturnes. Les réverbères, comme vous voyez, sont fixés aux maisons à intervalles réguliers et il paraît qu'on les emplit d'un mélange d'huile de lin et de graisse qui donne un résultat particulièrement poétique. En revanche, vous vous apercevrez vite que cela sent diablement mauvais. Ah! nous arrivons.

Timour venait d'arrêter sa voiture devant l'hôtel « Kaiserin von Œsterreich », auberge de belle apparence dont la majeure partie du rez-de-chaussée était occupée par un vaste restaurant. Des valets en surgirent aussitôt, suivis d'un petit homme roux, rond et gras qui devait être le propriétaire.

– *Gelobt sei Jesus-Christus!* [1] lança-t-il à l'adresse des voyageuses en matière de bienvenue, après avoir jaugé d'un coup d'œil professionnel l'élégance de la voiture et le nombre des bagages qu'elle portait. Felicia passa la tête à la portière :

– Je suis la princesse Orsini, déclara-t-elle du haut de sa tête. Je vous ai envoyé un message. J'espère que mes chambres sont prêtes?

L'aubergiste réussit à se plier en deux, ce qui, avec son ventre, représentait une sorte d'exploit :

– Tout est prêt, Excellence, tout est prêt! J'espère que Madame la princesse sera contente...

– Nous verrons cela! Faites descendre les bagages et...

Elle laissa sa phrase en suspens. Son regard se fixait sur un personnage qui se préparait à entrer dans le restaurant. Vêtu d'une confortable pelisse gris fer, coiffé d'un chapeau de castor noir, c'était un homme mince et nerveux, de taille moyenne mais qui se tenait si droit qu'il paraissait grand. Il n'avait pas accordé la moindre attention à la voiture car c'était, après tout, un spectacle courant devant une auberge, mais le profil qu'il offrit aux yeux aigus de Felicia et la longue moustache blonde, à la hussarde, suffirent pour que la jeune femme le reconnût. Son coude appuya contre le flanc d'Hortense.

– Vous avez vu? C'est Duchamp, souffla-t-elle, le ciel est avec nous.

– Je l'ai reconnu moi aussi...

Le colonel Duchamp, ancien officier de la Grande Armée, mis en demi-solde par la Restauration, était le premier ami qu'Hortense eut trouvé quand, pour fuir le marquis de Lauzargues, elle s'était réfugiée à Paris. Il lui avait sauvé la vie, certain jour où elle avait bien failli passer sous les roues d'une voiture particulièrement malfaisante et, par la suite, tous deux s'étaient retrouvés compagnons d'armes dans l'aventure qui avait eu pour but l'évasion de Gianfranco Orsini. Et aussi durant la révolution de Juillet à la suite de laquelle Duchamp,

1. Loué soit Jésus-Christ!

persuadé que ladite révolution préludait à l'empire, était parti précipitamment pour Vienne afin d'en ramener le fils de Napoléon... C'est lui qui avait donné rendez-vous à Felicia dans cet hôtel « Kaiserin von Œsterreich » mais, plusieurs mois s'étant écoulés depuis son départ, c'était une vraie chance que tomber sur lui dès le premier instant.

A présent, il était entré dans le restaurant et les deux femmes se hâtèrent de descendre de voiture, révérencieusement aidées par l'aubergiste.

– J'ai grand-faim, déclara Felicia à haute et intelligible voix. Est-il possible de passer à table tout de suite? Mon serviteur va prendre possession des chambres. Je suppose qu'elles sont convenables?

– Superbes, Madame la princesse, superbes! Vous n'en trouverez pas de meilleures dans tout Vienne.

– Espérons-le! Nous allons simplement nous laver les mains...

Quelques instants plus tard, les deux femmes, précédées de l'aubergiste, pénétraient dans la salle assez obscure, lambrissée de bois sombre où les dîneurs s'installaient autour de tables couvertes de nappes d'une blancheur éclatante. Elles aperçurent immédiatement Duchamp installé près de la vaste desserte et très occupé à consulter le menu. Felicia choisit immédiatement une table qui lui permît de se trouver dans le champ de vision du colonel.

Pour sa part, Hortense aurait bien préféré prendre un peu de repos et changer de vêtements avant de passer à table, mais elle comprenait que l'entrée en scène immédiate de Duchamp était une occasion à ne pas manquer : il avait dû finir par penser que Felicia ne le rejoindrait jamais...

Hortense parlait assez mal la langue allemande, qu'elle n'avait jamais aimée, la trouvant trop peu harmonieuse, mais Felicia la possédait parfaitement et, apparemment, Duchamp aussi, car les deux femmes l'entendirent commander son repas et bavarder quelques instants avec la servante en jupe froncée rouge et blanche, corselet de velours noir et fichu à fleurs drapé en pointe au creux de la poitrine. Un bonnet de lingerie, des bas blancs bien tirés et des souliers à boucles complétaient ce joyeux costume semblable à celui des autres servantes et qui mettait une note de gaieté dans cette salle un peu sévère.

Pour Hortense et elle-même, Felicia commanda un potage aux légumes, des boulettes d'agneau et de bœuf à la hongroise et des macarons à la confiture et elle le fit d'une voix assez haute pour espérer attirer l'attention de Duchamp. Ce fut exactement ce qui se passa : le colonel qui, sa commande passée, s'était plongé dans la lecture d'un journal, leva la tête. Son regard gris, où passa une flamme de joie, embrassa tour à tour les deux femmes puis se détourna et revint à la gazette.

– Voilà une bonne chose de faite! soupira Felicia. Il sait que nous sommes là. Laissons-lui à présent l'initiative.

Toutes deux firent honneur à leur repas. La route depuis le dernier relais de Saint-Polten leur avait paru longue, sans doute parce qu'il s'agissait de la dernière étape. Elles étaient véritablement affamées. De ce fait, elles n'échangèrent que peu de paroles, attentives par ailleurs à ce qui se passait dans la salle. Elles virent, à un certain moment, Duchamp appeler discrètement le patron, lui parler à l'oreille en désignant, encore plus discrètement, la table de Felicia et d'Hortense. Selon toute vraisemblance, il s'informait de leur nom, sage précaution puisqu'il ignorait encore sous quelle identité les deux femmes avaient choisi de voyager.

A vrai dire, Felicia avait hésité sur ce point avant de quitter Paris. Son époux, le comte Angelo Morosini, ayant été fusillé à Venise par les Autrichiens, il ne lui était guère possible de se rendre à Vienne sous ce nom trop connu de la police. D'autre part, les noms d'emprunt – Mrs. Kennedy et Mlle Romero – qu'Hortense et elle-même avaient utilisés pour leur expédition en Bretagne ne leur seraient d'aucun secours. Et, d'un commun accord, elles décidèrent de choisir l'aspect qui leur était le plus naturel : celui de deux femmes du monde voyageant pour leur plaisir et désireuses de séjourner dans la capitale de la musique. Hortense garderait son identité et Felicia redeviendrait ce qu'elle était avant son mariage et n'avait jamais cessé d'être : une princesse Orsini.

– C'est mon droit absolu de reprendre mon nom de fille, expliqua-t-elle à Hortense. En outre, les Orsini sont une vaste famille dont certains membres montrent d'ailleurs quelque sympathie à l'Autriche. Il serait donc étonnant que j'aie le moindre ennui à Vienne. Que je connais d'ailleurs pour y avoir vécu quelque temps dans ma prime jeunesse.

Grâce à l'indispensable Vidocq et à ses relations, les passeports furent obtenus dans un temps record et l'on employa les derniers jours précédant le départ à courir les magasins afin d'équiper Hortense qui n'avait pas emporté de gros bagages. Grâce à Dieu, les deux jeunes femmes étaient assez bien pourvues d'argent et les mille louis de Louis Vernet y ajoutaient un complément agréable. On fit aussi une dernière visite à Delacroix.

Le peintre approuva fort le voyage à Vienne qui était, selon lui, la meilleure façon d'éviter les tracasseries toujours possibles de la police et de brouiller la piste de Patrick Butler. Il caressa un instant l'idée d'accompagner ses amies car il se sentait d'humeur voyageuse. Il souhaitait se rendre à Venise, que l'on pouvait atteindre facilement depuis l'Autriche, par Innsbruck et le col du Brenner. Mais à cette saison, le col devait être impraticable et puis il y avait le Salon où Delacroix voulait exposer le tableau qu'il avait finalement décidé d'intituler *la Barricade.*

– Il est mal vu qu'un artiste ne se tienne pas, l'arme au pied, auprès de son œuvre au moment du défilé des personnages officiels, soupira-t-il. Le roi ne me le pardonnerait pas et je n'ai guère envie d'altérer nos bonnes relations. Mais j'irai peut-être vous rejoindre. Si vous n'êtes pas revenue avant. Auquel cas vous me trouverez au premier rang de la foule, criant « Vive Napoléon II » à m'en faire éclater le gosier.

On se sépara avec embrassades et sur promesse de s'écrire, ne fût-ce que pour donner une adresse. C'était la veille du départ et, le lendemain, escortées du seul Timour, Felicia et Hortense montaient en voiture avec au cœur une grande espérance et l'agréable sentiment de se comporter en héroïnes de roman, ce qui est toujours assez exaltant.

On laissait l'hôtel de la rue de Babylone à la garde de Livia et de Gaetano qui s'étaient mariés quelques semaines plus tôt et qu'il n'était plus possible de séparer. Cela privait Felicia de sa femme de chambre pendant la durée du voyage, mais ce n'était là qu'un moindre inconvénient et la jeune femme eût détesté être une entrave quelconque au bonheur de si fidèles serviteurs.

C'était janvier. Le temps était froid avec de brèves et légères chutes de neige, mais la berline était un havre de confort douillet qui permettait d'oublier les intempéries.

Via Strasbourg, Munich, Salzbourg et Linz, les voyageuses gagnèrent Vienne par étapes, agréables en dépit du temps d'hiver, comme il convenait à des femmes voyageant pour leur plaisir. Et dû plaisir, Hortense en avait trouvé réellement à courir ainsi les grands chemins avec un maximum de confort. Sa seule inquiétude, celle de voir apparaître Patrick Butler, s'était dissipée après les premiers relais. Pas plus qu'il n'avait été aperçu dans les rues de Paris ou aux abords de l'hôtel Morosini, avant le départ, l'armateur ne s'était montré. Et Hortense en éprouvait une sorte de soulagement, contrairement à Felicia qui, elle, comptait bien sur les surprises de la route et sur la force impitoyable de Timour pour la débarrasser d'un ennemi auquel elle gardait une solide rancune.

– Il a peut-être renoncé? hasarda Hortense. Après tout, il a eu ce qu'il voulait. Son orgueil est sauf et je finis par croire qu'il a seulement voulu m'inquiéter encore. Et puis, il a d'importantes affaires en Bretagne : il a dû repartir...

Mais Felicia hochait la tête avec une moue dubitative. Ce genre d'homme, selon elle, appartenait à la race des molosses qui ne lâchent jamais leur os.

– Je suis persuadée que nous le verrons reparaître à un moment ou à un autre. Il faut nous tenir sur nos gardes, vous surtout... mais que cela ne nous empêche pas de faire un agréable voyage et de préparer nos plans dans la joie. C'est une si belle chose que l'espérance!

Et cette espérance leur avait tenu compagnie tout au long des routes plus ou moins enneigées, tout au long des soirées d'auberge et des repas pris aux tables d'hôtes ou dans leur chambre lorsque la compagnie leur paraissait peu fréquentable. Ce qui était souvent le cas.

A présent, Duchamp achevait de boire la tasse de café qu'il s'était fait servir après son souper. Felicia, qui ne le quittait pas des yeux sous ses paupières à demi baissées, le vit replier tranquillement son journal, bâiller, tirer de sa poche un calepin et un crayon, écrire quelque chose puis, la mine mécontente, déchirer la page et la mettre dans sa poche. Après quoi, ayant réglé son écot, il se leva et, du pas lent de l'homme qui a bien mangé, se dirigea vers la sortie. Mais en passant près des deux femmes, son pied accrocha celui de leur table et il trébucha, bousculant Felicia qui le foudroya d'un regard indigné.

– Peste soit du maladroit!... commença-t-elle. Mais

déjà Duchamp se confondait en volubiles excuses allemandes et, après trois ou quatre courbettes qui faisaient grand honneur à son talent de comédien, courut vers la porte, prit sa canne dans le porte-parapluies et disparut en coup de vent, suivi des yeux par une partie des dîneurs. Ce qui permit à Felicia d'escamoter le petit papier que le colonel avait laissé tomber sur ses genoux. Quittant son air courroucé, la jeune femme adressa un grand sourire à son amie :

– Si nous allions dormir, à présent? dit-elle en étouffant un léger bâillement, je tombe de sommeil...

Quelques minutes plus tard, toutes deux se retrouvaient dans la chambre de Felicia après avoir congédié la petite servante qui faisait la couverture.

– Voyons un peu ce que l'on nous dit? fit Felicia en dépliant le billet qui était, à la vérité, assez court :

« Ne restez pas dans cet hôtel, écrivait Duchamp. Dès demain, arrangez-vous pour émigrer au " Cygne " dans la Kärtnerstrasse. J'y serai beaucoup plus à l'aise pour vous rendre visite... » C'était signé : Grünfeld, maître d'armes...

– Apparemment, commenta Felicia, notre ami a changé d'identité. Mais il faut faire ce qu'il dit. Et d'abord prévenir Timour afin qu'il soit, demain matin, à notre disposition. Vous savez, depuis Morlaix, la passion qu'il nourrit pour les promenades à pied à travers une ville. D'autant qu'à Vienne, il doit avoir laissé, dans les cafés, quelques habitudes. Et comme il pense que nous restons ici...

Convoqué, le Turc promit de ne pas quitter l'hôtel sans en avoir reçu permission et se montra même fort satisfait à l'idée de quitter le « Kaiserin von Œsterreich ».

– Est-ce que tu ne t'y plais pas? demanda Felicia. C'est pourtant une maison d'assez bonne réputation.

– Il y a trop de gens qui ressemblent à des policiers, dit Timour. Et puis, je n'aime pas qu'on me traite comme un domestique. Je suis ton écuyer, Madame la princesse, pas ton valet!

Le lendemain matin, les échos de l'hôtel retentirent de la colère, entièrement feinte, de Felicia. A l'entendre, cette maison était ce que l'on pouvait rêver de plus infâme. Les draps y étaient de toile grossière, les bruits nocturnes insupportables et, honte suprême, une punaise s'était aventurée insolemment dans le lit de Mme la princesse Orsini qui, sans rien vouloir entendre des explications désolées et des excuses de l'aubergiste, réclama avec hauteur et du même coup, sa note et sa voiture. Une demi-heure plus tard, elle, Hortense et Timour quittaient le « Kaiserin von Œsterreich », laissant son propriétaire courbé sous le poids d'une infamie parfaitement injustifiée et se demandant ce qu'il avait bien pu faire au ciel pour qu'il lui ait envoyé une cliente aussi catastrophique.

– Est-ce que vous n'avez pas un peu exagéré? fit Hortense en riant quand la voiture eut démarré. C'est une très bonne maison, tout compte fait...

– Il faut toujours exagérer, surtout lorsque l'on est de mauvaise foi. De pâles critiques ne nous auraient pas tirées de là. Par ailleurs, si Duchamp nous demande de partir, c'est que cette maison est moins bonne qu'elle n'en a l'air. Et puis j'ai confiance dans le flair de Timour et lui a vu des policiers dans tous les coins.

L'hôtel du Cygne, proche de la Hofburg et situé dans l'une des rues les mieux achalandées de la ville, réserva aux deux jeunes femmes d'agréables surprises. D'abord il venait d'être refait à neuf et ensuite son propriétaire, Giuseppe Pasquini, était d'origine romaine comme Felicia elle-même. Une princesse Orsini ne pouvait être accueillie chez lui qu'avec les égards les plus flatteurs et comme Duchamp avait d'ores et déjà annoncé sa venue, Pasquini alla lui-même baisser le marchepied de la voiture quand elle s'arrêta devant chez lui.

– La bienvenue à Votre Excellence! claironna-t-il. C'est un honneur pour ma modeste maison que recevoir une grande dame de mon pays. Loué soit Notre-Seigneur!

Sensible d'ailleurs au charme de deux jolies femmes, Pasquini tint à les accompagner en personne jusqu'à leur appartement et s'y attarda même jusqu'à ce que les serviteurs chargés de bagages eussent disparu. Il avait apparemment quelque chose à dire.

– Madame la princesse et Madame la comtesse doivent savoir qu'elles sont ici chez elles... et en parfaite sécurité. Toute la maison est à leurs ordres. M. Grünfeld a bien insisté pour que Vos Excellences en soient averties dès leur arrivée.

Felicia considéra son hôte avec un sourire plein de sympathie. C'était un homme qui pouvait avoir quarante-cinq ans et dont les traits réguliers se noyaient un peu dans une aimable rondeur due à la bonne chère, mais ses yeux noirs regardaient droit et son sourire n'était pas sans charme.

– D'où connaissez-vous monsieur... Grünfeld? demanda Felicia.

– Je l'ai connu à Milan, voici longtemps déjà puis je l'ai revu ici, après Wagram. Nous avons toujours été amis.

– Il habite donc chez vous lui aussi?

– Non. Depuis son retour, il n'a jamais habité ici. Il avait choisi, pour éviter que l'on ne sût trop nos relations, le « Kaiserin von Œsterreich », mais il n'y est resté que deux semaines : le temps de se trouver un logis. Il a ouvert une salle d'armes assez bien fréquentée ma foi, au Kohlmarkt. Il se contente de venir de temps en temps manger de mes « pasta ». Mais pour madame la princesse, il n'a pas hésité un instant à s'adresser à moi. Et je serais fort étonné s'il ne venait pas dès ce soir...

Spontanément, Felicia, avec ce grand air qui n'appartenait qu'à elle, tendit sa main à l'hôtelier :

– Je vous dis merci, monsieur Pasquini. C'est une chose agréable de se savoir chez un ami. Mais nous n'abuserons pas de votre hospitalité, la comtesse et moi-même. Le mieux serait pour nous de trouver un appartement.

L'idée de Felicia était en effet de s'installer avec Hortense dans une maison assez grande ou de louer un étage de palais comme cela se faisait couramment. Elle souhaitait en effet que toutes deux puissent prendre rang dans la société viennoise qui constituerait sans doute pour elles le meilleur poste d'observation. Qui d'ailleurs, même le plus soupçonneux des policiers, suspecterait deux jeunes femmes très belles, très élégantes et visiblement avides de se distraire?

– Pour nous, expliquait la jeune femme, pas de mines de conspirateurs, pas de manteaux couleur de muraille, pas de chuchotements : des réceptions, des fêtes, de la gaieté. Le prince va avoir vingt ans – tout comme vous, ma chère! – et je suppose qu'on lui permet de se distraire un peu et de fréquenter la société?

Sages dispositions qui devaient être entièrement approuvées par Duchamp. Quand il vint, le soir, un peu avant l'heure du dîner, Pasquini l'introduisit dans le petit salon qui séparait les chambres des deux amies. Après s'être débarrassé de sa pelisse et de son chapeau, il baisa la main de Felicia mais, quand il se retourna vers Hortense, celle-ci vit briller dans ses yeux une petite flamme qui la fit rougir légèrement. Lorsqu'ils couraient ensemble leur dangereuse aventure bretonne, Duchamp lui avait laissé entendre qu'il l'aimait et apparemment, ses sentiments n'avaient pas changé.

– J'ai cru rêver hier en vous apercevant, madame, dit-il en s'inclinant sur la main d'Hortense. J'espérais depuis longtemps la venue de... la princesse mais vous, même dans mes rêves les plus fous, je n'aurais pas osé espérer vous revoir si vite. Je vous croyais au fond de l'Auvergne.

– J'y étais, mais vous le voyez, il arrive que l'on en revienne et même que l'on se retrouve beaucoup plus loin qu'on ne l'imaginait.

– Avez-vous finalement choisi de rejoindre notre combat?

– Dire qu'il s'agit d'un choix délibéré serait sans doute exagéré, cher colonel, dit Felicia. En fait, c'est pour me sauver que Mme de Lauzargues a quitté ses terres... et c'est pour se sauver elle-même qu'elle m'a suivie jusqu'ici. Mais bien décidée à nous aider tout de même...

– Vous sauver, la sauver? Qu'est-il donc arrivé?

– Vous devez bien penser que si je ne suis pas venue plus tôt c'est qu'il s'est passé quelque chose. Mais, je vous en prie, prenez ce fauteuil, laissez-moi vous offrir un verre de ce vieux lacryma-christi et causons de nos affaires. Où en sommes-nous?

Le sourire de Duchamp s'effaça. A regret, son regard quitta Hortense et revint se poser, assombri, sur Felicia.

– Vous ne savez absolument rien. Est-on si peu au fait des événements à Paris?

– Comment aurais-je pu savoir quelque chose? J'étais en prison.

– En prison, vous? Et pourquoi?

– A cause d'un de nos vieux amis; le sieur Patrick Butler, l'armateur de Morlaix.

Et, en quelques phrases, Felicia raconta son aventure et comment Hortense l'en avait sortie mais sans toutefois mentionner l'affaire de la rue Saint-Louis-en-l'Ile. Elle savait depuis longtemps que le colonel était amoureux d'Hortense et ne tenait absolument pas à déchaîner sa fureur. La colère qu'il montra était déjà bien suffisante.

– Lorsque nous rentrerons en France, je réglerai le compte de ce misérable...

– Personne ne vous le reprochera. A présent, parlez. Où en est notre projet?

– Pas bien loin, je le crains, et j'avoue sincèrement ma déception. Lorsque je suis arrivé ici, je rêvais de voir les Bonaparte se ruer sur l'Autriche pour réclamer le roi de Rome afin de l'escorter triomphalement jusqu'à Paris et l'y aider à reprendre son héritage.

Felicia eut un rire plein de dédain :

– Ces gens-là? Vous en espériez vraiment quelque chose? Hormis Madame Mère qui, à Rome et en compagnie de l'Église attend que Dieu lui permette de rejoindre son fils, les autres ne songent pas un instant à quitter leurs retraites. Joseph est en Amérique, les autres à Rome ou à Florence et tous, apparemment, s'y trouvent bien. Élisa et Pauline, les seules qui se fussent joyeusement battues avec nous, sont mortes.

– Ne soyez pas trop absolue. Il y a une exception.

– J'aimerais bien savoir laquelle?

– La fille d'Élisa : Napoléone, comtesse Camerata. Elle était ici en octobre dernier et logeait même dans cet hôtel. Je l'ai vue souvent et toujours avec la même émotion car elle est le vivant portrait de l'Empereur. Elle souligne d'ailleurs volontiers cette ressemblance en s'habillant en homme. Il est vrai qu'elle possède toutes les qualités d'un garçon de bonne race : la bravoure, l'audace. Elle monte à cheval, fait des armes...

– Et elle est prête à nous aider?

– Elle avait même un plan, que nous partagions d'ailleurs : enlever le prince avec ou sans sa permission et le ramener en France pour tenter avec lui un effet psychologique analogue à celui du retour de l'île d'Elbe. Elle espérait qu'à sa seule vue, à son seul nom, le duc de Reichstadt tomberait dans ses bras, sauterait à cheval et fuirait avec nous vers la frontière.

– Et alors?

– Alors, il lui a fallu perdre ses illusions. Tout ce qu'elle a réussi à obtenir, ce fut une entrevue avec l'ex-impératrice Marie-Louise, ce qui était inutile. Quant au prince, elle s'est aperçue très vite qu'il lui était impossible de l'approcher. Sa réputation d'excentricité la desservait et aussi son visage, ce visage en quoi elle espérait mais qui hante encore les rêves de Metternich. Quand celui-ci a su la présence de la comtesse à Vienne, il a resserré la surveillance autour de son jeune prisonnier. En outre, il s'est arrangé pour que le prince fût prévenu contre sa cousine et toutes les demandes d'audience sont restées sans réponse. Alors, exaspérée, elle a payé d'audace. Un soir de novembre dernier, elle est allée l'attendre près de la maison du baron d'Obenaus, son professeur d'histoire, où il a coutume de se rendre deux fois la semaine. Elle avait acheté l'un des domestiques et s'était cachée dans l'escalier. Quand le prince est arrivé, elle s'est jetée à genoux devant lui, a pris sa main et l'a baisée en dépit des efforts qu'il faisait pour la lui retirer. Il a pris pour une folle cette femme en cape écossaise qui se jetait sur lui et elle n'a pas eu le temps de s'expliquer. Déjà, Obenaus accourait avec ses gens. On a maîtrisé la comtesse et on a voulu l'entraîner. Alors, elle a crié : « Qui me refusera de baiser la main de mon souverain? » Puis, comme on l'obligeait à redescendre l'escalier, elle a crié encore : « François! Souviens-toi que tu es prince français! » Mais c'était fini. L'occasion était manquée. Peut-être parce qu'elle a agi avec trop de précipitation...

– Que s'est-il passé ensuite? demanda Felicia.

– On l'a ramenée ici sous bonne garde mais elle ne s'avouait pas battue. Ne pouvant parler, elle a écrit. C'était d'ailleurs la troisième fois, mais les premières lettres n'étaient pas parvenues à destination. Celle-là, par on ne sait quel miracle, est arrivée. C'était une lettre très belle, très triste mais hélas un peu exaltée. Elle n'a pas inspiré confiance au prince. Il l'a montrée à son précepteur puis a répondu, mais sa lettre à lui était froide et sèche. La comtesse en a pleuré de désespoir.

– Elle a renoncé, alors?

– Non. Obstinée, elle a écrit encore un mot très court implorant une entrevue... « Partout où vous voudrez, j'irai pour vous parler... » Alors, le prince a regretté sa lettre si dure et, pour se faire pardonner, il a envoyé ici son plus intime ami, le chevalier de Prokesch-Osten, pour porter ses excuses. Je n'ai pas assisté à l'entrevue mais je sais que Prokesch et la Camerata se sont fort bien entendus. Le chevalier souhaite profondément, au fond de son cœur, de voir François sur le trône de France. Il a parlé longtemps avec la comtesse, s'efforçant d'apprendre d'elle de quels moyens elle pouvait disposer pour mener à bien le retour du prince. Des moyens qui, malheureusement, se limitaient à peu de chose : trois ou quatre hommes dévoués... et pas d'argent. Alors, il lui a fait comprendre que pareille entreprise s'accommodait mal de précipitation, qu'il fallait préparer des chevaux, disposer des relais, acheter des consciences. La comtesse n'est pas riche, hélas! Cependant, Prokesch ne l'a pas découragée. Tout au contraire : « Je vous aiderai, lui a-t-il dit, dès que je serai certain que le moment sera venu. Il faut attendre encore... »

– Attendre quoi? s'écria Felicia qui bouillait visiblement...

– Que les circonstances soient plus favorables, que les préparatifs soient mieux organisés. Et Camerata en a convenu d'ailleurs. Prokesch et elle se sont quittés en se promettant de se revoir, de travailler ensemble. Malheureusement...

– Je ne sais pas pourquoi, mais voilà un mot que j'attendais, dit Felicia. Il est étrange de constater qu'il y a toujours un obstacle quand tout paraît s'arranger...

– Ce n'est que trop vrai. Trois semaines plus tard, la comtesse Camerata recevait du chef de la police, Sedlinsky, l'ordre de quitter Vienne avec défense d'y revenir. On lui donnait jusqu'au 22 décembre pour déguerpir. Elle fut bien obligée d'obéir...

– D'après ce que vous en dites, fit Hortense, cela ne lui ressemble pas?

– Elle n'a obéi qu'à l'ordre de quitter Vienne. L'esprit de retour n'était pas atteint. D'ailleurs, elle n'est pas partie très loin : tout juste jusqu'à Prague. Depuis nous nous écrivons. Pas souvent, bien sûr, mais je sais qu'elle garde tout son espoir.

Felicia se leva, fit quelques pas dans la pièce, faisant, dans son agitation, tournoyer autour d'elle son ample jupe de lainage écossais.

– C'est encore heureux! fit-elle en s'arrêtant brusquement devant Duchamp qui, après avoir tant parlé, dégustait lentement son lacryma-christi. Mais ce qui me tourmente, dans tout cela, c'est moins le peu d'avancement de nos affaires que l'attitude du prince dans cette histoire. Je croyais qu'il brûlait d'échapper à sa prison, de revenir en France, de s'y battre pour ses droits et pour sa gloire? Or, vous ne nous avez montré qu'un jeune garçon craintif qui, lorsqu'il reçoit une lettre secrète, ne trouve rien de mieux que courir la montrer à d'Obenaus...

– Obenaus n'est que son professeur d'histoire. Le précepteur, c'est le comte de Dietrichstein. Et ne vous y trompez pas : l'un comme l'autre, même s'ils obéissent à Metternich, sont sincèrement attachés à leur élève et, comme Prokesch, ils souhaitent eux aussi lui voir jouer un grand rôle dans l'histoire.

– Vous ne me ferez jamais croire cela.

– C'est moins incroyable que vous ne l'imaginez. Réfléchissez, mon amie. L'un comme l'autre pensent que ce serait une excellente chose pour l'Autriche... et accessoirement pour la France, qu'un prince élevé par eux, c'est-à-dire à l'autrichienne, règne à Paris. Quant au prince, il faut le comprendre, lui aussi : la vie qu'on lui a fait mener, loin de sa mère, livré uniquement à des hommes depuis qu'on l'a séparé de sa gouvernante française Mme de Montesquiou, tout cela l'a rendu méfiant, inquiet. Il rêve d'égaler la gloire de son père dont il ne connaît même pas la vie mais il craint les traquenards. Trop de gens déjà ont tenté de surprendre sa confiance et je pense, pour ma part, que la comtesse Camerata a fait preuve d'une trop grande précipitation. Je le lui ai dit d'ailleurs...

– Mais ces circonstances favorables, coupa Hortense, quand pensez-vous les voir venir?

– Plus vite peut-être que je ne le pensais, et c'est pourquoi je suis si heureux de votre venue. Je pense en effet que vous arrivez à point nommé parce qu'à la Hofburg certaines choses sont en train de changer. Le prince va avoir vingt ans. Il échappera alors à ses précepteurs. L'empereur François lui a promis un régiment, ce qui réaliserait l'un de ses rêves...

– Peuh! dit Felicia en haussant furieusement les épaules, un régiment autrichien!...

– Ce ne serait pas une si mauvaise chose. Un régiment tient souvent garnison en province, et celui que l'on promet au prince, le « Duc de Nassau », est stationné à Brünn. En outre, on y fait des manœuvres au cours desquelles on peut monter un plan d'enlèvement. Enfin, sa majorité donne un peu plus de liberté au prince : il sort plus aisément du palais : ainsi vient-il d'effectuer son entrée dans la vie mondaine en se rendant, il y a dix jours, au bal de l'ambassadrice d'Angleterre, lady Cowley. Il y a, dit-on, rencontré le plus vif succès, surtout auprès des dames et il est à prévoir qu'à présent il va aller d'invitation en invitation. Voilà pourquoi j'approuve entièrement votre idée de louer une maison où vous puissiez recevoir. Vous serez reçues en retour et ainsi vous parviendrez, j'en suis persuadé, à approcher le prince le plus naturellement du monde.

– Je suis française, remarqua Hortense. Cela peut être un obstacle?

– Certainement pas. Quand Sedlinsky se renseignera sur vous – et il le fera – il apprendra que les Lauzargues appartiennent à la faction la plus légitimiste des Français. D'ailleurs vous serez surprise du nombre de nos compatriotes installés ici, depuis une marchande de modes jusqu'à un maréchal d'Empire... sans parler du nouvel ambassadeur qu'a envoyé Louis-Philippe : cette girouette de maréchal Maison qui, depuis le départ de l'Empereur pour l'île d'Elbe, a tourné à tous les vents.

– Vous parliez d'un maréchal d'Empire? dit Felicia. Qui donc?

– Marmont. Notre vieil ennemi de Juillet et de l'assaut des Tuileries. Il a suivi Charles X en exil mais n'a pu se supporter dans la petite cour écossaise du roi Bourbon où d'ailleurs il était mal vu. Il a choisi de voyager et, je ne sais pourquoi, il est venu en Autriche. Peut-être pour se rapprocher du fils de l'homme qu'il a trahi. On dit qu'il brûlait de connaître le prince. Cela a été fait au bal de lady Cowley.

– Il a osé l'approcher? s'indigna Felicia.

– Mais oui. Il a même été invité à se rendre chaque semaine à la Hofburg pour répondre aux questions du prince. Il y a longtemps que celui-ci désirait s'entretenir avec un ancien compagnon de son père.

– Il aurait dû mieux choisir...

– On prend ce qu'on trouve. Et puis un fidèle confirmé n'aurait jamais reçu l'autorisation d'approcher le fils de Napoléon. Metternich pense que Marmont est sans danger. Ce en quoi il se trompe peut-être. On m'a rapporté que le duc de Raguse était fort ému, l'autre soir, en saluant l'Aiglon. Il y a peut-être quelque chose à faire de ce côté et j'aimerais que vous le rencontriez... A présent, ajouta-t-il en se levant, vous en savez autant que moi et je vais me retirer.

– Encore un moment! pria Felicia. Ne pouvons-nous savoir qui sont ceux qui sont disposés à nous aider?

Duchamp sourit de ce rare sourire qui lui allait bien.

– En dehors de ce maître d'armes alsacien nommé Grünfeld, il y a ma voisine du Kohlmarkt, Mlle Palmyre, qui est une amie sûre. Il y a Pasquini, ici même. Il y a deux ou trois compagnons qui travaillent à la Hofburg ou à Schönbrunn, le palais d'été de la Cour. Enfin, il y a la comtesse Lipona qui est une intime de Napoléone Camerata...

– Lipona? dit Felicia. Est-ce Maria Lipona? J'en ai rencontré une à Rome, jadis.

– C'est bien elle. Elle habite un petit palais de la Salesianergasse et, si vous la connaissez, c'est une excellente chose car elle est remuante, fréquente énormément de monde et pourra vous introduire dans la meilleure société. Je vous donne ici les noms qui peuvent vous être les plus utiles. Pour les autres, c'est moins important et on ne sait jamais. A présent, il faut vraiment que je parte. J'ai une leçon...

– Au moins ne partirez-vous pas sans viatique...

Felicia alla fouiller dans un grand sac enfermé dans un secrétaire dont elle avait la clef et revint avec une cassette.

– Vous oubliez votre trésor de guerre, fit-elle avec un sourire.

Duchamp alla poser la cassette sur une table et l'ouvrit. Le petit salon s'emplit de lumières. Sous l'éclairage d'un bouquet de chandelles, les diamants, les rubis, les émeraudes et les saphirs se mirent à vivre comme le cœur étincelant d'un minuscule volcan vers lequel le colonel, comme s'il craignait de se brûler, avança une main hésitante.

– Quelle merveille! soupira-t-il en pêchant un collier de diamants et d'émeraudes. Existe-t-il vraiment une femme capable de se priver de telles parures pour une idée?

– C'est plus qu'une idée : c'est une vengeance. Tant qu'un Bonaparte ne sera pas assis sur le trône de Napoléon, le sang de mon époux ne s'apaisera pas. Nous avons là de quoi acheter un régiment. Et puis j'ai fait faire des copies, ajouta-t-elle en souriant.

– Je ne doute pas que, portées par vous, ces copies ne paraissent authentiques mais je regrette tout de même de vous priver.

– Après Waterloo, la reine Hortense a donné à l'Empereur son dernier collier de diamants...

– Et vous donnez vos parures à son fils! Néanmoins, je vous demande de les garder par-devers vous par prudence. On entre chez moi comme dans un moulin et nous n'en avons pas besoin pour le moment. Quand le temps en sera venu, je vous indiquerai un juif de la Josefstadt qui vous en donnera le meilleur prix parce que, jadis, je lui ai sauvé la vie. A présent, souffrez que le modeste maître d'armes vous quitte pour vous laisser commencer votre vie mondaine. Quand vous désirerez me voir...

– Ce sera bientôt, dit Felicia. Il y a longtemps que je n'ai fait des armes et j'ai grand besoin de me dérouiller...

– Je serai enchanté de vous donner des leçons...

Mais c'était sur Hortense que s'attardait le regard de l'ancien colonel et Felicia se mit à rire.

– Je suis certaine que Mme de Lauzargues aura à cœur de venir assez souvent s'assurer de mes progrès. N'est-ce pas, Hortense?

– Bien sûr, fit celle-ci. Il n'est rien que j'aime autant que l'escrime...

Pieux mensonge dont personne ne fut dupe, mais qui mit un peu de soleil dans les yeux et dans le cœur de l'ancien officier de Napoléon Ier.

– Les héros, comme les enfants, ont besoin d'encouragements, conclut Felicia lorsqu'il se fut retiré. A celui-là, il faut un sourire de temps en temps. Ne les lui ménagez pas.

CHAPITRE VII

PREMIERS PAS DANS LA VIE VIENNOISE...

D'origine florentine, la comtesse Maria Lipona possédait au plus haut degré le goût de l'intrigue et l'amour des secrets qu'elle élevait d'ailleurs à la hauteur de l'un des beaux-arts. Non qu'elle nourrît personnellement un quelconque grief contre l'Autriche où elle vivait fort agréablement mais, dans ses jeunes années, elle avait été bercée par les fabuleuses histoires de l'épopée napoléonienne, comme l'avait été Felicia Orsini. Et elle voyait, dans le fils de l'Aigle, l'héritier indéniable d'un aussi fulgurant destin. S'y joignait l'auréole du malheur, et il avait suffi d'une rencontre pour que Maria Lipona proclamât que le jeune prince était en tout point digne de la légende.

– On mourrait pour un sourire de lui, disait-elle parfois, et ce n'était pas, chez elle, une formule en l'air. Elle était prête à se dévouer corps et âme au prisonnier de la Hofburg.

Jadis, à Rome, elle avait fréquenté le palais Orsini, piazza Monte-Savello, et approché la famille de Felicia. En outre, dans l'entourage de Madame Mère, elle rencontra la comtesse Camerata dont elle devint l'intime amie. L'une des rares que l'amazone des Bonaparte se fût faites dans une gent féminine qu'elle avait plutôt tendance à mépriser. De son côté, Maria Lipona vénérait la nièce de l'Empereur, pour sa ressemblance avec lui et aussi pour le courage avec lequel elle s'était jetée dans un combat inégal, seule ou presque contre le puissant empire autrichien, pour arracher son cousin au destin misérable que lui préparait Metternich.

Et ce fut avec un chagrin extrême que Maria Lipona vit son amie partir pour Prague après sa tentative avortée auprès du duc de Reichstadt.

Aussi accueillit-elle Felicia et Hortense, annoncées par Duchamp, avec une joie bien proche de l'enthousiasme.

– Je sens que votre présence va me consoler du départ de ma chère princesse, leur dit-elle. Vous n'imaginez pas le vide qu'elle a laissé derrière elle.

– Vous n'avez jamais désespéré de notre cause tout de même? fit Felicia.

– J'avoue en avoir été bien près et je ne comprends toujours pas pourquoi le duc de Reichstadt n'a pas accueilli sa cousine comme elle le méritait. Pourtant, d'après ce que je peux en savoir, son rêve le plus cher est de régner en France. Le chevalier de Prokesch-Osten est formel là-dessus : le prince tremble au seul nom de son pays natal. Il se sent prince français jusqu'au bout des ongles... et pourtant, jusqu'à présent, il a réagi surtout comme un bon Autrichien.

– Quand on a rêvé quelque chose pendant trop longtemps, on est saisi de crainte au moment de voir se réaliser ses espérances et une certaine angoisse doit s'ensuivre. Celle de voir tout cela s'évanouir d'un seul coup. Celle d'un réveil trop brutal... Quels préparatifs avait faits la comtesse Camerata?

– Assez peu, je le crains, faute d'argent. Les Bonaparte craignent une aventure qui troublerait leur quiétude et ne sont guère décidés à délier les cordons de leurs bourses. Napoléone était à peu près seule avec notre colonel Duchamp et quelques amis...

– Nous bâtirons notre plan sur des bases plus solides. Mais, en fait de bases solides, il faut que nous en trouvions une pour nous-mêmes. Notre projet immédiat est de prendre un certain pied dans la société viennoise. Puisque le prince est désormais autorisé à s'y mêler, cela me paraît le meilleur moyen de l'approcher. Et d'abord il faut que nous nous installions ailleurs que dans une auberge.

– Je vous offrirais bien une partie de ma maison mais je crois que ce ne serait pas une bonne idée. En revanche, il y a en ce moment un logis qui pourrait vous convenir parfaitement.

Et d'expliquer qu'un grand appartement se trouvait à louer dans l'aile gauche du palais Palm, dans la Schenkenstrasse, c'est-à-dire à l'un des plus agréables emplacements de la ville. Nulle part ailleurs ses nouvelles amies ne trouveraient à se loger dans de meilleures conditions.

– Personne n'imaginerait que l'on pût s'installer au palais Palm pour conspirer. L'aile droite de cette vaste demeure est en effet occupée depuis des années par la duchesse Wilhelmine de Sagan, née princesse de Courlande. Elle y passe tous ses hivers, le plus souvent en compagnie de ses sœurs, la princesse de Hohenzollern-Elchingen et la duchesse d'Acerenza et Wilhelmine est sans doute la femme la plus antifrançaise qui soit au monde. Elle constituera pour vous une superbe couverture car, bien sûr, habitant à sa porte, il faudra lui demander audience.

– Audience? protesta Hortense, choquée par le mot.

– C'est une duchesse régnante, ma chère, même si elle ne réside à Sagan qu'une partie de l'année.

– En tout cas, elle recevra peut-être mon amie Felicia, mais certainement pas moi puisqu'elle déteste si fort les Français.

– N'exagérons rien. Il lui est tout de même arrivé, durant le Congrès de Vienne, de fréquenter l'ambassade de France et le vieux Talleyrand. N'oubliez pas que sa plus jeune sœur est la nièce de celui-ci.

Le visage de Felicia, qui s'était assombri dans les derniers instants, s'éclaira brusquement.

– La duchesse de Dino? Bien sûr! Une princesse de Courlande, j'aurais dû m'en douter! Mais nous connaissons beaucoup Mme de Dino et mon amie Hortense a même séjourné chez elle, rue Saint-Florentin, durant quelques jours.

– A merveille! Eh bien, voilà votre introduction toute trouvée. Si toutefois vous vous décidez pour la maison que je vous propose...

– La première chose à faire est d'aller voir, conclut Felicia en se levant.

Construit au XVIIIe siècle dans l'une des principales rues de Vienne, proche de la Hofburg et de la charmante Minoritenplatz, le palais Palm possédait toute la puissance et la majesté des palais italiens mais s'ornait d'un fabuleux portail baroque sur lequel ouvrait un balcon toujours très couru les jours de cortège officiel. La duchesse de Sagan ne laissait ignorer à personne que, de ce balcon, elle avait assisté avec ses sœurs, en 1814, à la fabuleuse entrée du tsar Alexandre Ier venu prendre sa part du Congrès chargé de refaire l'Europe tandis que Napoléon se morfondait à l'île d'Elbe.

L'appartement que l'on proposa à la princesse Orsini avait d'ailleurs été occupé, durant cette brillante période, par la maîtresse préférée de l'autocrate russe – qui en avait beaucoup – la princesse Bagration. Il se composait de trois salons, d'une vaste salle à manger et de trois chambres, celles des domestiques se trouvant dans les combles. Le décor ressemblait au portail : pompeux et tarabiscoté, avec beaucoup de dorures, mais les hautes boiseries blanc et or encadraient des panneaux de damas d'un jaune doux qui ne déplut pas aux futures locataires. Et, surtout, entretenu à longueur d'années par un couple de domestiques allemands, l'appartement était d'une propreté et d'un ordre exemplaires. Il n'y avait qu'à s'installer.

– Ce n'est pas le style que j'aurais choisi, dit Felicia, dont les goûts allaient aux lignes nettes de l'Empire, mais je crois que nous aurions de la peine à trouver mieux. Et puis à la guerre comme à la guerre! Nous n'allons pas y rester des années.

Le contrat pour une location de six mois fut signé une heure plus tard et, dès le lendemain, Hortense et Felicia emménageaient dans leur nouveau logis. Outre le ménage allemand, Pasquini leur envoya un jeune cuisinier italien et Maria Lipona une femme de chambre tchèque adroite et peu bavarde qui, en dehors de quelques mots d'allemand, ne parlait aucune langue connue des deux amies. Après quoi, on se lança à l'assaut de la société viennoise.

En dépit de ses airs étourdis, la comtesse Lipona possédait un véritable savoir-faire mondain. Elle donna à ses amies des conseils qui leur permirent de bien lancer leur barque, leur indiqua les maisons où il était bon de déposer une carte, les invita plusieurs fois avec des personnes attachées à la Cour, leur présenta les meilleurs danseurs du moment et, puisqu'elles passaient officiellement pour passionnées de musique, elle les introduisit dans quelques-uns des salons les plus renommés pour les concerts que l'on y donnait. On les vit ainsi chez les Kinsky et chez le banquier Arnstein où elles s'ennuyèrent avec grâce au milieu de gens qui communiaient dans l'admiration fervente de deux musiciens qu'elles ne connaissaient absolument pas : Ludwig van Beethoven et Franz Schubert, mais dont, étant femmes de goût, elles devinrent très vite de sincères admiratrices. Et comme elles étaient belles, élégantes et de grandes manières, elles firent bientôt partie de cette société dont elles espéraient tant.

Mais elles ne fréquentaient pas que la société. Deux ou trois jours après leur installation, Felicia et Hortense allèrent faire la connaissance de Mlle Palmyre, cette jeune modiste française dont Duchamp leur avait dit qu'elle était toute dévouée à la cause impériale.

Sa boutique « Aux Dames de Paris » ouvrait sur le Kohlmarkt tout près de la salle d'armes de Duchamp et à deux pas de la Hofburg. C'était peut-être la mieux achalandée de la ville. Il est vrai que l'on y trouvait des merveilles et que personne ne savait trousser un chapeau comme les ouvrières de Mlle Palmyre. Entre les boiseries sombres relevées de filets dorés de son magasin s'entassaient les satins, les mousselines, les dentelles, les moires, les failles, les collerettes, les gants, les mouchoirs, les plumes, les fleurs de soie ou de velours, tout l'arsenal charmant de la coquetterie féminine, et il n'était jusqu'aux dames de la Cour et à l'Impératrice elle-même qui ne fissent appel au goût et à l'ingéniosité de cette charmante Parisienne dont les doigts de fée réussissaient à donner de l'éclat aux femmes les plus ternes ou les plus disgraciées.

Au physique, c'était une jolie fille blonde aux yeux bleus et au petit nez retroussé dont le visage à fossettes semblait ne connaître d'autre expression que le sourire. Elle accueillit les nouvelles clientes que lui envoyait Duchamp avec le respect dû à de grandes dames, mais aussi avec cette amabilité gentille qui laisse entendre discrètement que l'on est chez une amie. Et une amie prête à tous les dévouements.

– Ma maison et moi-même sommes tout à votre service, leur dit-elle, et nous ferons toujours tout ce qui sera possible... et même impossible pour vous faire plaisir...

– Nous n'en doutons pas, dit Felicia en riant. Mais nous remercierons cet aimable monsieur Grünfeld de nous avoir envoyées à vous. Il a raison quand il dit que vous possédez le plus joli magasin qui se puisse voir. Et que vous êtes la plus jolie modiste aussi...

Palmyre devint toute rose et prit à bras-le-corps une grande pièce de mousseline brodée qui lui permit de cacher son visage.

– Il a dit cela? fit-elle d'une voix un tout petit peu trop émue, d'où ses visiteuses tirèrent sans peine la conclusion qui s'imposait : la jolie Palmyre était peut-être toute dévouée à la cause impériale française mais elle était encore plus dévouée à un certain colonel Duchamp, alias Grünfeld. On pouvait même dire sans crainte de se tromper qu'elle en était amoureuse...

Pour étrenner leurs relations, Felicia acheta deux paires de gants brodés et Hortense une ombrelle de dentelle blanche puis elles laissèrent la jeune femme aux prises avec deux clientes qui prétendaient faire déballer une bonne partie du magasin.

– On dirait que notre Duchamp a fait des ravages, dit Felicia quand elles remontèrent en voiture. Cette petite est folle de lui...

– Et comme il semble l'apprécier beaucoup, j'espère qu'ils trouvent ensemble un peu de bonheur. Rien ne me ferait plus de plaisir...

– Je l'espère aussi mais je n'y crois guère. C'est de vous, ma chère, qu'il est épris. Cela n'empêche peut-être pas, d'ailleurs, qu'il ne trouve auprès d'elle un joli repos du guerrier...

On vit aussi les deux amies au Prater, la promenade favorite des Viennois. Elles y allaient chaque jour, soit dans leur propre voiture, soit dans celle de Maria Lipona, soit à cheval mais toujours dans l'espoir d'apercevoir le duc de Reichstadt. Mais, à leur grand regret et contrairement à ce qu'elles savaient de ses habitudes, le prince ne se montra pas une seule fois, dès le jour où Hortense et Felicia y firent leur première apparition.

L'explication de cette étrangeté vint par Duchamp chez qui Felicia allait faire des armes tous les deux jours, tôt le matin :

– Le prince est malade, dit le colonel, qui savait toutes les nouvelles de la Cour par ceux qui fréquentaient sa salle. Il a pris froid le dernier jour de janvier en revenant de l'Helenental où il avait galopé tout l'après-midi. Les sorties lui sont interdites.

– C'est bien notre chance! ronchonna Felicia. Voilà trois semaines que nous jouons les pécores dans des salons ennuyeux comme la pluie, Hortense et moi. Et nous ne sommes pas plus avancées qu'à notre arrivée.

Duchamp haussa les épaules et, saisissant une épée qu'on venait de lui livrer, entreprit d'éprouver entre ses deux mains la souplesse de la lame.

– Qu'est-ce que trois semaines? Voilà six mois que je ronge mon frein ici. Prenez patience! D'ailleurs, je trouve, moi, que vous avez marché à pas de géants. Les hommes qui viennent ici commencent à parler de ces deux belles étrangères qui se sont installées au palais Palm. On vante leur charme, la beauté altière de l'une, la grâce blonde de l'autre...

Entre ses mains, la lame d'acier fouetta l'air furieusement et Felicia se mit à rire.

– Il est vrai que nous rencontrons quelque succès mais, sans vouloir se montrer sottement vaniteuse, c'est une chose à laquelle on pouvait s'attendre. Ne soyez donc pas jaloux, mon ami. Nous avons bien d'autres chats à fouetter que nous laisser séduire par le premier bellâtre venu.

– Je ne suis pas jaloux, protesta Duchamp. Je n'ai aucun droit de l'être d'ailleurs, ajouta-t-il avec amertume.

– Et je ne crois pas que vous l'obteniez jamais, ce droit, dit Felicia doucement. Hortense aime ailleurs et je crois que c'est solide. Vous n'avez donc pas à craindre de la voir tomber dans les bras de l'un de nos courtisans...

L'entrée d'un nouveau personnage mit fin à la discussion et, instantanément, Duchamp, réintégrant la personnalité du maître d'armes Grünfeld, retrouva son accent alsacien.

– Monsieur le maréchal! Quelle heureuse surprise! Je ne vous attendais pas ce matin...

Le nouveau venu n'était pas un homme jeune – il ne devait pas être éloigné de la soixantaine – mais c'était encore un homme superbe; grand et mince, il avait un beau visage aux traits réguliers, un nez droit, une bouche bien dessinée, des yeux bruns largement fendus abrités sous d'épais sourcils noirs qui, de même que les cheveux plantés dru, s'argentaient joliment. Son regard hardi fila droit vers Felicia qu'il enveloppa avec ce rien d'insolence qui trahit l'homme à femmes.

– Je vous dérange peut-être? fit-il d'une voix profonde qui n'était pas le moindre de ses charmes.

– Il se trouve que c'est l'heure de ma leçon, lança Felicia du haut de sa tête. Mais si... monsieur a des choses importantes à vous dire, je peux attendre... un instant! A condition toutefois que l'on me soit présenté.

– J'allais en prier Grünfeld, fit le nouveau venu avec un sourire légèrement railleur.

Le faux Alsacien s'empressa d'accéder à ce double désir :

– Puis-je, madame la princesse, vous présenter monseigneur le duc de Rag...

– Je préfère que l'on m'annonce comme le maréchal Marmont, coupa l'intéressé. Je n'aime plus beaucoup mon titre ducal...

– Est-ce le titre ou le nom? fit Felicia avec insolence. Ce pourrait être depuis que les Français en ont fait un verbe [1]?

– Peut-être. Ce n'est jamais très agréable de se retrouver dans le langage courant, madame. Au fait, madame de quoi? ajouta le maréchal, rendant arrogance pour arrogance.

– C'est trop juste. Continuez donc vos présentations, Grünfeld!

Les yeux de Duchamp pétillaient de joie mais son apparence était celle d'un homme qui ne sait plus où se mettre.

– Son Altesse sérénissime madame la princesse Orsini est peut-être ma meilleure élève...

– Vraiment? Est-ce pour m'inspirer l'envie de tirer contre elle que vous dites cela? Je venais vous demander, mon cher Grünfeld, de faire quelques passes avec moi. Je me sens rouillé ces temps-ci. Le manque d'exercice sans doute...

– Si vous voulez tirer contre moi, dit Felicia avec un sourire moqueur, je crois que cela m'amuserait...

Du regard Marmont évalua la longue et mince silhouette en jupe noire, assez courte pour ne pas gêner les mouvements, et la chemise masculine dont le fin plissé s'entrouvrait sur la poitrine haute et fière.

– Pourquoi pas? Cela pourrait être amusant.

Tout en parlant, il se défaisait de son grand manteau à col de fourrure, ôtait son habit de drap prune à boutons d'argent et acceptait des mains de Duchamp masque et plastron qu'il ajusta en habitué. Le visage de Felicia avait déjà disparu sous son masque et, la pointe de sa lame à terre, elle attendait calmement que le maréchal eût choisi une épée.

L'assaut fut bref et d'une incroyable rapidité. Le démon des armes semblait habiter la jeune femme, ce

1. Raguser signifiait trahir.

matin. Se donnant tout juste le temps de quelques passes pour étudier le jeu de son adversaire, elle se rua sur lui comme à l'assaut d'une redoute; sa lame semblait le prolongement naturel de son corps souple et nerveux et, par trois fois, elle toucha le maréchal qui recula et s'avoua vaincu sans plus de façons.

– Je crois qu'il vaut mieux nous en tenir là! fit celui-ci en ôtant son masque, montrant un visage en sueur. Si je m'obstine, je vais me couvrir de ridicule. Mais permettez-moi de vous offrir mes compliments, princesse : vous êtes un bretteur redoutable...

– Dans les engagements rapides sans doute, commenta Duchamp, mais je ne sais trop si madame pourrait soutenir un long duel au même rythme. Néanmoins, je vous l'ai dit, c'est ma meilleure élève. En revanche, monsieur le maréchal, vous me surprenez : je vous croyais mieux entraîné.

Marmont haussa les épaules tout en essuyant son visage à la serviette que lui offrait le maître d'armes.

– Voilà trois semaines que je ne me suis entraîné, vous le savez bien, Grünfeld. Exactement depuis que je suis devenu le professeur d'histoire du duc de Reichstadt. Cela ne me laisse pas une minute pour moi-même : je dois préparer nos entretiens...

Felicia et Duchamp échangèrent un coup d'œil qui signifiait, chez l'un : « Voilà qui est intéressant pour nous » et chez l'autre : « Voilà un homme à cultiver. Faites attention! »

– J'avais entendu dire en effet qu'au bal de l'ambassadeur d'Angleterre le prince, à qui vous avez été présenté, vous a demandé de venir vous entretenir avec lui? dit Duchamp. C'est donc vrai?

– C'est plus que vrai... Je suis le plus ancien compagnon de son père et il le sait. Il est avide de savoir à un point que l'on n'imagine pas. De tout savoir depuis le début, depuis que... Bonaparte et moi, sans emploi ni l'un ni l'autre, nous partagions le pain de la misère dans cet hôtel minable de la rue des Fossés-Montmartre. Il me harcèle de questions en face d'une immense carte d'Europe étalée sur sa table de travail et parfois j'ai l'impression de n'être rien qu'un citron qu'il presse incessamment entre ses mains nerveuses... Mais comment refuser? Il a tant de charme... et il est si malheureux!

Felicia eut, à cet instant, l'impression que Marmont les

avait oubliés, elle et Duchamp, et qu'il parlait pour lui-même, étreint par une émotion dont il n'était pas le maître. Tout doucement, alors, elle murmura :

– Je ne l'ai encore jamais rencontré. Comment est-il?

– Grand, mince... trop mince même. Blond avec un visage où l'apport autrichien ne parvient pas à effacer celui du père. Et surtout... il a *son* regard...

Il y eut un silence qui fût devenu vite insupportable si Duchamp n'eût pris sur lui de le rompre :

– On dit qu'il est malade en ce moment?

– Oui. Il a pris froid après une promenade et tousse encore. Je crains que sa santé ne soit malheureusement pas des meilleures. Il n'en prend aucun souci. Cependant, je crois qu'elle réclamerait des soins constants. Quand il ne s'épuise pas en de folles courses à cheval, il travaille durant des nuits entières à la lumière des flambeaux. Et il n'y a personne pour l'en empêcher...

– Est-ce que cela ne devrait pas être le rôle d'une mère? dit Felicia.

Pendant un instant, le visage de Marmont ne fut qu'un masque de colère et de mépris :

– La sienne vit à Parme où elle préfère s'occuper des bâtards que lui a donnés Neipperg. Depuis la mort de celui-ci, il y aura bientôt deux ans, elle vient de moins en moins souvent à Vienne. Le roi de Rome méritait une autre mère.

– Le roi de Rome le serait peut-être encore si certains d'entre vous, les maréchaux, n'avaient abandonné l'Empereur, dit Felicia. S'il n'est plus que le duc de Reichstadt, à qui la faute?

– Ne nous accablez pas, princesse! La faute en incombe surtout au Destin. A présent... permettez-moi de me retirer. Je ne vous ai que trop dérangée, je le vois bien...

Il parut tout à coup si vieux et si las que Felicia eut pitié de lui et, subitement, lui sourit :

– Vous ne m'avez pas dérangée... et je vous prie d'excuser ma langue un peu rapide. J'aimerais vous revoir...

– Je n'aurais pas osé vous le demander.

– J'habite, avec une amie, l'aile gauche du palais Palm, dans la Schenkenstrasse. Venez nous voir : je crois que nous aurions l'une et l'autre bien des questions à vous poser...

– Que voulez-vous en faire au juste? demanda Duchamp quand le duc de Raguse eut quitté la salle d'armes.

– Honnêtement, je n'en sais rien encore. Mais il m'est apparu qu'il était peut-être bon de se faire un ami d'un homme qui approche le prince deux fois la semaine. Je croyais d'ailleurs que ce pouvait être votre sentiment?

– Sans doute, mais méfiez-vous tout de même. Non que je le croie capable de trahir encore car il porte à présent l'affaire d'Essonne comme une véritable croix. Mais Marmont a laissé sa chance auprès de Napoléon. Depuis, il n'a rien réussi de ce qu'il a entrepris. Rappelez-vous la défense des Tuileries l'an passé durant les Trois Glorieuses! Alors, à employer avec modération...

Hortense, pour sa part, s'indigna franchement quand, de retour au palais Palm, Felicia lui raconta ce qu'il venait de se passer.

– Recevoir ici cet homme? Celui qui a trahi mon parrain? Celui qui a fait tirer ses canons, en juillet dernier, sur le peuple de Paris au nom de Charles X?

– Non. Celui que le duc de Reichstadt reçoit dans son particulier. Ce n'est pas le moment de vous montrer plus royaliste que le roi! Et n'oubliez pas que si nous affichons nos convictions, il serait aussi simple de refaire tout de suite nos bagages. Déjà, je crains de m'être laissée emporter tout à l'heure...

– Vous avez raison. Et, à propos des ennemis de l'Empereur, on nous a porté ce matin un mot de la duchesse de Sagan, notre voisine. Elle nous recevra tantôt...

– Tout de même? Elle y aura mis le temps! déclara Felicia en se dirigeant vers sa chambre pour changer de toilette.

En effet, dès leur arrivée au palais Palm, les deux amies avaient fait déposer leur carte chez leur noble voisine comme le voulaient les règles du bon voisinage et le protocole exigeant des petites cours allemandes. Elles pensaient recevoir une réponse assez rapide, mais en dépit de la présence évidente de la duchesse, aucun signe ne leur était encore parvenu. Ce qui était à la limite de l'offense mais puisque l'on daignait les inviter, le mieux, dans leur situation actuelle, était de répondre à l'invitation.

Aussi, vers trois heures, Felicia, vêtue d'épais satin gris clair soutaché de brun, sous un grand chapeau brun empanaché de gris, et Hortense, symphonie de velours havane sous une capote garnie de feuillages en soie aux tons d'automne, donnaient leurs noms au majordome emperruqué de blanc qui se tenait à l'entrée des salons...

– Madame la princesse Orsini, Madame la comtesse de Lauzargues...

Les noms roulèrent au long d'une enfilade de salons repris par deux laquais qui les apportèrent jusqu'à l'entrée d'un vaste boudoir dont les portes s'ouvrirent instantanément.

Jadis décorés par Moreau, qui avait été l'ornemaniste préféré de feue l'impératrice Maria-Ludovica, troisième femme de François II, les salons de la duchesse de Sagan n'avaient aucun style bien défini car le décorateur en avait imaginé un qui les englobait tous. Ce qui donnait un effet assez surprenant. Les siècles s'y mêlaient les uns aux autres dans une profusion de taffetas, de lamés, de broderies multicolores, de laques rouges ou noires et de bois dorés. N'eussent été les nobles dimensions des pièces, cela eût ressemblé à un magasin d'antiquités mais quand les deux amies, un peu éberluées, franchirent le seuil du dernier salon, elles furent obligées d'admettre que cette débauche de dorures, de matières précieuses et de couleurs tendres convenait étrangement à la personnalité et à la beauté, encore réelle, de la maîtresse de céans. Ainsi d'ailleurs qu'à celle des deux femmes qui l'encadraient et qui lui ressemblaient : mêmes cheveux blonds à peine touchés d'argent, même teint de lis entretenu sans doute à force d'onguents et de soins, mêmes larges yeux violets d'une teinte assez rare pour qu'on la remarquât.

A se trouver ainsi en face de celles qu'au temps du fameux Congrès on appelait les Trois grâces de Courlande – Wilhelmine de Sagan, Pauline de Hohenzollern-Elchingen et Jeanne d'Acerenza – Hortense et Felicia eurent d'abord la curieuse sensation de voir triple mais elles revinrent très vite de cette impression car les personnalités se dégagèrent d'autant plus rapidement que celle de la duchesse de Sagan dominait nettement les autres.

A cinquante ans, l'aînée des Courlande gardait un éclat et une majesté qui réduisaient ses sœurs à l'état de comparses. Elle avait été mariée trois fois : à un Français, le prince Louis de Rohan-Guéménée, à un Russe, le prince Vassili Troubetzkoï, et à un Allemand, le comte von Schulenburg, mais ces hommes, dont elle n'avait pas eu d'enfant d'ailleurs – sa seule fille lui venait de l'un de ses amants, le comte d'Armfeldt, un Suédois – ces trois hommes donc n'avaient fait que passer dans sa vie, y jouant un rôle purement décoratif et ne laissant pas plus d'empreinte sur Wilhelmine que la vague sur le sable d'une plage. Des amants, en revanche, elle en avait eu plusieurs dont certains, comme le tsar Alexandre Ier ou même Talleyrand pour qui elle avait eu quelques bontés, n'avaient pas compté vraiment mais d'autres lui étaient restés fortement attachés. C'étaient Armfeldt, le prince de Windischgrätz qu'elle avait beaucoup aimé et surtout le chancelier d'Autriche, Clément de Metternich, qu'elle avait fait beaucoup souffrir sans qu'il parvienne toutefois à se guérir de cet amour.

Et ce n'était un secret pour personne que, souvent, le chancelier de François II franchissait le seuil du palais Palm pour venir évoquer avec Wilhelmine le temps si doux de leurs anciennes amours.

Se sachant en face d'une souveraine, Felicia et Hortense lui offrirent, dès le seuil, une révérence qui parut la charmer.

– Approchez, mesdames! dit-elle en français mais avec un sensible accent slave. C'est toujours un plaisir de recevoir des étrangères de qualité et plus encore lorsqu'il s'agit de voisines. Vous me pardonnerez, j'espère, d'avoir différé tous ces jours à vous recevoir mais les affaires de Sagan m'ont beaucoup occupée. Naturellement, vous connaissez mes sœurs? Non? Alors voici Pauline...

Durant quelques instants, un véritable flot de paroles submergea les nouvelles venues, mêlant les présentations à ces considérations sur le temps et à des compliments sur l'élégance des visiteuses.

– Vous êtes romaine, je crois, princesse? Est-ce à Rome que l'on habille aussi bien?

– Non, Altesse, c'est à Paris, répondit Felicia. Je suis romaine sans doute, mais mon amie Hortense est française, comme Votre Altesse doit le savoir...

Wilhelmine eut un grand sourire et agita frénétiquement son éventail d'écaille et de dentelle comme s'il faisait tout à coup une chaleur torride.

– Bien sûr, bien sûr! Ah, Paris! il n'y a que là que l'on habille bien. Ma dernière sœur, la duchesse de Dino, est, sachez-le, la femme la mieux habillée du monde.

– Je le sais d'autant mieux, dit Hortense avec un sourire, que j'ai l'honneur de connaître Mme la duchesse, chez laquelle j'ai eu l'agrément de séjourner un moment.

– Rue Saint-Florentin? Vous connaissez Douchka?

– Mais oui, madame. La princesse Orsini la connaît bien, elle aussi. C'est même elle qui m'a présentée. Je regrette, à ce propos, de ne pouvoir apporter à Votre Altesse les pensées de sa sœur. Je n'ai pas revu Mme de Dino depuis son départ pour l'Angleterre.

– C'est d'autant plus dommage, dit Jeanne d'Acerenza, que nous sommes sans nouvelles depuis longtemps. Apparemment, Douchka préfère toujours servir de secrétaire à ce vieux diable de Talleyrand plutôt qu'écrire à ses sœurs...

– Je sais qu'il la fascine par son esprit et cette espèce de génie diplomatique qu'il possède, lança Pauline, la troisième sœur, mais j'espère sincèrement qu'elle n'est plus sa maîtresse. Un vieillard podagre! C'est déjà assez dégoûtant qu'elle le fût devenue...

Le ton était méchant et Hortense décida que cette dame ne lui serait jamais sympathique, mais déjà Wilhelmine relevait le propos.

– Ne parlez donc pas de ce que vous ne connaissez pas, Pauline! Ce vieillard podagre possède plus de charme que bien des jeunes et fringants officiers. Mais laissons cela et puisque vous êtes des amies de Douchka, vous serez de nos amies aussi. Voulez-vous sonner, Jeanne, pour que l'on nous serve le café? Le froid s'infiltre partout dans ces grandes bâtisses et je me sens glacée. Nous avons toutes besoin de quelque chose de chaud.

Felicia retint un sourire. Que la duchesse eût froid n'avait rien d'étonnant : sa robe était un vaporeux assemblage de soies légères et de dentelles. Il arrivait même à Wilhelmine de Sagan de porter de la mousseline au cœur de l'hiver car elle ne se jugeait à son avantage que dans des vêtements aériens ou des fourrures mousseuses, ces dernières étant, évidemment, réservées à l'extérieur. Ce qui ne l'empêchait pas de s'intéresser vivement à ce que portaient les autres femmes et, tandis que l'on servait le célèbre café viennois couronné de crème fraîche et cerné de pâtisseries dont ces dames semblaient faire grand cas, les voyageuses venues de Paris subirent un feu roulant de questions sur ce qui se portait actuellement et sur les dernières tendances de la mode. Elles y répondirent de leur mieux et proposèrent même à leur hôtesse de lui montrer leurs dernières trouvailles si toutefois elle voulait bien honorer l'aile gauche du palais de son auguste présence. Ce qui fut accepté d'enthousiasme.

– Tout de même, dit Felicia, les dames de Vienne ne sont pas si déshéritées. Nous sommes allées chez une certaine Palmyre qui fait des merveilles...

– Palmyre est bien sans doute, concéda la duchesse, mais je la soupçonne d'être toujours en retard d'une mode. Et c'est agaçant.

A cet instant, Pauline de Hohenzollern, qui s'était approchée de l'une des fenêtres et en soulevait le rideau, remarqua :

– Tiens! On dirait que le petit Napoléon est guéri. Le voilà qui sort du palais!...

Le cœur d'Hortense bondit et elle ne put maîtriser un premier mouvement qui la fit lever.

– Que Votre Altesse me pardonne, s'excusa-t-elle en rougissant, mais je n'ai encore jamais vu le prince et j'aimerais...

– Voir à quoi il ressemble? C'est trop naturel et il en vaut la peine d'ailleurs. Venez, je vais vous montrer par la même occasion le balcon d'où nous avons, en 1814, assisté à l'entrée triomphale de notre cher tsar Alexandre. Mes fourrures!

Comme par magie, Wilhelmine se trouva soudain transformée en une boule de renard bleu tandis que, sur un signe d'elle, un laquais ouvrait l'une des hautes fenêtres.

– Vous allez nous faire geler, grogna Pauline. Moi, je reste au coin du feu. Je le connais par cœur ce gamin!

– Moi, j'y vais, dit Jeanne. C'est un spectacle dont je ne me lasse pas. Un beau garçon est toujours agréable à regarder.

Hortense et Felicia échangèrent un regard. Elles éprouvaient toutes deux la même émotion, plus intense peut-être chez la Romaine qui, depuis si longtemps, se voulait vouée à la cause de Napoléon II. En silence, elles suivirent Wilhelmine sur le balcon. D'où l'on dominait non seulement la rue mais aussi, à l'arrière-plan, les arbres dessinés au fusain de la Minoritenplatz. Le temps était gris, froid et sec. Un petit vent allègre faisait bouger les branchettes des arbres et poussait par saccades un morceau de papier oublié dans la rue. Pourtant, c'était tête nue que le duc de Reichstadt s'avançait au petit trot de son cheval...

Un grand manteau bleu à triple collet l'enveloppait qui ne laissait voir de son corps que ses jambes gainées de peau blanche et de hautes bottes vernies. L'air absent, son regard bleu fiché sur une ligne qui passait entre les oreilles de sa monture, il allait, sans regarder personne, sans voir les saluts des hommes et le sourire des femmes. Le vent faisait bouger sur son front l'épaisse mèche de cheveux blonds qui avait toujours tendance à retomber sur son œil. Il semblait très grand, très mince, un peu fragile. Image parfaite du prince de légende dont rêvent les jeunes filles mais avec quelque chose de menacé, de glacé qui serra le cœur d'Hortense.

Les trois officiers qui le suivaient se tenaient à quelques pas derrière lui, pourtant, la jeune femme ne put s'empêcher de voir en eux de simples geôliers. Aux uniformes près, ils ressemblaient, avec leurs regards mornes, à ceux qu'elle avait vus jadis sur la plate-forme du château du Taureau, en Bretagne, surveiller la promenade des prisonniers. L'impression fut si nette qu'elle faillit se signer, ce qui eût été, évidemment, d'un effet déplorable. Les larmes cependant lui montaient aux yeux et elle chercha à tâtons la main de Felicia qu'elle serra si fort que celle-ci comprit et lui rendit son étreinte. A cet instant précis, Hortense venait de se vouer entièrement à la cause de ce jeune prince, né le même jour qu'elle-même et qui, jusqu'à présent, lui était apparu si lointain, presque mythique. La réalité venait d'emporter tout l'enthousiasme, tout le besoin de dévouement que renfermait son cœur.

Penchée sur le balcon, Wilhelmine, après un signe assez vague adressé au jeune prince qui répondait d'une inclination de tête, pérorait inlassablement, racontant avec un grand luxe de détails ce moment glorieux qu'avait été l'entrée de son tsar au Congrès de Vienne. Mais ni Hortense ni Felicia n'entendaient. Cette dernière était devenue si pâle qu'Hortense, se penchant vers elle, chuchota :

– Prenez garde! Vous êtes blanche comme un linge!

Felicia tressaillit et, vivement, se frotta les joues pour y rappeler le sang. D'ailleurs, on rentrait : le prince était passé et la duchesse en avait enfin fini de son morceau de bravoure.

Jugeant que leur visite avait suffisamment duré pour une première fois, les deux amies demandèrent la permission de se retirer tout en remerciant Son Altesse de son aimable accueil. Elles achevaient leurs révérences au seuil du salon quand la voix du majordome emplit à nouveau l'espace :

– Son Excellence monseigneur le prince de Metternich !

Un homme déjà âgé, grand et de haute mine, dont les cheveux gris couronnaient un visage d'une beauté à la fois insolente et sensuelle, s'avançait d'un pas rapide à travers les salons. Les deux femmes le rencontrèrent à mi-chemin. Il leur adressa un salut plein de grâce auquel elles répondirent avec leur aisance habituelle tandis qu'éclatait derrière elles la voix de la duchesse.

– Ah ! cher Clément ! Qu'il est aimable à vous de venir dépenser avec nous un peu de votre précieux temps...

Le reste se perdit dans le brouhaha de l'arrivée du tout-puissant ministre. Mais, à peine rentrée dans leur appartement, Felicia ôta son chapeau, son manteau et ses gants qu'elle lança au petit bonheur et alla se jeter sur un canapé en éclatant de rire.

– Mon Dieu ! Que trouvez-vous de si drôle ? fit Hortense qui, plus calmement, ôtait elle aussi ses vêtements de sortie.

– Vous ne le voyez pas ? Vraiment, ma chère, je commence à croire que le ciel est avec nous. Nous vivons porte à porte avec la femme chez qui Metternich se rend le plus volontiers.

– Et cela vous fait plaisir ? Moi, la vue de cet homme m'a glacé le sang.

– Parce que vous manquez d'imagination et ne voyez que l'instant présent. Personnellement, je trouve divinement amusant de conspirer à deux pas du geôlier de l'Aiglon et de sa maîtresse. Maria Lipona a bien raison : nulle part nous ne pourrions trouver une maison plus sûre ni plus commode pour le développement de nos projets.

– Nos projets ? dit Hortense tristement, je trouve, moi, qu'ils n'avancent guère. Nous avons aperçu le prince... mais nous sommes peut-être encore loin de pouvoir l'approcher.

– Il faut avoir la foi, Hortense. Je sais moi que le moment est proche où nous pourrons lui parler.

Enchantée de ses voisines qui, deux jours après leur

visite, organisèrent pour elle une sorte de présentation de mode privée, Wilhelmine de Sagan les emmena au théâtre « An der Wien » assister, dans sa loge, à une reprise de *la Flûte enchantée* de Mozart dont ce théâtre avait eu jadis le privilège de donner les premières représentations.

En dépit de décors d'un style égyptien assez atroce, les deux pseudo-mélomanes prirent tout de même un plaisir réel à la musique du divin Mozart... mais peut-être un plaisir plus grand encore à contempler la salle où s'entassait tout ce que Vienne contenait de noble, de riche ou de grand. Néanmoins ce qui les intéressa le plus, ce fut la loge impériale dans laquelle le duc de Reichstadt apparut, quelques instants après leur arrivée, escortant une jeune femme brune à la peau très blanche dont les longues boucles brillantes encadraient un visage fin et spirituel. Le sourire un peu ironique, dû à certain pli de la bouche, contrastait avec la mélancolie un peu rêveuse de deux grands yeux clairs. Vêtue de satin d'un bleu très pâle, cette jeune femme portait d'admirables joyaux et le diadème de diamants et d'opales qui couronnait sa tête lui donnait l'air d'une reine.

Hortense nota le soin tendre avec lequel le jeune prince aidait sa compagne à prendre place sur le devant de la loge et disposait sur le dossier du fauteuil le grand manteau qu'elle venait d'abandonner. Alors, incapable de retenir la question qui lui brûlait les lèvres, elle se pencha vers Wilhelmine et, derrière son éventail déployé, chuchota :

– Cette jeune femme qui accompagne le duc de Reichstadt, qui est-elle? Si elle n'était si jeune, on pourrait la prendre pour l'impératrice.

– Qu'elle sera peut-être un jour. Ah ça, ma chère, mais vous ne connaissez vraiment personne ici?

– Personne de la famille impériale en tout cas. Je rappelle à Votre Altesse que nous ne sommes ici que depuis bien peu de temps.

– C'est vrai. Eh bien, ma chère petite, cette jeune dame est l'archiduchesse Sophie, la tante du petit Napoléon.

– Sa tante? C'est une Bonaparte?

Wilhelmine lui jeta un regard proprement scandalisé et Hortense se sentit rougir jusqu'à son décolleté.

– Que ferait ici une Bonaparte? Est-ce qu'on n'aurait

pas quelque tendance, en France, à oublier que le petit Napoléon n'est pas né que d'un homme et qu'il a aussi une famille maternelle? L'archiduchesse Sophie est sa tante parce qu'elle est l'épouse... pas très heureuse d'ailleurs, de son oncle l'archiduc François-Charles, frère cadet de sa mère. C'est une princesse de Bavière.

– Elle paraît bien jeune pour une tante?

– Elle a vingt-six ans. Je crois d'ailleurs que les sentiments qui les unissent sont d'une nature rien moins que familiale. Le jeune duc éprouverait pour Sophie une vénération bien proche de l'amour. Quant à l'archiduchesse, mariée à un brave homme d'archiduc lourd et endormi à souhait, elle aurait peut-être quelque peine à démêler ce qui appartient, dans les sentiments qu'elle porte à ce beau neveu, à cette tendresse maternelle dont il manque tant.

– Disons les choses clairement, dit Felicia qui écoutait et qui aimait les situations nettes. Ils s'aiment?

L'éventail de la duchesse de Sagan pencha cette fois vers celui de la Romaine.

– Certains vont même jusqu'à parler de passion partagée et les plus mauvaises langues prétendent que le petit François-Joseph mis au monde l'an passé par Sophie et qui est un superbe bébé blond ne serait pas tout à fait le fils du bon François-Charles. C'est depuis cette naissance d'ailleurs que – peut-être pour donner le change – le petit Napoléon s'affiche avec une jeune femme de la meilleure société : la comtesse Nandine Karolyi, née princesse Kaunitz... Il est vrai que Nandine se montre aussi beaucoup avec Maurice Esterhazy, l'un des meilleurs amis du prince... Je vous la montrerai tout à l'heure...

Le second acte de *la Flûte enchantée* s'achevait au milieu d'un tonnerre d'applaudissements qui prouvaient que, contrairement aux Parisiens qui allaient au théâtre pour bavarder, les Viennois, eux, y allaient pour écouter. Le rideau se releva plusieurs fois puis la vaste salle se trouva livrée à la vie mondaine. Il était de coutume, comme à Paris, de se rendre visite de loge à loge, les hommes se déplaçant pour aller saluer les femmes qui, elles, ne bougeaient guère. Bientôt, la loge de la duchesse de Sagan se trouva envahie. Où qu'elle allât, Wilhelmine semblait toujours traîner autour d'elle une véritable cour. Felicia et Hortense, qui s'étaient rapprochées, en profitèrent pour dévorer des yeux la loge impériale où d'ailleurs se jouait une petite scène : sanglé dans un frac bleu nuit constellé de décorations, le prince de Metternich venait d'y faire son entrée et s'inclinait devant l'archiduchesse alors occupée à bavarder joyeusement avec son neveu.

A l'aspect du nouveau venu, le sourire de la jeune femme s'effaça et ce fut avec un air d'ennui véritablement impérial qu'elle laissa le chancelier effleurer de ses lèvres son gant de soie brodée. Puis elle se détourna légèrement tandis que Metternich s'adressait au jeune prince comme si ce qu'ils pouvaient se dire ne l'intéressait en rien.

Dans l'entourage de Wilhelmine, quelqu'un dit :

– L'aversion de l'archiduchesse Sophie pour Metternich est de plus en plus évidente. Je pense qu'elle finira par lui tourner carrément le dos.

– Elle le déteste à ce point? Mais pourquoi? demanda Felicia, intervenant tranquillement dans la conversation.

Celui qui avait parlé, un jeune fat portant un nom d'Europe centrale extrêmement difficile à retenir et plus encore à orthographier, se mit à rire :

– Elle lui reproche sa politique. Quelle audace, n'est-ce pas, pour une petite archiduchesse? Il est vrai qu'elle aurait, paraît-il, sur la question, des idées tout à fait personnelles. Et des ambitions....

– Justifiées si elle doit coiffer un jour la couronne impériale?

– Oh! cela n'aurait rien d'étonnant! Ferdinand, l'héritier du trône, est un simple d'esprit. Son frère François-Charles pourrait lui succéder assez vite. Mais je crois surtout que le plus grand grief de Sophie tient à la rigueur dans laquelle Metternich tient le jeune Reichstadt...

Brusquement, Hortense, qui suivait le dialogue avec attention, cessa d'écouter. Son regard, errant sur la salle, venait de se fixer sur la loge dans laquelle le nouvel ambassadeur de France, le maréchal Maison, étalait son ventre et ses favoris gris curieusement hérissés auprès d'une dame d'un âge certain coiffée en barbes de dentelle et emballée de velours pourpre qui devait être sa femme. Derrière eux, trois hommes causaient ensemble dont l'un était le maréchal Marmont, et le second, un petit homme mince à cheveux gris. Mais le troisième érigeait, sur un habit vert foncé, une crinière rousse dont la vue accéléra les battements du cœur d'Hortense. Cette chevelure... cette tournure... ce visage dont elle n'apercevait qu'un profil perdu mais qu'elle croyait bien reconnaître... est-ce que ce n'était pas Patrick Butler?

Elle avait guetté son apparition tout au long du voyage mais, depuis qu'elle était à Vienne, elle avait fini par penser qu'il avait perdu sa trace, qu'il avait renoncé et que, peut-être honteux de sa conduite envers une femme mais somme toute satisfait, il était reparti vers ses brumes bretonnes et une maison d'armement naval qui tout de même devait réclamer sa présence de temps en temps. Et voilà qu'il apparaissait brusquement dans ce théâtre viennois!... Mais était-ce vraiment lui? Une ressemblance était toujours possible...

Décidée à en avoir le cœur net et poussée par une sorte de panique, Hortense, sans autre explication, bousculant même Felicia, se précipita hors de la loge et, ramassant ses amples jupes de taffetas rose pâle, s'élança au long de la galerie en demi-cercle qui contournait les loges. Elle ne voyait rien, elle n'entendait rien. Pas même l'appel de Felicia qui s'élançait à sa poursuite. Elle ne savait pas très bien ce qu'elle ferait, ce qu'elle dirait si l'homme était bien Butler mais il fallait qu'elle le voie de près.

Un choc brutal arrêta son élan et elle se retrouva le nez contre une épaule vêtue de velours bleu azur :

– Mon Dieu, madame, où courez-vous si vite? dit une voix douce et bien timbrée tandis que deux mains fermes la retenaient de tomber. Elle s'écarta, voulut s'excuser et resta sans voix. L'homme qu'elle venait de heurter si brutalement n'était autre que le duc de Reichstadt, qui sortait tout juste de la loge impériale.

Les jambes fauchées, elle plongea dans ce qui pouvait passer à la rigueur pour une révérence.

– Mon... monseigneur, réussit-elle à balbutier d'une voix presque blanche, je... je demande... pardon à...

Le prince eut un sourire qui pénétra jusqu'au fond du cœur d'Hortense.

– Je parie que vous êtes française, dit-il en riant. Savez-vous que votre allemand est détestable?

– Je le crois volontiers, monseigneur, fit-elle, en français cette fois. Je ne sais que quelques phrases et encore bien mal.

– Comme vous avez raison! Quand on a la chance d'être français, on ne devrait jamais parler une autre langue. Je vous salue, madame...

Deux officiers l'avaient rejoint et il s'éloignait déjà

pour entrer dans une autre loge. Hortense resta là, ne sachant plus bien où elle en était, ce qui permit à Felicia de la rejoindre.

– Eh bien, ma chère, fit-elle en souriant, vous avez d'étranges façons de faire connaissance avec les gens qui vous intéressent! Mais me direz-vous ce qui vous a pris de partir ainsi en courant?

Hortense passa sur son front une main qui tremblait :

– J'ai aperçu un homme dans la loge du maréchal Maison, un homme qui causait avec le duc de Raguse...

– Et alors?

– Je suis presque certaine que c'était Patrick Butler. En tout cas, il lui ressemblait beaucoup... la même couleur de cheveux... la même stature...

Felicia prit doucement mais fermement le bras de son amie et l'obligea à revenir sur ses pas.

– Si vous vous précipitez ainsi sur tous les rouquins que vous apercevez, vous aurez des aventures désagréables. Il me semble que, si cet homme nous avait suivies, nous le saurions déjà. Et d'ailleurs, en admettant que ce soit lui, qu'alliez-vous lui dire?

– Je n'en ai pas la moindre idée. Ce que je voulais, c'était une certitude. Vous n'imaginez pas comme il me fait peur.

– Avec moi, vous n'avez aucune raison d'avoir peur. A présent, regagnons la loge. Le spectacle va reprendre et nous pourrons observer à notre aise les gens de l'ambassade de France.

Mais, dans la loge du maréchal Maison, il n'y avait plus que Marmont et le petit homme à cheveux gris. Les jumelles des deux jeunes femmes eurent beau fouiller la salle, elles ne rencontrèrent Butler nulle part. Néanmoins, Felicia désigna à son amie un homme roux, vêtu d'un habit vert, qui était assis à l'orchestre et que la musique semblait plonger dans une sorte d'extase.

– C'est sûrement cet homme que vous avez vu...

Mais Hortense n'était pas convaincue. L'émotion qu'elle avait éprouvée était encore très fraîche et elle se promettait de poursuivre ses investigations dès le prochain entracte, quand, au beau milieu d'un grand air, Wilhelmine se leva, bâilla et déclara qu'il était temps de rentrer. Elle ne venait jamais au théâtre que pour passer un moment, se montrer et recevoir les hommages de l'entracte. Évidemment, il n'était jamais élégant d'arriver au début d'un spectacle mais Wilhelmine estimait qu'il n'était pas de meilleur ton d'y rester jusqu'au bout. Et comme, chez elle, arrivée et départ s'effectuaient toujours dans une sorte de brouhaha et d'agitation, comédiens et chanteurs préféraient de beaucoup que la loge de la duchesse de Sagan demeurât vide. Le public aussi d'ailleurs qui ne se gênait pas pour protester. Mais force fut aux invités de la duchesse de la suivre dans sa retraite.

Hortense dormit mal cette nuit-là et fit des cauchemars. L'idée que Patrick Butler était à Vienne s'était emparée de son esprit et s'y accrochait, gâchant la joie qu'elle avait eue de sa brève rencontre avec celui que Wilhelmine s'obstinait à appeler, non sans dédain, le petit Napoléon... Et elle avait si mauvaise mine quand elle rejoignit Felicia pour le petit déjeuner que celle-ci s'inquiéta.

– Vous n'allez tout de même pas vous rendre malade? Je vais faire porter un billet au maréchal Marmont pour le prier de passer nous voir. Puisque vous l'avez vu parler avec cet homme, il doit bien savoir de qui il s'agit? Et si cela ne suffit pas, nous pourrions demander à Duchamp d'essayer de savoir si Butler est à Vienne. Il connaît tous les hôtels.

L'idée de voir Marmont n'enchantait pas Hortense. Elle n'avait aucune sympathie pour l'homme et gardait rancune au traître d'Essonne. En outre, elle était agacée par la cour pressante qu'il faisait à Felicia et que la jeune femme accueillait, selon elle, de façon trop souriante. Elle avait tenté de s'en expliquer avec Felicia mais celle-ci n'avait fait que rire :

– Bien sûr que cet homme me déplaît! Mais on ne prend pas les mouches avec du vinaigre et il peut nous être fort utile.

– Je ne crois pas. Duchamp dit qu'il échoue dans tout ce qu'il entreprend. Et puis il change un peu trop facilement d'avis. Voyez-le! Après avoir suivi Charles X jusqu'en exil, le voilà qui papillonne autour de l'ambassade de France. Je parie qu'il brûle de servir Louis-Philippe...

– Il n'a aucune chance. Les Parisiens ont trop bonne mémoire et le lapideraient s'il osait reparaître dans les alentours des Orléans. En revanche... s'il revenait en serviteur dévoué de Napoléon II, il pourrait se voir accorder peut-être une chance de finir ses jours sur la terre de France. C'est, du moins, ce que je commence tout doucement à lui glisser dans l'esprit. Aussi, ma chère, faites-lui bonne figure. Vous m'aiderez...

Mais, cette fois, Hortense n'eut pas besoin des recommandations de Felicia pour sourire au duc de Raguse quand, dans l'après-midi, il se présenta au palais Palm. Bien qu'il n'apportât que peu d'éclaircissement au problème qui hantait la jeune femme.

– Je me souviens en effet d'avoir parlé hier soir avec un homme roux dans la loge de l'ambassadeur mais du diable si je peux vous dire son nom! On vous présente toujours force gens aux entractes des théâtres et s'il fallait retenir tous ces noms! D'autant que ma mémoire n'est plus ce qu'elle était.

– Faites un effort! insista Felicia. Ne s'appelait-il pas Butler? Patrick Butler?

Marmont la regarda d'un air sincèrement navré.

– Honnêtement, je n'en sais rien. C'est peut-être cela mais quant à vous l'affirmer! Vous allez décidément me prendre pour une vieille baderne, princesse. Vous me battez aux armes et quand vous me demandez un nom je suis incapable de vous le dire. Mais je vous promets d'essayer de me renseigner. Je verrai Maison. Puisque cet homme était chez lui il doit tout de même bien savoir qui il invite. Encore que je n'en sois pas absolument certain...

– Ce serait un peu fort? dit Hortense.

– Mais pas impossible, belle dame. Maison est loin d'être une lumière et comme il est ici depuis peu, il mélange tout et se perd dans les noms étrangers qui défilent à ses oreilles. Mais, je vous l'ai dit : je le verrai. A présent, parlons d'autre chose! Si vous ne m'aviez appelé, je serais venu tout de même. Demain a lieu, à la Redoute, le premier bal de carnaval. Tout Vienne y sera, la ville et la Cour. C'est toujours un peu mélangé mais assez amusant car il s'agit d'un bal masqué. Me permettez-vous de vous y accompagner? Ce serait pour moi une grande joie que d'escorter de si jolies femmes. Et puis, vous qui aimez la musique, vous pourrez y danser au son de l'orchestre de Joseph Lanner. C'est l'un des deux rois de la valse qui se partagent le cœur des Viennois.

CHAPITRE VIII

UN BAL À LA REDOUTE

Dire que Johann Strauss [1] et Joseph Lanner se partageaient le cœur des Viennois relevait d'un aimable euphémisme. En réalité, une véritable « guerre des valses » emportait alors la capitale autrichienne, les partisans de l'un des chefs d'orchestre se refusant farouchement à reconnaître à l'autre le moindre talent. Et cela donnait lieu parfois à de réels affrontements qui avaient pour champs de bataille les immenses salles de danse que, depuis l'empereur Joseph II, on avait construites dans divers quartiers de la ville. Des salles où pouvaient évoluer plusieurs milliers de personnes et qui, pour le luxe et l'élégance, n'avaient rien à envier aux plus somptueux palais de l'aristocratie. Les fidèles des deux grands hommes y communiaient avec ferveur dans leur passion pour la valse.

Dans cette étrange guerre, c'était bien souvent Strauss, le « Napoléon de la valse », qui l'emportait. Noir de cheveu, noir de poil, il emportait dans la magie endiablée de son archet les habitués du fameux bal Sperl et il arrivait qu'il jouât même à la cour. Mais pour ce soir de carnaval, c'était vers le blond, le tendre Joseph Lanner qu'allaient les suffrages et le Tout-Vienne se dirigeait joyeusement vers la salle de la Redoute, proche des remparts. Les bals y étaient toujours fastueux et l'on était sûr de s'y amuser.

Quand, un peu avant minuit, Hortense et Felicia y pénétrèrent sous la conduite de Marmont, une foule multicolore tournoyait déjà sous les immenses lustres de

1. Le père de l'auteur du *Danube bleu*.

cristal que les hautes glaces des murs reflétaient à l'infini. C'était un monde de personnages de rêve qui se laissait emporter au rythme de la danse, glissant sur le parquet miroitant dans l'odeur de cire chaude des milliers de bougies qui faisaient resplendir la Redoute. Les masques de satin ou de velours cachaient des visages de Colombine, d'Arlequin, de Pierrot, d'Isabelle et des autres charmants personnages de la commedia dell'arte auxquels se mêlaient des rois et des reines de fantaisie, des bergères enrubannées, des sultans et des magiciens, des sauvages et des paysannes d'opérette. En dépit du froid qu'il faisait au-dehors, la chaleur de la salle commençait à faner les guirlandes de fleurs disposées autour des glaces et exaltait jusqu'à la migraine le mélange des parfums.

Identiquement vêtues de dominos lilas piqués du même bouquet de violettes, leurs traits dissimulés sous des masques vénitiens à barbe de dentelle de même nuance que leurs costumes, Hortense et Felicia s'arrêtèrent au seuil de la salle, saisies par ce tourbillon de sons et de couleurs qui leur faisait un peu tourner la tête.

– Que de monde! soupira Hortense. Et tous ces masques! Comment reconnaître quelqu'un dans tout cela?

En effet, Maria Lipona, qui devait se rendre au bal avec plusieurs amis, leur avait donné rendez-vous. Mais Felicia, habituée depuis longtemps aux *veglioni* des carnavals romains, ne s'émut pas pour autant.

– Ce ne sera pas aussi difficile que vous l'imaginez. Maria sait comment nous sommes habillées et je sais moi qu'elle doit porter un domino de satin jaune citron avec des branches de mimosa et un masque blanc.

– Ce n'est pas de jeu! protesta le maréchal en riant. La règle veut que l'on ignore tout de ses amis, et qu'ils ne sachent rien de vous. On s'amuse alors beaucoup à les chercher et, quand on les a trouvés, à les aborder et à leur poser, en prenant une voix de fausset, toutes sortes de questions abracadabrantes.

– On voit que vous connaissez bien mon pays, dit Felicia. C'est en effet ainsi que cela se pratique chez nous et, à Rome, j'aurais pu donner à mon amie d'utiles conseils mais nous sommes trop neuves ici et nous ne connaissons pas assez ces gens pour pouvoir nous amuser vraiment. La comtesse Lipona le sait...

– Je pense que nous la retrouverons facilement dès que la valse aura cessé... Ah! c'est fini.

Les couples venaient en effet de s'arrêter et rejoignaient les loges disposées tout autour de la salle. Abandonné, le parquet redevint semblable à un grand lac sombre où les lumières des lustres mettaient autant d'étoiles. Il était beaucoup plus facile de voir qui se trouvait là.

– Tenez! fit Felicia, voilà le domino jaune que nous cherchons...

Il était d'autant plus aisé de reconnaître Maria Lipona qu'ayant trop chaud parce qu'elle venait de danser, elle retirait justement son masque et s'en éventait tout en bavardant avec un groupe d'arlequins bleus et de dominos noirs. Elle accueillit ses amies avec sa bonne humeur habituelle puis, avec une jolie désinvolture, renvoya ses compagnons se livrer au plaisir de la danse.

– J'ai envie de bavarder un peu, leur dit-elle. Laissez-nous entre femmes.

Ils s'inclinèrent en silence et s'éloignèrent. D'ailleurs à cet instant Lanner – le Mozart de la valse si Strauss en était le Napoléon – levait son archet et entraînait ses violons. Une délicieuse musique se fit entendre.

– Par ma foi, dit Marmont, je vous laisse causer. Cette musique donnerait des fourmis dans les jambes à un paralytique. Je vais danser. Cela me rappellera mon beau temps...

Il s'éloigna et on le vit inviter une grande femme blonde en robe de velours rubis coiffée d'un hennin médiéval ennuagé de dentelles. La valse les emporta tous les deux.

– On savait danser dans la Grande Armée, apprécia Maria Lipona. Mes chères, je vous attendais avec impatience. Je me suis d'ailleurs démasquée dans l'espoir que vous me retrouveriez plus vite. J'avais hâte de vous apprendre que le prince est là.

– Vous en êtes certaine? demanda Felicia.

– Tout à fait. Voyez-vous là-bas cette princesse chinoise en robe turquoise et masquée d'or? C'est Nandine Karolyi. Le déguisement est transparent car, à cause de son type légèrement mongol, Reichstadt et son ami Esterhazy l'appellent « le Chinois ». Dieu sait pourquoi ce masculin d'ailleurs! Elle est féminine en diable... A présent, voyez-vous ce domino violet à côté d'elle et cet autre, noir avec un masque blanc en forme de bec d'oiseau? Le premier, c'est Maurice Esterhazy, mais l'autre c'est notre prince. D'ailleurs... regardez! une mèche blonde dépasse du capuchon et retombe sur le masque...

– Je vois, dit Felicia. Mais vous avez une idée derrière la tête, Maria. A quoi pensez-vous?

– Il faut que l'une de vous l'aborde. C'est la meilleure occasion que vous aurez jamais de lui parler...

– Dans un bal? C'est de la folie! murmura Hortense. Que pourrions-nous dire?

– Au moins que vous existez et que vous souhaitez une entrevue sans témoins. La comtesse Camerata aurait donné cher pour une occasion comme celle-là!

– Vous avez parfaitement raison, dit Felicia. Mais nous irons toutes les deux, Hortense et moi. Ce sera plus facile ainsi de l'isoler. Venez Hortense!

– Mais Felicia, je n'oserai jamais...

– C'est moi qui oserai. Vous, contentez-vous de faire semblant de perdre votre masque. Il vous a déjà rencontrée. Il devrait vous reconnaître...

Tel un vaisseau de haut bord remorquant une timide frégate, Felicia fendit la foule, entraînant après elle Hortense dont le cœur battait la chamade. Elles rejoignirent le prince que leurs flots de faille lilas séparèrent de ses amis et comme en se jouant, l'entraînèrent à l'écart vers l'une des hautes fenêtres. Il protesta gentiment contre cette aimable violence.

– Hé là, belles dames, que me voulez-vous?

– Ta tournure nous plaît, beau masque, et nous avons envie de te connaître mieux, dit Felicia d'une voix de fausset assez effroyable et qui fit sourire Hortense.

– Qui te dit que j'en vaux la peine? Vous êtes toutes deux jeunes et belles, cela se devine aisément. Moi je suis sans intérêt : un solitaire, rien qu'un solitaire et qui aime sa solitude.

– J'en demeure d'accord. L'aigle est toujours solitaire.

– L'aigle?

– Ou l'aiglon? dit doucement Hortense qui se décidait enfin à se lancer dans l'aventure. Monseigneur, ne croyez pas que nous souhaitions vous importuner, ajouta-t-elle en français. Nous saisissons seulement cette occasion pour vous demander de nous accorder, où et quand il vous plaira, un moment d'entretien.

– Pourquoi m'appelez-vous monseigneur? Qui êtes-vous?

Instantanément, le masque de satin lilas fut au bout des doigts d'Hortense dont les yeux dorés plongèrent dans ceux du prince qui sourit.

– Tiens! La jeune dame française du théâtre « An der Wien ». Me direz-vous qui vous êtes?

– Hortense, comtesse de Lauzargues. Je suis née, monseigneur, le même jour que vous et l'Empereur a été mon parrain, la reine de Hollande ma marraine.

– Et moi, dit Felicia retrouvant sa voix chaude, je suis Maria-Felicia, princesse Orsini, comtesse Morosini. Nous ne sommes venues à Vienne que pour vous, monseigneur. Par grâce, accordez-nous cet entretien. Nous habitons le palais Palm...

– Je vous en prie, remettez vos masques et ayons l'air de plaisanter. Je suis surveillé sans cesse...

Ses yeux en effet étaient pleins d'inquiétude alors même que ses lèvres souriaient. Felicia déploya son éventail et, comme par jeu, lui donna un petit coup sur la main :

– Alors, monseigneur?

– Quittons-nous! Je vous promets de vous faire tenir prochainement de mes nouvelles.

Comme s'il venait de se livrer à une excellente plaisanterie, les deux femmes éclatèrent de rire avec un bel ensemble puis, prenant chacune une des mains du prince, le firent tourner deux ou trois fois puis s'éloignèrent avec de nouveaux rires. La foule se referma sur leur sillage et elles rejoignirent Maria Lipona qui, de loin, avait suivi leur manège.

– Eh bien? demanda-t-elle avec le sourire qu'imposait le bal.

– Je crois, dit Felicia, que nous aurons notre entrevue. Reste à savoir ce qu'il en sortira?

– Cela dépendra de votre génie de la persuasion. A présent, si vous voulez bien accepter un conseil : dansez! Voilà justement mes chevaliers servants qui reviennent. Mon cher Friedrich, ajouta-t-elle en se tournant vers l'un des arlequins bleus, je viens de dire à cette charmante dame que vous êtes le meilleur valseur de Vienne. A vous de l'en persuader.

Un instant plus tard, Felicia et son cavalier disparaissaient en tournoyant dans la foule bigarrée.

– A vous maintenant! dit Maria Lipona à Hortense, mais celle-ci hocha la tête :

– Je n'ai vraiment pas envie de danser...

Elle n'eut pas le temps d'achever sa phrase. Une voix qui sonna à ses oreilles comme la trompette du Jugement dernier venait de se faire entendre, impérative en dépit du fait qu'elle formulait une invitation.

– M'accorderez-vous cette danse, madame?

Un domino vert foncé se dressait devant elle. Par les trous du masque de même nuance, deux yeux couleur de jeunes feuilles qu'elle connaissait trop bien la défiaient. Chassant l'effroi qui lui venait, Hortense redressa la tête et toisa le nouveau venu.

– Je viens de dire, monsieur, que je n'ai pas envie de danser.

– Avec n'importe qui, sans doute! mais je suis persuadé qu'à défaut de plaisir, vous trouverez quelque intérêt à valser avec moi. Ne fût-ce que celui de ne pas vous faire remarquer...

– Mais, monsieur, intervint la comtesse Lipona, puisque l'on vous dit que l'on ne souhaite pas...

– Laissez, Maria! Je vais danser. Après tout, autant en finir tout de suite!

Et elle se laissa emporter dans la valse par le bras vigoureux de Patrick Butler. Ils dansèrent un instant en silence puis la jeune femme murmura :

– L'autre soir au théâtre, c'est bien vous, n'est-ce pas, que j'ai vu dans la loge du maréchal Maison?

– C'est bien moi, en effet. Le maréchal, que j'ai eu... le douteux privilège de rencontrer en d'autres lieux, m'avait invité. Je vous ai beaucoup admirée de loin. Vous étiez bien belle!

– Je n'ai que faire de vos compliments! Et c'est pour ce... douteux privilège que vous avez fait tout ce chemin jusqu'à Vienne?

– Vous savez très bien pourquoi je l'ai fait.

Il imprima à la valse un rythme plus rapide qui lui permit de serrer la jeune femme plus étroitement contre lui.

– Je vous ai dit que nous nous reverrions, souffla-t-il à son oreille. Et je tiens toujours parole.

– Serrez-moi un peu moins, s'il vous plaît! Vous m'étouffez... En tout cas, ne me dites pas que vous m'avez suivie. Je m'en serais aperçue car vous êtes plus que visible.

– Aussi n'est-ce point moi qui vous ai suivie mais

quelqu'un de parfaitement anonyme : l'un de mes valets. Il a jalonné pour moi votre parcours. Je sais trop bien que si vous m'aviez vu, vous auriez tout fait pour me dérouter.

– Très habile! Eh bien, à présent vous m'avez retrouvée. Bien mieux : vous dansez avec moi. J'espère que vous êtes content et que vous allez cesser de m'importuner.

– Content? pour si peu. Mais, ma chère, il n'est pas question que je renonce. Vous voir c'est agréable, danser, c'est délicieux, mais je veux encore faire l'amour avec vous. Et même, je veux vous épouser.

– Vous êtes fou. Et je vous ai dit de me serrer moins fort.

– Je vous aime.

– Tant pis pour vous! Moi je ne vous aime pas et je ne vous aimerai jamais.

– N'engagez donc pas l'avenir! Chaque chose viendra en son temps. Je sais être patient. Mais, pour l'heure présente, il faut que vous m'écoutiez, Hortense!...

– Je vous interdis de m'appeler Hortense. Ce nom ne vous appartient pas!

– Laissons ces détails et écoutez-moi sérieusement. Vous êtes en train de faire une énorme bêtise et je veux vous en empêcher.

– Une bêtise, vraiment?

– Et vous savez très bien laquelle. Lorsque je suis arrivé ici, je me demandais sincèrement ce que vous veniez y faire, vous et votre amazone italienne. J'ai cru que, dans cette ville où l'on ne pense qu'à danser, vous veniez vous amuser. Mais ce soir, j'ai compris en vous voyant aborder le duc de Reichstadt. Apparemment, la manie de l'évasion vous tient toujours? Ce doit être chez vous une seconde nature?

– Vous dites des choses sans queue ni tête! fit Hortense en haussant les épaules.

– Ne faites pas celle qui ne veut pas comprendre! Et, par pitié, Hortense, au moins pour vous-même, ne vous lancez pas dans une aventure où vous risquez de laisser votre liberté et peut-être même votre vie. Je ne le permettrai jamais!

D'un brusque coup de reins, Hortense se dégagea, furieuse. Les intentions étaient peut-être bonnes mais le ton de maître qu'employait Butler lui portait sur les nerfs.

– Mais de quoi vous mêlez-vous? Qui vous permet de me donner des ordres? Après ce que vous avez fait, à Felicia et à moi, vous ne devriez même pas oser me regarder en face. Et vous êtes là avec votre assurance et votre ton impérieux. Alors écoutez-moi à votre tour : je ne veux plus vous voir, ni même entendre parler de vous. Retournez à Morlaix et à vos affaires et oubliez-moi! Nos vies se sont rencontrées un temps. A présent, elles doivent se séparer.

– Renoncer à vous? Jamais!

– Il le faudra bien. Vous m'avez piégée une fois mais vous n'aurez pas l'occasion de recommencer. Comprenez donc que vous me faites horreur!

Un pli cruel étira la bouche de Butler.

– Prenez garde! Le maréchal Maison est de mes amis. Et si je vous dénonçais?

– Et si je vous tuais?

Le visage du colonel Duchamp venait de surgir d'un loup de velours noir et du capuchon d'un domino assorti. Il était blême de colère et ses yeux gris brillaient comme l'acier d'une épée dans le soleil. Butler le toisa, méprisant.

– D'où sort-il, celui-là? Et d'abord, qui êtes-vous?

– Les noms ne sont pas de mise dans un bal de carnaval. Qu'il vous suffise de savoir que je suis un ami de cette jeune dame. Pour le reste, une rencontre entre votre épée et la mienne devrait suffire à me faire connaître.

– Je ne me bats pas avec n'importe qui.

– Moi, si... dès l'instant où il s'agit d'une femme. Le mieux serait d'ailleurs de régler ce différend dès maintenant. Vous venez?

– Quoi, tout de suite?

– Il me paraît urgent de vous corriger... et de vous faire payer certaines infamies dont vous vous êtes rendu coupable en France. Au surplus, je crois que nous n'aurons aucune peine à trouver des témoins.

En effet, Maria Lipona, qui avait compris ce qui se passait, les rejoignait avec Felicia, le cavalier de celle-ci et l'un des dominos noirs qu'elle présenta d'ailleurs aussitôt ainsi que l'arlequin bleu :

– Comte von Trautheim... baron Degerfeld, qui seront, je crois, heureux de vous assister.

– Et cet homme? ragea Butler en désignant son provocateur, qui me dira son nom?

– Il se nomme Grünfeld, c'est le maître d'armes du Kohlmarkt, dit calmement Felicia. Tout Vienne le connaît...

– Grünfeld? Maître d'armes? lança Butler avec un mauvais rire. Allons donc! Il pue le hussard de Napoléon.

– En voilà assez! vous vous battez, oui ou non? s'impatienta Duchamp. Je vous préviens que si c'est non, je vous gifle...

– Soit, battons-nous et allez au diable! Je vais faire d'ailleurs tout mon possible pour vous y expédier.

Au milieu de la folie générale, la scène qui venait de se dérouler était passée tout à fait inaperçue et le groupe quitta la salle de bal sans éveiller autrement l'attention.

La neige était tombée dans la soirée et il faisait moins froid. Silencieusement, le groupe dans lequel les robes brillantes des femmes mettaient une note fastueuse gagna la promenade du rempart où les arbres, dépouillés de leurs feuilles, montaient une garde silencieuse, remplaçant les sentinelles de jadis. Et c'était étrange de voir ces quatre hommes et ces trois femmes se rendant à un rendez-vous avec la mort au son d'une valse tendre dont les échos emplissaient la nuit comme si la voix du bonheur de vivre s'efforçait de retenir ceux qui s'apprêtaient à en faire fi.

– Cela ressemble un peu à un assassinat, fit Butler. Nous n'avons même pas de médecin.

– Rassurez-vous, dit le baron Degerfeld. J'ai fait quelques études de médecine. Assez pour porter les premiers secours. Inutile d'aller plus loin, messieurs! Je crois que cet endroit devrait vous satisfaire...

L'une des tours du rempart dessinait une large demilune cernée d'arbres qui laissaient tout l'espace désirable.

– C'est parfait pour moi, dit Duchamp. Et il ôta son domino, puis le frac noir qui moulait sa silhouette nerveuse. Butler l'imita.

– Il faudra donc que ce le soit pour moi. Ma chère, dit-il à Hortense qui s'appuyait au bras de Felicia, cet homme va peut-être vous débarrasser de moi à moins que je ne le tue. Vous pourriez au moins me faire la grâce d'un sourire.

– Je ne souhaite pas que vous vous battiez, fit la jeune

femme, et je ne suis venue ici que dans l'espoir de vous faire entendre à tous deux la voix de la raison. Je ne veux pas que le sang coule à cause de moi.

– Ne vous mêlez pas de cela, Hortense! coupa Felicia. Il est temps que ce Butler reçoive, d'un homme, la leçon qu'il mérite. Et il se peut que vous ne soyez qu'un prétexte.

– Écartons-nous! dit Maria Lipona. Nous ne ferions que gêner et à présent la parole est aux hommes.

Tandis qu'elles allaient s'asseoir sur le parapet du rempart, les témoins réglèrent les modalités du combat. Ce fut vite fait. La longueur des épées, que le comte von Trautheim avait été prendre chez un ami qui habitait tout près de là, ayant été mesurée, les deux adversaires gagnèrent leurs places et firent quelques pliés pour se mettre en jambes et se réchauffer.

– C'est tout de même étrange, dit Butler en riant. Moi qui aime cette belle dame, je risque de me faire tuer en son honneur mais sans savoir pourquoi par un parfait inconnu.

– Je l'aime aussi, dit Duchamp brièvement en tombant en garde.

– Vous m'en direz tant! Eh bien, monsieur, à nous deux!

Le combat s'engagea, rapide, brutal. A peine Degerfeld, qui faisait office de directeur du duel, eut-il prononcé le rituel « Allez, messieurs! » que Butler chargeait son adversaire avec une violence parfaitement inattendue, dirigeant sur lui un bizarre coup tournoyant qui eût été normal au sabre mais qui ne faisait guère partie de la technique de l'épée. Cependant Duchamp était trop rompu aux armes de toutes sortes pour se laisser surprendre et il para le coup sans peine.

– Je savais bien que vous étiez un hussard, ricana Butler en revenant à la charge.

– Vous, en tout cas, je me demande où vous avez appris à vous servir d'une épée comme d'un sabre, fit Duchamp, calme comme à la parade.

– A l'abordage! Je suis un marin, moi. Pas un freluquet de salon.

– Vous dites n'importe quoi. Battez-vous sans gaspiller votre souffle!

– Merci, pédagogue!

Et il repartit à l'attaque avec une violence qui serra le

cœur d'Hortense. De toute évidence, ceci n'avait rien d'un duel mondain. Butler avait envie de tuer et elle était certaine que Duchamp nourrissait le même désir. Or, si l'un de ces hommes mourait à cause d'elle, la jeune femme savait qu'elle se le reprocherait toute sa vie.

Les témoins aussi avaient compris et, par-dessus les crissements du fer, on entendit la voix sévère de Degerfeld :

– Souvenez-vous, messieurs, que ce duel doit s'arrêter au premier sang! Il n'a jamais été question d'un combat à outrance...

– Monsieur désire visiblement me tuer, lança Duchamp. Souffrez que je ne le permette pas. Ceci est un duel. Pas une leçon!

A son tour, il attaquait. S'élançant sur Butler, il mit sa propre vie en danger une douzaine de fois avant de le forcer à céder du terrain. Rompant pour esquiver, l'armateur, à cet instant, rencontra sous son pied une légère irrégularité de terrain, pierre ou petite motte dissimulée sous la neige et, déséquilibré, faillit tomber mais il se reprit et revint à la charge. Néanmoins ce petit incident avait un peu déréglé son jeu. Soudain, il fut un peu moins adroit, s'en aperçut et n'en éprouva qu'une fureur plus grande. Duchamp aussi s'en rendait compte et plus son adversaire s'énervait, plus il restait calme. Et ce qui devait arriver arriva : après quelques passes d'une extrême rapidité, l'épée de Duchamp s'enfonça de quelques pouces dans la poitrine de son adversaire qui s'abattit dans la neige. Duchamp recula, appuyant la pointe de son arme contre le sol qui se teinta de rouge tandis que Degerfeld se précipitait et s'agenouillait pour examiner la blessure. Les trois femmes le rejoignirent aussitôt.

– Est-il mort? demanda Felicia.

– Non, mais la blessure doit être sérieuse. Il faut le transporter...

– Emmenez-le chez moi! dit alors Maria Lipona. Mon cher Trautheim, veuillez aller chercher ma voiture et mes gens et envoyer l'un d'eux prévenir mon médecin.

En attendant, on soulevait Butler pour l'envelopper dans son manteau afin de l'isoler de la neige. Degerfeld venait d'appliquer un premier pansement confectionné avec l'un des jupons d'Hortense prestement déchiré. Celle-ci était au bord des larmes.

– S'il meurt, ce sera ma faute...

– Non, rectifia Felicia. Ce sera entièrement la sienne. Le moins que l'on puisse dire est qu'il a bien cherché ce qui lui arrive. Et Dieu sait ce qu'il nous préparait encore!...

Soudain, elle s'arrêta puis poussa un cri :

– Doux Jésus! Nous avons oublié Marmont! Apparemment, il n'a rien remarqué de ce qui s'est passé et il doit se demander ce que nous sommes devenues. C'est lui qui nous a conduites au bal.

– Je me charge de le prévenir, dit Duchamp. Au surplus, il pourra nous être utile pour la suite de l'histoire vis-à-vis de l'ambassade de France. Puis-je lui dire de vous rejoindre chez la comtesse Lipona?

– Dites tout ce que vous voudrez, fit celle-ci avec bonne humeur. Cette nuit je recevrais le diable en personne s'il le fallait. Pourquoi donc pas l'affreux duc de Raguse?

Une demi-heure plus tard, Patrick Butler était couché dans une chambre du palais Lipona et un médecin, assisté de Degerfeld, sondait sa blessure tandis que, dans la bibliothèque, les autres spectateurs du duel qu'avaient rejoint Duchamp et le maréchal Marmont se réchauffaient avec du café et des grogs en attendant le verdict du praticien. Celui-ci fut formel :

– A moins d'un accident, cet homme ne mourra pas. Il a une constitution exceptionnelle. Mais il faut éviter de le transporter avant quelques jours. Le poumon a été atteint et il va lui falloir beaucoup de repos. Pouvez-vous le garder ici, madame la comtesse? demanda-t-il à Maria Lipona.

– Autant qu'il le faudra. Ce n'est pas la place qui manque. Soyez sûr, mon cher docteur, qu'il sera soigné... et surveillé, ajouta-t-elle avec un regard à l'adresse de Felicia. Mais ne faudrait-il pas prévenir le maréchal Maison qui semble être son correspondant à Vienne, afin qu'il lui envoie au moins son valet de chambre?

– Je m'en charge, naturellement, dit Marmont. Je dirai à l'ambassadeur ce qui s'est passé... en insistant sur le fait qu'il importunait une dame afin qu'on ne pose pas trop de questions. C'est bien ce que vous voulez, n'est-ce pas? D'ailleurs je n'ai pas beaucoup de sympathie pour ce... Butler? Nous sommes d'accord?

– Nous le sommes! dit Felicia, qui ajouta avec audace :

Nous ne tenons nullement à ce que l'ambassadeur de Louis-Philippe se mêle de nos affaires.

– Je vois...

Il se tourna vers Duchamp et, avec un sourire qui le rajeunit soudain d'extraordinaire façon :

– Peut-être faudra-t-il faire preuve de quelque imagination pour que le maréchal admette qu'un simple maître d'armes nommé Grünfeld se soit tout à coup changé en paladin au service d'une jeune et belle dame française?...

– Nous sommes tous comme ça... en Alsace! grogna le faux Grünfeld.

– Nous étions surtout tous comme cela dans la Grande Armée. Mais, n'ayez crainte, je garderai mes impressions pour moi...

– Pourquoi le feriez-vous? dit Felicia avec insolence.

– Peut-être pour qu'il arrive à vos grands yeux noirs de s'adoucir parfois en pensant à moi, princesse. Il se pourrait que je brûle de me dévouer pour vous...

Il prit sa main, la baisa avec un rien d'insistance, salua Maria Lipona, adressa à la ronde un « au revoir » général et quitta la bibliothèque. Le médecin, qui buvait une tasse de café, dit alors :

– J'allais oublier : le blessé réclame une dame qui se nomme Hortense...

– Il n'imagine tout de même pas qu'elle va y aller et, pourquoi donc pas, s'installer à son chevet? Dites-lui qu'elle est déjà repartie, s'écria Felicia.

– Non, coupa Hortense. Il vaut mieux que j'y aille. Après tout peut-être a-t-il enfin compris?

– Quand donc cesserez-vous de croire aux fées?...

– Et moi je pense qu'il faudrait pour cela plus qu'un coup d'épée, renchérit Duchamp. Ce n'est qu'un Breton au crâne dur.

– Bien sûr, mais j'y vais tout de même. Merci à vous, mon ami. Merci de ce que vous avez fait pour moi. Et, se haussant légèrement, elle posa ses lèvres sur la joue du colonel qui, du coup, devint rouge comme une belle cerise :

– Je recommencerai aussi souvent qu'il le faudra et s'il faut le tuer pour de bon...

– Peut-être pourriez-vous laisser ce soin à Timour? dit Felicia en riant. Lui aussi a un compte à régler avec Butler.

A dire vrai, celui-ci semblait fort mal en point. Sous son hâle profond, son visage montrait une vilaine teinte grisâtre et ses yeux, quand il les ouvrit à l'approche d'Hortense, étaient curieusement décolorés.

– J'ai senti votre parfum, souffla-t-il péniblement. Vous voilà débarrassée de moi... pour un temps. Mais... pour un temps seulement. Jamais je ne... renoncerai à vous. Je vous aime trop... pour cela.

– Vous m'aimez mal puisque vous ne songez qu'à me nuire. Si vous consentiez seulement à vous conduire autrement, je n'aurais aucune raison de souhaiter ne plus vous revoir? Pourquoi ne pas être un ami au lieu d'un ennemi?

Le blessé eut un ricanement qui s'acheva en grimace douloureuse et appuya sa main sur sa poitrine :

– Un ami? Qu'est-ce qu'un ami? Moi, je veux être votre... amant... votre époux, rien d'autre.

– Un ami, c'est l'homme qui vous a blessé. Il m'aime lui aussi, bien qu'il n'espère rien sinon me défendre, me protéger. Je lui dois déjà la vie. A vous, je ne dois que des larmes... et un souvenir honteux.

– Je vous le ferai oublier... je le jure!

– N'y pensez pas et essayez de dormir. Demain je prendrai de vos nouvelles.

Et sans paraître voir la main qu'il essayait de tendre vers elle pour la retenir, Hortense quitta la chambre où d'ailleurs le médecin revenait avec le baron Degerfeld. Elle salua les deux hommes au passage et rejoignit ses amies dans la bibliothèque.

– Je crois, dit-elle à Felicia, que nous pouvons repartir à présent mais, ma chère Maria, je ne vous remercierai jamais assez de vous dévouer à ce point pour nous et d'hospitaliser si généreusement cet homme.

– Laissez donc! dit la comtesse gaiement, vous savez très bien que j'adore avoir des invités et celui-là, après tout, ne manque pas d'originalité. Il peut être intéressant...

– S'il pouvait tomber amoureux de vous, vous nous rendriez le plus grand des services, fit Felicia.

– Je peux toujours essayer. Quant à vous, efforcez-vous de ne plus penser qu'à ce qui vous attend. Ce soir, vous avez remporté une grande victoire puisqu'on vous a promis une entrevue. C'est la meilleure des nouvelles... Il nous reste à espérer l'aide de Dieu.

Le bel espoir de cette nuit de carnaval s'effrita un peu au cours de la semaine qui suivit parce que aucune nouvelle du prince ne parvint au palais Palm. Felicia et Hortense pensèrent d'abord qu'il était peut-être à nouveau souffrant, mais elles savaient par Marmont, qui devenait un habitué de l'heure du thé, que tout était normal à la Hofburg et que le fils de Napoléon poursuivait, avec le duc de Raguse, ses leçons d'histoire impériale. Alors pourquoi ne donnait-il pas signe de vie? Se méfiait-il encore ou bien n'avait-il promis que pour se débarrasser de deux femmes qu'après tout il considérait peut-être comme de simples folles? Mais c'était là une idée difficile à supporter et, d'un commun accord, les deux amies préféraient l'éviter. Felicia trompait son impatience en faisant des armes avec une sorte de rage. Chaque jour, à présent, elle se rendait chez Duchamp et ferraillait durant une grande heure sous l'œil d'Hortense qui l'accompagnait le plus souvent pour s'ennuyer un peu moins. Les thés chez Wilhelmine de Sagan et quelques visites à Maria Lipona chez qui Butler se remettait très lentement ne suffisaient pas à les occuper.

Duchamp trépignait presque autant que ses amies. Le colonel entretenait une énorme correspondance avec certains de ses anciens compagnons restés en France et, par eux, se tenait au courant de ce qui s'y passait.

– Je crois que nous aurions intérêt à faire vite, disait-il. Les choses ne vont pas au mieux pour le roi-citoyen, là-bas. Paris s'agite toujours plus ou moins. Il y a eu des émeutes contre l'Église, des appels à la république à l'annonce des divers mouvements révolutionnaires qui secouent actuellement plusieurs villes d'Italie comme Modène, Bologne, Parme, la Romagne et même les Marches. Louis-Philippe croit apaiser les esprits en faisant supprimer les fleurs de lys de l'écusson royal et du sceau de l'État, mais il n'y a vraiment pas là matière à enthousiasme. Et d'enthousiasme, c'est de cela dont le peuple a le plus grand besoin. Qu'on lui ramène un jeune empereur, beau et tout auréolé de la gloire de son père et il ne pensera plus à aucune république... Mais que faire sinon attendre encore?

En dépit du froid vif, Hortense et Felicia se promenaient chaque jour au Prater dans l'espoir d'apercevoir le prince dont on leur affirmait qu'il avait coutume de s'y rendre quotidiennement. Mais sans doute ses heures étaient-elles capricieuses car elles ne l'entrevirent qu'une seule fois, au cours de cette mortelle semaine. Encore était-ce derrière la vitre miroitante d'une voiture et elles ne purent même pas voir s'il avait répondu à leur salut, s'il les avait reconnues. Avec son impétuosité, Felicia voulut lancer son attelage sur les traces de la voiture de la Cour, mais Hortense l'en dissuada :

– Cela ne sert à rien. Nous ne pourrions que l'importuner. Continuons plutôt notre promenade... Il fait presque beau.

Le ciel, ce jour-là, était d'un bleu léger, nuancé de gris et l'air avait l'odeur des chevaux et le parfum de la terre humide. Et puis Hortense aimait bien le Prater, qui était certainement l'un des plus beaux parcs d'Europe. Une partie en était peuplée de boutiques, de cafés, de théâtres en plein air, mais sitôt que l'on s'écartait de l'allée centrale, on trouvait des arbres centenaires couvrant de leurs branches immenses de larges espaces d'herbe où, en été, il devait être bien agréable de se promener à pied. Parfois, on apercevait des biches et des chevreuils auxquels personne n'avait le droit de toucher et qui renforçaient encore l'impression délicieuse d'être au cœur d'une véritable forêt. Certains de ces arbres étaient de grands sapins noirs et Hortense, en les voyant, sentait son cœur s'emplir à la fois d'amour et de chagrin parce qu'ils lui rappelaient ceux qui s'élevaient si haut dans les alentours de son petit château de Combert. Et sa pensée, alors, repartait vers l'Auvergne, vers son petit Étienne qui devait bien souvent réclamer sa maman, vers Jean dont le souvenir se faisait de jour en jour plus douloureux.

Comment avait-il reçu sa dernière lettre? Qu'en avait-il pensé? Avait-il compris et pardonné celle qui avait osé lui mentir parce qu'elle l'aimait de façon trop exclusive? Aucune nouvelle n'était arrivée de France en dépit de l'adresse qu'Hortense n'avait pu s'empêcher de donner, mais ce silence commençait à peser cruellement sur la jeune femme quand l'inaction et l'inquiétude lui laissaient la tête vide. C'est pourquoi elle aimait promener au Prater sa mélancolie. Pour le simple plaisir d'y retrouver une nature semblable à celle qu'elle aimait.

La longue semaine s'acheva, une autre la suivit et une troisième commençait quand, enfin, une invitation leur arriva. Une invitation tout à fait inattendue portée par un valet de la Cour : l'archiduchesse Sophie faisait savoir à la princesse Orsini et à la comtesse de Lauzargues qu'elle les attendrait l'après-midi même à 3 heures.

– Que nous veut-elle? fut la première réaction d'Hortense, mais Felicia voyait plus loin :

– Je croirais volontiers que c'est là le rendez-vous que nous attendions. Nous ne pouvions espérer être convoquées par le prince lui-même. Une femme a plus de latitude pour recevoir d'autres femmes...

En attendant, elle s'en alla prévenir Duchamp pour revoir avec lui l'ensemble du plan qu'ils avaient établi de concert. C'était d'ailleurs l'heure de sa leçon d'escrime.

Il était assez simple, ce plan, et consistait d'abord en une grande réception donnée par Felicia et Hortense au palais Palm. Une réception où l'on inviterait Wilhelmine, ses sœurs, Marmont, le maréchal Maison, quelques anti-Français notoires, quelques étrangers aussi afin de n'éveiller aucun soupçon. Le duc de Reichstadt pourrait y faire une apparition comme il lui arrivait, à présent, d'en faire dans certains salons. Mais il n'en ressortirait pas. Tandis que von Trautheim rentrerait à la Hofburg sous les vêtements du prince, ce qui assurerait aux fugitifs quelques heures d'avance, celui-ci prendrait place dans la voiture de Felicia sous les habits et le passeport d'Hortense qui, elle-même, rejoindrait Duchamp, habillée en garçon afin de suivre, à cheval et à une heure d'intervalle, la berline emportant Felicia et le prince. Des relais seraient disposés par Duchamp et ses amis et l'on se rejoindrait une fois la frontière franchie.

Naturellement, et pour ne pas éveiller l'attention, les bagages seraient faits la veille sous le prétexte d'un séjour dans le château que les Lipona possédaient en Bohême. Une fois hors d'Autriche, Hortense reprendrait sa place et son identité et le prince, en habit bourgeois, suivrait la voiture avec les quelques partisans qui n'attendaient qu'un signal pour se mettre à son service. Duchamp s'était procuré depuis longtemps les passeports nécessaires. Ensuite il faudrait sans doute aviser, Duchamp étant partisan de se réfugier dans la première place forte française dont la garnison pourrait être facilement gagnée, et Felicia préférant rentrer directement à Paris pour y rameuter, rue de Babylone, tous ceux qui brûlaient de voir se lever un nouvel empire.

– Reste à savoir, soupira Hortense en conclusion, si

notre prince consentira à se confier à nous pour courir cette aventure.

– Il n'a aucune raison valable de refuser, affirma Felicia. Je sais, par les rapports que Duchamp reçoit de la Hofburg, qu'avec son ami Prokesch François ne cesse d'échafauder des plans d'évasion. Le plus difficile sera peut-être de convaincre ledit Prokesch sans lequel il refuserait sans doute de partir. Mais, au fond, ce que nous proposons est simple et devrait réussir...

Cela paraissait incroyablement facile en paroles. En serait-il de même pour la réalisation? En rentrant de chez Duchamp, Felicia rapporta un front soucieux. Non seulement il fallait réussir mais encore il fallait faire vite car, en France, les choses commençaient à se présenter un peu moins bien : le ministère Laffitte venait d'être remplacé par celui de Casimir Perier. Or, Laffitte, qui gardait en son cœur le souvenir de l'Empereur, représentait une aide sans prix qui, à présent n'existait plus. Ou, tout au moins, n'offrirait plus la même efficacité.

– Vous voyez comment ce fils de régicide paie ses dettes? s'était écrié Duchamp. Laffitte s'est à moitié ruiné pour l'aider à grimper sur le trône mais, à présent, le roi-citoyen craint qu'il ne prenne trop de place et installe dans son fauteuil son pire adversaire! Heureusement, Laffitte garde de nombreux amis et, avec tous les anciens soldats de Napoléon qui peuvent désormais quitter leurs résidences surveillées, nous aurons, je pense, assez de troupes pour balayer l'homme au parapluie...

Ces paroles enthousiastes réconfortaient un peu les deux femmes tandis que, sur les pas du valet de l'archiduchesse revenu les chercher, elles franchissaient une petite porte de la Hofburg menant directement à l'Amalienhof sur laquelle Sophie avait ses appartements.

Ceux-ci comportaient toute la somptuosité convenable pour une future impératrice : meubles lourds et abondamment dorés, nombreux portraits représentant les enfants de la grande souveraine qu'avait été Marie-Thérèse, somptueux gobelins couleur framboise et surtout dans d'admirables céladons chinois, des brassées de fleurs qui embaumaient les salons que l'on fit traverser aux visiteuses jusqu'à une petite pièce plus exiguë et plus intime au seuil de laquelle une dame d'honneur les attendait.

Celle-ci leur sourit mais ne les invita pas à s'asseoir. Tout Vienne savait le goût de l'archiduchesse Sophie pour le respect de l'étiquette et c'était déjà une assez fabuleuse entorse qu'elle y faisait en recevant ainsi des femmes, même très nobles, qui ne lui avaient pas été présentées.

– Veuillez attendre ici, dit la dame d'honneur. Son Altesse impériale va venir dans un instant. Elle désire vous recevoir seule.

Ayant dit, elle disparut dans un bruit de soie froissée, laissant les deux visiteuses debout au milieu de la pièce habitée par le battement d'une grande pendule dorée et le ronflement léger du grand poêle de faïence blanc et or qui entretenait une douce chaleur.

– J'ai les jambes qui tremblent, souffla Hortense.

– Moi aussi, admit Felicia, mais tâchez tout de même de ne pas rater votre révérence : ce serait d'un effet déplorable.

La porte blanc et or surmontée d'un cartouche dans le goût de Boucher s'ouvrit et les deux jeunes femmes plongèrent avec ensemble dans leurs révérences mais, au lieu d'une robe de soie, leurs yeux découvrirent une paire de bottes étincelantes suivies d'une autre paire de bottes.

– Relevez-vous, mesdames, dit le duc de Reichstadt, et laissez-moi vous présenter mon ami le chevalier de Prokesch-Osten, sans qui je ne prends aucune décision. Il est mon mentor et le meilleur conseiller qu'un prince puisse avoir.

– Ce qui n'est pas un rôle aussi facile qu'il y paraîtrait, dit Prokesch en souriant.

C'était un homme de trente-cinq ans, mince et élégant, avec un visage sensible et des yeux profonds, d'une grande douceur, mais qui ne manquaient pas de perspicacité. Une courte moustache soulignait un sourire charmant et, tout de suite, Felicia et Hortense l'habillèrent à leurs couleurs. Indépendamment de tout le bien qu'elles en avaient entendu, cet homme leur plaisait.

– Je sais que vous avez des choses graves à me dire, reprit le prince, mais vous pouvez, croyez-moi, parler sans crainte devant Prokesch. Auparavant, veuillez vous asseoir, ajouta-t-il en désignant le cercle de fauteuils qui tenait le milieu de la pièce non loin du grand poêle de faïence.

Un instant, Felicia garda le silence. Ses yeux sombres contemplaient le prince avec une joie avide mais aussi une tendresse comme Hortense leur en avait rarement vue.

– Ce que j'ai à dire tient en peu de mots, monseigneur. La France est aux mains d'un boutiquier, d'un homme qui, pour prendre le trône de son cousin, a accepté bien des compromissions et devra en accepter encore beaucoup d'autres s'il veut le garder. Ce n'est pas là le souverain qui convient à un peuple qui a vécu sous le père de Votre Altesse... que nous aimerions tant appeler Votre Majesté! Il faut un empereur à la France, un prince qui sache manier le sceptre mieux que le parapluie.

Prokesch se mit à rire.

– Voilà un beau début, princesse. Je gage, à l'entendre, que vous n'aimez pas beaucoup les Orléans?

– Je n'ai rien contre les Orléans dès l'instant qu'ils restent à leur place mais j'avoue bien volontiers que je déteste Louis-Philippe. Ce n'est pas pour lui que nous avons fait les Trois Glorieuses!

– Vous êtes-vous donc battue? dit le prince avec un sourire amusé.

– A la barricade du boulevard de Gand, oui, monseigneur. Cependant que Mme de Lauzargues ici présente soignait les blessés à l'Hôtel de Ville en compagnie du peintre Delacroix.

– Il y a, en France, un peintre qui s'appelle Delacroix? C'est un beau nom...

– Et un beau peintre aussi. Il est le fils naturel du vieux Talleyrand mais je crois que personne ne saurait, comme lui, peindre votre sacre. Il y mettrait une flamme et une passion qui feraient oublier David. Revenez en France, monseigneur, il le faut... il est temps!

– Croyez-vous? Le maréchal Maison que l'on s'ingénie à me faire rencontrer à tout bout de champ ne cesse de me vanter le bonheur du peuple français sous un roi si bon et si sage...

– Il est son ambassadeur, c'est son travail. Il est payé pour cela. Est-ce aussi ce que dit le maréchal Marmont que Votre Altesse a la bonté de recevoir régulièrement?

– Que voulez-vous que dise un homme qui, après avoir trahi mon père, a fait tirer, pour Charles X, les canons du Louvre contre le peuple? Il ne dit rien. Crainte de se tromper, j'imagine. Je pense d'ailleurs en avoir bientôt fini avec lui...

– Que voulez-vous dire?

– Que lorsqu'il aura terminé son récit, ce qui ne saurait tarder, je n'aurai plus guère de raisons de le recevoir. J'avoue que je ne l'aime pas beaucoup. Mais il m'est utile...

– Il pourrait l'être plus encore. Comprenez donc, monseigneur, qu'il ne pourra jamais rentrer en France à moins que ce ne soit dans vos bagages? Cela le ronge et il se pourrait qu'il y ait là un dévouement prêt à se donner.

Le duc de Reichstadt sourit :

– Nous verrons bien... s'il y a quelque chose à voir car avant de songer à ramener le duc de Raguse il faudrait me ramener moi-même.

– C'est à quoi nous travaillons. Puis-je demander à Votre Altesse impériale qu'elles sont les dispositions de son grand-père à son égard?

Cette fois, ce fut Prokesch qui se chargea de la réponse.

– L'empereur François aime beaucoup son petit-fils. Et je ne suis pas éloigné de penser qu'il serait heureux de le voir sur le trône de France. Ce serait à son sens une garantie d'alliance perpétuelle entre l'Autriche et la France et je crois qu'il éprouverait même quelque vanité à laisser entendre que Napoléon II lui doit tout. Mais il y a Metternich...

– Et de ce côté, rien à faire?

– Cela m'étonnerait car au choix politique se mêle la vieille haine que le chancelier éprouve toujours pour Napoléon.

– Napoléon est mort.

– Il y a des haines qui dépassent le tombeau. Metternich a eu tellement peur tant qu'a duré le vol de l'Aigle!...

– Qu'il refuse de lâcher l'Aiglon? Nous sommes ici pour ouvrir la cage.

– Eh bien, parlons-en! dit le prince avec un empressement que traduisirent un peu de rose à ses joues, une étincelle dans ses yeux bleus. Que proposez-vous?

Rapidement, Felicia développa le plan de fuite qui arracha au prince un éclat de rire :

– Partir sous des vêtements de femme? Faire le chemin sous l'identité d'une femme? Je sais bien que nous sommes en carnaval...

– L'idée n'est pas si mauvaise, coupa Prokesch, et

personnellement, je la trouve séduisante, mais êtes-vous sûre de n'être pas très surveillée par la police?

– Nous l'avons été, je crois, dans le premiers jours de notre installation au palais Palm mais la duchesse de Sagan nous ayant prises en amitié, la surveillance a disparu.

– Il est certain que cette chère Wilhelmine est la meilleure protection que vous puissiez trouver. Metternich n'a jamais cessé d'être amoureux d'elle...

– Moi, dit le prince, il y a une chose qui me déplaît surtout : c'est de prendre la place de Mme de Lauzargues. Je ne veux à aucun prix qu'elle coure le moindre danger. Et je n'ai guère confiance dans ce retour déguisée en garçon en compagnie de ce Duchamp...

– N'en parlez surtout pas avec dédain, monseigneur! intervint Hortense qui jusqu'à présent n'avait pas ouvert la bouche. Il a été l'un des meilleurs et des plus fidèles soldats de votre père. Avec lui je serai en parfaite sécurité...

– Vous le seriez peut-être davantage avec moi? dit Prokesch. J'ai une sœur, en Bohême, qui est à peu près de votre âge et qui vous ressemble. Vous pourriez voyager sous son nom en ma compagnie car naturellement si monseigneur part, je le suis...

– Je n'en attendais pas moins, s'écria le prince. Vous savez très bien que je ne partirais pas sans vous car j'aurai besoin de vos conseils. Votre idée d'ailleurs me séduit. Mais, une fois à Paris, que ferez-vous de moi, princesse?

– Si Votre Altesse impériale veut bien me faire l'honneur de loger chez moi un temps, celui de rassembler ses partisans, je serai la femme la plus heureuse du monde.

– Où est-ce, chez vous? dit le prince avec une curiosité enfantine.

– Rue de Babylone...

– Rue de Babylone! A Paris! Comme ce doit être agréable d'habiter rue de Babylone à Paris. Avez-vous un jardin?

– Un petit mais plein de fleurs et le printemps arrive. Vous verrez comme c'est beau Paris au printemps!

– Je sais. Je n'ai pas oublié les marronniers des Tuileries ni le jardin de la terrasse du bord de l'eau... Revoir Paris!

– Bientôt, si Votre Altesse impériale nous fait confiance, murmura Hortense.

Durant quelques instants, on causa des détails de l'opération et l'on se mit finalement d'accord sur la date du 11 mars, qui paraissait de bon augure, car elle marquait à la fois l'anniversaire du prince et celui d'Hortense.

– Je n'oublie pas que nous sommes presque jumeaux, dit le duc à Hortense. Si nous réussissons, vous serez ma sœur. Je vous donnerai...

– Votre amitié et rien de plus. Je suis une campagnarde, monseigneur, et ma vie est en Auvergne. Mais, de près ou de loin, je serai toujours la plus fidèle sujette de... Votre Majesté! ajouta-t-elle en s'abîmant dans une révérence. Le prince lui tendit la main.

– Eh bien, j'irai vous voir en Auvergne! dit-il joyeusement. Et avec toute ma cour nous vous envahirons. Je veux que tout le monde sache que je vous aime bien! Et aussi que...

Il s'interrompit. La porte venait de se rouvrir, cette fois sous la main de l'archiduchesse Sophie. Elle était très belle dans une robe de taffetas bleu assorti à ses yeux, des perles à son cou et à ses oreilles, mais elle semblait aussi très inquiète.

– Franz, dit-elle après avoir payé d'un sourire saluts et révérences, il me semble que cette conversation dure un peu longtemps. Il ne faut pas donner dans l'invraisemblance...

– ... et vous ne voyez pas bien ce que vous auriez pu dire à ces deux dames pendant tout ce temps? dit le prince en lui baisant la main. Vous avez raison comme toujours mais nous avions terminé. Souffrez cependant que je vous présente la princesse Felicia Orsini et la comtesse Hortense de Lauzargues qui est filleule de mon père et de ma tante Hortense. Cela me paraît la moindre des choses...

– A moi aussi, dit l'archiduchesse en souriant et en tendant ses deux mains sur lesquelles s'inclinèrent les deux femmes. Je suis heureuse de voir autour du duc de Reichstadt des cœurs dévoués. Mais je vous en supplie, prenez bien garde! Ne le mettez pas en danger!

– Je serai là pour y veiller, s'écria Prokesch, Votre Altesse impériale sait bien qu'elle peut me faire confiance.

– A vous, oui, parce que je vous connais et vous sais sage, mais sans vous je serais moins disposée à aider Franz à nous quitter. Je l'aime moi aussi. Assez pour le vouloir heureux...

– Alors Votre Altesse impériale peut nous faire toute confiance, murmura Felicia. L'une comme l'autre nous sommes prêtes à tout sacrifier à... notre empereur!

– Que Dieu vous entende et vous aide! Vous en aurez grand besoin. A présent, retirez-vous!

Le cœur de Felicia et celui d'Hortense chantaient de joie en rentrant au palais Palm. Il y avait une réception chez la duchesse de Sagan et la Schenkenstrasse était envahie par les équipages ce qui créait un joli tableau plein de couleurs. Wilhelmine avait d'ailleurs invité ses voisines mais, d'un commun accord, celles-ci décidèrent de s'abstenir et firent porter un mot annonçant qu'Hortense était souffrante. Elles ne pouvaient, dans ce salon où fréquentait Metternich, partager leur joie avec qui que ce fût et préféraient la garder pour elles seules afin de mieux la savourer.

On avait deux semaines. Demain il serait temps de prévenir Maria Lipona. Quant à Duchamp, Felicia le mettrait au courant en allant prendre sa leçon comme de coutume. On était en effet convenus, avec le prince et le chevalier, de ne rien changer aux habitudes de vie afin de ne pas éveiller l'attention de la police de Sedlinsky.

– Je propose de boire du champagne pour célébrer l'événement, dit Felicia.

– Nous sommes en carême, objecta Hortense. Nous allons commettre un péché.

C'était vrai. Depuis la fin du carnaval, le carême vidait les salles de bal et remplissait les églises. La réception de Wilhelmine n'était d'ailleurs qu'une simple réunion d'amis mais elle en avait tant que cela prenait tout de suite chez elle des allures de rassemblement.

– Nous allons boire à la foi et à l'espérance. Et puis, même en temps de pénitence, les prêtres mettent du vin blanc dans leur calice...

Et l'on but au retour en France, à l'avènement de Napoléon II, à la réalisation du rêve qui, si peu de temps auparavant, semblait impossible, au bonheur de la France et de l'Italie. Enfin, ajouta Hortense intérieurement, « à mon retour à Combert et à ceux que j'aime ».

Durant quelques jours, on vécut dans un grand calme

apparent mais dans une forte fièvre intérieure. Felicia continuait ses leçons et suivait avec Hortense les offices religieux, soit à l'église des Minorites qu'elle aimait parce qu'elle réunissait la colonie italienne, soit à la cathédrale Saint-Étienne dont toutes deux aimaient la noble atmosphère et la beauté des chœurs d'enfants.

Les jours coulaient l'un après l'autre. Trop lents au gré des conspiratrices, mais tout de même porteurs d'espoir. Il y eut un grand moment d'émotion quand une lettre de Prokesch leur demanda de reporter la date au 30 mars. Mais ce retard était dû au simple fait qu'il fallait attendre la fin du carême pour organiser une fête...

– Nous aurions dû y penser, commenta Felicia. En vérité, nous formons une curieuse paire de conspiratrices...

Ce qu'elle ne disait pas, c'est que l'idée de se séparer d'Hortense pour le retour lui était de plus en plus pénible même si, entre Prokesch et Duchamp, elle la savait en bonnes mains. Il avait été convenu, en effet, que le chevalier accompagnerait le prince au palais Palm, repartirait avec celui-ci qui jouerait son rôle, puis reviendrait avec sa voiture pour chercher Hortense devenue sa sœur pour la circonstance.

Tout cela était bien réglé, pourtant Felicia n'était pas tranquille. Mais, en vérité, ce plan était le seul acceptable, le seul qui eût une chance de réussite...

Peut-être parce qu'il était un peu fou...

– C'est vous qui allez prendre tous les risques, se lamentait Hortense de son côté. Moi je ne risquerai pas grand-chose mais vous, si vous êtes prise avec le prince, vous risquez la prison à vie, sinon pire. On pourrait vous tuer tous les deux...

– Ce serait pour moi une grande joie et un grand honneur, mais ne craignez rien pour le prince. Il est bien trop précieux. Metternich le hait mais il ne renoncera pas facilement à être celui qui peut lâcher le fils de Napoléon sur l'Europe...

Tout cela, au fond, ne faisait que traduire la mutuelle affection des deux jeunes femmes et le souci que chacune d'elles prenait de l'autre. Mais toutes deux brûlaient d'agir... Et l'on en vint ainsi au lundi 28 mars, avant-veille du départ.

Ce matin-là, Hortense, pour tromper son impatience, accompagna Felicia chez Duchamp. Et, dès l'entrée, elles eurent l'impression que quelque chose n'allait pas. Duchamp achevait de donner une leçon de sabre à un mince et long jeune homme apathique pour qui les armes représentaient visiblement une corvée. Et le colonel semblait hors de lui, harcelant le malheureux d'injonctions violentes, hurlées à pleins poumons et entrecoupées de coups de taille et de pointe tellement drus que Felicia s'inquiéta pour l'élève.

– Prenez garde, mon cher Grünfeld! Vous allez lui couper les oreilles avec vos moulinets.

– Soyez sans crainte, madame la princesse. La leçon est terminée. Mais vit-on jamais pareil maladroit! Voilà des mois que j'essaie d'en faire un tireur convenable... Disparaissez, vous!

Le long jeune homme ne se le fit pas dire deux fois et disparut en effet avec la soudaineté d'une ombre. Duchamp, armé désormais d'une serviette, s'essuyait le visage et les mains d'un air sombre qui acheva d'inquiéter ses visiteuses.

– Quelque chose qui ne va pas?

– Rien ne va plus! Notre projet est à l'eau. Si vous n'étiez venue ce matin, j'allais m'arranger pour passer chez vous.

– Que s'est-il passé?

– Le chevalier de Prokesch-Osten vient d'être nommé ambassadeur à Bologne et il doit quitter Vienne aujourd'hui ou demain.

– Ah!

Il y eut un silence, si pesant que les respirations devenaient perceptibles. D'un geste furieux, Duchamp brisa un masque d'escrime, en le saisissant et en l'expédiant à l'autre bout de la salle dans un trophée d'armes qui s'écroula avec un bruit d'Apocalypse. Alors Hortense, le pensant un peu calmé, osa avancer :

– Ce n'est peut-être qu'un contretemps? Notre premier projet ne prévoyait pas la participation du chevalier. Je devais vous rejoindre et partir avec vous.

Duchamp eut pour elle un regard d'une infinie tendresse et trouva le courage de sourire :

– Et j'en serais infiniment heureux! Ce voyage avec vous, c'était mon plus beau rêve mais vous savez bien que le prince refuse de partir sans son ami...

– Quelle sottise! s'insurgea Felicia. Prokesch nous rejoindra plus tard. Quand nous aurons réussi, il obtiendra sans peine le poste d'ambassadeur en France. Revenons à notre premier projet et tâchons de joindre le prince au plus vite...

Mais Duchamp hocha la tête et se mit à tirailler sa moustache. Son visage était plus sombre encore s'il était possible.

– Ce n'est pas tout. Le bruit court que, pour apaiser les troubles qui agitent Modène, l'empereur François songerait à y envoyer son petit-fils et l'on dit le prince séduit par cette idée d'aller régner en Italie...

– Je peux le comprendre, dit Felicia avec amertume. Tout, plutôt que continuer à étouffer ici! Mais tout de même! Entre le trône de France et celui de Modène...

– L'un est aléatoire, dit Hortense. Si l'autre est sûr, on peut comprendre que le prince s'y attache. Cela le rapprocherait de sa mère par laquelle il pourrait tenir Parme et ensuite... qui peut savoir?

– Vous pensez que Napoléon a commencé par l'Italie? s'écria Felicia, une flamme dans les yeux. Au fond, ces mauvaises nouvelles ne le seraient pas autant que nous le pensons? Depuis la péninsule, on gagne facilement la France...

– Je suis d'accord avec vous, soupira Duchamp. Mais je vous l'avoue, j'ai peine à croire à cette histoire de Modène, justement parce que l'Empereur a commencé ses conquêtes par là. Je vois mal Metternich envoyant son prisonnier régner sur une poudrière...

– Ne soyez donc pas si pessimiste! Vous nous annoncez une nouvelle et, tout de suite après, vous la démentez. Donnez-moi plutôt ma leçon... cela vous calmera.

L'instant d'après, le cliquetis des épées accompagnait la rêverie d'Hortense assise dans un fauteuil au coin du feu. Elle avait quelque peine à se défendre d'un vague sentiment de soulagement qu'elle jugea écœurant :

– Décidément, je n'ai vraiment rien d'une héroïne, pensa-t-elle en regardant ferrailler Felicia qui bondissait avec la souple grâce d'une panthère noire. Et pas davantage d'une amazone...

S'y joignait cependant un regret. Elle avait tellement envie de rentrer en France!

Mais il était écrit que ce jour-là serait celui des mauvaises nouvelles. Quand les deux femmes rentrèrent à la Schenkenstrasse, elles trouvèrent, avec un mot de Prokesch exprimant des regrets qui n'excluaient tout de même pas l'espérance, un court billet de Maria Lipona : Patrick Butler avait profité d'une des absences de son hôtesse pour s'enfuir de chez elle sans même un mot d'excuses ou de remerciements pour les soins prodigués.

– Et c'est malheureusement un Français! soupira Felicia. De quoi avons-nous l'air?

CHAPITRE IX

L'ATTENTAT

Le battement des éventails agitait doucement l'air alourdi par les parfums des visiteurs et les suaves odeurs de chocolat, de vanille, de café, de brioches chaudes et de crème fraîche qui emplissaient le salon. On se serait cru chez Demel, le grand pâtissier du Kohlmarkt, et non dans la demeure d'une duchesse régnante. Mais les friandises étaient le péché mignon de Wilhelmine et de ses sœurs; aussi l'heure du thé, dans l'aile droite du palais Palm, attirait-elle toujours nombre d'amis soucieux de voler à la maussaderie du temps un agréable moment de chaude convivialité en compagnie de charmantes femmes sachant admirablement recevoir. Felicia et Hortense se laissaient elles-mêmes prendre volontiers à cette séduction et il n'était pas rare de les trouver dans le beau salon des laques où Wilhelmine aimait à recevoir à l'heure du goûter.

Ce soir-là, il y avait beaucoup de monde chez les Trois Grâces de Courlande, comme cela se produisait chaque fois que le prince de Metternich abandonnait le Ballhausplatz pour venir visiter ses amies. C'était alors comme si quelque courant mystérieux parcourait les palais viennois pour avertir leurs habitants que le prince-chancelier se rendait chez la duchesse de Sagan. Là, sur un parterre de Kinsky, de Palfy, d'Esterhazy, de Zichy panaché d'un ou deux Dietrichstein, d'une Schönborn, d'un Kevenhüller et de Trautsmandorff tout en velours, satins, poults-de-soie, fins draps anglais aux nuances différentes, fourrures précieuses, plumes et turbans, Metternich aimait à faire triompher son élégance, stricte et même un peu sévère, comme il aimait à laisser sa voix chaude moduler des phrases auxquelles tous demeuraient suspendus. L'âge venant, il prenait plaisir à tenir sous le charme de sa parole ceux qu'il séduisait jadis par sa seule beauté, celle d'un homme dont le visage et le corps semblaient calqués sur une statue d'Antinoüs.

Assis dans une haute bergère à oreilles, une tasse de chocolat à la main et ses longues jambes croisées, il tenait une sorte de conférence à deux voix avec l'autre pôle d'attraction du salon : le chevalier von Gentz, son plus ancien et fidèle conseiller, l'homme dont on disait qu'il avait dans sa main tous les secrets de l'Europe. Dieu sait pourtant que cette éminence grise du pouvoir ne payait pas de mine! Penché en avant, sa frêle carcasse agitée d'un tremblement continu, son visage sans âge mais fripé abrité sous une perruque rousse, Gentz portait des lunettes noires qui servaient surtout à lui donner une contenance commode et abritaient un regard plutôt timide qui se posait rarement sur quelqu'un. Ses vêtements étaient corrects mais retardaient d'au moins deux modes et il était outrageusement parfumé.

Ancien journaliste et polémiste acharné, rédacteur du Congrès de Vienne, il avait manié sans doute la plume la plus féroce et la plus empoisonnée qui fût au monde. Les Français, en général, et Napoléon en particulier, avaient eu à souffrir de Frédéric von Gentz qui avait poussé la Prusse à la guerre contre la France. Homme étrange, s'il en fut, aimant l'argent et le faste, on lui prêtait pour les jeunes garçons un goût qui s'accordait bizarrement avec la passion que lui inspirait la danseuse Fanny Elssler, de quarante-six ans sa cadette et dont on disait qu'il faisait pour elle les pires folies.

Hortense n'avait pas aimé le mince sourire aveugle que Gentz avait posé sur elle au moment des présentations.

– Une Française, hein? Nous voyons trop rarement des Françaises à Vienne, en dehors de celles qui viennent y apporter les modes de Paris! Qu'est-ce qui peut attirer une femme du monde jeune et belle si loin des bords de la Seine?

– La musique, monsieur. C'est ici le rendez-vous des mélomanes et je ne sais ce que j'aime le mieux, des offices de la cathédrale ou de vos merveilleuses valses...

– La musique et la gourmandise, renchérit Felicia en pêchant, sur le plateau qu'un valet lui présentait, une part d'un superbe moka praliné. Nulle part ailleurs on ne mange de si bons gâteaux!

– Et c'est afin de pouvoir en manger tout à votre aise sans rien perdre de votre finesse de taille que vous faites chaque matin des armes, princesse?

– Rien n'est plus vrai. Mais je constate, chevalier, que votre réputation d'homme le mieux renseigné d'Europe n'est véritablement pas usurpée! Vous en remontreriez au chef de la police.

– Ce n'est pas impossible, mais en l'occurrence il n'y a pas de miracle. Mon ami Prokesch m'a parlé de vous récemment. Il vous admire énormément...

– Que ne l'a-t-il dit? dit Felicia avec bonne humeur. L'admiration d'un homme tel que lui est toujours agréable à entendre...

L'arrivée de Metternich coupa court à la suite de la conversation. Comme les autres visiteurs, Gentz avait fait cercle autour du chancelier et, après qu'il se fut restauré, entamé avec lui cette espèce de dialogue à deux voix qui tenait l'assistance sous le charme. La France en avait d'abord fait les frais. Metternich venait d'apprendre que Louis-Philippe promulguait une loi d'exil frappant les Bourbons de la branche aînée et chacun s'en indignait.

– Ces Orléans sont incurables, dit Wilhelmine. Quand ils ne votent pas la mort de leurs cousins, ils les exilent. C'est ce qui s'appelle avoir l'esprit de famille.

– Avec cela que les Bourbons aînés se sont privés, depuis des dizaines d'années, de leur rendre la vie difficile? intervint Pauline de Hohenzollern-Elchingen, qui n'aimait rien tant que contrarier sa sœur aînée. J'ai connu ce Louis-Philippe au temps où la Révolution l'avait chassé de France. Il ne manquait pas de charme.

– Oh, toi! repartit la duchesse de Sagan, tu aurais été capable de trouver du charme à Robespierre...

Quelqu'un fit dévier la conversation sur les événements d'Italie qui, de toute évidence, préoccupaient beaucoup de monde car, après Modène et Bologne, Ferrare, Ravenne et Forli étaient entrées en rébellion contre le joug autrichien réclamant à cor et à cri « un roi d'Italie issu du sang de l'immortel Napoléon ». Durant plusieurs jours, la violence avait régné, le sang avait coulé et parmi tous ces gens dont tous, ou presque, étaient anti-Français, on s'inquiétait des décisions que l'empereur François comptait prendre touchant son petit-fils. Gentz, pour sa part, ne faisait qu'en rire.

– Je ne vois vraiment aucune raison de se tourmenter.

Ou je connais bien mal notre cher prince, fit-il avec un sourire à l'adresse de Metternich, ou les braves gens d'Italie s'époumonent et se font tuer en vain : on ne leur enverra jamais le duc de Reichstadt.

– Serait-ce une si mauvaise idée? dit Wilhelmine. Si la paix est à ce prix! Après tout, l'enfant a été élevé en Autriche, à la manière autrichienne, il pense et vit comme un Autrichien et l'on dit qu'il voue à sa mère un véritable culte. Il n'aurait peut-être là-bas d'autre souci que l'aider et la défendre?

– Soyez certaine, dit Gentz, que s'il voue un culte à sa mère, il en voue un encore plus grand à son père. Les villes rebelles pourraient être pour lui un excellent point d'appui et je ne suis pas sûr que ce serait la loi autrichienne qu'il y rapporterait. Je crois plutôt qu'il chercherait à en faire une aire d'envol pour de nouvelles aventures napoléoniennes dont nous n'avons nul besoin.

– L'empereur cependant aime beaucoup son petit-fils, coupa la comtesse Mélanie Zichy, qui détestait autant le jeune prince qu'elle avait haï son père, beaucoup trop à mon sens! Il est d'une faiblesse envers lui! Je me suis laissé dire qu'il lui aurait promis un trône dans les années à venir.

Metternich tourna vers la noble dame son regard bleu, froid et nonchalant. Il y eut un petit silence, chacun devinant qu'il allait dire quelque chose. Le chancelier d'Autriche savoura ce silence puis, d'une voix soudain tranchante comme l'acier, jeta :

– Reichstadt est une fois pour toutes exclu de tous les trônes!

Il y eut un léger brouhaha de satisfaction au milieu duquel se fit soudain entendre la voix paisible de Felicia :

– Aucun trône? Jamais? Pas même celui de Parme qui est à sa mère et serait... logique?

– Pas même celui de Parme. Aucun trône! Jamais. Moi vivant, tout au moins... Et j'espère bien vivre encore de longues années...

– Nous l'espérons tous, dit Wilhelmine qui ajouta naïvement : Mais... après? Le petit Napoléon n'a que vingt ans...

– Alors que j'en ai cinquante-huit? Seulement moi, ma chère Wilhelmine, je jouis d'une excellente santé. Ce qui n'est pas le cas de Reichstadt. Je le destine à devenir colonel, voire général dans notre armée s'il se comporte bien mais soyez tous certains qu'il sera... solidement entouré. Il pourra ainsi montrer s'il possède quelques talents militaires, ce qui n'est pas certain, ajouta Metternich d'un ton méprisant qui fit bouillir le sang d'Hortense.

Mais il était impossible de partir en claquant les portes comme elle mourait d'envie de le faire. Un regard à Felicia lui montra que celle-ci avait pâli et que, sur son éventail d'écaille ciselée, ses doigts se crispaient dangereusement pour la fragilité de l'objet.

Pourtant, déjà on changeait de sujet de conversation et Pauline de Hohenzollern demandait à Gentz s'il avait eu quelques échos du festival de danse de Berlin, auquel Fanny Elssler avait été invitée. Le vieil amoureux se lança alors dans une sorte de panégyrique de la danse en général et de la danseuse en particulier qui permit aux deux jeunes femmes de reprendre leurs esprits. Mais jusqu'à la fin de la réception, on n'entendit plus, sinon pour les formules de politesse, la voix de la princesse Orsini.

– J'ai eu peur que vous ne brisiez votre éventail, tout à l'heure, dit Hortense quand toutes deux se retrouvèrent seules dans le calme douillet de leur petit salon. Cela aurait été d'un effet déplorable.

– Mais normal après tout de la part d'une Italienne! Ces gens-là buvaient du petit lait à la pensée du sang que l'on verse chez moi pour que l'Autriche continue de régner là-bas. Il n'est pas toujours facile de jouer le rôle d'une visiteuse étrangère à la politique et résolument frivole. Mais ce tantôt, Hortense, j'ai pris une décision, la meilleure sans doute que l'on puisse prendre, celle qui rendra le plus grand service à notre cause.

– Laquelle?

– Il faut tuer Metternich!

La stupeur laissa Hortense un instant sans voix. Elle considéra son amie avec angoisse, craignant peut-être de surprendre, sur son visage, les premiers stigmates de la folie mais non, le beau visage de la princesse romaine était aussi calme, aussi froid que si elle venait de décider du choix d'un nouvel équipage et non d'arrêter la mort d'un homme.

– Felicia! dit-elle doucement, songez-vous à ce que vous venez de dire?

– Je ne songe même qu'à cela, Hortense. Croyez-moi, c'est la seule solution raisonnable. Le mauvais génie du prince c'est ce misérable Metternich déjà responsable de la mort de mon Angelo. L'avez-vous entendu tout à l'heure supputer la mort d'un garçon de vingt ans? Il ne lui suffit pas de l'écraser, de l'emprisonner, de lui arracher tout ce qu'il aime. Il faut qu'il le tue. C'est cela, soyez-en certaine, qu'il a dans la tête. Seule la mort du roi de Rome libérera Metternich de sa haine pour l'Empereur et moi je dis qu'il faut que Metternich meure pour que ce crime ne s'accomplisse pas. Demain, j'en parlerai à Duchamp. Je crois qu'il me donnera raison.

Hortense baissa la tête. La logique impitoyable de Felicia la confondait. A la réflexion, il était étonnant, étant donné la haine que celle-ci portait au gouvernement autrichien, qu'une telle idée ne lui fût pas déjà venue.

– Moi aussi, je vous donne raison, Felicia. Mais j'ai peur pour vous.

– Il ne faut pas avoir peur. Dieu nous aidera. Comprenez qu'il y a là une chance! Débarrassé de Metternich, le vieil empereur se laissera fléchir. Vous avez entendu cette femme, tout à l'heure? Il aime son petit-fils. Et puis il y a l'archiduchesse Sophie. Elle aussi exècre Metternich; et comme elle aime le prince, elle fera tout au monde pour l'aider. Ah oui, ce sera un beau jour que celui de la mort de ce misérable! Un jour que je veux vivre, même si ce doit être pour moi le dernier!

Du coup, Hortense éclata en sanglots.

– Ne parlez pas comme cela, mon amie! Je ne veux pas que vous sacrifiiez ainsi votre vie. Je vous aime tellement!

– Moi aussi, Hortense, je vous aime beaucoup, dit doucement Felicia en passant un bras autour des épaules de son amie. Assez en tout cas pour vouloir votre bonheur. Ma vie à moi n'a pas beaucoup d'importance, mais la vôtre en a beaucoup. Il faut bien nous rappeler enfin que vous avez un fils... un amour, même si cette souvenance vient un peu tard. Nous nous quitterons avant que je ne frappe. Ce sera, je crois, la meilleure solution. Vous rentrerez en France...

– Mais comment donc? s'écria Hortense, emportée par une soudaine colère. Et pourquoi pas en compagnie de Patrick Butler? Ce n'est pas parce qu'il a disparu de chez Maria Lipona qu'il n'existe plus, celui-là. Croyez-vous qu'il a renoncé? Je suis certaine qu'il se cache quelque part, qu'il nous surveille. Que je parte seule et il me tombera dessus comme la foudre... et jamais je ne pourrai rentrer chez moi.

– Il est certain qu'il faudrait savoir ce qu'il est devenu, soupira Felicia. Duchamp et Pasquini l'ont cherché dans tous les hôtels. Il n'est pas davantage à l'ambassade de France. Il faudrait pourtant s'en débarrasser. Vous ne vivrez jamais tranquille tant qu'il sera accroché à vos basques. D'ailleurs, à présent, il est un danger permanent pour nous tous ici.

– Heureuse de vous l'entendre dire! Croyez-moi, Felicia, il ne faut faire aucun projet, surtout de l'ordre de celui qui vous occupe, tant que l'on ne saura pas où est passé Butler. Sinon peut-être revenir à notre plan primitif : convaincre le prince de nous suivre...

– Pour ce plan-là aussi, Butler représente un danger. Vous avez eu raison de me le rappeler.

Timour, ce soir-là, reçut l'ordre d'examiner soigneusement les alentours du palais Palm et de naviguer dans les cafés de Vienne à la recherche de renseignements éventuels touchant l'armateur breton.

– Je n'ai pas attendu tes ordres pour me mettre à sa recherche, madame la princesse, déclara le Turc, mais je n'ai pas encore pu mettre la main dessus. Pourtant, avec sa tignasse rouge, il ne devrait pas être si difficile à trouver...

– Cherche mieux! Et pense qu'il cache peut-être ses cheveux sous une perruque.

Personne ne dormit beaucoup cette nuit-là. La haine réveillée de Felicia lui donnait des palpitations. Quant à Hortense, l'avenir lui apparaissait sous un jour tellement sombre qu'elle ne pouvait évoquer sans angoisse les jours suivants. Un seul espoir dans tout cela : que Duchamp désapprouve le projet homicide de Felicia et s'y oppose d'une manière ou d'une autre.

Or, non seulement il ne poussa pas les hauts cris, mais encore il déclara que c'était là une idée grandiose.

– J'aurais dû y penser! En vérité, princesse, vous devriez être un homme, et parmi les hommes, un roi. Vous en avez l'âme, la vaillance...

– Ne me dites pas que vous allez l'encourager à cette folie? gémit Hortense. Ne comprenez-vous pas qu'elle risque d'y laisser sa vie?

Une immense surprise, où entrait une bonne part de déception, se peignit sur le visage du colonel. Il regarda Hortense avec une immense tristesse :

– Me connaissez-vous si mal? dit-il amèrement. J'ai dit que c'était là une merveilleuse idée mais, en ce qui concerne la réalisation, il faudrait que je sois un fier misérable si je laissais une femme frapper quand je suis là.

– Que voulez-vous dire?

– Que si quelqu'un doit tuer Metternich, ce sera moi et personne d'autre! Et, pardieu, je le ferai avec une joie immense. Une joie dont vous n'avez pas le droit de me priver! ajouta-t-il en se tournant vers Felicia. Celle-ci haussa les épaules :

– J'aurais dû me douter que vous réagiriez ainsi. Et j'aurais dû garder mon idée pour moi seule.

– Je ne vous l'aurais pas permis, dit Hortense doucement. Si vous n'aviez pas averti le colonel, je l'aurais fait, moi. Il était mon seul espoir.

Silencieusement, Duchamp prit la main d'Hortense et la baisa, mais Felicia demeurait sombre; visiblement, elle refusait de se laisser arracher son projet meurtrier.

– J'ai un époux à venger, murmura-t-elle.

– Moi, fit Duchamp avec arrogance, j'ai un empereur à venger et tout le peuple de France avec lui!

Il n'y avait rien à ajouter à cela. Felicia capitula, mais à la seule condition qu'elle prendrait sa part de l'attentat, ne fût-ce qu'en aidant Duchamp à fuir, une fois le geste accompli. Et sans plus tarder, on se mit à élaborer le plan qui devait mener le geôlier de l'Aiglon à sa perte.

– En ceci comme en toute autre chose, il faut du soin et de la préparation, dit le colonel. Et, s'il se peut, essayer d'abattre cet homme sans y laisser notre peau...

Dans les jours qui suivirent, Vienne compta un mendiant de plus. Ce mendiant fréquenta d'abord l'église des Minorites puis, au bout de quelques jours, s'en vint prendre position aux abords de Ballhausplatz, la Chancellerie de l'empire. Et, bien sûr, ce mendiant n'était autre que Duchamp, occupé à observer les allées et venues de Metternich.

Lorsque le soir tombait, il quittait sa salle d'armes pour se rendre chez Palmyre où il avait ses habitudes, mais un moment après, le mendiant sortait par la porte des fournisseurs et gagnait son poste. Un poste qu'il avait fallu payer car la confrérie des mendiants était puissante à Vienne, mais Duchamp avait réussi à s'y faire quelques amitiés intéressantes et, contre un peu d'argent, il avait été admis.

Le Ballhausplatz étant proche du palais Palm, Felicia avait bien proposé de le faire surveiller par Timour mais Duchamp avait refusé : même déguisé, le Turc et sa stature impressionnante eussent été trop voyants. Et surtout, Duchamp ne voulait pas que ses amies pussent attirer sur elles l'attention de la police. Le travail était d'ailleurs assez facile. Il suffisait de connaître les heures de sortie du chancelier en fin de journée et de savoir s'il partait seul ou accompagné pour le domaine de Rennwegg où il aimait à résider le plus souvent dès que le printemps venait.

Habile tireur, le colonel avait choisi de se servir d'un pistolet :

– Je le tuerai au moment que je jugerai le plus favorable, répondit-il un matin à Felicia qui l'interrogeait sur la date choisie. D'un jour à l'autre, les choses peuvent se présenter différemment.

– Dois-je vous rappeler que vous m'avez promis de me laisser prendre ma part de l'aventure? Je veux pouvoir assurer votre fuite...

– Vous l'assurerez, puisque c'est chez vous que je viendrai tout droit me réfugier. Si l'on m'en laisse le temps, tout au moins. Et, si possible, sans vous compromettre.

– C'est bien ce que je disais. Vous me tenez à l'écart. Mais je vous protégerai malgré vous.

Et Timour reçut l'ordre d'effectuer chaque soir une promenade de santé sous les tilleuls de la Minoritenplatz, en s'approchant naturellement le plus possible de la Chancellerie sans attirer l'attention.

A présent, le printemps éclatait partout dans Vienne, chargeant de feuilles fraîches les branches dénudées. Autour de la ville, les collines se couvraient de fleurs de pruniers, de pommiers et de poiriers et les guinguettes de Grinzing nettoyaient à fond les tables et les bancs de leurs jardins. Depuis la grande fête de Pâques, la valse avait repris possession de là ville et, un peu partout, on entendait s'accorder les violons. Heureux d'échapper à la contrainte de l'hiver et à celle du carême, les Viennois s'adonnaient avec enthousiasme à leur passion pour la promenade et, sur les têtes des femmes, les chapeaux à fleurs commençaient à remplacer les chapeaux à plumes. Personne ne prêta donc attention à un promeneur de plus sur la Minoritenplatz et Timour passa inaperçu sauf de quelques femmes qui, attirées par sa prestance, lui décochaient des sourires derrière le dos de leurs maris.

Ne sachant quel jour Duchamp allait frapper, Felicia et Hortense ne pouvaient se défendre d'une vague angoisse dès que la nuit commençait à tomber. Elles avaient renoncé à sortir, que ce soit pour les concerts ou le théâtre, par crainte d'être justement absentes au moment où l'on aurait le plus besoin d'elles. Simplement, elles laissaient leurs portes ouvertes. Cela donnait d'assez mélancoliques soirées au coin du feu au cours desquelles Hortense songeait avec nostalgie à son jardin de Combert, à sa maison douillette, moins fastueuse sans doute que leur appartement viennois mais tellement plus agréable! Il lui semblait qu'elle était partie depuis des années et que jamais elle ne rentrerait chez elle. Sans qu'elle s'en rendît vraiment compte, son humeur s'assombrit, devint plus mélancolique. Même l'image inquiétante de Butler avait fini par s'estomper. L'armateur avait choisi de disparaître, il fallait à présent souhaiter que ce fût pour toujours. La sévère leçon qu'il avait reçue pouvait peut-être l'inciter à rentrer chez lui... Felicia prétendait que c'était faire preuve d'une grande naïveté, mais Hortense était lasse de cette histoire et s'efforçait de vivre comme si l'homme de Morlaix n'eût jamais existé. Après tout, il n'arrive jamais que ce qui doit arriver...

Ce qui la tourmentait le plus, c'était l'absence de nouvelles de Jean. Au lendemain de leur tentative d'enlèvement avortée, elle s'était décidée à écrire à François Devès pour lui demander des nouvelles. Elle espérait de tout son cœur que François montrerait la lettre à son ami et que Jean finirait par rompre ce silence étouffant. Mais elle n'avait reçu de François qu'une lettre assez courte, pleine de respect et d'amitié sans doute mais où il n'était question que de la santé du petit Étienne et des habitants de Combert, du bon état de la maison et des promesses des récoltes. De Jean, François ne disait que quelques mots : il allait bien mais on ne l'avait plus revu à Combert depuis le départ d'Hortense.

C'était peu, vaguement inquiétant, et cela laissait supposer des réticences que la jeune femme ne s'expliquait pas. François et Jean étaient-ils brouillés?... Toujours est-il qu'Hortense désirait de plus en plus ardemment rentrer en France et reprendre sa vie d'autrefois. Même la noble tâche à laquelle, avec Felicia et Duchamp, elle se dévouait, finissait par lui être insupportable parce qu'elle n'en voyait pas la fin.

Le prince François semblait d'ailleurs avoir oublié les habitantes du palais Palm où l'on jouissait à présent d'un grand calme depuis le départ de Wilhelmine pour ses terres de Sagan. Les potins de la ville étaient pleins des menus faits de la vie du jeune homme. On savait qu'avec le printemps sa santé était redevenue satisfaisante, qu'il sortait chaque jour pour galoper à travers la campagne viennoise sur l'un de ses chevaux, le lipizzan Mustapha ou la jument noire Rouler, qu'il se rendait volontiers à l'Opéra ou au Burgtheater, qu'il assistait aux soirées données par les divers archiducs de la famille ou dînait chez l'un d'entre eux, qu'il s'était commandé une voiture neuve, qu'il prenait grand soin de son élégance et qu'en fait il faisait mille choses variées. Mais on savait aussi qu'il n'allait plus dans aucune maison particulière et que, depuis le départ de Prokesch, la surveillance s'était resserrée autour de lui car il ne se déplaçait plus guère sans la maison militaire qu'on lui avait constituée. Même Marmont avait cessé de se rendre à la Hofburg. Il avait tout raconté de la vie de l'Empereur et l'on ne souhaitait pas, en haut lieu, qu'il s'éternisât autour de l'ancien roi de Rome...

– J'ai tout dit apparemment, confia-t-il tristement à Felicia ce soir d'avril où il vint, à l'improviste, demander à celles qui étaient devenues ses amies, de lui faire l'aumône d'une tasse de café tout en s'inquiétant de ce qu'elles devenaient. On n'a plus besoin de moi et j'avoue que je le regrette. Il est facile de s'attacher à lui. Aussi facile que de s'attacher à son père...

– En ce cas, murmura Hortense, pourquoi ne pas l'aider à réaliser un autre destin que celui préparé par Metternich?

Il eut pour la jeune femme un regard pensif :

– Croyez-vous que je n'y aie jamais songé? Mais que puis-je faire? Je suis seul...

– En êtes-vous certain? dit Felicia. Peut-être suffirait-il de chercher autour de vous? Peut-être trouveriez-vous une aide?...

Elle ne tenait pas en place, ce soir-là. Poussée par quelque pressentiment, elle avait accordé leur nuit entière aux domestiques pour qu'ils puissent se rendre à une fête champêtre qui se donnait à Grinzing. A présent, les bras croisés sur sa poitrine, elle allait et venait nerveusement à travers le salon accompagnée du bruissement soyeux de la grande robe de moire rouge qu'elle portait et qui, avec la résille d'or où s'emprisonnaient ses cheveux noirs, lui donnait l'air d'une princesse de la Renaissance. Une princesse que Marmont regardait avec une admiration non déguisée.

– D'autres pourraient peut-être avoir besoin de vous? murmura-t-elle comme pour elle-même...

A cet instant précis, un coup de feu, suivi d'un second, déchira la nuit, suffisamment proche pour que les deux femmes comprissent immédiatement d'où il venait. Felicia s'arrêta net et regarda Hortense. Elles étaient devenues aussi pâles l'une que l'autre...

– Ah! dit seulement Felicia.

Marmont se précipitait déjà vers l'une des fenêtres qu'il ouvrit.

– On dirait que cela vient de la Minoritenplatz? dit-il.

Les deux femmes le rejoignirent sur le balcon, fouillant avidement des yeux les ombres de la rue, plus épaisses ce soir à cause d'un lampadaire qui avait été brisé. On entendait des cris, des appels, des bruits de course. Felicia tremblait d'énervement.

– Il faut que j'aille voir! fit-elle. Et, ramassant sa robe à deux mains, elle traversa le salon en courant, laissant Hortense et Marmont seuls sur le balcon.

– Que veut-elle donc aller voir? grogna le maréchal. Il s'agit sans doute d'une échauffourée. Elle risque de se faire bousculer. Je vais avec elle...

– N'en faites rien! dit Hortense en riant pour cacher son angoisse. Elle est curieuse comme tous les chats de Rome et adore se mêler à la foule. Soyez certain qu'elle rentrera bientôt et, si vous m'en croyez, nous devrions en faire autant; je sens un peu de frais...

Mais le maréchal ne l'écoutait pas. Penché sur le balcon comme s'il allait l'enjamber et sauter en bas, il interpella un passant qui courait.

– Hé là! Monsieur! Nous direz-vous ce qui se passe?

L'homme n'arrêta sa course qu'un court instant, le temps de jeter d'une voix essoufflée :

– On a tiré sur le... prince de Metternich. Je vais chercher du renfort pour tenter d'attraper l'homme, un mendiant qui s'est échappé avec l'aide d'une espèce de brute...

– Et le prince? Est-ce qu'il est...

Mais l'homme était déjà loin, galopant éperdument en direction de la Hofburg en criant : « A l'aide!... A l'assassin! » ce qui créa bien vite dans la rue une assez jolie pagaille, les gens qui sortaient de chez eux pour s'informer se mêlant à ceux qui y étaient déjà. Sur le balcon, Hortense tentait de faire rentrer Felicia dont la robe mettait une tache trop somptueuse dans la rue nocturne. Mais en vain. Visiblement, la princesse attendait quelque chose, quelque chose qu'il valait mieux que Marmont ne vît pas...

– Je vous assure, dit Hortense au maréchal, nous devrions rentrer.

– C'est à votre amie qu'il faut dire cela. Je vais la chercher. Elle risque de se faire bousculer si ces gens qui courent vers le Ballhausplatz refluent par ici...

Il était impossible de le retenir. D'ailleurs, à peine eut-il quitté le balcon qu'Hortense vit soudain Timour sortir de l'ombre, portant Duchamp plus qu'il ne le soutenait. Tous deux s'engouffrèrent sous la voûte d'entrée du palais dont Felicia referma la porte. Ne voyant plus rien, Hortense rentra et referma la fenêtre. Elle n'eut que le temps de revenir vers la cheminée : Felicia reparaissait, suivie de Timour soutenant toujours Duchamp. Hortense se précipita.

– Mon Dieu! Vous êtes blessé?

– Non, dit Timour, reçu grand coup de canne sur la tête, un peu assommé seulement! Ça va aller mieux...

Avec des soins de mère, il étendait le faux mendiant sur un canapé de brocart jaune, glissait un coussin sous sa tête tandis que Felicia cherchait un flacon de cognac et qu'Hortense se penchait avec sollicitude sur l'homme à demi inconscient. Debout au milieu de la pièce, Marmont, qui les avait rencontrés dans l'escalier, regardait la scène d'un air sombre mais personne ne faisait attention à lui. Au point qu'Hortense osa demander :

– Et Metternich? Où en est-il?

– Il n'est pas mort, hélas, grogna Timour. Sa canne lui a échappé des mains et il s'est baissé pour la ramasser au moment où le premier coup partait. Déjà un valet de pied se jetait sur le colonel et le second coup est allé se perdre dans la façade de la Chancellerie. Heureusement, j'étais là pour donner un coup de main, sinon le colonel n'arrivait pas jusqu'ici... On a disparu dans la nuit...

– Si vous m'expliquiez ce qui se passe ici? articula calmement Marmont. Sa voix froide fit retourner Felicia qui, passant le cognac à Hortense, vint vers lui.

– Faut-il vraiment vous donner d'autres explications? Je crois que vous avez fort bien compris. Moi, Felicia Orsini, comtesse Morosini, j'ai tenté ce soir de faire assassiner le chancelier d'Autriche déjà responsable, entre autres méfaits, de la mort de mon époux, Angelo Morosini, fusillé à Venise. Avez-vous quelque chose à dire à cela?

– Absolument rien, sinon que cela vous ressemble tout à fait. Sinon peut-être aussi que vous risquez dès à présent de voir votre maison envahie par la police, d'être arrêtée... pire encore peut-être, surtout si l'on trouve cet homme chez vous...

Il s'approcha du canapé sur lequel Duchamp achevait de reprendre ses esprits en avalant un grand verre de cognac et, les bras croisés sur la poitrine, le considéra un instant.

– Le sieur Grünfeld, hein? Un simple maître d'armes alsacien bien inoffensif uniquement amoureux de tierce et de quarte? De quel régiment sors-tu, mon garçon? Dragons, hussards, chasseurs?

Galvanisé par l'orgueil plus encore que par l'alcool, Duchamp fut debout en un clin d'œil et retrouva instantanément le rituel garde-à-vous.

– Colonel Duchamp, du 12e hussards, monsieur le maréchal! A vos ordres!

A ces simples mots qui lui rendaient un peu de la gloire des jours passés, qui effaçaient les fautes et le rendaient à lui-même, une émotion passa sur le visage du duc de Raguse, et même Felicia, qui le dévorait des yeux, l'aurait juré, une larme brilla au coin de son œil. Spontanément, il tendit la main à Duchamp qui la serra sans hésiter. Marmont eut un sourire :

– Quel dommage que vous l'ayez raté! soupira-t-il. Cela aurait bien arrangé les affaires... du roi de Rome!

– Ce qui n'a pas réussi le soir peut réussir le lendemain, dit Duchamp. Je recommencerai.

– C'est très bien de citer César Borgia, dit Felicia, mais je crains que, cette fois, ce ne soit plus difficile...

– Surtout si l'on vous arrête et vous met en prison, dit le maréchal. Vous ne pouvez pas rester ici...

– Aussi n'y resterai-je pas. J'ai bien l'intention de rentrer chez moi. Timour m'a littéralement escamoté grâce à une voiture qui passait, mais il ne faut peut-être pas trop s'y fier.

– Vous pouvez avoir été reconnu. Rentrer chez vous ne serait pas prudent.

– Je peux aller chez Palmyre où j'ai laissé mes vêtements habituels. Elle m'attend.

Marmont se mit à rire :

– Elle aussi? Dire que je me croyais seul tout à l'heure. Mais cela non plus ne serait prudent ni pour elle ni pour vous. Il y a beaucoup trop de femmes dans cette affaire.

– Croyez-vous que nous ne valions pas les hommes pour le courage et la détermination?

Avec un regard significatif, le maréchal prit la main de la jeune femme et la baisa.

– Sur mon honneur, je n'ai jamais douté un seul instant de votre courage, ma chère, ni de celui de vos amies. Mais à vous trois, vous ne suffirez pas à sauver le colonel. Laissez-moi l'emmener.

– Vous voulez l'emmener? s'écria Felicia. Mais où?

– Chez moi, bien sûr! J'habite un appartement dans la Johannesgasse avec un vieux valet qui est, lui aussi, un ancien de la Grande Armée. Personne ne viendra le chercher là... mais il faudrait lui trouver d'autres vêtements que cette défroque. C'est un mendiant que l'on cherche...

La question posait un problème. Le seul homme qui pût prêter un vêtement était Timour, mais la différence de taille était telle que le remède eût été pire que le mal. Duchamp alors hasarda que l'on pourrait peut-être aller chercher ses habits chez Palmyre et Timour partit aussitôt. En attendant, Hortense descendit à la cuisine pour préparer un plateau. Duchamp mourait de faim et les autres ne refusaient pas l'idée de manger quelque chose. On s'installa bientôt autour d'un petit repas composé de jambon, de pâté et de quelques gâteaux. Le calme semblait revenir petit à petit dans le quartier. Les cris avaient cessé, la voiture du prince de Metternich s'était éloignée, emportant avec elle le principal facteur d'intérêt. La foule se dispersait lentement tandis que la police commençait son travail. Du balcon, on pouvait voir ses hommes entrant ou sortant des maisons de la Minoritenplatz, quêtant des renseignements, posant sans doute des questions, fouillant peut-être. Il semblait qu'à la faveur de la nuit personne n'eût vu quelle direction avait pris le mendiant meurtrier. C'était assez rassurant mais il fallait tout de même que Duchamp quittât le palais assez vite.

Quand Timour revint, il se changea rapidement dans le cabinet de toilette de Felicia qui jeta ses guenilles dans le seul poêle encore allumé. Puis Marmont et lui se disposèrent à partir.

– Je le garderai le temps qu'il faudra, dit le maréchal, mais peut-être vaudrait-il mieux lui faire quitter l'Autriche?...

– Je ne crois pas que cela s'impose, dit Felicia. Il n'y a aucune raison que l'on fasse un rapprochement quelconque avec le maître d'armes Grünfeld. Le plus simple est que vous le gardiez chez vous cette nuit et, demain matin, nous irons demander à Palmyre, qui est sa voisine, s'il se passe quelque chose au Kohlmarkt. Si tout est calme, il rentrera chez lui tranquillement. A présent, partez vite! Et surtout, Duchamp, quittez l'envie de recommencer sous peu l'aventure de ce soir. Vous nous mettriez tous en danger et je regrette éperdument de vous avoir mis en tête cette idée folle.

– Pas si folle! dit Duchamp, têtu. Nous en reparlerons!

Il était près de 11 heures. On n'entendait plus rien dans la rue, sinon le passage d'un équipage précédé de ses coureurs et des bruits de portes qui se fermaient. Felicia prit l'un des chandeliers de la cheminée pour accompagner les deux hommes à l'escalier tandis qu'Hortense retournait à la fenêtre. Elle avait besoin d'air frais et se sentait la tête en feu. La nuit était douce, un peu humide d'une pluie qui était tombée en fin de journée, mais elle charriait des senteurs de terre mouillée, d'herbe neuve qui remplaçaient avantageusement la puanteur habituelle des lampadaires grâce à celui qui, en face du palais, avait cessé de fonctionner. Elle entendit grincer doucement le portail et distingua les silhouettes des deux hommes qui venaient de le franchir et s'avançaient dans la rue d'un tranquille pas de promenade, comme s'ils rentraient chez eux après une agréable soirée chez des amis. On ne voyait plus trace de la police, qui ne s'était pas présentée au palais Palm. On savait le caractère difficile de la duchesse de Sagan et personne ne se serait risqué à venir poser des questions dans sa maison, comme Felicia l'avait escompté. Grâce à elle, sa résidence jouissait auprès des services de Sedlinsky d'une sorte d'exterritorialité bien agréable.

En marchant le long de la rue, Marmont et Duchamp respiraient à ce point le calme et la tranquillité qu'Hortense, rassurée, sourit. Cette aventure insensée se terminait dans des conditions vraiment inespérées! La voix de Felicia lui parvint venant du salon :

– Rentrez donc, Hortense! Vous allez prendre froid...

Avec un dernier regard aux deux promeneurs qui s'éloignaient, elle allait obéir quand, soudain, ce fut le drame. Sorti d'une encoignure de porte, une silhouette venait de se jeter sur Duchamp. Il y eut le bref éclair d'une lame puis un cri sourd, le bruit d'une chute. Le gémissement d'Hortense fit écho à celui du blessé.

– Duchamp! On vient de l'assassiner!...

– Timour! hurla Felicia, Timour! Avec nous!

Un instant plus tard, tous trois couraient dans la rue, buttant sur les pavés inégaux qui meurtrissaient les fragiles chaussures de soie des deux femmes. Mais déjà Marmont revenait, portant dans ses bras le corps de son compagnon dont Timour le déchargea aussitôt.

– Que s'est-il passé? demanda Hortense dont les larmes coulaient sans qu'elle pût les arrêter. Est-il mort?

– Je n'en sais rien. Je crois qu'il respire encore. Quant à ce qui s'est passé, j'ai vu un homme surgir d'une porte, armé d'un poignard. Il a bondi sur ce malheureux, l'a frappé et s'est enfui en criant : « Tu n'auras plus jamais l'occasion de t'occuper d'elle! » Je n'ai pas compris et je n'ai pas vu grand-chose de cet homme sinon qu'il avait, je crois, des cheveux roux...

– Ce n'est ni le lieu ni l'heure de causer, gronda Felicia en soutenant Hortense qui manquait de s'évanouir. Rentrons vite à la maison! Il faut coucher Duchamp, appeler un médecin...

On revint aussi vite que l'on put. Des fenêtres s'étaient ouvertes, des têtes curieuses apparaissaient. On s'interpellait d'une maison à l'autre, mais les habitants de la rue, à moitié endormis, n'avaient pas vu grand-chose. Néanmoins, Felicia poussa un soupir de soulagement quand la porte de l'appartement se referma sur elle et ses amis. Déjà Duchamp reposait sur le canapé qu'il avait quitté si peu de temps auparavant. Marmont et Hortense se penchaient sur lui.

– Un médecin, Timour! ordonna Felicia. Vite! Il y en a un dans la rue derrière...

Mais Marmont arrêta le Turc qui s'élançait déjà.

– Ce n'est pas la peine! Voyez plutôt!...

Une mousse sanglante perlait aux lèvres de Duchamp et les ombres de la mort creusaient déjà son visage. Ses yeux semblaient n'avoir plus de regard, pourtant sa main, se soulevant péniblement, s'accrocha à celle d'Hortense. Ses lèvres remuèrent et comprenant qu'il voulait parler, la jeune femme se pencha davantage. Elle entendit qu'il soufflait :

– Mourir... près de vous!... Le... bonheur...

Alors, elle se pencha encore davantage et, de ses lèvres mouillées de larmes, effleura celles du mourant. Une expression d'infinie béatitude remplaça le rictus de souffrance sur le visage de Duchamp. L'ombre d'un sourire passa sur ses lèvres... Et puis ce fut fini... La main qu'Hortense tenait devint molle et les yeux se fixèrent sur l'éternité.

Un sanglot déchira la gorge de la jeune femme tandis que, doucement, elle essuyait, à l'aide de son mouchoir, le mince filet de sang qui coulait encore. Puis la grande main de Marmont passa entre son visage et celui du colonel et ferma doucement les paupières.

Un instant, il n'y eut plus, dans la jolie pièce claire, que le bruit des sanglots d'Hortense. Tombée à genoux de l'autre côté du canapé, Felicia priait... Puis, on entendit la voix de Marmont, chargée de colère :

– Mourir assassiné au coin d'une rue par un misérable, quelle fin pour un soldat de l'Empereur!

– Nous le vengerons! murmura Felicia. L'assassin finira bien par tomber dans nos mains.

– Vous savez donc qui il est?

– L'homme avec qui il s'est battu en duel le soir du bal à la Redoute. Si vous avez aperçu des cheveux rouges, ce ne peut être que lui... Le lâche! Un coup de couteau contre un coup d'épée!

– Ce soir-là, je ne l'ai pas assez vu pour le reconnaître, mais il se peut que vous ayez raison. C'est abominable, et je comprends votre douleur, mais il y a tout de même une question qu'il faut poser dès maintenant.

– Laquelle?

– Qu'allons-nous en faire? dit doucement le maréchal en désignant discrètement le corps inerte.

– Que pouvons-nous faire? Appeler la police? Raconter ce que nous avons vu?...

– Non!

Ce fut un cri, et ce cri, Hortense l'avait poussé. Un cri d'horreur, de protestation :

– La police? Remettre cet homme merveilleux aux mains de la police? Et pourquoi donc pas le livrer comme le meurtrier de Metternich? Est-ce que vous ne comprenez pas qu'on ne peut pas lui faire cela? Songez à ce qu'elle en fera, la police?... La fosse commune, pour un soldat de l'Empereur?

– Il y en a malheureusement beaucoup qui n'ont rien eu d'autre, dit tristement Marmont. Mais j'ai peut-être une idée...

– Laquelle? Dites vite? fit Felicia fiévreusement. Que faut-il pour la réaliser? Que voulez-vous?

Il la regarda au fond des yeux :

– Une pelle, une pioche, votre voiture et quelque chose qui puisse servir de linceul.

Deux heures plus tard, à trois lieues de Vienne, dans la plaine de Wagram, Marmont et Timour creusaient, près de l'orée d'un petit bois, la tombe du colonel Duchamp. On l'y coucha dans la plus belle sortie de bal d'Hortense, un immense manteau de faille rouge qui avait la couleur du ruban de la Légion d'honneur. Puis, doucement, les deux hommes firent retomber la terre, tandis qu'agenouillées sur un talus herbeux, les deux jeunes femmes priaient à haute voix pour le repos de cette âme fière qui n'avait eu dans sa vie que deux amours : son empereur et cette blonde jeune femme qui, tout à l'heure, avait mis entre ses mains un chapelet d'ivoire et un bouquet de violettes.

– Cette terre, dit Marmont quand la tombe fut comblée, a bu le sang de tant de ses frères, de tant de braves comme lui qu'elle est aussi sainte que terre d'église. Et elle doit lui plaire tellement plus!

– Duc de Raguse, murmura Felicia, il vous sera beaucoup pardonné à cause de ce que vous venez de faire.

Le jour n'était plus éloigné quand les deux femmes, épuisées par le chagrin plus que par la fatigue et le cœur transi, regagnèrent leur logis. On avait déposé Marmont chez lui et à présent qu'elles se retrouvaient tête à tête, Felicia et Hortense mesuraient plus cruellement leur solitude. En outre, l'une comme l'autre se sentaient rongées par le remords. Felicia, pour avoir lancé cette fatale idée d'assassiner Metternich sans laquelle rien ne serait arrivé, et Hortense, pour avoir entraîné à sa suite ce misérable Butler qui traînait après lui le malheur et la mort. Aussi, revenues dans leur grand salon jaune, elles restèrent longtemps assises côte à côte sur ce canapé qui avait vu mourir Duchamp, comme deux oiseaux frileux sur une branche. Elles avaient pleuré jusqu'à n'avoir plus de larmes et, à présent, tout se brouillait dans leur tête. Elles se trouvaient devant un grand vide.

– Nous ferions mieux d'aller dormir, soupira Felicia quand l'aube vint grisailler les fenêtres derrière les grands rideaux dorés. Ou tout au moins essayer. Demain, il faudra prévenir Maria Lipona... et cette pauvre Palmyre. Je crois qu'elle l'aimait plus qu'elle ne voulait l'admettre.

– Qu'allons-nous faire maintenant qu'il n'est plus là? chuchota Hortense comme si quelqu'un avait pu l'entendre.

– Je ne sais pas... Je ne sais plus! Pour la première fois de ma vie, la tête me tourne... Allons nous reposer. Nous en avons besoin.

Néanmoins, elles ne parvenaient pas à se séparer. Elles se retrouvaient aussi désespérées que des fillettes qui ont peur dans le noir, peur de la solitude et des images affreuses de cette nuit terrible.

– Venez dormir chez moi, Felicia, demanda Hortense dont la voix tremblait. Je ne pourrais pas rester seule en ce moment...

– J'allais vous le proposer...

Mais, comme elles entraient dans la chambre d'Hortense, elles virent, toutes deux en même temps, que la fenêtre était grande ouverte et que, sur la table de chevet où brûlait une veilleuse, un papier blanc était déposé. Hortense le prit d'une main mal assurée, mais ce fut Felicia qui le lut. Il ne contenait que quelques lignes.

« Je l'ai vu tirer. J'aurais pu le dénoncer, j'ai préféré le tuer, comme je tuerai tous ceux qui oseront vous aimer... »

Le billet glissa des doigts de Felicia et voltigea doucement dans le vent léger qui venait de la fenêtre jusqu'à une rose du tapis. Dans le lointain, un coq chanta, un chien aboya. Puis ce furent les oiseaux qui, en trilles joyeux, en pizzicati de cristal, se mirent à chanter leur joie de vivre dans la lumière du printemps. Le contraste était poignant entre la douceur de ce matin qui promettait un jour de soleil et les ténèbres sanglantes de la nuit qui s'achevait...

– Ou bien cet homme est complètement fou, articula lentement Felicia, ou bien il est le diable! Mais qu'il soit l'un ou l'autre, il faut le trouver.

– Et quand nous l'aurons trouvé, dit Hortense avec une immense lassitude, qu'en ferons-nous? Sincèrement Felicia, je ne me vois pas abattre un homme de sang-froid, si coupable soit-il.

La Romaine disparut un instant puis revint portant un coffret d'acajou incrusté d'argent dont elle tira une paire de pistolet de duel qu'elle entreprit de vérifier et de charger.

– Voilà des délicatesses hors de saison! Perdez-vous l'esprit? Pour moi, je vous jure que s'il me tombe entre les mains, je l'abattrai aussi froidement que s'il s'agissait d'un animal enragé.

Elle referma la fenêtre, puis s'installa dans un fauteuil.

– A présent, couchez-vous et tâchez de dormir! Tout à l'heure et sous le premier prétexte venu, nous changerons de chambre, vous et moi. Si cet homme a osé s'introduire ici, il peut l'oser encore. Mais s'il revient, il trouvera à qui parler. Quant à Timour, il s'installera dans le cabinet voisin...

CHAPITRE X

UN AMOUR FOU...

Palmyre pleurait. Son joli visage rond enfoui dans un fichu d'organdi – la première chose qui lui était tombée sous la main – elle sanglotait doucement, sans faire le moindre bruit. Seul le mouvement de ses épaules la trahissait.

Désorientées par une douleur qu'elles n'imaginaient pas si vive, Felicia et Maria Lipona se taisaient, ne sachant que dire. Elles soupçonnaient bien que Palmyre était attachée à Duchamp, mais elles n'avaient jamais pensé que ces liens fussent si tendres et si serrés.

– J'ai tout fait pour l'empêcher de s'attaquer à Metternich, balbutia-t-elle enfin. C'était de la folie et plus encore d'imaginer qu'il pourrait ensuite échapper à la police...

– Pourtant, il y avait bel et bien échappé, dit Felicia. Il quittait tranquillement notre domicile en compagnie du maréchal Marmont quand il a été attaqué...

– Je sais mais je ne peux m'empêcher de penser que les deux faits sont liés...

– Pas vraiment. L'homme qui l'a tué est un fou, un homme qui lui en voulait depuis longtemps, qui le poursuivait d'une haine aveugle..., mentit calmement la comtesse Lipona. Elle et Felicia s'étaient mises d'accord pour laisser Hortense en dehors de l'histoire telle qu'elles voulaient la raconter à la jeune couturière. Il était inutile d'aggraver de jalousie un si grand chagrin.

– Après tout, peut-être avez-vous raison. Je ne savais pas grand-chose du colonel, sinon ce qu'il avait bien voulu me dire. Mais ce dont je suis vraiment sûre, c'est qu'il était l'homme le meilleur et le plus vaillant qui soit au monde... et que je l'aimais.

– Et lui, murmura Felicia, vous aimait-il?

– Je me contentais de ce qu'il voulait bien me donner, dit Palmyre avec une grande dignité.

A présent, elle dominait sa douleur, se levait, rejetait le morceau d'organdi blanc et faisait quelques pas dans son arrière-boutique, une jolie pièce lambrissée de bois peint d'une belle couleur verte relevée de filets d'or qui rendait pleine justice au charmant fouillis de soieries multicolores, de dentelles, de plumes et de fleurs qui encombrait la pièce. Elle trouva enfin son mouchoir, essuya ses yeux et posa sur ses deux visiteuses un regard plein de douceur, mais aussi de résolution :

– Il faudra me mener à Wagram! Vous avez bien fait de le mettre là. Il y sera chez lui. A présent... il ne nous reste plus qu'à accomplir sa tâche. Pas tuer Metternich, bien sûr... mais faire évader le prince...

Ce fut dit calmement, tranquillement, comme si l'évasion d'un prisonnier impérial était une chose toute simple. Maria Lipona détourna la tête et s'intéressa tout à coup à une pièce de jaconas fleuri à demi déroulée sur une commode.

– Croyez-vous réellement que nous puissions espérer y parvenir sans le colonel? Il était la cheville ouvrière de toute l'affaire. Pour ma part, en dehors de vous et de Pasquini, je ne connais personne. Qui sont ceux qui, à la Hofburg ou à Schönbrunn, le renseignaient?

– Moi, je le sais, dit Palmyre. La difficulté va être de recevoir leurs renseignements. On va s'apercevoir très vite, dans le quartier, de la disparition de Duchamp parce que la salle d'armes va rester vide. Bientôt la police s'y intéressera. C'est là qu'est le problème...

– Si vous connaissez ces gens et surtout s'ils vous connaissent, je ne vois pas où est le problème. Il faut seulement les prévenir très vite de ce qui vient de se passer afin qu'ils n'envoient plus leurs renseignements à la salle d'armes mais ici...

– Ce sera plus difficile. Les hommes ont d'excellentes raisons de fréquenter une salle d'armes et plus encore un café. Le colonel avait ses habitudes au café Corti. Il allait y lire son journal chaque jour et il était facile de venir lui parler. Comment voulez-vous que nous en fassions autant? Pour ce qui est de prévenir, j'y arriverai : je dois livrer aujourd'hui à l'impératrice Carolina-Augusta un canezou [1] de dentelle de Venise et un bonnet assorti. Au lieu de l'envoyer, je ferai la livraison moi-même et je m'arrangerai pour glisser un mot à Fritz Bauer qui occupe à la Hofburg un poste de valet de pied.

– Fritz Bauer, c'est son nom? demanda Felicia.

– C'est celui sous lequel on le connaît tout au moins; nous n'avons pas à en savoir plus. Il y a aussi à Schönbrunn le cuisinier français Jacques Blanchard dont le duc de Reichstadt apprécie beaucoup les petits plats bien de chez nous. Mais je ne sais pas si l'on peut compter sur eux pour autre chose que le renseignement. Peut-être en cas d'action nous aideraient-ils mais discrètement et, de toute façon, sans Duchamp, il ne faut pas trop y compter.

– Si je vous comprends bien, dit Maria Lipona, nous ne sommes plus guère que des femmes pour mener à bien un tel projet?

– Que des femmes? protesta Felicia. Je n'aime pas votre phrase, Maria. Pourquoi donc un groupe de femmes ne parviendrait-il pas à faire un aussi bon travail qu'un groupe d'hommes? Et puis, nous avons avec nous le maréchal Marmont. Il est amoureux de moi et il a envie de revoir la France.

Palmyre eut une petite grimace qui en disait long sur ce qu'elle pensait du duc de Raguse.

– Vous avez peut-être raison, mais je crois que moins nous l'emploierons et mieux ce sera pour tout le monde. Je n'arrive pas à lui faire pleinement confiance en dépit de ce que vous m'avez dit. Mieux vaut ne compter que sur nous-mêmes. Peut-être pourrions-nous essayer de reprendre le plan élaboré par le colonel. Je sais à qui m'adresser pour les relais...

– Le départ du prince sous l'aspect de Mme de Lauzargues? fit Maria Lipona.

– Mais oui, bien sûr. Je sais qu'il y a une difficulté puisque... c'est avec Duchamp que votre amie devait revenir en France. Mais cela aussi peut s'arranger...

– Je ne vois pas comment?

– C'est simple pourtant. C'est moi qui la ramènerai sous le nom d'une de mes ouvrières. Une Française qui est venue avec moi et qui a disparu avec un riche Hongrois en oubliant son passeport...

1. Corsage sans manches.

– Vous partiriez, vous aussi? Mais, votre commerce...

– ... m'a déjà fait gagner beaucoup d'argent, dit Palmyre avec un petit sourire triste. Mais je ne voulais plus rester ici... sans lui. Et puis devenir peut-être fournisseur d'une jeune cour impériale française, ce serait tellement plus exaltant qu'habiller une vieille cour impériale autrichienne.

Silencieusement, Felicia vint embrasser la petite marchande de modes puis se détourna. Il fallait partir. D'ailleurs, la tête d'une vendeuse venait d'apparaître dans l'entrebâillement de la porte : on avait absolument besoin de Mlle Palmyre pour Mme la comtesse Schönborn aux prises avec une très grave difficulté : devait-elle charger son prochain chapeau de touffes de roses rouges ou de grappes de lilas blanc? Felicia et Maria Lipona repassèrent dans le magasin en discutant joyeusement mousseline de l'Inde et jaconas fleuri.

Pendant ce temps, Hortense avait choisi de se rendre à la cathédrale Saint-Étienne. Elle voulait faire dire des messes pour le repos de l'âme de Duchamp et aussi prier. Cette mort la plongeait dans un trouble profond et elle se la reprochait aussi sévèrement que si elle eût elle-même manié le couteau meurtrier. Felicia avait beau lui répéter que l'on n'est pas responsable des amours que l'on suscite, elle jugeait sans indulgence désormais ses coquetteries de l'an passé, des coquetteries que cependant l'on avait exigées d'elle dans le but d'obtenir une aide pour l'évasion de Gianfranco Orsini, des coquetteries que Duchamp lui-même lui avait, par ordre et à son cœur défendant, conseillées, indiquées. A présent, ces machinations qu'Hortense avait crues innocentes venaient de trouver, après avoir mené Felicia en prison et elle-même au déshonneur, leur point culminant dans le sang du colonel. Et Hortense avait grand besoin du secours de Dieu pour trouver le courage de continuer à vivre cette aventure insensée car, n'eût-elle écouté que sa panique, elle se fût enfuie dès ce matin en direction de la France. Mais, revenir au pays, c'était immanquablement y ramener Butler, Butler devenu fou sans doute, Butler que rien n'arrêterait et qui, parvenu jusqu'à Combert, continuerait sans doute à détruire, à tuer jusqu'à ce qu'il n'y eût plus autour d'Hortense que lui-même et son amour insensé.

Une messe se préparait quand la jeune femme pénétra

sous la voûte obscure de la cathédrale, imparfaitement éclairée par la lumière diffuse des vitraux anciens, mais les brassées de cierges qui brûlaient devant différentes statues de saints y suppléaient suffisamment pour que l'on pût se diriger. Hortense se fit entendre en confession puis suivit l'office qui se déroulait dans ce que l'on appelait le chœur de la Passion, c'est-à-dire le bas-côté droit. C'était une messe basse à laquelle assistaient surtout des femmes âgées agenouillées devant l'autel dominé par un grand retable de bois peint et doré, datant du XVe siècle et qui représentait la douloureuse voie du Christ.

La douceur des ors et des couleurs dans la chaude lumière des cierges donnait à cette chapelle un ton d'intimité auquel Hortense fut sensible. Elle se trouva bien, pria avec une ardeur qu'elle n'avait guère retrouvée depuis que, dans la petite chapelle vouée à saint Christophe, à Lauzargues, elle priait pour que Dieu prît en pitié son amour difficile. Et ce fut avec un grand bonheur qu'à l'instant de la communion elle reçut l'hostie des mains d'un vieux prêtre. Tandis qu'elle priait pour l'âme de son ami et pour tous ceux qu'elle aimait, Hortense sentait que son cœur s'allégeait, se purifiait... Et puis, brusquement, ce fut à nouveau l'horreur.

Elle avait eu vaguement conscience, depuis quelques instants, d'une présence auprès d'elle mais, emportée par sa prière, elle n'y avait pas prêté attention. Ce fut quand elle entendit, chuchoté d'une voix pressante : « Il faut que je vous parle! Je vous en supplie, écoutez-moi... » qu'elle comprit. Butler l'avait suivie et à présent il était là, à ses côtés.

Comme si elle avait aperçu un serpent, Hortense se leva, voulut s'écarter, mais il la retint :

– Vous ne pouvez pas refuser de m'entendre. Ici, vous devriez être rassurée : vous ne risquez rien...

Hortense jeta un rapide regard aux quelques personnes qui se trouvaient autour d'eux. La messe s'achevait. Bientôt le chœur allait se vider et la proximité de cet homme lui donnait la nausée.

– Si vous avez quelque chose à dire, dites-le vite, fit-elle avec rudesse. Je vous accorde deux minutes, pas une de plus! ajouta-t-elle en jetant un regard à la petite montre pendue à sa ceinture. C'est plus que vous ne méritez!

– Vous me détestez tellement? Vous me haïssez à ce point...

– Je viens de communier. Je n'ai plus droit à la haine. Mais je ne veux plus vous voir, jamais! Après ce que vous avez fait...

– Il faut me comprendre. Quand j'ai vu cet homme entrer chez vous, quand j'ai deviné les soins dont vous alliez l'entourer, j'ai senti une effroyable jalousie me mordre au cœur. Je vous l'ai dit : je ne peux pas supporter qu'un autre vous aime et coure la chance d'être un jour aimé. Quand vous regardez un autre homme, il me semble qu'on me vole quelque chose...

– Vous êtes complètement fou, je crois...

– C'est vrai : je suis fou. Fou d'amour pour vous, fou de vous... la seule idée de ne plus vivre auprès de vous, dans votre orbite, me fait voir rouge. Je voudrais tant retrouver les heures si douces que nous avons vécues ensemble, à Morlaix!...

– Vous avez tout fait pour rendre ce retour impossible à jamais...

– Au moins, laissez-moi être votre ami...

– Vous voilà devenu bien modeste dans vos exigences? Mais vous avez tué celui qui était pour moi un ami cher et vous n'imaginez tout de même pas que je vais vous offrir sa place?

– Pourquoi pas? Vous avez plus que jamais besoin d'être protégée, défendue. Vous allez à une catastrophe si vous vous obstinez à poursuivre le but que vous vous êtes fixé. Vous ne savez pas combien j'ai peur pour vous...

– Et c'est cette peur qui vous a poussé à abattre mon meilleur rempart? Finissons-en, monsieur Butler! Aussi bien les deux minutes sont écoulées. Si vous voulez que je cesse de penser à vous avec horreur, allez-vous-en! Sortez de ma vie et n'y revenez jamais. Votre présence en fait un véritable cauchemar. Si vous voulez que j'en vienne à penser à vous plus doucement, éloignez-vous de moi. Pour l'instant, je crois que je ne pourrais même pas vous regarder en face : vous ne m'avez fait que du mal, mais ce mal, je peux vous le pardonner si vous l'admettez enfin.

– Non! fit-il avec obstination. Vous ne comprenez pas. Je ne veux pas vous faire de mal puisque je vous aime. C'est vous seule qui, par votre entêtement, me poussez à vous en faire...

– Songez un peu où nous sommes et devant qui vous parlez! fit Hortense en désignant le haut retable et la croix qui le dominait. Moi, j'ai dit tout ce que j'avais à dire.

Bousculant légèrement les chaises dans sa nervosité, elle s'éloigna. Pas assez vite cependant pour ne pas l'entendre dire :

– Je saurai bien vous protéger malgré vous. C'est cette femme qui vous est néfaste, cette Felicia...

Le cœur arrêté, Hortense vacilla sur ses jambes et dut s'appuyer à un pilier. Elle avait l'impression que le sol se dérobait sous elle et un malaise lui vint. Si, à présent, ce misérable fou décidait de s'en prendre à Felicia? Un coup de pistolet est si vite parti...

Une dame cependant s'approchait d'elle et demandait si elle se sentait mal.

– Oui, murmura Hortense, la tête me tourne. Si vous vouliez être assez aimable pour m'accompagner jusqu'à une voiture...

Et ce fut appuyée sur cette inconnue qui sentait la fleur d'oranger et les voiles de crêpe qu'Hortense quitta l'église. Un fiacre passait. La dame l'y installa.

– Au palais Palm! dit Hortense au cocher après avoir remercié l'aimable femme. Allez doucement.

– C'est pas bien loin, dit l'homme.

– Peut-être, mais vous n'y perdrez rien. Mieux encore! Arrêtez-vous dès que vous aurez tourné le coin du Graben et attendez!

Tandis que le cocher gagnait l'endroit qu'elle lui avait indiqué, Hortense se retourna et, par la petite lucarne arrière, examina les abords de la cathédrale. Ainsi qu'elle le pensait, la voiture n'avait pas fini de traverser la vaste place que Butler apparaissait sous le portail, jetait un regard circulaire puis, remettant son chapeau, se dirigeait vers l'endroit où Hortense avait indiqué au fiacre de s'arrêter.

Bien abritée dans la voiture, la jeune femme vit Butler passer tout près d'elle et remonter le Graben d'un pas rapide. Elle se pencha et appela son cocher :

– Voyez-vous cet homme qui vient de passer, en costume vert avec des cheveux roux?

– Ça serait difficile de pas le remarquer avec une pareille tignasse.

– Je veux savoir où il va. Un florin pour vous si vous parvenez à le suivre.

– Ça non plus ne devrait pas être trop difficile. Il marche vite...

Butler n'alla pas loin. Il entra dans un café qui se trouvait sur le Graben en face de la colonne de la Sainte-Trinité. Aussitôt, Hortense demanda à son cocher d'aller voir ce qu'il y faisait et s'il semblait décidé à y rester. L'homme revint peu après :

– Il ne va sûrement pas s'éterniser ici. Il a commandé un café et refusé les journaux. On attend?

– On attend.

Cela dura moins longtemps qu'on ne pouvait le craindre. Une demi-heure plus tard environ, un homme sortit du café et Hortense étouffa une exclamation de surprise. C'était bien Butler, mais ce n'était plus le même homme. En dépit de la température douce, un manteau à triple collet cachait l'habit vert. Le chapeau noir était le même, mais les cheveux qu'il laissait voir étaient de longues mèches noires et plates. Des lunettes achevaient la transformation, et il fallait l'attention aiguë avec laquelle Hortense guettait pour qu'elle ne fût pas dupe de ce déguisement. Eût-elle moins bien connu son tourmenteur qu'elle l'eût laissé filer sous son nez en toute innocence.

– Le voilà! dit-elle au cocher. L'homme au manteau noir...

– Vous êtes sûre? Mais c'est pas le même?

– Oh si, c'est bien le même. Suivez-le!

– Si vous le dites... Faut croire qu'il a dû se changer dans les toilettes. Doit connaître quelqu'un dans ce café et, avec de l'argent, on fait de grandes choses.

– C'est exactement ce que je vous disais tout à l'heure.

La course s'acheva plus vite que prévu. Le manteau à triple collet et son possesseur gagnèrent simplement la Schenkenstrasse et pénétrèrent dans une maison d'assez belle apparence qui se trouvait presque en face du palais Palm. Devant lequel d'ailleurs stationnait la voiture de Maria Lipona.

– L'était écrit que j'aurais pas une grande course, bougonna le cocher d'Hortense. Z'aviez bien dit au palais Palm, d'abord?

– Oui. Arrêtez-moi devant la porte. Et merci de votre aide! Voilà deux florins.

Enchanté de l'aubaine, l'homme au fiacre déposa Hortense et s'en alla en sifflant joyeusement. La jeune femme rentra chez elle plus que songeuse. Elle imaginait sans peine Butler armé d'une lunette marine et observant à longueur de journée ce qui se passait de l'autre côté de la rue. C'était, bien sûr, une chance de l'avoir découvert mais il n'en représentait pas moins un danger de tous les instants.

– Mon Dieu, Hortense, d'où sortez-vous? s'écria Felicia lorsque son amie pénétra dans le salon jaune où elle s'entretenait avec Maria Lipona. On dirait que vous avez vu le diable?

– C'est presque cela. J'ai vu ce misérable Butler, je lui ai parlé... et je peux vous dire qu'il habite juste en face de nous.

Rapidement, bien qu'interrompue sans cesse par Felicia qui lui reprochait d'être sortie seule à pied et sans prévenir personne, Hortense raconta son aventure et les conclusions sans gaieté aucune qu'elle en avait tirées. Quand elle eut fini, les deux femmes gardèrent un moment le silence. Puis la comtesse Lipona soupira :

– Vous ne pouvez pas rester plus longtemps ici. Venez vous installer chez moi...

– Il a très bien su en sortir, dit Felicia, il saura tout aussi bien y rentrer. Et puis il est inutile de vous faire courir un risque supplémentaire!

– Est-ce que vous n'exagérez pas un peu? Ma maison n'est tout de même pas un moulin. On peut en sortir facilement, mais pour y entrer c'est une autre affaire. Même chose pour le risque : j'ai mes gens qui sont tout à fait capables de me défendre, surtout contre un homme seul. D'ailleurs, dès l'instant où l'on nous attaque, personne ne nous empêche de faire appel à la police. Ne sommes-nous pas de paisibles habitantes de Vienne? Croyez-moi toutes deux : faites vos paquets, fermez cette maison et venez habiter in casa Lipona!

– Non! gronda Felicia, l'œil chargé de nuages. Je ne fuirai jamais devant un ennemi. D'ailleurs si nous partions, ce misérable comprendrait tout de suite qu'il est découvert. Il n'aurait qu'à transporter ses pénates dans la Salesianergasse, changer d'aspect et nous en serions au même point. Pour l'instant, nous avons un avantage et il convient de l'exploiter. Pourquoi ne pas lui tendre un piège? Je crois qu'il me vient une idée...

– J'espère qu'elle est bonne! soupira Maria. Je n'ai pas envie d'apprendre un jour prochain que cet abominable bonhomme vous a logé une balle dans la tête afin de délivrer Hortense de votre néfaste influence.

– Je ne la crois pas mauvaise.

Un moment plus tard, la comtesse Lipona quittait le palais Palm, emmenant ostensiblement ses amies. A haute et intelligible voix, elle ordonna à son cocher de les conduire au Prater où elles déjeuneraient chez Paperl, le célèbre restaurant en plein air où, dès que revenaient les beaux jours, se retrouvait toute la bonne société viennoise. C'était un endroit agréable. Sous de beaux marronniers, on mangeait sur des tables garnies de naïves nappes à carreaux blancs et rouges les meilleures spécialités autrichiennes servies par de jeunes serveuses en costumes tyroliens. Noblesse et bourgeoisie au coude à coude y vidaient joyeusement force pots de bière en dégustant d'énormes quantités de knödels [1] que Paperl réussissait mieux que quiconque.

Les trois femmes firent là une halte qui leur parut rafraîchissante après les événements pénibles que deux d'entre elles venaient de vivre.

– Ceci pour vous rappeler, commenta Maria Lipona, que Vienne n'est pas uniquement un coupe-gorge et que l'on peut y connaître encore des moments agréables... même si vous n'y croyez plus, ajouta-t-elle en tapotant doucement la main d'Hortense. J'ai l'impression que vous ne nous aimez plus, Hortense?

– Ce n'est qu'une impression, Maria. En toute autre circonstance, j'aimerais beaucoup votre ville qui est belle et gaie, mais...

– Mais notre Hortense a grande envie de retrouver sa maison, son fils, son pays enfin. Comment le lui reprocher? dit Felicia en posant sur son amie son beau regard compréhensif. Tout ce que je peux dire pour vous encourager, Hortense, c'est que je suis certaine que notre séjour tire à sa fin. Ne me demandez pas d'où me vient cette idée, je serais incapable de vous répondre. Et puisque nous allons être séparées quelques jours, buvons à notre prochaine réunion et à la réussite de tous nos projets.

Et elle leva son verre plein de vin de Moselle dont la topaze pâle étincela dans un rayon de soleil qui passait à travers le feuillage.

Hortense sourit et leva son verre, tout son courage

1. Sorte de quenelles.

revenu. On était bien chez Paperl. Des visages amis vous souriaient d'une table à l'autre, des hommes de connaissance venaient vous saluer, comme au théâtre. Trautheim et Degerfeld vinrent reprocher aux trois jeunes femmes d'être venues déjeuner sans les en avertir car ils auraient aimé les inviter. On entendait rire et plaisanter et les potins voltigeaient dans l'air bleu. On parlait du départ de la Cour pour sa résidence d'été de Schönbrunn, du 60e régiment d'infanterie hongroise, commandé par le comte Gyulai auquel l'empereur venait d'affecter le duc de Reichstadt avec le grade de chef de bataillon. On disait que le prince était « fou de joie » et qu'il avait choisi de vivre entièrement la vie militaire, abandonnant les palais impériaux pour la caserne de l'Alslergasse où on lui avait meublé un petit appartement...

– Ce qui ne va pas vous simplifier les choses, murmura Marmont qui venait de rejoindre les trois amies. Enfermé dans une caserne, le prince ne sera plus guère facile à aborder...

– On en sort, d'une caserne, fit Felicia sur le même ton. Et il y a les manœuvres mais pour l'instant nous avons d'autres chats à fouetter. Des chats pour la capture desquels vous pourriez nous être fort utile. Si nous ne vous avions rencontré, j'allais envoyer chez vous pour vous demander de venir me voir ce soir.

– Serais-je assez heureux pour que vous ayez vraiment besoin de moi?

– Soyez heureux! J'ai vraiment besoin de vous...

Leur déjeuner achevé, Felicia, Maria et Hortense firent une assez longue promenade sous les allées ombreuses du Prater puis, rentrant en ville, gagnèrent le palais Lipona, où elles restèrent environ une heure. Après quoi, la voiture de Maria ramena au palais Palm Felicia... et une assez bonne imitation d'Hortense. En fait, il s'agissait de Marika, la femme de chambre de Maria, revêtue des vêtements de Mme de Lauzargues qui, elle, naturellement, restait chez son amie.

L'idée de Felicia était simple : il fallait qu'Hortense disparût assez complètement pour qu'il fût impossible à Butler de la retrouver et, de ce fait, amener l'homme à commettre quelque folie qui le conduirait à sa perte :

– La douceur du temps nous permet de laisser les fenêtres ouvertes de façon à lui faciliter la tâche. Je suis persuadée qu'il nous surveille car il ne peut pas en être autrement mais, de cette manière, il ne perdra absolument rien de ce qui se passe ici. Il s'apercevra très vite ainsi de l'absence d'Hortense et, naturellement, il la cherchera. Chez Maria d'abord... où elle ne sera pas. Peut-être dans les hôtels mais il pensera, plus sûrement, que je la cache, que je l'enferme peut-être. Qui peut prédire les idées capables de germer dans un cerveau à ce point dérangé par l'amour? Et je suis persuadée qu'une belle nuit il tentera de venir voir par lui-même ce qu'il en est. N'oublions pas qu'il est déjà venu. Il trouvera naturel d'essayer encore. Mais il sera attendu. Et traité comme il le mérite.

Hortense avait bien tenté d'apprendre ce que son amie entendait par là. En dépit de ce qu'elle avait eu à souffrir par Butler et du danger permanent qu'il représentait pour ce qui restait de la conjuration, l'idée d'un meurtre tout aussi délibéré que le premier lui faisait horreur. Mais Felicia n'avait rien voulu entendre.

– Cette partie du programme me regarde seule. Et si vous voulez tout savoir, c'est l'une des raisons pour lesquelles je désire que nous nous séparions un temps. Vous êtes de celles qui intercèdent au dernier moment pour les criminels. Moi, j'ai l'âme mieux trempée. Peut-être, d'ailleurs, ne serai-je pas obligée d'en venir là si les choses se passent comme je l'espère. Mais dans le cas contraire... vous essaierez d'imaginer, Hortense, ce qu'il pourrait advenir de vous, de votre existence et de celle... d'un autre, si jamais cet homme parvenait un jour jusqu'à Lauzargues.

Hortense se contenta de baisser la tête parce que, cette idée-là, il y avait longtemps qu'elle l'avait eue pour la première fois. Néanmoins, sa mine navrée fit sourire Felicia :

– Peut-on avoir, à ce point, le goût du martyre? Rassurez-vous, cœur trop tendre! Je ferai l'impossible pour éviter d'en venir là. Mais ce sera bien pour vous faire plaisir...

Et elle était partie avec la fausse Hortense, laissant la vraie enveloppée dans une robe un peu grande de Maria Lipona, savourant les joies simples d'une tasse de thé.

Le lendemain, Marika revenait sous son aspect habituel grâce au sac emporté à cet effet, en rapportant, dans le même sac, quelques vêtements de première nécessité pour Hortense. Et, une demi-heure plus tard, Maria faisait monter celle-ci en voiture dans la cour intérieure de son palais, exécutant ponctuellement la seconde partie du plan de Felicia.

– Est-il indiscret de vous demander où vous m'emmenez? demanda Hortense.

– Nullement indiscret, ma chère enfant! Je vous emmène dans une petite maison que je possède aux environs immédiats de la ville. C'est un endroit paisible, agreste et où vous devriez vous plaire.

– J'ignorais que vous possédiez une autre maison ici?

– Je possède également un château en Bohême, mais il est inutile de vous emmener si loin. Quant à cette petite maison, il n'y a pas très longtemps que je l'ai achetée et l'on ignore généralement qu'elle m'appartient. J'y entretiens un couple de serviteurs à toute épreuve et vous verrez qu'elle a son utilité.

Le trajet fut assez court. Franchi le rempart, la voiture atteignit rapidement le village de Grinzing où les guinguettes de dégustation des vins nouveaux, tenues en général par les récoltants, se signalaient par une perche sommée d'un bouquet de branches de sapin. Puis s'engagea dans une petite route serpentant à travers les vignes et montant vers le château de Cobenzl.

Environ à mi-chemin de celui-ci, une grande porte fermière s'ouvrit à l'appel du cocher, découvrant une ancienne maison de vigneron qui dorait au soleil son grand toit brun abritant des murs crémeux et de petites fenêtres fleuries de géraniums. Quelques tilleuls mettaient une ombre fraîche autour de la maison.

– C'est charmant, dit Hortense. Et quel calme si près de la ville!

– Ne vous y fiez pas. Le soir, quand le vent vient du sud, vous entendrez chanter les buveurs des *heurigers* de Grinzing mais ce n'est pas vraiment désagréable. Tenez, voici Ludwig et Elsa qui s'occupent de la maison, ajouta Maria en désignant le couple, entre deux âges, qui apparaissait de chaque côté de la voiture. Ils vous soigneront comme si vous étiez leur fille... et comme ils soignent déjà mon autre invité...

– Un autre invité? Est-ce que je ne serai pas seule ici?

– Non. Il faut que je vous aime beaucoup pour consentir à rompre son isolement, mais je crois que vous vous entendrez...

Dans la vaste salle fraîche dallée de pierre et habillée de boiseries et de faïences dans laquelle Maria Lipona introduisit Hortense, un jeune homme, assis devant un petit secrétaire, était occupé de couvrir une blanche page de sa fine écriture. Vêtu d'un habit gris clair, d'une culotte de casimir blanc et d'une chemise mousseuse, il penchait sur sa tâche un net profil de médaille surmonté de cheveux noirs coupés court dont une mèche retombait sur son front. Mais, à l'entrée des deux femmes, il jeta sa plume, se leva et vint vers elles :

– Qui m'amenez-vous là, ma chère Maria? dit-il d'une chaude voix de contralto, un peu étonnante chez un homme par sa légère tonalité féminine. Mais Hortense n'écoutait pas. Les yeux arrondis de stupeur, elle contemplait ce visage inconnu et cependant familier, ce visage tellement semblable à celui qu'elle avait admiré cent fois sur un grand portrait placé dans le cabinet de son père : le visage même de l'empereur Napoléon, mais un Napoléon de vingt-cinq ans...

L'impression fut si forte qu'instinctivement elle plia les genoux pour une révérence, mais déjà l'inconnu la retenait avec un éclat de rire.

– Même sous mon aspect habituel, je n'ai jamais eu droit à la révérence, ma chère. Ici et pour tous, je suis le comte Campignano. Et vous-même?

– La comtesse Hortense de Lauzargues, filleule de l'Empereur et de la reine Hortense dont je vous ai parlé, mon amie, présenta Maria. Elle a, elle aussi, besoin d'un refuge momentané... C'est pourquoi je l'ai amenée ici. Je vous ai dit que son but, et celui de son amie, la princesse Orsini, était le même que le nôtre.

– Eh! que ne le disiez-vous tout de suite, Maria! Pas de masque avec vous, ma chère, ajouta l'étrange jeune homme en tendant les deux mains à Hortense. Je suis Napoléone Bacchiochi, comtesse Camerata, revenue à Vienne incognito depuis deux semaines...

– Je l'ai rappelée, expliqua Maria Lipona, en pensant qu'elle serait trop déçue si elle ne participait pas à la restauration de l'Empire.

– En outre, ajouta le faux jeune homme, je connais presque tous ceux que nous pourrons rallier lorsque le roi de Rome rejoindra les rives de la Seine. Nous sommes donc complémentaires et vous êtes la très bien venue. Venez vous asseoir près de moi et dites-moi un peu où en sont les choses. Je n'ai pas vu Maria depuis plus d'une semaine et je me ronge les sangs...

– Je crains que vous les rongiez davantage encore quand vous saurez les nouvelles, Léone, dit Maria. Elles sont loin d'être bonnes car Duchamp a été tué...

Néanmoins, quand la comtesse Lipona redescendit sur Vienne, une heure plus tard, elle emportait un profond sentiment de soulagement car elle redoutait le caractère fantasque de la nièce de Napoléon qui tenait essentiellement à son isolement et dont on ne pouvait jamais prévoir les réactions. Mais tout s'était passé le mieux du monde et elle était désormais certaine que les deux filleules de l'Empereur allaient s'entendre à merveille et travailleraient d'un même cœur à la gloire future de Napoléon II.

Pendant ce temps, au palais Palm, Felicia entreprenait de vivre pratiquement en vitrine et s'apprêtait à passer quelques nuits difficiles. En effet, si elle était certaine que, tôt ou tard, Butler tenterait de s'introduire chez elle, il lui était impossible de deviner à quel moment il apparaîtrait. Par Timour, chargé d'une discrète enquête dans le voisinage, elle apprit que Butler s'était installé dans la maison d'en face sous le nom de M. Le Goff, archéologue attaché à l'ambassade de France. Ce qui n'était pas une bonne nouvelle, car elle laissait supposer que l'homme de Morlaix entretenait vraiment d'excellentes relations avec le maréchal Maison, qui avait dû accepter de couvrir cet avatar aux yeux de la méfiante police impériale. Il vivait là avec un valet, un grand homme blond et solidement bâti, celui-là même sans doute qui avait suivi, tout au long de la route de Paris à Vienne, la voiture des deux jeunes femmes.

Timour se garda bien d'ailleurs d'essayer d'entrer en relations avec cet homme pour tenter d'en savoir plus sur les habitudes de son maître. Il se contenta de se rendre chez le meilleur opticien de la Kärtnerstrasse et d'y faire l'acquisition de la plus forte longue-vue qu'il put trouver. Puis, ainsi armé, il alla prendre position dans l'une des chambres de domestiques, au dernier étage du palais Palm d'où l'on avait un assez joli coup d'œil sur l'appartement habité par Butler.

Il acquit ainsi la certitude que l'homme de Morlaix ne sortait de chez lui que la nuit et que, le reste de la journée, il restait assis dans un fauteuil, l'œil rivé à une lunette marine braquée sur les fenêtres des deux jeunes femmes, mais visiblement de plus en plus nerveux.

Chez Felicia, le même scénario se répétait chaque soir. Après avoir soupé seule et bien en vue, la princesse Orsini restait un moment au salon, jouant de la harpe ou du pianoforte. Puis les domestiques retirés et les lumières éteintes, la jeune femme allait s'installer dans la chambre d'Hortense dont elle laissait la fenêtre entrouverte et s'étendait sur le lit dans l'obscurité. Pendant ce temps, Timour allait ouvrir à Marmont qui, chaque soir, arrivait à la nuit close, entrait par la petite porte, avec l'allure furtive d'un conspirateur ou d'un amoureux et s'installait, après avoir échangé quelques paroles avec Felicia, dans la pièce voisine de celle où elle reposait. Dans sa mansarde, Timour surveillait la maison d'en face.

Quatre nuits de suite, la comédie se renouvela, fatigante, épuisante même pour les nerfs et les corps qui n'avaient guère de repos. Seul Timour, décidément d'une complexion à toute épreuve, semblait supporter allégrement les interminables veilles. Et puis le cinquième soir...

Les domestiques avaient regagné leurs chambres et les lumières des appartements étaient éteintes depuis longtemps. Dans le petit salon éclairé par la lune, Felicia, incapable de dormir, bavardait avec Marmont. Ou plus exactement, lui présentait des excuses car elle commençait à se sentir gênée d'avoir imposé à cet amoureux platonique une corvée qui lui dévorait toutes ses nuits. Mais, apparemment, celui-ci ne voyait pas les choses de la même façon.

– Vous savez bien que, vis-à-vis de l'ambassade de France et de la police autrichienne, il vous faut un témoin digne de foi pour attester l'agression? D'autre part, ajouta le maréchal en riant, je trouve inespérée cette merveilleuse occasion que vous m'offrez de vous compromettre. Car, ne vous y trompez pas, ma chère princesse, vous risquez d'y laisser votre réputation. Pour peu que cet homme se fasse attendre encore quelques nuits – ce que je souhaite de tout mon cœur – tout Vienne parlera bientôt de nos amours et cette seule idée me transporte de joie. Elle me laisse espérer que...

– N'espérez pas trop, mon ami! Je ne crois pas être encore capable d'aimer.

– On dit cela. Moi, voyez-vous, je compte sur le temps qui sait si bien guérir les blessures...

– Mais n'efface pas les cicatrices. Mon ami, je ne voudrais pas que vous perdiez ainsi votre temps et peut-être vaudrait-il mieux que vous nous laissiez achever cette affaire à notre manière, Timour et moi?

– Pour cela, n'y comptez pas! J'ai déjà bien assez peur de savoir que vous évoluez trop souvent, dans la journée, bien en vue et dans la ligne de mire d'un pistolet. Cet homme vous a menacée.

– Je sais mais, à la réflexion, cela ne lui servirait à rien de me tuer. Qui donc pourrait alors lui dire où est passée Hortense? En fait, son absence me protège bien plus que sa présence, car je suis certaine qu'il va venir pour essayer de me faire parler. Ensuite, bien sûr, il me tuerait peut-être mais pas d'une simple balle. Il me hait trop pour ne pas vouloir savourer ma mort...

– Je veux croire que vous avez raison. A présent, allez dormir un peu! Cette existence insensée vous épuise...

Il s'interrompit. La porte du salon venait de s'ouvrir, laissant passer Timour.

– L'homme vient de quitter sa maison, dit-il, et il se dirige par ici.

– Alors, prenons nos places.

Felicia alla s'étendre sur le lit d'Hortense, bien en vue dans le rayon de lune et rabattit la courtepointe sur elle tandis que Timour allait se poster, armé d'un pistolet, derrière les rideaux de la seconde fenêtre et que Marmont, armé lui aussi, s'installait derrière un paravent de laque.

Il était temps. On pouvait entendre, au-dehors, le bruit, léger à vrai dire, d'un homme grimpant le long des grosses pierres apparentes dont se composaient les murs du palais. Au bout d'un moment, une tête apparut au-dessus de la balustrade, puis un corps, qui glissa par-dessus avec la souplesse d'un serpent. Le vantail de la fenêtre fut poussé avec précaution, et l'homme resta là un instant, écoutant, regardant... Marmont et Timour retenaient leur souffle, mais Felicia s'efforçait de respirer avec la régularité d'une personne endormie.

Butler tira de sa ceinture un long couteau dont la lame brilla sinistrement dans la lumière blanche de la lune. A pas de loup, il s'avança dans la chambre dont le parquet eut le bon esprit de ne pas grincer. Et, brusquement, il prit son élan, bondit sur la femme étendue, le couteau levé :

– Pas un mot, pas un cri ou tu es morte, sale garce! Si tu appelles...

– Je n'appellerai pas, dit Felicia aussi tranquillement que si elle soutenait une conversation de salon, mais si je n'ai pas le droit de parler, j'aimerais savoir ce que vous faites ici...

Le couteau s'approcha dangereusement de sa gorge.

– Pas tant de paroles! Contente-toi de répondre à mes questions. Où est Hortense?

– Je n'en sais rien. Et ce n'est pas en me tuant que vous apprendrez quelque chose.

– Pourquoi te tuerais-je tout de suite? Je sais les moyens de faire parler les gens... Si je faisais sauter un de ces beaux yeux noirs?

– Je crois que ça suffit! dit la voix froide de Marmont en faisant tomber le paravent. En même temps, Timour, d'un bond de tigre s'abattait sur l'homme et lui arrachait le couteau. Mais, désarmé, Butler restait dangereux car ses mains s'étaient nouées, convulsives, au cou de Felicia et commençaient à serrer en dépit des efforts de Timour pour l'arracher du lit. Alors, saisissant le chandelier posé sur la table de chevet, le Turc frappa. Butler s'écroula sur la jeune femme.

– Ôtez-le de là, gémit-elle, j'étouffe...

Timour enleva l'homme inconscient et le posa à terre tandis que Marmont battait son briquet pour rallumer les chandelles et que Felicia se relevait, un peu titubante.

– Dieu que j'ai eu peur! avoua-t-elle.

– Aussi, gronda Timour, pourquoi tu nous as défendu d'intervenir tout de suite, madame la princesse?

– Parce que je voulais savoir si mon raisonnement était juste, dit la jeune femme en se frottant la gorge...

– C'est avec des vérifications de ce genre qu'on se retrouve au cimetière, grogna Marmont. Est-ce qu'il y aurait ici quelque chose d'un peu fort à boire? Je crois que nous en avons tous besoin...

– Va chercher du cognac, Timour! ordonna Felicia en s'agenouillant auprès de Butler qui portait à la tête une assez vilaine blessure, mais respirait encore. Tu n'y as pas été de mainmorte.

– C'est toi qui serais morte sans ça, maîtresse, morte ou borgne!

– Il est mort? demanda Marmont.

– Non, mais je crois qu'il est gravement blessé...

– Alors, le plus simple c'est de finir l'ouvrage, déclara Timour en reprenant son chandelier.

– Je t'ai déjà dit d'aller chercher du cognac. Qu'allons-nous en faire, mon ami? ajouta Felicia qui avait pris son mouchoir et l'appliquait sur la blessure. On ne peut pourtant pas, dans cet état, le remettre à la police comme nous en avions l'intention?

– Cœur plus sensible qu'il n'y paraît, hein? ricana Marmont. C'est pourtant ce qu'il faudra faire, après avoir appelé un médecin, toutefois...

– Il y en a un pas loin d'ici. Je vais envoyer Timour.

Celui-ci revenait avec le cognac dont Felicia et son chevalier servant avalèrent une bonne rasade non sans un visible plaisir. Puis Timour alla réveiller les domestiques qu'il était à présent impossible de tenir à l'écart de ce qui venait de se passer et finalement fila chercher un médecin.

Celui qui vint, le docteur Hoffman, était un jeune médecin installé depuis peu d'années dans la Herrengasse et qui, ayant été appelé plusieurs fois chez la duchesse de Sagan, les Kinsky ou le prince Stahremberg, avait acquis une assez grande habitude de l'aristocratie et de la manière de se comporter sur son territoire. Il s'inclina devant Felicia comme si elle eût été une reine mais examina le blessé avec beaucoup de soin... et déconseilla vivement de faire venir la police.

– Cet homme a une fracture du crâne. Il est gravement blessé et ne pourra pas répondre à un questionnaire avant des jours et des jours... s'il y parvient jamais. En outre, les gens du baron Sedlinsky sont des gens brutaux et sans nuances qu'il est toujours fort désagréable de voir évoluer chez soi...

– Vous ne pouvez tout de même pas demander à madame de le soigner ici? dit Marmont. Il a tout de même tenté de la tuer...

– J'en demeure d'accord, monsieur, aussi dirai-je que le mieux pour cet homme serait d'être amené chez moi où j'ai deux chambres.

– Pourquoi ne pas le ramener chez lui? dit Felicia. Il habite presque en face, la maison des Lilas. Il y vit sous le nom de M. Le Goff avec un valet qui répond au nom de Morvan.

Le docteur Hoffman considéra la jeune femme avec une stupeur réelle...

– Ainsi, vous le connaissez? Ce n'est pas un voleur, ni un rôdeur?

– Eh non, docteur! N'allez pas en conclure que nous avons l'habitude de nous entre-tuer entre voisins mais je vous jure que cet homme est dangereux.

– Raison de plus pour l'amener chez moi où il sera soigné sans doute mais aussi surveillé. A présent, si vous préférez appeler la police, je me retirerai. Eux le soigneront... à leur manière et, si j'ai bien compris, il s'agit d'un Français. On ne les aime guère depuis Essling et Wagram. Les argousins sont souvent des brutes et je crains...

– Vous n'aimez pas beaucoup la police, hein, docteur? dit Felicia.

– Pas beaucoup, non. Je sais trop ce qu'elle peut faire. Si on lui remet cet homme, il sera mort demain. Et, en ce cas, il était bien inutile de m'appeler...

Felicia eut pour lui un sourire plein de sympathie. Ce garçon était honnête, courageux et il lui plaisait.

– Rassurez-vous, dit-elle d'un ton radouci. Je n'appellerai pas la police et même je ne porterai pas plainte. Mon cher duc, ajouta-t-elle en se tournant vers Marmont, vous voudrez bien avertir l'ambassadeur de France afin qu'il se charge de cet homme et que, s'il guérit un jour, il veuille bien veiller à son retour en Bretagne.

– Il sera fait selon vos désirs...

Le mince visage du jeune médecin s'éclaira d'un sourire qui lui rendit son adolescence. Il était heureux d'avoir été si bien compris car il était de ces âmes rares pour lesquelles un homme qui souffre devient un être cher et précieux entre tous.

– Vous êtes bonne et généreuse, madame...

– Ne le croyez pas trop. Pensez-vous pouvoir le guérir?

– Honnêtement, je n'en sais rien. Cela dépendra de l'importance des dommages internes. Ce pourra être long et peut-être même y laissera-t-il la raison...

– La raison, il y a longtemps qu'il l'a perdue. L'amour l'a rendu fou...

– Alors je le plains d'autant plus. A présent, voulez-vous bien, madame, donner des ordres pour que l'on amène le blessé chez moi?

Un domestique courut chez le docteur Hoffman chercher un brancard. On y installa Butler inconscient et enveloppé d'une couverture puis on le descendit dans la rue. Timour avait été prévenir son valet qui accourut, l'air effaré et surtout très inquiet.

– Tu vas nous aider à le porter chez le docteur, lui ordonna le Turc. Et tâche de te taire si tu ne veux pas être remis à la police pour complicité dans une tentative d'assassinat...

Un moment plus tard, Felicia et Marmont, penchés au balcon, regardaient s'éloigner le petit cortège qui allait tout doucement pour éviter les secousses au blessé et ne pas aggraver son état...

– Je crois que, cette fois, nous en sommes débarrassés, soupira Felicia. Hortense sera contente : Butler n'a pas été tué...

– Il n'en vaut guère mieux. J'ai quelque expérience de ces blessures et j'ai rarement vu un homme en réchapper. J'ajoute que je suis heureux de voir cette épreuve s'achever pour vous.

– Dites *pour nous*, dit Felicia avec un sourire. Vous allez enfin pouvoir dormir toutes vos nuits dans votre lit.

– Je lui préférais de beaucoup le canapé de votre petit salon. J'étais plié en deux mais j'étais près de vous et cela me donnait la délicieuse impression de tenir quelque place dans votre vie...

– Le service que vous m'avez rendu vous donne droit à une place que personne ne pourra vous prendre, mon ami...

Et elle lui tendit une main sur laquelle il appuya des lèvres passionnées mais qu'elle lui reprit au bout d'un instant...

– A présent, rentrez chez vous. Moi, je vais enfin dormir. Mais revenez demain soir...

– Demain? Je peux?...

Elle eut un éclat de rire :

– Pour dîner, bien sûr! Qu'allez-vous imaginer?...

CHAPITRE XI

LA CONSPIRATION DES FEMMES

Dans sa retraite campagnarde, Hortense apprit, avec un mélange de soulagement et de tristesse, la mise hors de combat de celui qu'il fallait bien appeler son ennemi. Une coquette se fût réjouie secrètement d'avoir poussé un homme jusqu'à un tel degré de folie. Elle déplorait sincèrement l'entêtement criminel de Patrick Butler qui, non content d'avoir poursuivi deux femmes d'une assez misérable vengeance, prétendait de surcroît se faire aimer, contre toute logique, en employant l'obsession et la force.

– Il eût été si simple d'essayer de devenir un ami au lieu de se comporter comme un fauve furieux! soupira-t-elle.

– Après ce qu'il nous avait fait, à l'une comme à l'autre, il lui était tout de même difficile de venir nous demander béatement notre amitié, répondit Felicia. Il a délibérément choisi la violence parce que c'est la seule voie qui convienne à son caractère...

– Il eût peut-être été différent si je l'avais aimé?

– Sincèrement, je ne le crois pas. Souvenez-vous de ce qu'il vous a dit, lorsque nous sommes allées à cette réception chez lui : « Quand on veut une femme, on y parvient toujours. C'est une question de temps, de patience, d'habileté, parfois d'argent et rien de plus. » C'était assez clair...

– Il a rempli son programme : il m'a eue.

– Ne confondez pas. Il ne vous a jamais eue. Il a possédé votre corps, par force et par ruse mais il n'a jamais rien eu de votre moi véritable. Et grâce à Dieu, cette pénible expérience n'a pas eu de suites. Il faut la classer au chapitre des mauvais rêves et l'oublier comme j'oublierai désormais mon séjour à la Force.

– Et... s'il guérit? Après tout, cela peut arriver?

– Avouez, chère hypocrite, que cette idée ne vous séduit guère? Eh bien, s'il guérit, ce ne sera pas avant longtemps. Nous aurons disparu bien avant. Du moins je l'espère...

– Vous croyez? dit Hortense, désabusée. Il y a des moments où il me semble que nous sommes ici pour l'éternité...

– Et vous mourez d'envie de rentrer enfin chez vous, mon cœur. Je ne le sais que trop, mais je vous promets que nous allons tout faire pour en finir rapidement. J'avoue que moi aussi je m'impatiente et Palmyre est comme nous. Depuis la mort de Duchamp, le pavé de Vienne lui brûle les pieds. Il est vrai que les choses semblent se compliquer à plaisir...

Le duc de Reichstadt consacrait tout son temps au régiment auquel on l'avait affecté. Il ne quittait la caserne de l'Alslergasse qu'à la tête de ses soldats, et si son approche avait été difficile jusqu'à présent, elle était devenue tout à fait impossible. Ce dont enrageait Felicia. Elle ne comprenait pas qu'après leur tentative avortée le prince n'eût jamais essayé de reprendre contact avec celles dont il savait pourtant bien qu'elles lui étaient entièrement dévouées.

– On lui a donné un uniforme blanc et une poignée d'hommes à commander et le voilà content! grondait-elle. N'est-il donc qu'un enfant que le premier jouet venu peut satisfaire?

La comtesse Camerata qui arrivait à cet instant saisit la balle au bond :

– Je ne crois pas que ce soit cela, dit-elle. Il a toujours porté en lui l'âme d'un soldat et je crois sincèrement qu'en s'adonnant ainsi à la vie militaire, il croit entreprendre une préparation à sa vie de futur monarque...

– En tant que simple chef de bataillon? fit Hortense. Je ne vois là rien de bien excitant...

– Avant de devenir le général Bonaparte puis l'empereur Napoléon, son père a connu les grades subalternes, dit à son tour Maria Lipona, le petit le sait et je crois qu'il doit voir là une manière de s'identifier à lui...

Les quatre femmes déjeunaient sous les tilleuls près de la maison de vignerons où Hortense avait reçu l'hospitalité de Maria. Elle y avait noué amitié avec celle dont on disait qu'elle était le seul homme de la famille de Bonaparte et, à cette amitié, Felicia était venue se joindre tout naturellement. La princesse romaine et la nièce de l'Empereur s'étaient trouvé de nombreuses affinités. Toutes deux avaient vécu à Rome et y avaient des amis communs. Toutes deux avaient le goût des armes et la secrète passion de l'aventure. Elles se reconnurent au premier regard.

– Elles sont l'une comme l'autre de véritables amazones, traduisit Maria Lipona. Avec elles, nous pouvons parfaitement nous passer d'hommes...

– Avouez tout de même qu'un bon régiment nous donnerait plus de poids, dit Léone Camerata. En tout cas, nous aurions plus de chances d'intéresser mon beau cousin. J'ai appris que, cet hiver, il avait fait son commensal de ce traître de Marmont? Faut-il qu'il soit démuni...

– Ne dites pas trop de mal de Marmont, intervint Felicia. Nous en avons fait un ami véritable... et un conspirateur très acceptable.

– Vous ne me ferez pas croire à la parfaite loyauté de cet homme. Il doit être amoureux de l'une de vous...

Il était agréable de bavarder ainsi, en prenant un bon repas sous l'ombre fraîche des grands arbres avec toute la ville de Vienne étalée à leurs pieds.

Depuis quelques jours, une lourde chaleur sévissait sur la ville, fermant les volets pour tenir les habitants au frais de leurs maisons et faisant fuir les plus fortunés vers leurs maisons des champs, des bois ou des lacs. Felicia et Hortense refusèrent néanmoins l'invitation que leur adressait Maria de s'attarder à Cobenzl. Elles préféraient rester en ville afin de s'y trouver prêtes à toutes les éventualités. Cela leur permettait aussi de garder un contact plus étroit avec Marmont, que Camerata ne voulait pas voir, mais qui était devenu cependant la meilleure source d'information de Felicia touchant les allées et venues du 60e régiment d'infanterie hongroise et de son jeune commandant.

En rentrant, ce soir-là, elles furent frappées par le calme un peu oppressant des rues où s'attardait une chaleur orageuse. La Schenkenstrasse était à peu près déserte et le palais Palm, où la duchesse de Sagan n'était pas revenue – Wilhelmine s'était installée pour l'été en

Bohême dans son manoir de Ratiborsitz, près de Nachod –, ressemblait assez à un mausolée. Mais l'épaisseur des pierres y entretenait une agréable fraîcheur et le silence qui y régnait depuis le départ de la duchesse en faisait un séjour estival somme toute acceptable.

Marmont vint, comme chaque soir, boire un verre de porto – il avait pris cette habitude en Angleterre – et apporter les nouvelles du jour. Des nouvelles singulièrement sinistres qui glacèrent le sang des deux jeunes femmes : une épidémie de choléra venait d'éclater en Pologne et, selon les bruits qui commençaient à courir, le fléau se déplaçait en direction de la Bohême et de l'Autriche. Il serait question, au Ballhausplatz, d'établir un immense cordon sanitaire qui couperait l'Europe depuis la mer du Nord jusqu'à l'Adriatique. De toute façon, si la menace se précisait, il faudrait peut-être quitter Vienne.

– Cette chaleur anormale aide à véhiculer le mal et j'aimerais vous savoir à l'abri..., dit Marmont.

Félicia l'arrêta tout de suite.

– Pas question de partir avant d'en avoir fini avec ce que nous sommes venues faire. Où en sont les choses à l'Alslergasse ?

– Elles ne vont pas au mieux. Le prince se fatigue beaucoup trop. Ce ne sont que marches, contre-marches, manœuvres en tout genre. Le tout sous des uniformes qui ne sont pas faits pour la chaleur et dans lesquels il étouffe. L'archiduchesse Sophie essaie de le faire revenir à Schönbrunn où il aurait plus de fraîcheur mais il s'y refuse.

– Avez-vous essayé de le voir comme je vous l'avais demandé ?

– Bien sûr ! Il m'a reçu un instant, le pied à l'étrier, en s'excusant, d'une voix brisée, de ne pouvoir m'accorder davantage. « Le service avant tout, m'a-t-il dit avec un beau sourire, vous devez comprendre cela, monsieur le maréchal... »

– D'une voix brisée ? Que voulez-vous dire ?

– C'est le terme qui convient. Il est atteint d'une sorte de laryngite due aux commandements hurlés dans un air plein de poussière. Il tousse aussi et si vous voulez tout savoir, je l'ai trouvé pâle...

– On le dit incroyablement heureux de ce commandement minable qu'on lui a donné. Est-ce vrai ?

– Heureux? je ne crois pas. Pas vraiment. Il cherche peut-être à s'étourdir. Prokesch lui manque...

– Si nous sommes menacés du choléra, cela l'achèvera. Il faut l'emmener le plus vite possible, dit Felicia. Demain, je vais à Schönbrunn et je demande une audience à l'archiduchesse Sophie.

– Est-ce que vous n'êtes pas devenue folle? fit Marmont, ahuri.

– Pas du tout! Vous dites qu'elle s'inquiète. Si elle l'aime vraiment... et je le crois – elle nous aidera.

– Mais enfin, Felicia, renchérit Hortense, vous connaissez l'étiquette des palais impériaux. Vous ne pouvez y entrer sans y être invitée.

– Croirait-on que je suis n'importe qui? A moins que l'archiduchesse ne soit au fond de son lit – et encore! – je vous dis qu'elle me recevra!

Et naturellement elle y parvint car le palais, impérial ou non, qui refuserait d'admettre la princesse Orsini quand elle avait décidé d'y pénétrer ne s'élevait pas encore sous le soleil. Après avoir subi l'examen d'un rutilant officier de la garde hongroise, doré sur tranches comme un missel, d'un chambellan noir discrètement soutaché d'argent et d'une dame d'honneur en léger taffetas puce – plus une attente de trois bons quarts d'heure! – Felicia se retrouva en train de trotter derrière ladite dame d'honneur dans l'une des allées du parc.

En dépit de la rancune tenace qu'elle gardait à l'Autriche, Felicia aimait le palais de Schönbrunn. Elle aimait sa longue façade d'un jaune doux qui avait l'élégance d'un Versailles moins imposant et plus familier, elle aimait ses grâces qui évoquaient le siècle de la grande Marie-Thérèse et la joie de vivre de sa nombreuse progéniture, les jeux et les premiers rêves d'une Marie-Antoinette enfant et le charme d'un rondeau de Mozart. C'était une demeure faite pour la paix et la joie que l'on eût souhaitée sans gardes, malgré la splendeur et la gaieté de leurs uniformes. Ils évoquaient la guerre, même si leur faste rappelait le temps de ce que l'on appelait les guerres en dentelle.

Il faisait un temps idéal, point encore trop chaud. La grosse chaleur viendrait plus tard, comme le promettait la brume où s'enveloppait la Gloriette dont la colonnade, surmontée de l'aigle impériale, s'érigeait sur la colline, au bout des jardins d'eaux vives et de parterres fleuris.

En quittant le château, la dame d'honneur prit à gauche, vers le Jardin du Prince héritier ponctué en son centre par une belle fontaine des Naïades que l'on contourna pour se diriger vers la Ruine romaine. C'était un nymphée extrêmement romantique, un bassin chevelu de lys d'eau et de nénuphars qui s'étendait au pied d'une arche romaine artistement ruinée. L'archiduchesse Sophie était là.

Vêtue de mousseline blanche, une large ombrelle assortie ouverte au-dessus de sa tête, Sophie, lente et gracieuse, marchait à petits pas en tenant la main d'un tout petit garçon en robe bleu pâle qu'une gouvernante étayait de l'autre côté. Dans les flèches de lumière qui perçaient la voûte verte des grands arbres, le tableau était charmant. Le bébé, blond et bouclé – il devait avoir à peine un an – gazouillait et riait en agitant ses petits pieds de façon désordonnée et les deux dames riaient avec lui. Mais, en entendant crisser le gravier sous les pas des arrivantes, l'archiduchesse tourna la tête, se baissa vivement pour enlever son fils et le remit à la gouvernante.

– Emmenez François-Joseph et couchez-le, baronne! Il faut qu'il se repose à présent.

– Aux ordres de Votre Altesse impériale! Venez, monseigneur!

L'archiduchesse la regarda s'éloigner sous les arbres puis se retourna franchement et, après avoir congédié sa dame d'honneur d'un geste gracieux, elle attendit calmement que Felicia eût achevé sa profonde et parfaite révérence.

– En vérité, princesse, dit-elle enfin, vous semblez posséder le don de deviner les pensées. Voici quelque temps déjà que je souhaitais vous voir et je ne savais trop comment vous faire venir ici sans éveiller les curiosités.

– Votre Altesse impériale me couvre de confusion. Je n'osais même pas espérer qu'elle se souvînt encore de moi...

Sophie se mit à rire, un joli rire clair qui rendit son adolescence à son beau visage sérieux.

– Dieu, que l'humilité vous va mal, ma chère! Vous n'ignorez certainement pas que vous avez un visage difficile à oublier. Mais puisque vous avez demandé à me parler, prenons les choses par leur début. Pourquoi souhaitiez-vous me voir?

Avec sa spontanéité tout italienne, Felicia se laissa

tomber à genoux au beau milieu de l'allée sans prendre autrement souci de sa robe de jaconas jaune citron brodée de fleurs blanches au plumetis...

– Votre Altesse impériale doit bien s'en douter? Je viens la supplier de nous aider à donner un empereur à la France.

– Rien qu'à la France? Et pas à l'Italie? Vous me surprenez... Mais pour l'amour de Dieu, relevez-vous. Si l'on vous voyait ainsi à mes pieds on se demanderait quel crime vous avez commis...

– Pourquoi un crime? Pourquoi ne demanderais-je pas une grâce?

– Parce que, dans cette cour où règne Metternich, on ne choisit jamais l'explication la plus simple. Mais venez et allons nous asseoir près du nymphée. Nous y serons au frais et hors de portée des oreilles indiscrètes qui se cachent volontiers derrière les arbres... D'autant que vos propos ne sont pas de ceux que l'on peut qualifier d'innocents.

Elles s'installèrent sur le bord du bassin où des sièges étaient ménagés et où leurs amples jupes firent éclore de grandes fleurs claires. Un moment, elles gardèrent le silence, goûtant la fraîcheur de la vieille ruine moussue, écoutant le chant des oiseaux. L'archiduchesse avait refermé son ombrelle et, de la pointe, dessinait sur le sable des signes incompréhensibles. Retenue par l'étiquette, Felicia n'osait parler tant que Sophie se taisait. Finalement, celle-ci se décida :

– Où prenez-vous que je puisse vous être d'une aide quelconque, princesse? J'ai peu de pouvoir. L'empereur m'aime bien mais seul Metternich règne, ajouta-t-elle sans songer à dissimuler la colère qui faisait vibrer sa voix. On sait mon affection pour Franz... ou si vous préférez pour François. On me surveille et c'est pourquoi je pensais à vous. Je me demandais ce que vous deveniez et pourquoi vous ne donniez pas de vos nouvelles?

– Votre Altesse impériale sait bien comment le départ pour Bologne du chevalier de Prokesch-Osten a fait échouer notre projet de fuite...

– C'est ce que j'ai appris, mais je vous avoue n'avoir pas compris. Le duc n'a pas à ce point besoin de Prokesch. Celui-ci aurait pu le rejoindre facilement. Il suffisait de savoir dans quel camp il choisissait de se battre...

– Sans doute, mais à ce moment-là, il n'était bruit aussi que de la rébellion des villes italiennes et d'une éventuelle accession du... duc de Reichstadt au trône de Modène qui eût fait un bon point de départ... pour une autre aventure.

– Êtes-vous naïve au point d'avoir attaché foi à cette fable? D'avoir cru un seul instant que Metternich pourrait entrouvrir la cage?... Je vois qu'en effet vous l'avez cru, mais les démentis sont venus assez vite. Qu'avez-vous fait depuis?

– Pas grand-chose, je le crains, Altesse! D'abord, il nous a été impossible de rencontrer le prince une nouvelle fois... et d'autre part nous avons perdu l'homme qui était l'âme de ce qu'il faut bien appeler notre complot. Nous en avons été désorientées...

– C'est fâcheux en effet mais, à présent, vous me semblez décidée à reprendre les choses où elles en étaient puisque vous voilà. Qu'attendez-vous de moi?

– Que Votre Altesse impériale nous aide à rencontrer le prince. Rien qu'une fois! Il doit bien venir ici de temps en temps?

Un éclair de colère traversa les yeux d'un bleu transparent de Sophie.

– Jamais! Il est tout entier à son nouveau métier. Oh, Metternich sait ce qu'il fait! Et ce jeune sot qui se croit libre parce qu'il se retrouve hors de la Hofburg en compagnie de quelques centaines d'hommes qu'il a le droit d'emmener faire l'exercice. Et le tout, ajouta-t-elle avec une indicible amertume, dans un grade indigne d'un noble de bonne souche. Franz s'imagine qu'il respire mieux mais je sais qu'il se donne trop à cette tâche subalterne, qu'il risque d'y ruiner une santé qui n'est pas des meilleures. Et moi, je voudrais tant qu'il puisse vivre son rêve! Mais je suis impuissante... misérablement!

Des larmes brillaient à présent dans ses yeux et Felicia, émue, retint le geste qui la poussait à prendre la main de cette jeune femme malheureuse comme elle eût pris la main d'Hortense ou de Maria.

– S'il venait ici, Altesse, pourrions-nous compter sur une aide?...

– Vous savez bien que oui. Auriez-vous une idée?

– Je crois. Il serait souhaitable que dans les jours à venir, disons... la semaine prochaine, Votre Altesse impériale exprime le désir de se faire présenter les derniers modèles reçus de Paris par Mlle Palmyre. Celle-ci, qui est des nôtres, viendrait accompagnée d'une de ses vendeuses. Elle apporterait aussi des cravates, des écharpes, des gants, tout ce qui peut séduire un jeune homme élégant...

– Encore faudrait-il que le jeune homme soit présent?

– Si Dieu m'aide, je crois qu'il le sera...

– Souhaitons-le! Et cette vendeuse, bien sûr, ce sera vous?

– Non. J'ai mis trop d'insistance à réclamer audience tout à l'heure. Je craindrais d'être reconnue. Ce sera Mme de Lauzargues...

– A-t-elle votre pouvoir de persuasion?

– Je l'espère. Mais elle aura seulement un message à délivrer. Quant à Votre Altesse impériale, si elle le veut bien, elle n'aura rien d'autre à faire que conduire les deux femmes chez le prince.

Felicia donna encore quelques explications complémentaires, mais le sourire de Sophie l'avait renseignée : elle avait là une alliée véritable. L'archiduchesse aimait et, comme toutes les grandes âmes, elle était prête à sacrifier son amour à la gloire de l'homme qu'elle aimait. A moins qu'elle ne vît plus loin? Si les hasards du destin, en la rendant veuve, pouvaient la conduire elle aussi au trône de France?

Sophie devina-t-elle la pensée qui venait de traverser l'esprit de sa visiteuse? Toujours est-il qu'elle reprit aussitôt cet air de majesté qui lui était tellement naturel. Si une femme avait été créée pour le règne, c'était bien elle...

– J'aurai peine à le voir s'éloigner, dit-elle, mais un homme doit aller vers le destin pour lequel il est né. Franz parti, je ne songerai plus qu'à mon fils et n'aurai trêve ni repos jusqu'à ce qu'il coiffe la couronne de Charles Quint. Car je ferai en sorte qu'il soit digne de la porter. A vous revoir bientôt, princesse Orsini!

L'audience était achevée. Felicia se leva, plia le genou avec un respect sincère et baisa la main que Sophie lui tendait. Puis, elle revint lentement vers la fontaine des Naïades où l'attendait la dame d'honneur qui l'avait amenée. Elle emportait beaucoup d'espoir et, pour la première fois, quelque chose qui ressemblait à de l'amitié pour un membre de la famille impériale d'Autriche. Il est vrai que Sophie était bavaroise...

En quittant Schönbrunn, elle ordonna à Timour de la conduire au Kohlmarkt, chez Palmyre, où elle demeura une grande heure, se faisant montrer des dentelles, des capelines, des canezous et des chapeaux de paille d'Italie... en parlant de choses qui n'avaient vraiment rien à voir avec les frivolités.

Trois jours plus tard, on sut par Marmont, toujours aussi bien renseigné, que le prince François participerait avec son régiment à des manœuvres d'inspection sur le glacis des remparts proches de la Hofburg. C'était l'occasion rêvée pour ce que voulait faire Felicia et, une bonne demi-heure avant l'arrivée des troupes, Hortense, Felicia et Palmyre se mêlaient à la foule des badauds qui, déjà, se rassemblait. Les Viennois, en effet aimaient les parades militaires autant que les grandes processions de la Sainte-Anne ou les parties de plaisir à la campagne. Ils éprouvaient une sorte d'orgueil à voir évoluer des troupes dont ils appréciaient en connaisseurs la belle tenue et le bel ordonnancement. Les femmes et les jeunes filles se montraient encore plus friandes de ce genre de spectacle et ce n'était, sous le clair soleil d'été, que robes bleues, roses, jaunes ou blanches mêlées aux charmants costumes dont on trouvait toujours, à Vienne, un large échantillonnage.

Ce jour-là, d'ailleurs, un bruit parti on ne sait d'où avait chuchoté que l'on verrait le duc de Reichstadt, et les femmes étaient peut-être encore plus nombreuses que d'habitude sur son parcours. En effet, nombre de jeunes cœurs – et de moins jeunes! – battaient pour ce prince si beau, si charmant et auquel un destin malheureux conférait une auréole. On avait haï son père mais le petit Napoléon, comme disait Wilhelmine, faisait oublier les heures noires et emportait tous les suffrages. Aucun archiduc ne pouvait rivaliser avec lui pour le charme et l'élégance.

Quand les troupes apparurent, elles récoltèrent leur honnête part d'enthousiasme mais c'était *lui* que l'on attendait et cela se vit bien quand, en avant de la ligne blanche des uniformes, s'érigea sur la robe noire et lustrée de la jument Rouler la fière silhouette du prince. Les cris atteignirent au délire.

Sanglé dans son uniforme blanc et ses culottes bleu clair soutachées d'argent, crânement coiffé d'un bicorne verni noir à ganse d'or, les étoiles de diverses décorations brillant sur sa poitrine et un sabre courbe – celui-là même qui avait appartenu jadis au général Bonaparte – pendu à son ceinturon, François avait vraiment l'air d'un prince de légende.

Sa jument, fermement tenue en main, dansait une sorte de pas espagnol et lui, insoucieux des officiers et des gardes du corps qui le suivaient de près, souriait à tous ces visages, à tous ces sourires, à tous ces vivats...

– Comme il est beau! souffla Hortense émerveillée.

– Comme il est maigre! gronda Felicia. Bien plus qu'à notre dernier revoir...

– Comme il est pâle! gémit Palmyre...

Mais, déjà, elle s'élançait, courait vers le prince au risque de se faire fouler aux pieds des chevaux en criant « Vive le duc de Reichstadt! » et lui tendait le petit bouquet de roses qu'elle avait jusque-là porté à sa ceinture.

– Tiens, mon beau prince! Elles te porteront bonheur!

– Venant d'une aussi jolie femme, j'en suis certain!

Il prit les fleurs et, en même temps, le petit billet plié que Palmyre lui fourrait entre les doigts. Mais déjà, on écartait la jeune femme sans toutefois la molester parce que toutes les femmes présentes applaudissaient son geste hardi, en regrettant peut-être de n'avoir pas le courage d'en faire autant. Un instant plus tard, Palmyre, rouge et essoufflée, sa capote de soie corail garnie de muguet rejetée en arrière de sa tête, rejoignait ses compagnes en répondant joyeusement aux félicitations de ceux qu'elle côtoyait.

– Je n'ai pas pu m'en empêcher, expliquait-elle en riant. Ça a été plus fort que moi. Il est si charmant!

Hortense et Felicia la réprimandèrent hypocritement pour le danger « vraiment gratuit » qu'elle avait couru, mais elle haussa les épaules, récitant à merveille sa leçon :

– Avec un pareil cavalier, je n'avais rien à craindre. Et puis c'était si amusant!

Le petit remous causé par l'incident se calmait. L'attention se reportait sur le prince, qui s'éloignait en respirant ses roses avant de les glisser à son ceinturon, et sur les soldats qui s'en allaient prendre leur position. La manœuvre d'inspection allait commencer... Les trois jeunes femmes en profitèrent pour s'esquiver.

– Avez-vous réussi? chuchota Felicia quand elles rejoignirent leur voiture.

– Oui. Il a le billet. Il n'a même pas marqué de surprise. Peut-être a-t-il cru à une lettre d'amour?

– Auquel cas, il ne le lira même pas! fit Hortense.

– Allons donc! Quand on est fait comme lui, on lit toujours une lettre de femme. Au moins une fois avant de la jeter au panier. Mais cela m'étonnerait qu'il jette celle-là. Il la brûlerait plutôt...

En effet, le billet n'avait rien du poulet galant. Il ne contenait que onze mots : « Allez au plus tôt à Schönbrunn. Il y va d'un empire... »

– Il n'y a plus qu'à attendre, conclut Felicia.

Elles attendirent cinq jours. Cinq jours qui parurent durer une éternité. Mais enfin, au matin du sixième jour, une arpette de chez Palmyre vint porter une lettre de sa patronne au palais Palm : l'archiduchesse Sophie demandait que la modiste vînt dès le lendemain au palais de Schönbrunn lui présenter ses dernières nouveautés.

– Cette fois, dit Felicia à Hortense, c'est à vous de jouer, ma chère amie! Timour vous conduira ce soir chez Palmyre où vous coucherez afin d'être à pied d'œuvre et bien dans votre rôle dès demain matin.

Le soleil et la chaleur avaient fait place à d'épais nuages et à une certaine fraîcheur, grâce à un orage violent qui avait sévi dans la nuit, quand la voiture de Palmyre, contenant les deux jeunes femmes plus une pile impressionnante de cartons, franchit les deux obélisques soutenant la grille du château. Ces obélisques étaient curieusement surmontés d'aigles napoléoniennes, souvenirs du passage de l'Empereur après Wagram et conservées Dieu sait pourquoi. Peut-être à cause de leur grande beauté. Mais ce souvenir historique inattendu parut à Hortense de très bon augure.

Le cœur lui battait un peu fort, encore qu'elle n'éprouvât aucune crainte. C'était plutôt l'excitation de l'aventure et aussi l'idée que, dans un instant, elle approcherait de nouveau le jeune prince qui avait pris tant de place dans sa vie. Allait-elle se montrer à la hauteur de la tâche qu'on lui avait confiée?

Pour cette importante visite, les deux jeunes femmes s'étaient habillées avec un soin tout particulier. Ne devaient-elles pas faire admirer le goût français? Palmyre portait une robe de satin mat pékiné bleu pervenche et blanc sous un petit spencer de velours du même bleu. Une crosse de marabout blanche ponctuait sa capeline bleue. Hortense, elle, se contentait d'une robe de batiste blanche à volants dentelés qu'une large ceinture de rubans verts serrait à la taille. Les mêmes rubans nouaient sous son menton un charmant cabriolet garni de roses pâles. Elles étaient tout à fait charmantes ainsi que les en assurèrent les regards attendris des soldats de garde.

Précédées de deux laquais surchargés de cartons, elles en suivirent un troisième sur le long chemin des appartements de l'archiduchesse dont les fenêtres donnaient sur la cour d'honneur.

Il était encore tôt le matin et les deux jeunes femmes s'attendaient à ce qu'on les reçût en négligé. Ce qui eût été plus commode sans doute pour d'éventuels essayages, mais quand on les introduisit dans le petit salon d'angle donnant sur une terrasse ensoleillée, elles purent constater que Sophie, habillée de pied en cap était, en dépit de l'heure, tirée à quatre épingles. Pas un cheveu ne dépassait de sa chevelure savamment lustrée et sa robe de percale bleu ciel à fichu de dentelle semblait sortir tout droit du repassage. Assise à un petit bureau semi-circulaire en bois de citronnier dont la courbe s'achevait de chaque côté en jardinières garnies de roses fraîches, elle écrivait d'une main rapide et ne leva pas la tête à l'entrée de ses visiteuses :

– Je suis à vous dans l'instant, dit-elle seulement.

La lettre, en effet, fut vite achevée. Sophie la relut, la sabla, la cacheta et la déposa devant elle sur le bureau. Puis elle se leva.

– Eh bien, dit-elle, que m'apportez-vous là ?

Le déballage des robes et des multiples objets que contenaient les cartons parut interminable à Hortense. L'archiduchesse regardait, disait un mot mais ne semblait pas s'intéresser véritablement à ce qu'on lui montrait. Avec une certaine inquiétude, Hortense remarqua la pâleur de son visage et les larges cernes qui marquaient ses yeux d'un bleu aigue-marine. Visiblement, elle faisait un effort sur elle-même pour parler chiffons et frivolités. Néanmoins, elle choisit deux robes, un bonnet de mousseline, un joli châle brodé et une robe d'enfant pour le petit François-Joseph...

– Nous avons aussi de belles choses pour un homme, dit enfin Palmyre. Des cravates de cachemire, des écharpes blanches à franges d'or, des nœuds d'épée...

Sophie la regarda et ne répondit pas tout de suite. Elle donnait l'impression de livrer quelque combat intérieur et Hortense sentit son cœur se serrer. L'archiduchesse allait-elle se raviser? Naturellement, elle ne dit rien mais son regard, comme d'ailleurs celui de Palmyre, se chargea d'une muette supplication. Sophie poussa un soupir :

– Mon auguste époux, l'archiduc François-Charles, ne s'intéresse pas à la toilette. Ces recherches lui sont étrangères mais... Elle prit un temps qui mit de nouveau ses visiteuses à la torture. Ce qu'elles souffrirent alors dut se lire clairement sur leurs visages car, soudain, Sophie eut un fugitif sourire :

– Mais notre neveu, monseigneur le duc de Reichstadt s'y intéresse comme il convient à un jeune homme. Nous pourrions aller jusque chez lui?...

Le soulagement de Palmyre s'exhala en un imperceptible soupir mais elle était devenue toute rouge...

– Il est vrai, murmura-t-elle, que Monseigneur est d'une élégance... célèbre. Ce serait un honneur pour ma maison que servir... ... ne fût-ce qu'une fois, un aussi grand prince.

L'archiduchesse sourit à nouveau mais, cette fois, son sourire se teinta de mélancolie.

– Je n'en doute pas, dit-elle. Je vais vous conduire. Vous serez reçues plus sûrement.

Palmyre et Hortense suivirent la robe bleue de Sophie à travers une enfilade de salons qui comptaient parmi les plus beaux du palais : salon Rouge, salon des Souvenirs, des Tapisseries, des Millions, dont les marqueteries de bois de rose et les arabesques de bronze doré encadraient une inestimable collection de miniatures chinoises, des Miniatures et enfin des Porcelaines, ravissante et fraîche pièce dont les vernis anciens, bleus et blancs, imitaient la porcelaine à la perfection. Mais, quelle que fût la somptuosité de ces salons, ils gardaient quelque chose d'intime, de familial, peu courant dans une demeure impériale.

De même, la fameuse étiquette Habsbourg semblait s'adoucir entre les murs de Schönbrunn. Pas de gardes, pas de valets sinon celui qui, devant l'archiduchesse, ouvrait les portes et celui qui, chargé de deux cartons, fermait la marche. Seul, dans le salon des Porcelaines, un aide de camp faisait les cent pas. Il s'inclina profondément devant Sophie :

– Voulez-vous voir, capitaine Foresti, si le duc peut recevoir des fournisseurs?

Il pouvait apparemment et les trois femmes pénétrèrent dans une grande chambre tendue d'admirables tapisseries tissées à Bruxelles au siècle précédent et représentant des scènes de la vie militaire. Un grand paravent de laque chinoise dissimulait le lit et une haute glace rococo flanquée de candélabres chargés de bougies reflétait la lumière des fenêtres.

– On dit, avait expliqué Palmyre à Hortense, qu'il habite la chambre où son père a couché après Austerlitz et après Wagram.

Et Hortense ne put se défendre d'une petite émotion en pénétrant dans ces lieux où avait vécu l'illustre parrain qu'elle n'avait jamais vu de son vivant.

– Nous venons te tenter, Franz! dit gaiement l'archiduchesse en pénétrant dans la pièce, et j'espère que nous ne te dérangeons pas?

Le duc sourit en venant prendre la main de sa tante pour la baiser avec une visible tendresse.

– Tu ne me déranges jamais! Et puis, tu vois, je ne faisais rien sinon contempler le parc. Il est particulièrement beau ce matin. Qui sont ces dames?

– La fameuse Mlle Palmyre, de Paris et l'une de ses vendeuses. Elles viennent te montrer des merveilles...

Pliées en deux par leurs révérences, Palmyre et Hortense n'avaient pas encore levé les yeux sur le prince, désagréablement frappées qu'elles étaient par l'enrouement pénible de sa voix. Mais quand elles se redressèrent, Hortense put voir que le regard de François était fixé sur elle et que ce regard souriait.

– Des merveilles? Vraiment? Il y a longtemps qu'on ne m'a offert des merveilles! Puis il ajouta plus bas : Comment allez-vous, madame de Lauzargues?

– Au mieux, monseigneur, puisque Votre Altesse veut bien se souvenir de moi et puisque j'ai le bonheur de revoir mon prince, souffla Hortense.

Mais Sophie protestait :

« Tu es imprudent, Franz! Pas de noms! » Et, plus haut, elle ajouta : Montrez donc à monseigneur ces belles cravates de cachemire de tout à l'heure. Elles devraient lui plaire.

Déjà Palmyre ouvrait des cartons, sortait un flot d'étoffes et commençait, en forçant un peu le ton de sa voix, à vanter la qualité de ce qu'elle présentait :

– Nous n'avons pas que des cachemires. Voici des satins de la Chine, des soies mates du Chan-tung, des passementeries filées d'or...

Elle parlait, parlait et, masqués par ce bourdonnement, Hortense et le prince purent échanger quelques phrases.

– Vous n'avez donc pas renoncé ainsi que je le pensais?

– Non, monseigneur. On me charge de dire à Votre Altesse que tout sera prêt pour le soir qui lui plaira. Et le plus tôt sera le mieux. En été, il y a toujours beaucoup de mouvement sur les routes. Nous passerons inaperçus.

– Quel est votre plan?

– Toujours le même : vous voyagerez sous mon aspect jusqu'au-delà de la frontière. L'important est de gagner Paris au plus vite...

– Et vous-même? Je vous l'ai dit, je ne veux pas vous laisser derrière moi.

– Soyez sans crainte. Je vous suivrai à quelques heures avec Palmyre qui rentrera sous le prétexte de sa mère malade. D'ailleurs, elle souhaiterait vous servir à Paris. Quant à la comtesse Camerata...

– Est-elle donc revenue?

– Mais oui. C'est elle qui, depuis la mort du colonel Duchamp, est notre meilleur lien avec les comités bonapartistes et, bien sûr, avec la famille impériale. Elle nous prêtera main-forte au soir de l'évasion puis gagnera Paris par ses propres moyens...

Le prince fut pris d'une toux sèche qui mit du rouge à ses pommettes.

– Comment voyez-vous mon départ?

– C'est assez simple si Votre Altesse veut bien rester ici quelques jours et prendre l'habitude d'une promenade du soir avec l'archiduchesse. Au soir prévu, cette promenade devra avoir pour but le grand obélisque qui se trouve le plus près du mur d'enceinte. Une voiture attendra de l'autre côté et, le mur franchi, elle vous ramènera au palais Palm dont vous partirez aussitôt. On vous aidera à franchir le mur cependant que l'archiduchesse s'évanouira... et n'appellera au secours qu'assez tard. Cela ne demande, comme Votre Altesse le voit, qu'un peu d'audace et beaucoup de chance. Reste à choisir le jour...

Le prince réfléchit un instant et sourit à Palmyre, visiblement à bout de souffle. Alors, élevant la voix, il déclara :

– Tout ceci me plaît beaucoup. Mais je voudrais certaines modifications. Pourrez-vous me livrer dans une semaine? Nous sommes jeudi. Peut-être jeudi prochain?

Palmyre poussa un soupir de soulagement qui s'épanouit en un grand sourire puis elle plongea dans une révérence.

– Nous sommes aux ordres de monseigneur. Il peut être certain que nous ferons tout pour le satisfaire. Ce sera pour jeudi.

Une demi-heure plus tard, Palmyre et sa fausse vendeuse remontaient dans leur voiture et, toujours saluées par les sourires et les clins d'œil des sentinelles, quittaient le palais.

– Dieu, que j'ai eu peur! dit Palmyre en se laissant aller dans le fond de la voiture et en desserrant les rubans de sa capeline. Je ne suis pas certaine d'être vraiment taillée pour les conspirations. Mon cœur bat comme si j'avais couru plusieurs lieues. Pourtant, tout s'est très bien passé, n'est-ce pas?

– Sans doute, néanmoins, je vous avoue que la santé du prince m'inquiète. Cet enrouement, cette toux... Non, je n'aime pas cela.

– Il est certain qu'il est fatigué. Et il a peut-être pris froid. Le bon air de chez nous le remettra vite d'aplomb. Avez-vous vu comme il semblait heureux?

– Oui... mais l'archiduchesse, elle, semblait bien soucieuse...

– C'est normal, dit Palmyre, décidée apparemment à voir tout en beau. Il va partir et elle l'aime. Il faudrait être plus qu'humaine pour envisager ce départ d'un œil joyeux...

Les quelques jours qui suivirent se passèrent en préparatifs. La princesse Orsini et la comtesse de Lauzargues firent savoir autour d'elles leur intention de regagner la France. La plupart de ceux avec qui elles étaient en relations ayant quitté Vienne pour leurs châteaux ou leurs maisons d'été, le tour en fut assez vite fait. Maria Lipona, elle, était aux anges en voyant se réaliser ce pour quoi elle luttait depuis des années. Elle avait bien l'intention de rejoindre ses amies en compagnie de Léone Camerata, car elle tenait essentiellement à participer à l'aventure française comme elle avait participé à l'aventure autrichienne. Seul Marmont était profondément triste et ne s'en cachait pas :

– J'ai peur qu'il ne se passe bien du temps avant que je

ne vous revoie... toutes deux, dit-il. Même si... l'Empereur me rappelle, je crains que le peuple de France ne revoie pas avec plaisir le duc de Raguse?

– Le peuple de France a un cœur aussi changeant que celui d'une jolie femme, riposta Felicia. Il va adorer notre Aiglon et il suffira que celui-ci déclare qu'il vous aime pour que ce peuple oublie même que vous avez défendu Charles X. Vous savez bien que c'est votre seule chance de rentrer un jour. Et soyez certain que nous ne laisserons pas Napoléon II oublier ce qu'il vous doit...

– J'en suis convaincu. Mais tant de jours sans vous voir!...

– Pensez à celui où vous me reverrez! Cela vous fera prendre patience...

Chez un juif de la Josefstadt, Felicia vendit l'une de ses parures, diamants et émeraudes, pour faire face aux frais du voyage et de l'installation du prince à Paris. C'était le deuxième joyau important dont elle se défaisait et Hortense s'inquiétait de voir son amie se démunir ainsi.

– Vous savez bien que je les avais sacrifiés d'avance à notre cause. Notre empereur me rendra tout cela...

– Et... si nous allions échouer?

Felicia se mit à rire :

– J'aurais toujours la ressource de rentrer à Rome. Grâce à Dieu, les Orsini ne sont pas encore dans la misère et il en restera bien quelques-uns pour m'accueillir. Enfin... il y a le jeu! Mais pour l'amour du ciel, Hortense, cessez d'avoir des pensées aussi négatives...

– Vous avez oublié quelque chose dans votre énumération : il vous reste aussi Combert... et mon amitié. La vie n'y est peut-être pas très brillante, ni très passionnante mais...

– Pas passionnante? avec tout ce qui vous est arrivé là-bas? Vous êtes difficile! – Elle ajouta, avec une soudaine gravité : – C'est vrai. Il me reste Combert et je ne l'avais pas oublié. Mais cela me faisait plaisir de vous l'entendre dire...

Était-ce d'avoir évoqué sa maison, cette nuit-là, Hortense eut du mal à s'endormir. Une fébrilité s'emparait d'elle à l'idée de retourner enfin là-bas. Il y avait des mois et des mois, maintenant, qu'elle était partie et le silence obstiné de Jean lui pesait et même l'angoissait. Une autre lettre de François était arrivée, quelques semaines plus tôt, sans apporter la moindre nouvelle de l'homme aux loups et Hortense, connaissant François, craignait que Jean lui eût interdit d'en donner.

Elle en fut même persuadée quand le lendemain – il existe de ces coïncidences! – elle reçut un dernier billet de Combert. François n'y disait que peu de choses mais ces choses firent se serrer le cœur de la jeune femme : « Revenez, madame Hortense! écrivait le fermier. Je vous en supplie, revenez aussi vite que vous pourrez. On m'a défendu de vous écrire et j'espérais toujours vous voir rentrer. A présent, il faut faire quelque chose. Vous seule pouvez défendre votre bonheur... si toutefois celui que vous aimiez représente toujours le bonheur pour vous... »

Ayant lu, Hortense éclata en sanglots et Felicia, après avoir jeté un coup d'œil au billet, choisit de la laisser pleurer. Ces larmes, ces sanglots reflétaient trop clairement les mois de nostalgie et d'angoisse vécus par son amie pour qu'elle les arrêtât. Ce fut seulement au bout d'un long moment qu'elle vint s'asseoir auprès d'elle et l'entoura de ses bras.

– Plus que deux jours, mon cœur, et nous rentrons! Si cet homme vous écrit, c'est qu'il n'est pas trop tard.

– Croy... croyez-vous?

– J'en suis sûre. Sinon, il ne l'aurait pas fait. Il sait combien de temps il faut à une lettre pour arriver jusqu'ici et combien de temps il vous faut pour rentrer. Soyez tranquille, vous arriverez à temps... J'ai peur de vous avoir trop demandé en vous entraînant dans cette aventure. Mais je vais faire en sorte qu'elle se termine pour vous sans trop de dommage...

Le ton calme et déterminé de Felicia arrêta les larmes d'Hortense qui releva la tête.

– Que voulez-vous dire?

– Que demain soir vous resterez ici tandis que j'irai à Schönbrunn avec Timour et Camerata. Si, à l'aube, je ne suis pas revenue, vous partirez. Sans attendre et sans chercher à en savoir davantage. Vous irez prendre la malle de Salzbourg et, de là, vous regagnerez la France. Non, Hortense, n'insistez pas. Ma décision est prise et je n'y reviendrai pas...

– Vous me punissez pour un moment de désespoir? fit Hortense amèrement.

– Je ne vous punis pas, chère tête folle! Mais je viens de mesurer que vous risquez de payer un prix beaucoup trop élevé pour une aventure, même impériale. Marmont restera avec vous...

Mais en apprenant le rôle qu'on lui réservait, le maréchal fit la grimace. L'idée de tenir compagnie à Hortense ne lui souriait qu'à moitié car, engagé par amour dans cette conspiration de femmes, il n'appréciait pas d'y jouer un rôle subalterne. Felicia s'attendait d'ailleurs à sa réaction et le ramena bien vite à une plus saine compréhension du rôle d'un galant homme :

– C'est un poste de confiance que je vous donne. S'il nous arrivait, pour quelque raison que ce soit, de ne pas revenir, il faut que vous restiez, en apparence, tout à fait en dehors de cette histoire. Vous aurez alors à mettre Hortense en voiture, dès le matin, en direction de la France...

– Mais vous?

– Vous aurez tout le temps de vous occuper de moi ensuite. Elle, il faut qu'elle parte. Au surplus, il n'a jamais été question que vous veniez à Schönbrunn. Pour franchir un mur et le faire franchir au prince, nous n'avons pas besoin d'être une demi-douzaine. Nous aurions l'air d'une bande de moutons affolés. Timour et moi entrerons dans le parc. La comtesse fera le guet dans la voiture. C'est l'affaire de quelques minutes. Après quoi nous rentrons. Vous verrez le prince à ce moment-là et vous pourrez conduire alors Mme de Lauzargues chez Palmyre qui l'attendra. A présent, voyez si, oui ou non, vous voulez vous conduire comme l'ami que j'espère avoir en vous?

– Comme si vous ne saviez pas que je ne saurai jamais vous dire non? J'exécuterai point par point ce que vous attendez de moi.

– C'est bien ainsi que je l'entendais! conclut Felicia en adoucissant d'un éclatant sourire ce que sa phrase pouvait avoir d'un peu raide. Le sourire fit un miracle et Marmont, crédule comme un amoureux, vit poindre une faveur là où, l'instant précédent, il ne voyait qu'une effroyable corvée. Il ne restait plus qu'à attendre le soir et le moment tant espéré où leur destin à tous allait tenter de rencontrer l'Histoire.

A la tombée de la nuit, une voiture fermée appartenant à Maria Lipona déposait celle-ci au palais Palm où elle passerait la soirée en compagnie d'Hortense et de Marmont puis repartait, emmenant Felicia et Timour qui, pour la première fois de sa vie peut-être, voyageait à l'intérieur. Sur le siège, habillée en cocher et un haut-de-forme gris crânement planté sur l'oreille, Léone Camerata faisait claquer son fouet de façon tout à fait convaincante. Derrière l'une des fenêtres du palais, ceux qui restaient regardèrent la voiture disparaître dans la rue éclairée. Pour eux commençait une attente que l'angoisse allait rendre interminable mais qu'une grande espérance réchauffait de sa flamme...

La même espérance faisait battre très fort le cœur de Felicia tandis que, par la vitre baissée, elle regardait défiler les rues de Vienne nocturne. Tout à l'heure, avec un peu de chance, cette chance qui ne pouvait pas l'abandonner encore une fois, le prince dont elle rêvait depuis tant d'années serait assis auprès d'elle et accepterait de se laisser mener par elle vers un destin glorieux.

La nuit était belle et douce. Il avait fait chaud tout le jour, de cette chaleur pesante des pays centraux mais il avait dû pleuvoir quelque part et une agréable fraîcheur remplaçait la canicule, incitant les habitants de la ville à la flânerie nocturne. Des odeurs d'herbe coupée et de terre humide emplissaient l'air. Les couples étaient nombreux à se promener sous les arbres. Une bande d'étudiants passa, fredonnant la dernière valse de Lanner et Vienne, ce soir, n'était que douceur de vivre.

Sur son siège, la comtesse Camerata sifflait comme un vieux cocher de fiacre. On croisait d'autres voitures, ouvertes pour la plupart, d'où partaient les rires de jeunes femmes en robes claires et, parfois, l'écho d'une chanson reprise en chœur...

Quand on atteignit Schönbrunn, la nuit était tout à fait venue. C'était une nuit sans lune, une de ces nuits où il est facile de se cacher mais plus difficile de se repérer. Néanmoins, le faux cocher dirigeait son attelage avec sûreté. Elle connaissait parfaitement les alentours du palais et savait à quel endroit il fallait franchir le mur pour atteindre rapidement l'Obélisque, lieu choisi pour retrouver le prince et Sophie.

Arrivée en face du palais et de ses grilles largement éclairées, la comtesse prit sur la gauche et engagea sa voiture dans une petite route plantée d'arbres qui longeait le mur d'enceinte, roula encore quelques intants et, finalement, s'arrêta après avoir engagé suffisamment son attelage sous les arbres pour qu'on ne pût l'apercevoir d'une voiture passant rapidement. Au surplus, celle des conspirateurs pouvait parfaitement abriter des amoureux en veine de solitude. D'après l'heure que Timour avait, durant plusieurs nuits, soigneusement vérifiée, la ronde qui faisait régulièrement le tour du parc était passée depuis dix minutes.

Felicia et Timour descendirent. Le silence était profond, troublé seulement, de temps à autre, par la fuite légère d'un petit animal des bois. Du haut de son siège, Léone Camerata murmura :

– Le Ciel soit avec vous! Si vous avez besoin d'aide, sifflez trois fois. Je serai là dans l'instant...

– Tout devrait bien se passer. Le prince est jeune, entraîné aux exercices du corps. Franchir un mur n'est pas une affaire. Surtout avec l'aide de Timour qui pourrait le lui faire passer sur son dos. A tout à l'heure!...

Timour était déjà placé contre le mur, le dos courbé, les mains nouées ensemble. Felicia y posa le bout de sa botte et, d'un élan qui ne parut même pas lui coûter d'effort, Timour l'enleva jusqu'au faîte du mur où elle s'assit, attendant qu'il vînt la rejoindre à la force du poignet. L'instant d'après, tous deux se laissaient tomber de l'autre côté dans une herbe épaisse qui amortit leur chute.

– Sommes-nous loin? chuchota Felicia. La comtesse dit que nous devons être tout près de l'Obélisque.

– Elle a raison. Quand je suis venu, j'ai regardé plusieurs fois par-dessus le mur et, quand je l'ai aperçu, j'ai compté les arbres depuis le bâtiment du coin. Viens...

Ils traversèrent un étroit espace boisé, atteignirent une allée qui longeait une charmille...

– Tiens, dit Timour. Voilà l'Obélisque!...

En effet, la flèche de marbre venait de se silhouetter dans la nuit. En trois bonds, les deux compagnons l'eurent atteint et s'approchèrent du petit bassin qui se creusait au pied.

– Je crois que nous sommes à l'heure, dit Timour. Est-ce que...

Il n'acheva pas. L'écho tragique d'une violente quinte de toux se fit entendre en même temps qu'apparaissaient Sophie et François. Mais dans quel état! L'archiduchesse soutenait le jeune homme qui secoué par la toux semblait avoir peine à marcher. Aussitôt, Felicia et Timour furent près d'eux...

– Vous êtes là? souffla Sophie. Alors, pour l'amour de Dieu, laissez-moi appeler, le ramener... Il a voulu venir à tout prix mais je ne peux pas le laisser partir en cet état...

Déjà Timour avait saisi le prince, le faisait asseoir près du bassin et trempait un mouchoir pour lui tamponner le front car il semblait sur le point de s'évanouir. La fraîcheur de l'eau parut le ranimer et il sourit à la large figure penchée sur lui.

– Ça va... aller mieux... dans un instant. Je... je pourrai vous suivre...

Mais Sophie attirait déjà Felicia à l'écart.

– J'ai tout fait pour l'empêcher de venir, souffla-t-elle, mais il n'a rien voulu entendre. Il a placé toute sa confiance en vous et il veut partir...

– Mais il va partir. Nous allons l'emporter...

– C'est impossible. Si vous l'emmenez à présent, il ne supportera pas le voyage. Voulez-vous donc ramener en France un cadavre?

– Je crois que vous dramatisez, Altesse. Une quinte de toux ne signifie pas que le prince soit mourant...

– Sans doute... mais il n'en a plus pour longtemps. J'en ai acquis la certitude et, tenez!

Elle mit dans la main de Felicia un mouchoir qu'elle avait tiré de son corsage. Les yeux de Felicia étaient suffisamment accoutumés à l'obscurité pour qu'elle y distinguât des taches noires sur le linon blanc.

– Vous voyez? Du sang... et il y en a autant sur le mouchoir qu'il tient devant sa bouche. Je vous en supplie : renoncez à l'emmener! Vous allez me le tuer...

– La vie qu'il mène ici le tue. Pourquoi donc la France ne saurait-elle le guérir? Elle l'aime...

– Croyez-vous qu'elle l'attende vraiment? Depuis des jours, j'interroge, je m'informe. Louis-Philippe semble assurer son pouvoir. Cela veut dire que vous allez devoir combattre... et lui aussi. Il mourra avant la fin de l'année si vous l'entraînez dans cette aventure. Ici, il peut survivre plus longtemps... si l'on m'écoute et si on lui trouve un meilleur médecin, car ce Malfatti qui le soigne est un âne. Moi je ferai tout pour le sauver. Même si je n'y crois plus guère...

Felicia ne répondit pas tout de suite. Elle savait bien, au fond d'elle-même, que tout était perdu, que son rêve était en train de mourir mais elle se raccrochait à cette passion qu'elle portait en elle, à ce désir éperdu d'arracher le fils de Napoléon à sa geôle dorée.

– Que voulez-vous donc que je fasse? soupira-t-elle enfin.

– Que vous lui disiez que les choses ne sont pas prêtes, qu'un passeport vous a été refusé... que Mme de Lauzargues est malade et ne peut partir. Il tient essentiellement à ce qu'elle quitte Vienne en même temps que lui... et comme elle n'est pas là ce soir... Il faut que l'impossibilité vienne de vous.

– Est-ce que Votre Altesse se rend compte de ce qu'elle me demande? dit Felicia d'une voix brisée.

– Je sais ce que je vous demande. Mais c'est à un cœur de femme que je le demande. François... est perdu.

– En ce cas, il serait peut-être plus heureux de mourir sur la terre de France?

– Oui. Si vous pouvez me jurer qu'il sera encore en vie lorsqu'il passera la frontière. Moi, je n'ai peut-être qu'une chance sur un million de le sauver. Cette chance, laissez-la-moi!

Felicia baissa la tête. Elle comprenait qu'elle luttait contre l'impossible, que le destin s'acharnait et qu'après avoir envoyé le père mourir sur un rocher africain, il avait condamné le fils à s'éteindre dans cette Vienne pleine de musique où cependant il n'avait pour l'aimer que cette jeune femme, si forte cependant, mais qui n'arrivait plus à cacher son désespoir. Car elle pleurait, à présent, la fière, l'orgueilleuse Sophie. Et – Felicia l'aurait juré – elle était prête à se jeter à ses genoux pour la convaincre de lui laisser les derniers jours de ce jeune homme qui, avec son fils, était son seul amour...

– Ne pleurez plus, Altesse, dit-elle enfin. S'il vous voit, il comprendra. Je vais lui parler. Puis... vous pourrez appeler tandis que nous nous éloignerons...

Lentement, elle revint vers le prince qui, étayé par la large épaule de Timour, se calmait peu à peu. Elle vit alors qu'une autre tache noire maculait la cravate blanche que le Turc avait desserrée...

– Eh bien... madame, dit-il en s'efforçant de sourire. Avez-vous... bien fait vos adieux à l'archiduchesse?... Il est temps de partir... il me semble?

– Pas ce soir, monseigneur! C'est ce que nous venions dire à Votre Altesse...

– Nous ne partons... pas? Mais... pourquoi?

– Mme de Lauzargues est malade... incapable de voyager. Une mauvaise fièvre... Je ne peux l'abandonner.

– Ah!

Il y eut un petit silence, puis la voix enrouée qui semblait froisser du papier reprit :

– Vous avez raison de remettre. Pour rien au monde... je ne voudrais sacrifier... quelqu'un. Souvenez-vous : j'en avais fait une... condition primordiale pour mon départ... Eh bien... Ce sera pour une autre fois. N'est-ce pas?

– Oui... sire. Une autre fois...

Vaincue par l'émotion, Felicia se laissa tomber à genoux et prit une main brûlante sur laquelle elle appuya ses lèvres. Dans l'ombre, elle distingua un sourire sur ce pâle visage :

– Il ne faut pas pleurer, dit François avec une infinie douceur... puisque ce sera... pour une autre fois... Pour l'heure... je vous dis adieu, princesse Orsini! Soignez votre amie mais surtout gardez-vous bien jusqu'à... notre revoir. Vous m'êtes infiniment... précieuse...

Quelques instants plus tard, Felicia et Timour repassaient le mur. On entendait déjà les appels au secours de l'archiduchesse dont les cris portaient loin.

– Qu'est-ce que ce vacarme? Que se passe-t-il? Où est-il? interrogea fébrilement Camerata, dégringolée de son siège.

– Il ne viendra pas, Léone. Et je crois qu'il ne reverra jamais la France. Il est malade... très malade même. Tout est perdu!

Et Felicia l'indomptable, Felicia l'amazone se jeta dans la voiture et, pelotonnée dans un coin, sanglota éperdument comme une petite fille abandonnée dans le froid de l'hiver. Il lui semblait qu'elle n'avait plus aucune raison de vivre...

Le lendemain dans l'après-midi, la lourde berline de voyage emportant Hortense et Felicia quittait le palais Palm pour n'y plus revenir et roulait lentement sur les gros pavés de la Schenkenstrasse. Imposant et majestueux à son habitude, Timour tenait les rênes et, à l'intérieur, les deux voyageuses se taisaient, enfermées chacune dans ses pensées sans avoir même l'idée d'un regard en arrière.

Le silence de Felicia était de ceux qui suivent les grandes catastrophes. Elle repartait sans avoir réussi à arracher son précieux otage à l'Autriche mais, de toute évidence, personne à présent n'y réussirait. Hormis la mort déjà en embuscade. Mais l'amazone ne se sentait pas moins vaincue et humiliée. Cela ne durerait peut-être pas car elle n'était pas femme à s'apitoyer sur ses blessures. Bientôt... tout à l'heure peut-être, elle se chercherait un nouveau champ de bataille qu'elle n'aurait aucune peine à trouver. Il y avait les États italiens, avides de liberté, toujours au bord de la révolte contre l'occupant étranger... Il y avait le grand rêve de l'unification de la péninsule sous un même drapeau. Il y avait, en vérité, beaucoup à faire pour qui souhaitait dévouer sa vie. D'ailleurs, Felicia l'avait laissé entendre à Marmont quand, à l'instant des adieux, le vieux soldat avait murmuré d'une voix étranglée par la douleur :

– Ainsi, c'en est fini! Je ne vous verrai plus puisque la France me restera à jamais fermée...

– Je ne suis pas française et n'ai plus rien à y faire. Je me contente d'y ramener Hortense, puis je me séparerai de mon hôtel de la rue de Babylone qui n'a plus d'utilité et je rentrerai à Rome. Venez m'y rejoindre si vous n'avez rien de mieux à faire. Mais hâtez-vous. Je n'y resterai peut-être pas longtemps...

– Pour aller où? Vers quel combat insensé? Ne serez-vous donc jamais lasse de vous battre, vous qui êtes une femme si merveilleuse?

– Je suis comme cela, mon ami. Il faut vous y faire. Dieu m'a ôté l'amour mais il m'a laissé l'enthousiasme. Peut-être qu'une fois, au moins, il me donnera la victoire?

Et, tandis que le silence de Felicia commençait à se peupler d'images guerrières, celui d'Hortense ne rêvait que de paix. L'échec de leurs espérances lui était pénible et plus encore la pensée navrante de savoir condamné ce prince si jeune, si beau et si malheureux qu'elle aimait comme un frère. Elle ne pouvait plus que prier pour lui et ne s'en priverait pas. Mais son chagrin était tout de même tempéré par la joie de rentrer chez elle. Une joie qu'elle jugeait égoïste et dont elle avait un peu honte auprès de cette Felicia raidie dans son amertume et dont, de temps en temps, elle regardait le pâle profil découpé sur le drap gris de la voiture avec l'impression déprimante d'être sans pouvoir sur cette douleur-là.

Bien sûr, elle allait avoir elle-même à affronter une

situation peut-être difficile, car elle ignorait ce qui l'attendait à Combert mais elle possédait, dans son amour, la meilleure des armes et entendait s'en servir autant que faire se pourrait. Et de toute façon, elle allait retrouver son fils... et la paix de l'âme dont elle pourrait jouir sans autre inquiétude puisque le malheureux Butler qui l'avait tant tourmentée n'était plus... Quelques jours plus tôt, le docteur Hoffmann était venu au palais Palm annoncer sa mort. Le jeune médecin avait été impuissant à le sauver et l'amoureux forcené d'Hortense s'était éteint sans avoir repris connaissance.

La jeune femme en avait éprouvé un choc qui ressemblait à un remords mais elle avait vu une miséricorde dans cette mort sans souffrances apparentes et sans mémoire. Cela valait mieux que la folie qui eût fait un fauve de cet homme terrible... Il reposerait en Bretagne où son valet fidèle le ramenait après le service funèbre qui avait eu lieu dans l'église des Français. Peut-être auprès des massifs d'hortensias de sa maison du Dourduff où pour la première fois, jadis, il lui avait parlé d'amour? Mais cette page-là était à jamais tournée et, à cet autre vaincu, Hortense pouvait, à présent, donner une pensée compatissante. Pour lui aussi, il lui faudrait prier...

Il avait été difficile également de se séparer des fidèles amies des derniers jours. Se reverrait-on jamais? Léone Camerata avait regagné la maison de vigneron près de Cobenzl :

– Tant que François vivra, j'y resterai. Je veux être aussi près de lui que possible quand viendra le dernier instant...

Maria Lipona restait avec elle, bien sûr. Sa vie à elle était à Vienne mais – et c'était le seul sourire de ce départ – elle avait promis de venir en France et de visiter l'Auvergne en compagnie d'Hortense. Elle irait aussi à Rome où elle espérait bien retrouver Felicia...

Palmyre, pour sa part, avait changé d'avis. Puisqu'il n'était plus question de relever l'empire français, elle resterait à Vienne afin de pouvoir, de temps en temps, aller fleurir la tombe solitaire près du petit bois de Wagram...

– Je sais bien qu'il ne m'aurait jamais épousée mais ce sera ma façon à moi d'être sa veuve. Et puis, je n'ai vraiment rien à faire dans la France du roi-citoyen. Il y a des mots qui ne vont pas ensemble...

A présent, la voiture franchissait le rempart de Vienne mais, au lieu de prendre la route de Linz, elle choisit celle de Bratislava parce qu'elle était aussi celle de Wagram. Felicia et Hortense se refusaient à quitter l'Autriche sans donner à ce cher et fidèle ami un dernier adieu.

Le soleil baissait à l'horizon quand on atteignit la plaine de Wagram et le petit bois auprès duquel reposait celui qu'Hortense considérait comme le dernier paladin, l'homme dont toute la vie tenait en huit lettres fulgurantes : Napoléon! L'Empereur avait rempli sa vie et son cœur et il avait fallu que vienne le temps des grands désastres pour qu'une femme pût y trouver place. Et Hortense pensait, avec humilité, que si Duchamp l'avait aimée, c'est peut-être parce qu'à ce moment-là son cœur était vide et son dévouement sans emploi...

Maintenant, il était mort. Bêtement. De la jalousie stupide d'un homme qui n'avait aucun droit et qui ne le valait pas, mort à cause de cette même femme qui ne lui avait jamais rien donné sinon une grande amitié. Une femme qui, à cette heure, se reprochait peut-être moins de l'avoir mené jusqu'à cette tombe solitaire... Duchamp fût peut-être mort de l'écroulement de son rêve. Comment aurait-il supporté que celui dont il espérait tant faire un second Napoléon ne fût qu'un pauvre enfant phtisique, un Aiglon éternellement captif auquel la mort ne laisserait pas le temps d'ouvrir ses ailes? Du moins aurait-il la satisfaction de reposer non loin de lui et sur un champ de gloire...

Toujours en silence, les deux femmes s'agenouillèrent près du petit tertre sur lequel, au lendemain de l'assassinat, Marmont, ce traître qui ne guérissait pas, lui non plus, d'un autrefois éblouissant, était revenu planter une petite croix de bois, semblable à d'autres qui parsemaient l'ancien champ de bataille afin qu'au moins toute souillure, même involontaire, fût évitée à la tombe perdue.

Pieusement, tendrement, Hortense déposa le bouquet de roses rouges qu'elle avait apporté tandis que Felicia, de ses mains nues, enfouissait dans la terre un plant de laurier à l'endroit où devait se trouver le cœur de Duchamp. Puis, elles prièrent...

Hortense fermait les yeux pour mieux revoir, derrière l'écran de ses paupières closes, la silhouette fière et nerveuse de l'ami perdu. Quand elle les ouvrit, elle vit que Felicia s'était relevée et écartée de quelques pas. Elle lui tournait le dos et regardait se coucher le soleil, un grand soleil de pourpre et d'or qui là-bas devait baigner de sa lumière violente les terrasses et les jardins de Schönbrunn.

Sanglée dans l'amazone noire qu'elle affectionnait, Felicia s'érigeait sur le soleil couchant, très droite, rigide comme ces pleureuses des temps anciens qui regardaient, immobiles et fatales, sombrer les empires...

Hortense alla vers elle.

– Vous regrettez de partir, Felicia, dit-elle doucement. Pourquoi ne pas rester... jusqu'au bout, comme Léone Camerata? Vous souffririez moins et je peux très bien rentrer seule.

La Romaine tourna vers elle son beau visage sur lequel coulait une larme...

– Non. Rester ici ne servirait à rien. Je ne peux pas, je ne veux pas être une spectatrice impuissante. Mais je regardais ce soleil... On dit qu'à Waterloo, celui qui s'est couché sur la Grande Armée décimée était, comme celui-là, teinté de sang. C'était un soleil de deuil mais il restait une espérance... Ce soir, il n'y a plus d'espérance et ce soleil sanglant annonce que l'Empire français va disparaître pour toujours...

– Le soleil reviendra demain, Felicia. Pourquoi donc l'Empire ne renaîtrait-il pas un jour? Il reste, au moins, un héritier...

Felicia haussa dédaigneusement les épaules...

– Aucun Bonaparte n'en est capable. Et si vous songez au fils de la reine Hortense, je ne suis pas certaine que l'on puisse en attendre grand-chose. C'est un aventurier et rien de plus. Et puis, il ne porte même pas en lui le sang de Napoléon. Non, Hortense, le combat est fini. Il faut partir à présent et tenter d'oublier. Nous avons encore devant nous une longue route...

Se tenant par la main, elles s'en retournèrent vers leur voiture où Timour attendait. Sur la tombe de Duchamp, le soleil enflammait les roses et habillait d'or le petit laurier...

Troisième Partie

LE DERNIER SEIGNEUR

Chapitre XII

CE QUE FRANÇOIS AVAIT À DIRE...

Jamais le jardin n'avait été si beau. La chaleur qui avait régné cet été y attardait les roses en dépit du climat montagnard. Les géraniums formaient d'énormes boules de feuillage dense piqué de grosses fleurs pourpres. Dans un coin, les pensées étalaient un tapis de velours violet; dans un autre fusaient de grands glaïeuls jaunes et de grands lupins bleus. La neige blanche d'un rosier à toutes petites fleurs couvrait un mur et, le long d'un autre, une forêt de roses trémières se tenait au garde-à-vous étalant des fleurs grandes comme des soucoupes. La vigne qui couvrait une tonnelle rougissait et, dans le matin bleu, les paillettes de la rosée mettaient une féerie scintillante sur le moindre brin d'herbe. Ce mois de septembre joignait à une splendeur déjà automnale la fraîcheur d'un printemps qui s'attarderait...

Hortense et Felicia remontaient l'allée centrale, achevant la courte promenade matinale qui les avait conduites jusqu'à la rivière parce que, avant le départ de son amie, Hortense tenait à lui montrer son domaine tout entier.

Elles avaient marché en silence, pour le simple plaisir d'être ensemble et de mieux imprimer dans leurs mémoires la douceur de ces derniers instants vécus ensemble avant une séparation dont nul ne pouvait savoir ce qu'elle durerait. Mais quand elles atteignirent le vieux puits, Hortense ne retint pas plus longtemps ce qu'elle pensait.

– Vous me peinez en repartant si vite, Felicia. Pourquoi ne pas prolonger votre séjour? Pourquoi ne pas passer l'hiver auprès de moi? Nous venons seulement d'arriver...

En effet, les deux jeunes femmes avaient fait leur entrée à Combert la veille dans l'après-midi, créant dans ce petit monde clos la sensation et l'agitation que l'on devine. Clémence avait pleuré dans son tablier en reconnaissant Hortense; Jeannette, oubliant tout protocole, s'était jetée dans ses bras pour l'embrasser, quitte à s'en montrer confuse après. Quant à François, qui avait appris la nouvelle en revenant des champs, il s'était incliné en silence mais avec l'air tellement heureux qu'Hortense s'était adressé de vifs reproches. Comment avait-elle pu abandonner pendant tant de mois et presque sans nouvelles de si braves gens? Ils n'avaient rien dû comprendre à son aventure autrichienne et se tenaient déjà pour abandonnés, ainsi que Clémence le traduisit à sa manière :

– On croyait que vous étiez partie pour toujours, comme jadis demoiselle Victoire de Lauzargues votre pauvre mère.

– En voilà une idée! Ma mère a quitté le pays pour se marier. Et moi, j'ai un fils...

– Pourtant, des bruits couraient... Vous savez comment sont les gens... Quand on se pose des questions, on cherche des réponses et c'est bien rare si on n'en trouve pas. Y en a qui disent que vous êtes partie chercher un mari...

– Quelle sottise! Je suis partie pour de graves raisons comme pourrait vous le dire la comtesse Morosini ici présente. Et puis j'ai écrit plusieurs fois...

– De l'étranger! Et comme le François lisait pas vos lettres sur les marchés, chacun arrangeait ça à sa manière...

Hortense remit à plus tard la discussion de l'affaire. Jeannette venait de lui amener le petit Étienne et la jeune mère fondait de bonheur. Elle s'était jetée à genoux pour le prendre dans ses bras et le couvrir de baisers passionnés. Et aussi de larmes de joie...

– Mon petit! Mon tout petit!... Mon Tienou!... Comme il est beau, comme il est grand!...

– Et comme il est insupportable! ajouta Jeannette en écho. Il n'y a guère que mon oncle François pour le faire tenir tranquille...

– L'aurait besoin d'un père! conclut Clémence en disparaissant dans sa cuisine pour se précipiter sur ses casseroles. Et vous, vous avez besoin d'un bon repas après tout ce chemin...

Le reste du temps avait été consacré à la joie du retour, au plaisir de faire visiter la maison à Felicia, à l'énorme repas que Clémence confectionna après avoir massacré une partie de la basse-cour, malaxé une énorme quantité de pâte et monté de la cave quelques bonnes bouteilles avec l'aide de Timour – dont la silhouette majestueuse impressionnait la brave femme – et des serviteurs de Felicia.

C'est que, cette fois, la berline de voyage avait amené cinq voyageurs. A Paris, où elle n'était restée que deux jours, Felicia avait rendu sa maison de la rue de Babylone à son propriétaire et récupéré Livia et Gaetano qui, durant si longtemps, en avaient assuré la garde fidèle et l'entretien dans l'espoir d'une arrivée auguste. Mais le rêve d'Empire s'écroulant, Felicia n'avait plus besoin de conserver un logis dans une ville où elle ne comptait plus revenir.

– Le seul qui avait besoin de moi ici, c'est Delacroix et il est parti lui aussi.

En effet, une brève visite quai Voltaire avait appris aux deux femmes que le peintre avait quitté Paris de son côté, mais en direction du Maroc en compagnie de son ami le comte Charles de Mornay. L'artiste, à ce que l'on apprit, n'avait pas eu avec *la Liberté* le succès qu'il escomptait, bien que l'œuvre eût été achetée par le roi. Il avait préféré abandonner pour de plus belles aventures un Paris jugé par lui trop bourgeois.

C'était donc sans regrets que l'on avait quitté la capitale de Louis-Philippe et même, pour Livia et Gaetano, avec une grande joie à l'idée de revoir les doux paysages et le soleil d'Italie.

A cet instant, tout ce monde emplissait la maison d'Hortense d'une gaieté et d'une agitation tout à fait inhabituelles et qu'elle aurait aimé conserver au moins quelque temps. Malheureusement Felicia voulait repartir et repartir vite...

– Votre maison est pleine de charme et ce jardin est ravissant, dit-elle à son amie. Il serait facile de s'y arrêter et peut-être de tout oublier... Trop facile! Et moi, je ne veux pas oublier. Il faut que ma vie serve à quelque chose.

– J'aimerais tant vous garder. Au moins un peu. Cela va être difficile de vivre sans vous...

Felicia sourit et glissa son bras sous celui de son amie

pour regagner avec elle l'intérieur de la maison où Clémence les appelait pour le petit déjeuner.

– Ce sera plus difficile encore pour moi. Vous avez ici... une affaire à régler dont vous avez eu la grâce de ne pas même faire mention depuis notre arrivée alors que l'impatience doit vous ronger. Ma présence vous gênerait et moi, je vous l'avoue, j'ai hâte à présent de regagner mon pays...

– Pour retrouver Marmont? fit Hortense avec un sourire.

– Notre ancien ennemi? Il est assez intelligent pour savoir qu'il n'a pas grand-chose à attendre de moi. Non. Je vais là-bas pour retrouver une raison de vivre...

Hortense s'arrêta et regarda son amie avec une soudaine angoisse :

– Vous êtes bien sûre, Felicia, que ce n'est pas une raison de mourir? Je vous aime beaucoup... plus qu'une sœur sans doute. Je voudrais vous revoir...

– N'ayez crainte! Moi aussi, j'ai envie de vous revoir... Et de vous revoir heureuse si possible. Vous allez pouvoir y travailler. Mais n'oubliez pas ceci : l'amour est chose trop belle et trop rare pour qu'on risque de le perdre au nom de Dieu sait quel préjugé social. Il mérite qu'on lui sacrifie tout...

Une heure plus tard, au tournant du chemin qui marquait la limite de sa propriété, Hortense, qui tenait son fils par la main, regardait s'éloigner la grosse berline jaune et noir grâce à laquelle elle avait parcouru tant de lieues. Cette fois, la berline la laissait au bord de la route, de sa propre volonté bien sûr, mais elle ne pouvait s'empêcher d'en éprouver un serrement de cœur. Quand retrouverait-elle l'amie qui était devenue sa seule famille?

Le nuage de poussière dans lequel s'enfonçait la voiture s'enfla tandis qu'allait s'affaiblissant le bruit de sabots et de gourmettes. Bientôt, Hortense ne vit plus que cette poussière qui, en retombant, montra la route vide. Elle essuya une larme qu'elle ne pouvait plus retenir et serra plus fort la menotte toute chaude qui se blottissait dans la sienne. Étienne, qui n'avait cessé d'agiter l'autre main en un geste qui était surtout un jeu, regarda sa mère :

– Partie? fit-il d'un ton interrogateur.

– Oui, mon chéri. Tante Felicia est partie. Mais elle reviendra.

L'enfant parlait bien à présent et Hortense s'attendrissait de ces grands progrès accomplis durant son absence. Cela allait être merveilleux de pouvoir causer avec son fils... Lentement, à cause des petites jambes d'Étienne, on revint vers la maison où Hortense remit son fils à Jeannette qui l'attendait pour sa toilette.

– Je voudrais voir votre oncle, dit-elle. Savez-vous où il est?

– A la maison, madame la comtesse. Je crois qu'il fait ses comptes. Il m'a dit d'ailleurs qu'il attendrait Madame toute la matinée...

François Devès, en effet, attendait Hortense car elle ne le trouva pas assis devant sa table, alignant des chiffres d'une plume d'oie soigneuse, mais debout dans l'encadrement de la porte, les bras croisés sur sa poitrine, surveillant le chemin qui descendait de la maison. Quand il aperçut la jeune femme, il ôta le grand chapeau noir qui ne le quittait jamais comme presque tous les hommes de la campagne auvergnate et resta là, tête nue, attendant qu'elle le rejoignît.

– Vous saviez que j'allais venir maintenant, François? demanda Hortense.

– J'ai entendu partir la voiture de votre amie, madame Hortense. Je savais que vous ne tarderiez guère... Mais je vous remercie d'être venue si vite. Voulez-vous vous donner la peine d'entrer ou bien préférez-vous marcher?

– Je préfère entrer. J'ai déjà fait une promenade avec la comtesse Morosini. Nous avons beaucoup admiré votre jardin, François. Je crois que chaque année il est plus beau que l'année précédente...

– Il vous attendait comme nous vous attendions tous. Il ne fallait pas que vous soyez déçue...

– Comme je vais l'être à présent, peut-être? Pour que vous m'ayez écrit cette lettre, il faut que mes affaires aillent mal, n'est-ce pas?

Ils étaient entrés dans la longue pièce basse qui était le centre même de la maison et où Jeannette entretenait une propreté bénédictine. La longue table de châtaignier, les coffres à bois ou à vêtements, les bancs et les fauteuils de bois qui flanquaient le profond cantou à l'intérieur velouté de suie, luisaient dans l'ombre fraîche comme du satin brun. Sur le manteau de la cheminée, les cuivres brillaient comme du vermeil et, au milieu de la table, dans une jatte d'étain, s'épanouissait un grand bouquet de reines-marguerites azurées. Cela sentait le feu de bois, la cire d'abeilles et le pain fraîchement cuit.

François avança à Hortense l'un des petits fauteuils rustiques, jadis façonnés par son grand-père et que Jeannette avait garnis de coussins de toile verte. Hortense s'y assit avec un soupir qui traduisait sa lassitude autant que son inquiétude et jeta un regard sur les registres et l'écritoire disposés sur la table. François surprit ce regard et sourit :

– S'il s'agit des affaires de la maison ou de la ferme, je peux vous assurer que tout va bien. Nous avons fait, sur la planèze, une récolte de gentiane exceptionnelle et le bétail...

– François! Ne me faites pas languir. Vous ne m'auriez pas lancé cet appel au secours pour me parler de gentiane ou de bétail. Il s'agit de Jean, bien sûr, et vous savez bien que je brûle d'avoir enfin de ses nouvelles. Pourquoi ne parliez-vous pas de lui dans vos lettres? Ou si peu...

– Mais parce qu'il me l'avait défendu, madame Hortense. Il ne voulait pas que je vous écrive quoi que ce soit qui pût ressembler à un appel. Il croit... que vous êtes déjà lasse de la vie ici et que vous êtes partie sans grand espoir de retour...

– Il est fou? Peut-il croire que j'abandonnerais mon enfant? Notre enfant?...

– J'aurais dû dire sans grand espoir de retour *vers lui.*

– Mais il a lu mes lettres? Il sait bien que je l'aime? Pourquoi ne m'a-t-il pas répondu?

– Pour la même raison que je vous ai dite. Jean croit que vous avez eu pour lui un... caprice violent et que, devant l'impossibilité où vous vous trouviez de vivre ensemble au grand jour, vous avez préféré partir...

– Mais c'est lui qui est parti. C'est lui qui, tout d'un coup, a décidé d'habiter Lauzargues pour que Godivelle n'y reste pas seule. Quelle excuse en vérité! Il la voyait en danger...

– Il y a du vrai là-dedans. On parle beaucoup de Lauzargues depuis l'incendie. Et pas en bien. Les gens disent qu'il est hanté, maudit. Et comme Jean, aussi bien que Godivelle d'ailleurs, en interdisent l'approche...

– Quelle sottise! Voilà beau temps que j'ai eu maille à partir pour la première fois avec la malédiction du château. J'ignore pour quelle raison Jean et Godivelle entendent accréditer ces contes de bonne femme. Et d'ailleurs cela ne m'intéresse pas. Ce qui m'intéresse, c'est Jean. Il sait bien que je ne veux que lui au monde. Il sait bien que je voulais l'épouser contre vents et marées. J'avais même été jusqu'à lui dire...

– Que vous attendiez un enfant? Je sais. Voyez-vous, madame Hortense, je crois que c'est cela qui lui a fait le plus de mal. « Elle m'a menti une fois, m'a-t-il dit. Elle que je croyais incapable du plus petit mensonge, elle que je croyais limpide... Pourquoi, dès lors, ne mentirait-elle pas encore? » Que vous soyez partie pour venir en aide à votre amie d'enfance, cela, il l'a compris. Mais qu'ensuite vous l'ayez suivie au bout de l'Europe, cela, il a refusé de le croire...

– Qu'a-t-il cru, alors? Que je suivais un homme?

François ne répondit pas, mais son visage figé constituait la plus claire des réponses. D'un effort de volonté, Hortense retint les larmes qui montaient à ses yeux mais ne put empêcher sa voix de s'enrouer :

– Me connaît-il si mal? fit-elle douloureusement.

– Je crois qu'en fait, et si vous permettez à un ami de vous dire la vérité, madame Hortense, je crois qu'il ne vous connaît pas du tout et que vous non plus, vous ne le connaissez guère. Vous vous êtes rencontrés, aimés avec passion sans chercher à en savoir davantage. Mais vous venez de mondes entièrement différents et vous n'avez jamais vécu ensemble. Ce qui s'appelle vivre...

– Je ne demandais que cela! Que venez-vous me parler de mondes différents? Mes racines sont ici et je l'ai compris depuis longtemps. Ma mère...

– Il m'a aussi parlé de votre mère, dit François tristement. Et j'avoue qu'il m'a fait du mal quand il m'a dit : « Elle aussi t'aimait, mon pauvre François, et te le disait et te répétait qu'elle ne pourrait pas vivre loin de toi. Pourtant elle est partie en épouser un autre. Et elle n'avait même pas l'excuse, pour ce mariage, de l'obéissance à sa famille. Telle mère... »

– Telle fille! acheva Hortense dans un souffle. Et c'est Jean, Jean qui a dit une chose pareille? Qui a pu lui mettre de pareilles idées dans la tête? On me l'a changé. Il n'est plus le même homme? Ou alors il est fou... Il faut qu'il le soit pour avoir oublié qu'entre ma mère et moi il existe une immense différence. Une différence qui s'appelle Étienne, qui est notre chair et notre sang à tous deux?...

– Mais qui passe pour le fils de votre défunt époux. Si vous n'aimiez plus Jean, ce serait bien facile à oublier...

– Par pour moi! Mais dites-moi, François, si c'est ainsi que l'on me voit, que l'on me juge au pays... pourquoi m'avoir écrit cette lettre? Pourquoi m'avoir fait revenir?

– Parce que moi, je ne crois pas que vous aimiez quelqu'un d'autre. Parce que, depuis un moment, je me fais l'avocat du diable et que, tout au fond de moi, j'espère encore que votre amour garde une chance d'être sauvé.

– Vous y croyez donc, vous, à cet amour?

– Oui. J'ignore qui met à Jean de telles idées en tête mais vous n'êtes pas celle qu'il s'imagine. Alors, je lui ai désobéi et je vous ai écrit. Grâce à Dieu, vous êtes revenue avant qu'il ne soit trop tard.

– Trop tard pour quoi?

– Pour retrouver Jean. Il y a plus d'un mois, je l'ai rencontré à Saint-Flour; il était allé acheter plusieurs choses. J'ai voulu lui parler de vous, de ce que vous m'écriviez, mais il m'a arrêté : « Écoute, François, m'a-t-il dit, ce n'est pas la peine de m'en parler à présent. C'est à elle de s'expliquer si elle en a encore envie. Si elle revient un jour... » et comme je me récriais, assurant que vous reviendriez certainement, ne serait-ce que pour le petit, il m'a répondu : « On verra bien. Mais si à Noël, elle n'est pas revenue, il sera trop tard... d'ailleurs je crains qu'il ne soit déjà trop tard. »

– Qu'a-t-il voulu dire?

– Je ne sais pas. Je n'ai pas réussi à en tirer davantage. Et comme je n'ai plus le droit, moi non plus, d'approcher de Lauzargues...

Hortense se leva si brusquement que son fauteuil bascula et ne resta debout que par un miracle d'équilibre :

– Et cela vous paraît normal? Vous êtes son meilleur ami, son seul ami et il vous défend d'approcher ce tas de ruines? Et vous acceptez ça?

– Si c'est son idée à lui? Et puis, sincèrement, que voulez-vous que j'aille faire à Lauzargues? Je commence à croire moi aussi que c'est un endroit maléfique. Les hommes de cette maison y perdent le sens commun pour n'être plus qu'orgueil. Si l'esprit du marquis y règne comme on le dit en tremblant dans tout le pays, il s'est emparé de celui de son fils et j'ai peur qu'à présent il ne le modèle à son image. Oui, madame Hortense, Jean a beaucoup changé...

– Jean et le marquis se haïssaient...

– Certes, mais Jean a toujours aimé le vieux château. Il s'y intègre entièrement à présent alors qu'il n'avait même pas le droit d'en franchir le seuil. D'une certaine façon, il réalise son rêve...

– Le dernier seigneur? fit Hortense avec un petit rire plein d'amertume. Un seigneur jaloux d'un domaine où rien ni personne ne peut trouver place? Décidément, François, vous avez bien fait de me rappeler. Il est temps que quelqu'un lui remette la tête à l'endroit.

– Que voulez-vous faire?

– Aller à Lauzargues. Et tout de suite! Moi, personne ne m'a défendu de m'y rendre! Sellez-moi un cheval, François! Je vais me changer!

– Vous n'irez pas seule. Je vais avec vous.

– Ne soyez pas stupide. Que voulez-vous qu'il m'arrive? Je vais... dire bonjour à Godivelle et lui apprendre mon retour. Elle ne lâchera tout de même pas les chiens sur moi?

Mais quand, une demi-heure plus tard, Hortense, qui avait revêtu son amazone verte, sortit de sa maison, elle vit que François tenait deux chevaux en bride. Il n'attendit pas sa protestation :

– Je vous attendrai aux limites du domaine, dit-il, mais laissez-moi vous accompagner. Je serai plus tranquille...

Pour toute réponse elle lui sourit, posa le bout de sa botte sur la main qu'il lui offrait, s'enleva en selle et tourna la tête de son cheval vers la vallée.

– Passons par la rivière, cria-t-elle, la promenade sera belle et nous irons plus vite...

En dépit de l'inquiétude que lui causait l'étrange attitude de Jean, Hortense retrouva vite le plaisir qu'elle éprouvait toujours à se déplacer à cheval. C'était une manière comme une autre de plonger au cœur de la nature et d'en extraire des forces vives. Et ce matin était particulièrement beau. Les deux cavaliers s'enfoncèrent dans les bois qui tapissaient la vallée, suivant le cours de la petite rivière aux eaux tumultueuses. Ils allaient dans l'odeur des pins et de l'oseille sauvage, sous une voûte d'un vert profond que traversaient par endroits les rayons du soleil. Il faisait si paisible et si frais qu'Hortense ralentit instinctivement pour écouter chanter le coucou, guetter l'éclair bleu d'un geai ou la fuite rapide d'un lapin... C'était peut-être le dernier instant de joie pure qu'elle goûtait sur ce sentier et elle s'accorda de le savourer. Son excitation de tout à l'heure était tombée. Une curieuse impression s'y substituait : c'était comme si une voix intérieure lui soufflait que, dès l'instant où elle quitterait l'ombre protectrice des arbres, il n'y aurait plus pour elle ni trêve ni repos. Ce fut si net tout à coup, qu'elle retint son cheval et détourna la tête en direction de sa maison. Ce faisant, elle rencontra le regard de François.

– Ne croyez-vous pas, madame Hortense, que vous feriez mieux de rentrer? Vous n'êtes pas prête, il me semble. Moi, j'irai, si vous voulez...

– Est-ce qu'on ne vous a pas interdit l'approche du château? fit Hortense avec un petit rire où se cachait l'angoisse qui montait en elle...

– On n'a rien à m'interdire dans ce pays où tout le monde est libre. Jusqu'ici je n'avais rien à y faire et puisque cela déplaisait à Jean, je n'avais aucune raison de le contrarier. A présent, c'est différent. Je peux aller lui dire que vous êtes rentrée... que vous l'attendez?...

C'était si simple, bien sûr! Hortense fut tentée un instant d'accepter mais soudain elle eut honte d'elle-même, honte de ce qu'elle considérait comme une lâcheté. Elle n'avait rien à se reprocher qu'un mensonge dont, depuis le temps, elle avait bien cru être pardonnée. Pourquoi donc reculerait-elle?

– Non, François. Je vous remercie mais il faut que j'y aille. Après tout, je n'ai jamais revu Lauzargues depuis l'explosion qui l'a détruit...

Elle toucha du bout de sa cravache la croupe de son cheval qui repartit à une allure plus soutenue. Le bois était trop joli, il incitait trop à la rêverie, à la mollesse... Il fallait le fuir.

Et puis, soudain, le rideau d'arbres se déchira et Hortense vit Lauzargues tel que l'avait laissé l'explosion déchaînée par Eugène Garland, le bibliothécaire qui se voulait, lui aussi, le dernier seigneur. Mais, à sa grande surprise, elle constata que le château était reconnaissable.

Certes, le donjon central formait un énorme tas de ruines, mais les quatre tours d'angle étaient encore debout et semblaient retenir l'amas de pierres écroulées et noircies. Certes, les tours découronnées aux bords déchiquetés traçaient sur le nuage un étrange dessin mais ces tours étaient toujours fières et proclamaient insolemment qu'elles ne s'avouaient pas vaincues. La butte féodale était constellée de pierraille et de moellons qui avaient jailli des murailles mais, en fait, le château s'était surtout écroulé sur lui-même. Et cela expliquait la passion réveillée de Jean pour ce vieux repaire qu'il avait toujours considéré comme la plus belle maison qui fût au monde.

Hortense resta là un moment, abritée sous les feuillages des derniers arbres du bois, contemplant ce château qui résumait sa vie. Si ce n'avait été une impossibilité absolue, on aurait même pu croire que cette ruine était encore habitée car un peu de fumée semblait en monter. Sans doute quelqu'un faisait-il brûler des herbes de l'autre côté... En tout cas, l'illusion était parfaite. D'autant que, sur la gauche, la maison de Chapioux, l'ancien régisseur tué au moment du désastre, paraissait en bon état et aussi la petite chapelle Saint-Christophe blottie dans un creux de rocher comme un chat dans son coussin... Hortense eut pour elle un regard de tendresse. Elle espérait bien pouvoir, au moins, y prier un moment et, laissant François sous l'abri des arbres, ce fut vers elle qu'elle dirigea son cheval.

Mais elle avait été aperçue et, avant même qu'elle eût atteint le porche roman qui l'avait vue passer, mariée de satin et de dentelle au bras d'Étienne de Lauzargues, Godivelle l'avait rejointe avec une rapidité qui faisait honneur à ses vieilles jambes.

– Madame Hortense! s'exclama-t-elle. Ce n'est pas possible que ce soit vous?

– Et pourquoi donc est-ce que ce ne serait pas possible? fit calmement la jeune femme en sautant à terre et en allant attacher son cheval à un arbuste...

– Mais, on dit que...

Une brusque colère fit étinceler les yeux dorés de la jeune femme.

– Je ne veux plus entendre quoi que ce soit sur ces « on-dit » incroyables. Je suis partie pour porter secours à une amie. Je m'en suis expliquée avec François Devès et je m'en expliquerai avec Jean mais je ne veux plus rien entendre à ce sujet. Je suis rentrée, me voilà, j'entends reprendre ma place dans le pays... et je trouve, Godivelle, que votre bienvenue n'est plus ce qu'elle était. Curieuse façon d'accueillir quelqu'un que l'on disait aimer!

Godivelle joignit les mains dans un geste qui lui était familier. Sous la coiffe noire liserée de blanc, son visage rond et jaune, qui la faisait ressembler si fort à une pomme, eut une crispation qui accentua le réseau des rides.

– Je vous aime toujours, madame Hortense, mais vous n'auriez pas dû venir. Ce n'est pas un endroit pour vous!

– Vraiment? Je porte le nom de ce maudit château, je m'y suis mariée, mon enfant y est né et j'ai même failli y mourir. Alors me direz-vous pourquoi je n'aurais pas le droit d'y venir?

– Plus personne ne vient. Les gens ont peur...

– Je l'ai entendu dire et si j'ai bien compris vous n'avez rien fait pour dissiper cette peur. Vous vous êtes instituée la gardienne de ces ruines qui n'avaient plus besoin que de silence. Et Jean a été gagné par la contagion. A présent, vous allez même jusqu'à écarter les amis les plus chers, les plus fidèles comme François Devès... et vous tentez de m'écarter, moi aussi! Pourquoi? Quelle espèce de culte maudit prétendez-vous rendre à la mémoire du défunt marquis?

Vivement, Godivelle se signa à plusieurs reprises. Elle était devenue encore plus pâle s'il était possible et Hortense vit bien que ses mains tremblaient.

– Ne dites pas de ces choses affreuses, madame Hortense. Ici on est aussi bons chrétiens que vous et on ne rend aucun culte à personne sinon à Dieu. Mais il vaudrait mieux que vous partiez...

– Je ne vois vraiment pas pourquoi. Je suis venue voir Jean et je le verrai...

– Il n'est pas là. Et je ne crois pas qu'il revienne de la journée.

– Où est-il?

– Par la croix de ma mère, je n'en sais rien. Il est comme le vent. Il va où il veut et je ne me permettrais pas...

Hortense regarda la vieille femme avec étonnement :

– Vous ne vous permettriez pas? Comme vous voilà devenue révérencieuse tout à coup, Godivelle, envers un homme que vous aviez tendance à considérer tout juste un peu mieux qu'un gibier de potence!

– Il est du sang Lauzargues. Cela suffit pour avoir droit au respect de leur vieille servante, grogna la vieille femme dont le visage se ferma.

– Voilà un respect qui vient sur le tard. Vous l'avez toujours su, je crois, et ce n'est pas nouveau. M'offrirez-vous enfin une tasse de café, Godivelle? Il me semble que ce serait poli?

– Je n'en ai pas de prêt. Ça vous ferait attendre...

– Mais j'attendrai, Godivelle, j'attendrai. Ici, tenez! Quand vous m'avez arrêtée, je me disposais à prier un moment dans la chapelle. Souffrez que j'aille au bout de mon projet. Puis, je vous rejoindrai.

Le ton était sans réplique. D'ailleurs Hortense, dédaignant d'attendre une réponse, poussait déjà la porte de la chapelle dont les gonds, privés d'huile depuis longtemps peut-être, grincèrent...

– Cette chapelle n'a pas de chance, persifla Hortense. Après avoir été condamnée des années durant, voilà qu'on la laisse à l'abandon! C'est étonnant de la part de si bons chrétiens...

Haussant furieusement les épaules, Godivelle disparut dans un envol de jupes noires tandis qu'Hortense pénétrait dans la chapelle. C'était un petit sanctuaire sombre qui ressemblait à une grotte. Le jour y parvenait, mal, par d'étroites fenêtres que le lierre obstruait à demi, mais un peu de lumière éclairait cependant la statue de Christophe, le bon géant qui avait un jour passé l'Enfant Jésus au-delà d'une rivière et qui avait failli fléchir sous son poids parce que l'Enfant portait lui-même tous les péchés du monde.

Hortense avait toujours aimé cette chapelle et son saint de pierre dont le visage reflétait une infinie bonté. Elle était venue souvent prier là quand le marquis de Lauzargues avait enfin consenti à rendre au culte le sanctuaire qu'il avait osé condamner. Aujourd'hui, elle y puisait un courage nouveau :

– Vous qui guidez le voyageur dans les ténèbres et les embûches du chemin, pria-t-elle. Vous qui m'avez protégée au long de ces grandes routes qu'il m'a fallu parcourir, je vous implore. Donnez-moi un peu de votre force pour le combat que je sens venir. Ne permettez pas que je succombe sous le poids du chagrin et de la mauvaise foi.

L'homme que j'aime s'éloigne de moi. Il est prêt à me rejeter et si, pour les temps à venir, je n'ai plus sa main pour me soutenir, j'ai peur de désespérer de tout...

Sa prière lui fit du bien et aussi l'ombre si douce de la petite chapelle. Par la porte qu'elle avait laissée ouverte, le chant des oiseaux venait jusqu'à elle. Ils étaient nombreux autour de la petite église. Beaucoup d'entre eux – les migrateurs – partiraient bientôt pour les terres plus chaudes du sud et c'était comme si, avant le grand départ, ils venaient là en pèlerinage demander sa protection à celui qui veille sur les voyageurs.

En se relevant, Hortense eut, instinctivement, ce mouvement d'épaules des colporteurs quand ils reprennent leur fardeau. Elle avait un instant déposé le sien au pied de cet autel. A présent, elle le réendossait avec un surcroît de courage qui ne serait pas superflu si l'on considérait l'attitude presque hostile de Godivelle. Et, tout en se dirigeant vers l'ancienne maison du régisseur, Hortense se prit à penser que François pourrait bien avoir raison et qu'il régnait ici un esprit malfaisant capable de troubler les cœurs les plus fermes et les plus purs.

L'aspect de la maison au seuil de laquelle Godivelle l'attendait la surprit. Comme beaucoup de demeures rurales dans la région, elle se composait surtout d'une seule pièce servant de cuisine, de salle à manger et de chambre à coucher, mais celle-ci ne montrait pas l'activité habituelle d'une cuisine. Si une tasse de café fumait sur la table, il n'y avait dans la cheminée qu'un maigre feu et aucun de ces préparatifs de repas qui formaient l'habituel climat de Godivelle dans la cuisine du château. Elle était alors toujours en train d'éplucher quelque chose, de pétrir une pâte, d'accommoder une farce ou de tailler dans un jambon ou un saucisson. Là, rien de tout cela. Une propreté monacale et pas le moindre jambon pendu aux solives, pas la moindre odeur de cuisine attardée. La pièce était dans un ordre parfait et, sur un coin de la table bien cirée, quelques livres, du papier et une écritoire – pour écrire à qui? – étaient disposés.

Près du lit soigneusement fait, une cape de bure brune, beaucoup trop longue pour Godivelle, pendait à une patère et le cœur d'Hortense lui battit plus vite : cette maison, ce n'était pas celle de Godivelle, c'était celle de Jean. C'était lui qui vivait là mais, en ce cas, où vivait la vieille femme?

La question était trop brûlante pour qu'Hortense pût la retenir et, tout en buvant son café sous l'œil glacé de Godivelle, elle dit :

– C'est Jean qui habite là, n'est-ce pas? En ce cas où donc logez-vous, Godivelle?

– Je m'arrange à côté! répliqua la vieille femme d'un ton qui déconseillait de plus longues investigations. Elle se tenait debout auprès d'Hortense, les mains croisées sur son giron avec une figure qui semblait taillée dans le granit des rochers voisins. Le regard d'Hortense s'attacha à cette figure, s'enfonça dans les petits yeux noirs qui évoquaient si bien les pépins de pomme.

– Que vous ai-je fait, Godivelle, pour que vous me soyez à ce point hostile? Car vous m'êtes hostile alors que naguère encore vous m'aimiez...

– Je crois que je vous aime encore un peu, fit Godivelle avec sa redoutable franchise, mais je crois aussi que vous n'avez rien à faire ici... que du mal peut-être!

– Du mal? du mal à qui? A vous que je souhaitais tellement garder auprès de moi et de mon petit Étienne? A Jean que j'aime plus que tout au monde? Godivelle, il se passe ici quelque chose que je ne comprends pas, quelque chose de bizarre. Vous-même, cette maison et bien sûr le château semblez la proie d'un maléfice. Mais ne comprenez-vous pas que je n'aurai ni trêve ni repos avant d'avoir vu Jean, de lui avoir parlé?...

– Je vous ai dit qu'il n'est pas là et je n'ai aucune raison de mentir.

– Alors dites-lui que je suis venue, que je veux le voir, que je l'attends... ou mieux...

Elle courut vers la table, prit une plume taillée, une feuille de papier et, assise de guingois sur un escabeau, griffonna quelques mots :

« Je suis revenue, mon amour, et je voudrais tant te voir. J'ai tant à te dire et je ne sais où te chercher. Viens, je t'en supplie! Viens cette nuit, ou demain, ou la nuit suivante. J'ai besoin de te retrouver. Il me semble que tout le pays a cessé de vivre parce que tu n'es pas là et mon cœur me fait mal. Alors viens, si tu m'as jamais aimée. Moi, je t'aimerai tant que je vivrai... »

Sa lettre achevée, Hortense la sabla sans la relire, prit un bâtonnet de cire qu'elle fit fondre au feu de la cheminée, et la cacheta en appuyant dessus la sardoine aux armes de Lauzargues qu'elle avait reçue pour ses fiançailles et qu'elle aimait à porter car il lui semblait qu'elle affirmait son appartenance à cette terre. Puis elle tendit le tout à Godivelle.

– Voilà une lettre pour lui. Vous la lui remettrez?...

La vieille femme prit la lettre mais le geste était réticent et trahissait une sorte de méfiance comme si ce papier recelait un danger. Elle la tourna entre ses doigts et Hortense se sentit inquiète :

– Vous la lui remettrez, Godivelle? insista-t-elle. Il faut me le promettre... sur le salut de votre âme parce qu'il s'agit peut-être du salut de mon âme à moi.

Comme tout à l'heure, Godivelle fit un rapide signe de croix qui parut à Hortense de bon augure. Puis, comme à regret, elle articula :

– Il l'aura. Je vous le jure. Mais à présent, partez!

– Vous ne voulez pas que je l'attende?

– Vous risqueriez d'attendre jusqu'à demain... ou peut-être davantage. Dieu vous garde, madame Hortense! Je vous donne le bonsoir...

Il n'y avait plus rien à dire. Profondément ulcérée par l'attitude insolite de cette femme qu'elle aimait et en qui elle avait eu confiance, Hortense quitta la maison et se dirigea vers la chapelle pour reprendre son cheval. A ce moment, elle entendit appeler :

– La tante! La tante! Venez!...

Elle vit alors Pierrounet qui sortait en courant de derrière les ruines, là d'où continuait à s'élever un léger filet de fumée. C'était lui, sans doute, qui brûlait des herbes... Mais, en apercevant Hortense, il s'arrêta net, obliqua son chemin et vint droit vers elle, arrachant son chapeau tout en courant.

– Madame la comtesse! s'écria-t-il un peu essoufflé d'avoir dévalé la pente en courant, vous voilà donc de retour? C'est un vrai bonheur.

Elle le considéra sans songer seulement à cacher sa stupeur. Enfin quelqu'un qui semblait heureux de la voir!

– Un bonheur? Apparemment, Pierrounet, vous êtes le seul à penser de la sorte ici. C'est tout juste si votre tante Godivelle ne m'a pas fermé la porte au nez.

Le garçon devint rouge comme la haute ceinture de laine qui lui serrait la taille et il eut un petit sourire qu'Hortense jugea un peu gêné :

– Faut pas lui en vouloir. Elle se prend de l'âge et en même temps, elle devient sauvage...

– Pas au point de tourner le dos à ses amis les plus chers. Je n'ai pas reconnu Godivelle. Mais vous, Pierrounet, que faites-vous ici ? Je vous croyais en apprentissage à Saint-Flour ?

– J'y étais mais... la tante a eu besoin de moi. Alors je suis venu. Et puis, vous savez, auprès d'elle, pour ce qui est de la cuisine, on en apprend autant et même plus qu'avec n'importe qui...

Les questions d'Hortense gênaient le garçon et elle ne voulut pas payer d'un malaise le mouvement affectueux qui l'avait poussé vers elle. Pourtant la réplique eût été facile : d'après ce qu'elle venait de voir, la cuisine ne semblait plus faire partie des soucis dominants de la meilleure cuisinière du pays cantalien. En outre, il apparaissait à la jeune femme que les besoins d'aide de Godivelle semblaient prendre d'étonnantes proportions. Jean d'abord, qui avait quitté Combert pour venir veiller sur elle et sur des ruines qui paraissaient n'en avoir aucun besoin, puis Pierrounet, cela commençait à faire beaucoup de monde... Mais, voyant que le garçon la regardait avec une sorte de crainte, elle lui sourit gentiment :

– Vous avez sans doute raison, Pierrounet. Il n'est pas de meilleur professeur que votre tante. Et puis... elle est vieille en effet et c'est votre devoir de veiller sur elle. Je commence à croire que ce château, même ruiné, ne porte bonheur à personne, ajouta-t-elle avec un regard de rancune aux quatre tours déchiquetées. Mais, si vous en avez l'occasion, venez jusqu'à Combert, un de ces jours ? Je serai toujours heureuse de vous voir...

Répondant d'un geste gracieux au salut profond de Pierrounet, elle alla reprendre son cheval sur lequel il l'aida à se mettre en selle puis, au petit trot, elle rejoignit François qui l'attendait sous le couvert des arbres, assis sur un rocher et tenant son cheval en bride. Le fermier s'enleva en voltige en la voyant arriver puis, sans échanger une seule parole, tous deux reprirent le chemin par où ils étaient venus. Ce fut seulement quand ils eurent mis une certaine distance entre Lauzargues et eux qu'Hortense, qui allait en tête, ralentit pour permettre à François de venir à sa hauteur.

– Traitez-moi de folle si vous le voulez, soupira-t-elle, mais j'ai l'impression qu'il se passe quelque chose à Lauzargues... quelque chose que je n'arrive pas à saisir, ni à définir. Godivelle prétend vivre dans la maison de

Chapioux mais il n'y a rien qui marque sa présence. En revanche, tout y parle de celle de Jean...

– L'avez-vous vu, lui?

– Non. Il n'est pas là et ne rentrera pas de la journée d'après ce qu'on m'a dit. D'autre part, Pierrounet a quitté sa place pour venir *aider* sa tante et les raisons qu'il donne ne m'ont pas convaincue. Enfin... et c'est là le pire, Godivelle m'a priée de partir sous prétexte que je ne pourrais attirer que le mal.

A l'enrouement de sa voix, François comprit qu'elle se retenait de pleurer et posa sur son bras une main amicale :

– Il ne faut pas vous soucier de cela. Depuis qu'elle a quitté Combert, Godivelle a changé. Tout le monde le dit au pays. Elle ne veut plus voir personne. Du coup, on l'accuse d'être un peu sorcière, de cultiver les maléfices auprès de l'endroit où repose le marquis. Moi je dirai simplement qu'elle est peut-être bien un peu dérangée. Elle n'a pas supporté la fin de Lauzargues et moins encore celle de son maître bien-aimé.

– Avouez tout de même, François, qu'il y a là une sorte de mystère? Que Jean m'en veuille de lui avoir menti et aussi de ma longue absence, c'est assez normal et c'est à moi de m'expliquer, de me faire pardonner. Mais Godivelle? Que lui ai-je fait? Pourquoi m'interdit-elle Lauzargues?

François haussa les épaules :

– Peut-être pour vous protéger, après tout! Le château, je vous le répète, a mauvaise réputation. D'aucuns jurent avoir entendu des cris, vu d'étranges lumières. La présence de Jean et de ses loups n'arrange rien...

– Les loups? Il est trop tôt pour qu'ils sortent des bois!

– Il semblerait que Luern ait ramené une famille que Jean a gardée. Ce sont eux les chiens de garde du château. Je le sais pour avoir tenté de m'approcher du château, à la tombée du jour. Je voulais voir Jean en dépit de sa défense. Un hurlement trop proche m'a mis en fuite...

– Pourquoi ne pas me l'avoir dit?

– Peut-être parce que cela ne fait pas grand honneur à mon courage, dit François en riant. Et puis nous n'avons pas encore eu beaucoup de temps pour parler. Mais, si vous voulez, j'y retournerai une nuit. Car, à présent, je vous l'avoue, vous me forcez à me poser des questions. Pourquoi tant de soins pour écarter les gens, pour garder une vieille femme et un tas de ruines?... Oui, je crois que je vais y aller... avec un fusil de chasse!

– Non. Si vous tuez un de ses loups, Jean ne vous le pardonnera pas. Et puis, je crois que nous pouvons attendre. J'ai laissé une lettre pour lui et Godivelle a juré de la lui remettre. J'ai demandé à Jean de venir.

– A Combert? Pourquoi pas, bien sûr! Il vous aimait tant! C'est le bon moyen et je crois qu'il viendra...

– J'aime à vous l'entendre dire, François. Moi je me contente de l'espérer...

Ce soir-là, Hortense s'attarda au salon. Elle y rêva un long moment, à demi étendue sur sa chaise longue brodée de roses, Madame Soyeuse sur les genoux. La belle chatte argentée avait témoigné de son retour une joie mesurée, comme il convient à une grande dame qui ne saurait se laisser aller aux débordements du vulgaire mais, depuis qu'Hortense était là, elle ne perdait pas une occasion d'être auprès d'elle, montrant ainsi tout le prix qu'elle attachait à sa présence. Cette affection silencieuse était douce à Hortense.

Par les portes-fenêtres ouvertes sur la tiédeur de la nuit entraient les parfums du jardin, des parfums qui laissaient loin derrière eux les tilleuls viennois... et le relent de graisse rance que dispensaient les beaux réverbères. C'était l'odeur de sa propre terre qui ne pouvait avoir d'égale au monde...

Hortense n'attendait pas Jean ce soir, pas vraiment tout au moins puisque Godivelle avait affirmé ne pas l'espérer avant le lendemain, mais elle éprouvait une sorte de plaisir à imaginer que peut-être il n'était pas loin d'elle, perdu quelque part dans cette campagne nocturne, qu'il apercevrait les lumières de Combert et s'en étonnerait puisque Clémence n'avait pas dû éclairer le salon durant l'absence de sa maîtresse. Et ce soir, celle-ci avait voulu que toutes les lampes fussent allumées.

Pourtant, peu à peu et à mesure que le temps coulait dans le silence, Hortense prit conscience de sa solitude. C'était, depuis de longs mois, la première soirée qu'elle passait sans Felicia et cela lui fut soudain pénible. Son amie portait en elle tant de force et de chaleur humaine qu'elle réussissait à alléger presque tous les soucis quotidiens, presque toutes les angoisses. Il flottait autour d'elle une atmosphère essentiellement tonique car sa passion de vivre avait quelque chose de contagieux et elle savait remonter, mieux que personne, un moral défaillant. On n'était jamais vraiment seule lorsque Felicia se trouvait dans une maison. Mais où était-elle à présent? Dans quelque auberge caussenarde, en route pour la vallée du Rhône qui lui permettrait de rejoindre facilement l'Italie? Peut-être aussi en proie à la solitude? Et Hortense, égoïstement, se sentit un peu apaisée par l'idée que son amie partageait ses regrets de leur commune existence. Mais Felicia partait pour un nouveau combat et sans doute ne s'appesantirait-elle pas très longtemps sur elle-même. Les regrets d'Hortense risquaient d'avoir la vie plus dure si Jean continuait à la tenir à distance, mais s'il l'aimait autant qu'il le disait, il ne résisterait pas longtemps à leur mutuelle attraction.

Quand la pendule sonna 11 heures, la jeune femme pensa qu'il serait préférable de prendre un peu de repos que continuer à se dissoudre en pensées débilitantes. Elle aussi avait un combat à soutenir en vue duquel il valait mieux récupérer des forces.

En conséquence, elle ferma les fenêtres, éteignit lampes et chandelles, ne conservant que la bougie qu'elle prenait chaque soir pour gagner sa chambre. Puis, Madame Soyeuse sur les talons, elle monta le vieil escalier de chêne aux marches gémissantes et rentra chez elle.

Comme si elle devinait que sa maîtresse avait besoin d'une présence, Madame Soyeuse sauta sur le lit et se fit un nid dans l'édredon. Hortense la laissa faire, se déshabilla, se coucha rapidement et s'endormit bientôt d'un sommeil sans rêves...

Le lendemain, elle prit plaisir à refaire connaissance avec son fils qui avait beaucoup changé et avec sa maison qui, elle, était toujours la même. En compagnie de Clémence, qui tenait essentiellement à ce qu'Hortense pût juger de la perfection de son travail, elle passa l'agréable revue de ses armoires et de ses buffets. Elle aida ensuite Clémence à la confection des pâtes de coings que l'on gardait dans des bocaux de verre; elle fit une promenade avec Jeannette et le petit Étienne. Enfin, empruntant un sécateur à l'arsenal de François, elle coupa un plein panier de ces roses tardives que Dauphine de Combert avait tant aimées et s'en fut à la petite chapelle pour les déposer sur sa tombe. Elle se sentait pleine de reconnaissance pour les présents précieux qu'elle devait à la défunte : la maison chaleureuse, le jardin mais aussi Clémence et Jeannette et François et Madame Soyeuse qui lui constituaient mieux qu'une famille. Elle éprouvait soudain le besoin d'aller dire merci à Dauphine et resta un long moment près de la tombe.

Le soleil se couchait lorsqu'elle remonta vers sa maison. Il s'abîmait dans une gloire d'or et de pourpre qui lui rappela l'embrasement rutilant que Felicia et elle-même avaient contemplé sur la plaine de Wagram et elle en fut frappée. Celui de Wagram marquait la fin de leurs espérances d'Empire; fasse le ciel que celui-ci ne marquât pas la fin de son propre rêve de paisible bonheur!

La soirée au salon lui fut plus pénible que celle de la veille. Pour tenter de maîtriser ses nerfs, elle reprit la tapisserie abandonnée et s'efforça de fixer son esprit sur son ouvrage. Mais le moindre bruit au-dehors, le moindre craquement la faisaient tressaillir. Son imagination s'en mêlait. Elle croyait entendre crisser le gravier et cent fois elle courut à l'une des fenêtres, espérant toujours apercevoir la haute silhouette sombre remontant, de son long pas tranquille de montagnard, la pente du jardin. Parfois, il lui semblait percevoir le galop d'un cheval et elle allait jusqu'à la porte pour scruter la nuit.

Elle était belle et douce, cette nuit, un peu fraîche peut-être, car l'été était près de sa fin mais c'était encore l'une de ces nuits où il fait bon rêver à deux en une lente promenade... Hélas! Hortense la vécut tout entière dans la solitude. Ce fut bien après minuit seulement qu'elle éteignit les lumières et monta se coucher, le cœur et le corps rompus.

Encore un jour; encore une nuit! Le temps passait et l'espoir d'Hortense fondait à mesure qu'il s'écoulait. Elle s'efforçait de lutter contre le désespoir, de chercher des explications au silence obstiné de Jean : il n'était pas rentré, donc il n'avait pas lu sa lettre. Il était souffrant... mais cela, elle n'y croyait pas vraiment, Jean ayant toujours joui d'une santé de fer. Il hésitait à venir, son orgueil lui refusant peut-être une visite qui pouvait se traduire comme un premier pas vers une femme qu'il croyait coupable? Comme une sorte de capitulation? La seule explication qu'Hortense se refusait de toutes ses forces à envisager était évidemment la plus cruelle : Jean n'avait plus envie de la voir parce qu'il ne l'aimait plus...

CHAPITRE XIII

LE SECRET DE LAUZARGUES

Quatre jours et quatre nuits passèrent encore et Hortense sentit qu'elle était à bout. Elle n'en pouvait plus d'attendre et son comportement s'en ressentait : elle devenait nerveuse, irritable. Ses nuits sans sommeil inscrivaient leurs cernes sur son visage et commençaient à inquiéter sérieusement son entourage. François alla jusqu'au village de Lauzargues pour y voir Sigolène, la sœur de Godivelle et la mère adoptive de Jean mais il revint sans avoir rien appris de plus. Ni Jean ni Godivelle ne se montraient au village. Sigolène s'était contentée de remarquer : « Il a bien changé, mon Jean. C'est comme s'il essayait d'endosser la personnalité du défunt marquis et, à présent, plus personne n'ose aller vers ce maudit château. »

C'était peu encourageant. Néanmoins, François, exaspéré, était décidé à voir celui qu'il appelait toujours son ami. Du village il descendit au château mais, comme Hortense l'autre jour, il se heurta à Godivelle et à la même antienne : Jean n'était pas là... Il s'absentait souvent pour quelques jours... On ne savait quand il rentrerait... Avait-il eu la lettre d'Hortense? Oui, il l'avait eue et même il l'avait lue puis il l'avait fourrée dans sa poche sans rien dire. Et quand François avait demandé si, de l'avis de Godivelle, on pouvait l'espérer à Combert, la vieille femme avait haussé les épaules avec une sorte de dédain tout nouveau pour elle :

– Il vaudrait mieux que Mme Hortense oublie ceux d'ici. Elle n'a plus rien à faire de nous et on n'a plus rien à faire d'elle.

– C'est nouveau cela. Pourquoi?

– Quel homme peut s'accommoder d'une femme qui s'en va courir les grands chemins pour un oui ou pour un non? Une femme qui ment comme elle respire?

– Je commence à croire, riposta alors François furieux, que vous êtes tous fous, ici. Ce maudit château vous tourneboule les idées et vous vous croyez le droit de juger tout le monde. Vous jouez à quoi? Au seigneur féodal enfermé dans sa tour et que les manants n'ont pas le droit d'approcher? Vous oubliez un peu vite que le maître d'ici, même si ça ne vous convient pas, c'est M. Étienne et que s'il prenait fantaisie à Mme Hortense de vous faire déguerpir au nom de son fils, elle en aurait tous les droits. Quant à Jean, si d'aventure vous le voyez un de ces jours, Godivelle, dites-lui que je le croyais homme de meilleur sens et de plus grand cœur... De plus de courage aussi! A-t-il donc si peur de la regarder en face, cette femme qu'il trouve commode d'accuser de péchés imaginaires? En tout cas, moi je ne lui ai rien fait et il pourrait au moins venir me voir. J'aurais deux mots à lui dire...

– On lui fera savoir!

François était parti en claquant la porte, emportant avec lui l'image de Godivelle, debout devant le petit feu de sa cheminée, les mains croisées sur son giron et le visage hermétiquement fermé, la bouche serrée comme si elle craignait de laisser échapper des paroles imprudentes ou dangereuses.

– Cela ne peut pas durer, ajouta François quand il eut achevé son récit. J'ai, à présent, l'impression qu'un drame se passe là-bas.

– Quel drame? fit Hortense avec lassitude. La passion de Jean pour ce vieux château qui matérialisait toutes ses espérances a rejoint celle de Godivelle pour le défunt marquis. Rien de plus! A eux deux, avec l'aide des loups que Jean mène comme il veut, ils sont en train de refaire une légende à Lauzargues : celle du dernier seigneur semblable aux premiers qui furent de vraies bêtes sauvages et gardé par des bêtes sauvages. Il n'y a pas de place pour moi dans ce conte que l'on se redira à la veillée et Jean a choisi le premier prétexte pour m'écarter. Peut-être qu'après tout il ne m'aimait pas autant qu'il le croyait... et que je le croyais...

Sa voix se brisa sur les derniers mots comme un cristal sur la pierre d'un dallage. Le regard de François s'emplit de compassion :

– Vous ne me ferez jamais croire ça. Jean vous aimait... et vous aime sans doute encore chèrement. Peut-être trop. Peut-être mal. Si vous avez raison – et c'est tout à fait possible –, s'il a choisi de vivre d'une vie rude d'animal en tanière auprès de ses ruines bien-aimées, il doit refuser de vous entraîner dans sa misère, vous qui avez connu la grande richesse et qui, ici même, possédez une douce maison.

– Je ne lui reconnais pas le droit de choisir pour moi, lança la jeune femme avec violence. Pour être auprès de lui, j'accepterais bien des souffrances...

– Mais lui n'accepte pas de vous voir les endurer. Parce qu'il vous aime. Un seigneur de cette sorte n'a que faire d'une châtelaine!

– Que dois-je faire alors?

– Sincèrement, je n'en sais rien. Mais je crois que le mieux est d'attendre, de laisser faire le temps. Jean ne résistera peut-être pas éternellement au désir de vous revoir dès l'instant où il sait que vous êtes là et que vous l'attendez...

– Dieu vous entende!

Mais plusieurs jours passèrent encore sans qu'aucune nouvelle de Jean parvînt à Combert. Hortense faisait tous ses efforts pour essayer de vivre normalement, comptant sur la routine de la vie quotidienne pour retrouver un semblant d'équilibre mais le chagrin grandissait dans son cœur. Et aussi la révolte! Si elle était accusée, elle devrait avoir le droit de se défendre et Jean l'enfermait dans une coquille de silence où elle commençait à étouffer. Et puis, dans les premiers jours d'octobre, il arriva quelque chose.

Ou plutôt quelqu'un. C'était vers la fin de l'après-midi. En compagnie de Jeannette, Hortense était en train de préparer sa plus belle chambre d'amis pour le chanoine de Combert qui s'était annoncé pour le lendemain. Elles avaient sorti de l'armoire une belle parure de lit de fine toile brodée fleurant bon les sachets de roses séchées que l'on glissait entre les piles de draps. A la cuisine, Clémence, connaissant la gourmandise du cher homme, s'activait à rassembler les éléments d'un superbe coq au vin de Chanturgue et à préparer la pâte pour une tourte au saumon dont François, le matin même, lui avait rapporté l'élément principal. Cette activité donnait à la maison une teinte de gaieté qui faisait du bien à Hortense.

En outre, elle aimait beaucoup le chanoine et était heureuse de le recevoir.

Elle en était à examiner la chambre pour voir si rien ne manquait lorsque Clémence, tout agitée, vint lui dire que Pierrounet demandait à lui parler.

– Ça doit être important, ajouta Clémence. Le gamin est venu à pied et il a la figure de quelqu'un qui se sent pas dans son état normal. Je lui ai donné une belle tranche de pâté et un pichet de vin pour le remettre...

Mais sans en écouter davantage, Hortense, rassemblant ses jupes, était déjà dans l'escalier et se précipitait vers la cuisine où, en effet, elle trouva le jeune garçon attablé et y dévorant avec l'appétit de qui vient de fournir une longue course. François, qui remontait du jardin avec un panier de légumes, était auprès de lui et le regardait manger avec ce respect que portent à la nourriture ceux qui travaillent la terre mère. Mais, en voyant surgir Hortense, Pierrounet se leva, un morceau de pâté piqué sur son couteau. François sourit :

– Si j'ai bien compris, il vient vous chercher, madame Hortense...

Le cœur de celle-ci battit plus vite :

– Restez assis, Pierrounet, et dites-moi qui vous envoie!

Le garçon, dont l'honnête visage traduisait un véritable bouleversement intérieur, devint tout rouge :

– Personne ne m'envoie, madame la comtesse. C'est moi tout seul...

– Vous seul? Mais pourquoi?

– Parce que, depuis des jours et des jours il s'en passe de drôles au château et que je ne peux pas comprendre que vous ne soyez pas au courant. Vous avez le droit de savoir. Alors moi, je suis venu vous chercher...

– Mais savoir quoi?

– J'en dirai pas plus, avec votre permission, madame la comtesse. Il faut absolument que vous veniez avec moi. Il faut que vous voyiez de vos yeux... sinon vous pourriez bien me prendre pour un fou!

– C'est une idée qui ne nous viendrait sûrement pas, dit François. On t'a toujours pris pour un bon garçon, Pierrounet, et si tu t'es décidé à venir jusqu'ici c'est que tu avais une bonne raison. Mais, je te préviens, là où va Mme Hortense, j'y vais aussi.

– Ça me gêne pas. Au contraire. Si vous voulez

permettre que je finisse de manger, on pourrait partir tout de suite après?

– Maintenant? s'étonna Hortense. Mais, quand nous arriverons, il fera nuit noire, même à cheval! Et on m'a dit que, la nuit, Lauzargues est gardé par des loups?

– Il y a du vrai, mais quand on arrivera ils seront pas encore en place. C'est vers 10 heures que m'sieur Jean fait sa ronde. De toute façon, il m'a appris comment passer sans être attaqué. Alors? Nous y allons?

– Nous y allons, fit Hortense avec empressement. Sellez trois chevaux, François! Je vais me changer.

Un moment plus tard, ayant revêtu son amazone de drap vert, Hortense quittait Combert avec François et Pierrounet par le chemin que l'on avait pris l'autre jour, celui de la rivière. Pierrounet allait en tête.

– C'est surtout contre les gens du village que m'sieur Jean fait garder le château, expliqua-t-il. Par le chemin du bord de l'eau, on arrivera plus facilement mais, ce qu'il faut, c'est faire le moins de bruit possible...

Le parcours se fit en silence. Hortense d'ailleurs n'avait pas envie de parler et s'absorbait dans ses pensées. Elle ne comprenait pas pourquoi le neveu de Godivelle avait choisi de transgresser aussi nettement les ordres de Jean et de sa tante mais elle y voyait une preuve d'amitié qui lui réchauffait le cœur. Un peu d'inquiétude, cependant, se glissait dans son esprit. Une inquiétude qui trouvait un écho dans l'attitude de François. Celui-ci, en effet, avait glissé des pistolets dans les fontes de sa selle et portait un fusil de chasse en travers du dos.

Elle lui en avait fait la remarque au moment du départ et il s'était contenté de lui répondre :

– Je n'aime pas être pris en défaut, surtout quand je vous escorte de nuit, madame Hortense. Et comme nous ne savons pas ce que nous allons trouver...

Pierrounet n'avait pas protesté. Il s'était contenté de remarquer qu'avec les loups on ne prenait jamais assez de précautions.

Quand on atteignit la lisière du bois, la nuit était tombée mais elle n'était pas encore tout à fait obscure. Les tours du château meurtri se découpaient encore nettement sur le ciel sombre. Aucun bruit ne se faisait entendre autre que celui de la rivière qui bondissait sur les rochers. Pierrounet s'arrêta, mit pied à terre et fit signe à ses compagnons d'en faire autant. Puis, posant un doigt sur sa bouche pour les inviter au silence, il prit son cheval par la bride et, au lieu de se diriger vers la chapelle et l'ancienne maison de Chapioux, il guida Hortense et François le long de l'étroite bande herbeuse qui, en longeant le lit du torrent, épousait la forme de la motte féodale de ce côté-là.

– Il faut mettre les chevaux à l'abri, chuchota-t-il en pinçant les naseaux de sa monture pour l'empêcher de hennir. Et puis par là nous arriverons sans être vus...

– Vus de qui? souffla Hortense.

Pour toute réponse, le garçon montra la tour qui les surplombait à cet endroit et la jeune femme retint une exclamation de stupeur : une faible lumière jaune brillait à ce qui avait été la fenêtre de la cuisine.

– Mais... fit François, il y a quelqu'un là-haut?

– Oui. Quand le château s'est écroulé, la voûte de la cuisine a tenu bon... mais venez! On pourrait nous entendre...

On quitta le bord de la rivière et, à travers les hautes herbes que l'on s'efforçait de ne pas froisser, on gagna l'entrée du souterrain découvert jadis par Eugène Garland et par lequel, l'année précédente, Hortense, Jean, Godivelle et le petit Étienne avaient pu fuir le château avant l'explosion.

– On ne peut plus passer par le souterrain, expliqua Pierrounet, mais les chevaux y seront bien abrités...

François leva la tête vers le château qui était tout proche. Il vit que de la fumée s'échappait des ruines.

– Dire que nous avons cru l'autre jour que quelqu'un brûlait les mauvaises herbes! marmonna-t-il. L'ancienne cuisine est habitée, on dirait, et c'est ce qui explique les mauvais bruits qui courent. Mais si Godivelle s'y est installée, ce n'est vraiment pas la peine de faire tout ce mystère...

– Il y a Godivelle, c'est vrai, murmura Pierrounet... mais il y a aussi quelqu'un d'autre.

– Quelqu'un d'autre? Et qui donc?

Pierrounet baissa la tête.

– Faut me pardonner de ne pas l'avoir dit plus tôt, madame la comtesse mais... j'avais peur que vous ne veniez pas. Il va vous falloir un rude courage.

François saisit le garçon par le bras et le secoua sans trop de ménagement :

– Assez d'échappatoires et de faux-fuyants, mon garçon! Tu nous a amenés ici; à présent il faut parler. Qui est là-dedans?

– M'sieur le marquis de Lauzargues!

Hortense ouvrit la bouche, mais la main de François avait déjà étouffé le cri prêt à jaillir. Elle eut soudain l'impression que les arbres et les ruines se mettaient à tourner autour d'elle, que la terre se dérobait sous ses pieds et qu'elle allait s'évanouir là, dans l'herbe. Mais déjà François la soutenait et le malaise passa plus vite qu'elle ne l'aurait cru... Elle entendit la voix étouffée du fermier qui grondait :

– Bougre d'idiot! Tu ne pouvais pas le dire plus tôt?

– Je vous l'ai dit : j'avais peur que vous ne veniez pas ou encore que vous me preniez pour un fou. Pourtant il fallait que Mme Hortense vienne. C'est m'sieur de Lauzargues qui lui vole l'âme de m'sieur Jean... Il fallait qu'elle le sache... qu'elle voie... Faut me pardonner!...

– Ne vous tourmentez pas, Pierrounet, réussit à dire Hortense. Vous avez agi... pour le mieux et je vous remercie. Mais comment est-il encore vivant?...

Pierrounet attira ses compagnons sous le surplomb rocheux qui abritait les chevaux et qui cachait jadis l'entrée du souterrain et raconta comment, venu à la recherche de sa tante au lendemain de la catastrophe, il s'était aperçu qu'un trou, à demi masqué par les éboulis, s'était ouvert près de la cuisine. Il avait réussi à s'y glisser dans l'espoir de retrouver au moins les restes de Godivelle dans ce qui avait été son royaume. C'est là qu'il avait retrouvé le marquis : il gisait sur le sol, incapable de mouvoir ses jambes à cause d'une blessure reçue à la colonne vertébrale...

– Il avait réussi à se traîner là après l'explosion. J'ai voulu appeler à l'aide car, bien sûr, il y avait des gens qui étaient venus du village...

– Il y avait même moi, coupa François. Je te cherchais pour te dire que ta tante était à Combert...

– Je sais. Mais il a pas voulu que j'appelle. Même moi, il voulait pas que je l'aide d'abord. Ce qu'il voulait, c'était rester là tout seul dans sa ruine à attendre la mort. Mais je lui ai expliqué que la mort, il suffisait pas de la vouloir pour qu'elle arrive et que ça pouvait être long. Alors, il m'a laissé le coucher dans le lit de la tante, lui donner les soins que je pouvais. Grâce au ciel, ma tante m'a appris bien des choses. Et puis, dans la cuisine, il y avait ce qu'il fallait pour manger et boire. Mais, il n'a accepté qu'après m'avoir fait jurer de ne rien dire à personne. Il voulait pas qu'on le voie dans l'état où il était, lui qui avait été si fier et qui n'était plus qu'une ruine... Il me faisait peur et pitié tout à la fois mais, jour après jour, je me suis glissé dans la vieille cuisine pour m'occuper de lui. Et puis, il a fini par me demander d'aller chercher la tante mais à la condition qu'elle se taise, elle aussi. La tante, c'était sa nourrice. Il pouvait accepter sa pitié...

– Et Jean? Qu'est-il venu faire dans tout cela?

– Je croyais que vous le saviez? Il est venu pour défendre la tante parce qu'au village on causait trop. Des gens avaient vu des lueurs, ils avaient entendu des cris... ceux que, parfois, la douleur arrachait au marquis.

– Et il a accepté Jean?

– Pas tout de suite. Il a fait tout un drame d'abord, mais m'sieur Jean l'a fait taire. Il lui a dit qu'il voulait s'occuper de lui, l'aider, le défendre contre la curiosité et la méchanceté des gens. Il a dit qu'il voulait garder le château avec lui, remettre les terres en culture, faire revivre un peu Lauzargues. Alors m'sieur le marquis a accepté : « Je commence à croire que tu es bien mon fils », qu'il lui a dit. Et ce soir-là, m'sieur Jean, eh bien, je l'ai vu pleurer de joie.

– Pour un mot! fit Hortense avec dédain. Fallait-il qu'elle lui pesât, sa condition de bâtard?

– Il en a toujours souffert, intervint François avec un rien de sévérité. Il se sent Lauzargues trop profondément pour qu'il en soit autrement. Il faut comprendre, madame Hortense...

La jeune femme eut un rire nerveux et tordit entre ses mains ses gants de cheval qu'elle avait ôtés :

– Eh bien!... mais tout est pour le mieux si Jean choisit de croire aux paroles de ce vieux brigand... Il a retrouvé un père, il vit à Lauzargues mais cela n'explique pas pourquoi il refuse si farouchement de me revoir.

– Si, dit Pierrounet. C'est parce que M. le marquis l'a reconnu sous la condition qu'il romprait avec vous!

– Quoi?... Il l'a reconnu? Mais pour cela, il faudrait qu'il ait fait venir un notaire...

– Ou un prêtre. Il a fait venir l'abbé Queyrol, le curé de Lauzargues, en exigeant de lui le secret de la confession jusque après sa mort. Le curé a écrit un papier qu'on a tous signé et puis il est reparti. C'était quelques jours avant que vous reveniez. On aurait dit qu'il le sentait, m'sieur le marquis, que vous alliez rentrer...

Une grande lassitude s'empara d'Hortense. Elle se laissa tomber sur une pierre et, tirant son mouchoir, épongea la sueur qui coulait de son front.

– Il m'a échangée contre un chiffon de papier! Quelle indignité!

– Pourquoi aurait-il refusé? dit François rudement. N'oubliez pas qu'il ne croyait plus vous revoir. Il croyait que vous l'aviez abandonné.

– Soit, je veux bien l'admettre, mais ce que je ne comprends pas, c'est pourquoi vous m'avez amenée ici, ce soir, Pierrounet? N'est-ce pas d'une inutile cruauté?

– Je ne crois pas, madame la comtesse. Si je vous ai fait venir, c'est parce que m'sieur le marquis... eh bien, il est quasiment au mouroir. Et j'ai pensé qu'en vous revoyant... il... il changerait peut-être d'avis.

Hortense ne répondit pas. Quittant l'abri du surplomb, elle contempla un instant la masse du château ruiné, encore écrasante, vue sous cet angle, et la lueur jaune qui sourdait à travers une fissure. Elle leur trouva quelque chose de maléfique et comprit ce que Pierrounet entendait quand il disait que le marquis s'était emparé de l'âme de Jean. Toujours l'homme aux loups avait été fasciné, même au temps de leurs pires querelles, par le seigneur arrogant et superbe dont il avait tiré sa propre vie. Comme il avait toujours été fasciné par les vieilles pierres séculaires. Et la colère s'enfla dans le cœur de la jeune femme. Pendant un moment même, elle connut la haine. Il fallait que le marquis fût véritablement entre les mains du démon pour triompher toujours de tout et de tous, pour réussir encore à régner sur le petit peuple d'esclaves qu'il avait de tous temps dominé de sa seigneuriale arrogance! Mais, avec la colère et la haine revenait le goût du combat.

– Comment entre-t-on là-dedans? demanda-t-elle. Faut-il ramper à travers des pierres écroulées? Je vois mal Godivelle dans cet exercice...

– Non. On a réussi à installer une manière de porte et on passe facilement, en se baissant, bien sûr...

– Eh bien, allons rendre visite à M. le marquis de Lauzargues!...

En prenant bien garde aux pierres qui constellaient la pente herbue, on atteignit le pied du château et Pierrounet guida ses compagnons jusqu'à une ouverture carrée dans laquelle était encastrée une porte faite de planches. Il frappa trois coups, comme au théâtre, et la porte s'ouvrit sur la silhouette courbée de la vieille gouvernante.

– Bonsoir, Godivelle! fit la voix froide d'Hortense. Ne croyez-vous pas qu'il est temps pour moi de venir saluer mon oncle?

Godivelle recula avec un cri d'effroi, ce qui permit aux arrivants de s'engager sous la porte avant qu'elle n'eût le temps de la refermer.

– Il ne faut pas, balbutia-t-elle... il ne faut pas...

– Il faut en finir avec la comédie ridicule qui se joue ici! Vous m'avez menti, Godivelle, et vous m'avez trompée. J'avais le droit de savoir.

Mais la vieille femme reprenait ses esprits :

– Nul n'a de droits ici, sinon le maître! Allez-vous-en!

– N'y comptez pas!

En effet, repoussant Godivelle qui prétendait lui barrer le passage, Hortense pénétra dans la cuisine et tout de suite, elle le vit...

Foulques de Lauzargues était assis plutôt que couché dans l'alcôve de bois flanquée d'une horloge où Godivelle avait dormi durant tant d'années. Il était plus pâle et plus maigre encore qu'autrefois et, sous la grossière chemise de lin blanc qui la revêtait, sa poitrine se soulevait spasmodiquement, au rythme d'une respiration difficile. Ses cheveux blancs s'étalaient sur l'oreiller et lui faisaient une auréole fantastique sur laquelle ressortait la peau jaune et parcheminée du visage. Les ailes du nez se pinçaient et de grands cernes marquaient les yeux fermés mais, même réduit à cet état moribond, le marquis gardait toute l'altière majesté qui, durant sa vie entière, lui avait permis de régner, en tyran absolu, sur son entourage. Il y avait, dans cet homme à demi paralysé, quelque chose d'indomptable qui frappa Hortense. Il lui avait fait beaucoup de mal depuis que privée des siens par un double meurtre dont il avait été l'instigateur, elle était arrivée dans ce château des solitudes. Mais quelque chose lui disait qu'il était encore capable de lui en faire et qu'elle n'en avait pas fini avec lui. En aurait-elle jamais fini d'ailleurs puisque cet homme était de ces êtres maléfiques dont se nourrissent les légendes? Maléfiques mais inoubliables! Et d'ailleurs n'avait-elle pas, pendant quelque temps, subi son charme? A présent c'était le tour de Jean...

Pensant qu'il dormait, elle hésita à le réveiller et jeta un coup d'œil autour d'elle. La vieille cuisine médiévale avec ses voûtes puissantes et son âtre profond était en effet sortie victorieuse de la catastrophe qui avait abattu le château. La table de bois luisant, les bancs et les objets usuels étaient toujours à la même place. Jusqu'aux faïences à fleurs naïves du buffet, jusqu'au petit bénitier qui décorait le fond de l'alcôve. Il y avait toujours les grands pots de grès et, pendus à leurs crocs de fer plantés dans la voûte, les chapelets d'oignons, les jambons et les saucissons. Il y avait toujours la grande marmite pendue dans la cheminée, la rôtissoire et, tout auprès, le long « buffadou » de bois sculpté dans lequel on soufflait pour raviver le feu...

Machinalement, la jeune femme caressa le bois ciré, doux comme du satin, de la grande table. Elle avait passé, dans cette cuisine, le meilleur de son temps à Lauzargues et elle était heureuse de la retrouver encore vivante même si elle n'était plus qu'un vestige qui ne correspondait plus à rien...

Derrière elle, François, Godivelle et Pierrounet attendaient qu'elle parlât, retenant leur souffle mais elle ne parvenait pas à s'y décider. Cet homme en train de mourir l'entendrait-il seulement?... Et, soudain, elle entendit :

– Vous êtes venue faire l'inventaire? C'est peut-être un peu prématuré?

Elle s'approcha et vit que le marquis la regardait et que ce regard était toujours le même : froid, ironique, deux lacs couleur de glacier bleu que l'approche de la mort décolorait à peine. Alors elle lui rendit froideur pour froideur, sarcasme pour sarcasme :

– J'ai appris, non sans surprise, que vous étiez encore de ce monde, que vous aviez résisté même à l'écroulement du château. La nouvelle était assez fantastique pour mériter une visite. Je constate qu'en effet vous êtes toujours là. Comment allez-vous, mon oncle?

– Mal puisque j'ai été trahi, puisque l'on vous a conduite ici. J'espérais bien ne jamais vous revoir et j'ignorais même que vous fussiez rentrée. Mais, de toute façon, cela n'a plus d'importance...

Il parlait en s'imposant un effort qui gonflait une veine de sa tempe, mais aucune pitié ne traversa le cœur d'Hortense.

– Ai-je jamais eu de l'importance à vos yeux? En dehors du fait que vous espériez tirer de moi une fortune?

– Plus que vous n'imaginez... car je vous ai aimée...

– Aimée? Avez-vous jamais su ce que ce mot signifiait? Aimée alors que par deux fois au moins vous avez tenté de me tuer?

– C'est ma façon à moi d'aimer. Vous ne vouliez pas vous soumettre et moi je préférais vous voir morte qu'heureuse avec un autre. Mais je peux mourir en paix, à présent, car heureuse vous ne le serez jamais. Vous m'avez pris mon petit-fils et moi je vous ai pris son père. Il est à moi, à présent, Jean de la Nuit, Jean le meneur de loups! Vous l'avez abandonné et moi je l'ai pris...

– Je ne l'ai pas abandonné. Dieu m'est témoin que je ne suis partie que pour sauver une femme que je tiens pour ma sœur. Une femme à qui je dois beaucoup. Je lui ai rendu la liberté mais pour lui rendre la vie et accomplir ce que mon père aurait souhaité que je fasse, j'ai dû passer plusieurs mois à Vienne...

– Touchante histoire! Qui avez-vous suivi à Vienne? Osez dire qu'il ne s'agissait pas d'un homme?

– D'un homme?... pas vraiment. D'une idée plutôt! Nous avons tenté, avec une poignée de fidèles, d'arracher à l'Autriche le fils de l'Empereur...

Une brusque colère fit étinceler le regard terne du malade et lui arracha un spasme de toux :

– Êtes-vous folle? Le fils de Bonaparte? Vous vouliez le remettre sur le trône des grands Capétiens? Quelle infamie!

– Lui préférez-vous donc le fils du régicide, Philippe-Égalité? Le prince porte en lui le sang de l'Empereur et celui des Habsbourg. Vous pourriez avoir pour lui plus de considération... De toute façon...

– Vous avez échoué? Pauvre folle, qu'espériez-vous contre la toute-puissance autrichienne?

– La pauvre folle a failli réussir mais notre roi de Rome n'a plus longtemps à vivre. Il se meurt, même si Metternich refuse encore de s'en rendre compte. Je ne vous ai dit tout cela que pour vous faire comprendre que je n'ai pas démérité aux yeux de l'homme que j'aime. Pas une minute je n'ai cessé de penser à lui. Pas une minute je n'ai cessé de l'aimer.

– Cela vous fera de beaux souvenirs! ricana le marquis. Car il vous faut désormais renoncer à lui et ce m'est une joie profonde de vous l'annoncer. Je lui ai donné à choisir entre devenir mon fils au su de tous ou rester votre amant. Et il a choisi. C'était facile d'ailleurs puisque vous aviez préféré courir les grands chemins en compagnie de votre précieuse amie. A présent, tout est en règle, tout est établi et vous allez pouvoir rire avec moi... J'ai arrangé cela avec le curé!

– Rire? fit Hortense douloureusement.

– Mais oui, rire! N'est-ce pas bouffon? Vous porterez désormais tous deux le même nom : Lauzargues dont, à ma mort, il portera le titre de chevalier. Vous resterez comtesse mais plus séparée de lui que si un océan s'étendait entre ici et Combert. Un océan qu'il ne franchira jamais!

– Qu'en savez-vous? Il m'aime et...

– En êtes-vous certaine? Moi je crois qu'il aime encore plus l'idée d'être devant tous le dernier seigneur de ce castel écroulé. En outre, il n'est pas homme à revenir sur la parole donnée. Ou alors, il lui faudrait renoncer... renoncer au rêve de toute une vie!

Un rire dément secoua le corps amaigri presque invisible sous les draps et les couvertures...

– Vous êtes un monstre! fit Hortense avec dégoût. Comment pouvez-vous être si cruel, si démoniaque alors qu'approche l'instant où vous allez paraître devant Dieu?

Il eut un dernier éclat de rire qui s'acheva en hoquet. Godivelle se précipita avec un bol, souleva à la fois l'homme et l'oreiller et fit boire au mourant une ou deux gorgées d'un liquide brunâtre et qui fumait un peu.

– Vous devriez partir, madame Hortense. Il s'épuise à vous parler...

– Allons donc, Godivelle! Il prend tant de plaisir à me faire du mal qu'il ne voudrait pas manquer cette scène pour un empire. Je suis en train de lui donner sa dernière joie...

Sous l'influence de la tisane calmante, les spasmes s'apaisaient et bientôt le marquis, repoussant la tasse, se laissa aller de nouveau sur ses oreillers.

– Grande parole, ma nièce, et combien juste! C'est

vrai, vous venez de me donner une joie sur laquelle je ne comptais plus. Soyez-en remerciée. Quant à Dieu, je ne m'en soucie guère. Nous nous sommes trop peu fréquentés pour qu'il me fasse l'honneur de me recevoir lui-même. Cela m'évitera ses reproches...

Dans les yeux de Godivelle, Hortense vit une lueur d'effroi et, d'un même geste, les deux femmes se signèrent...

– N'éprouvez-vous donc jamais le désir de faire la paix avec ce qui vous entoure et avec vous-même? Quitterez-vous ce monde sans un regret, sans un signe de repentir?

– Je ne me suis jamais repenti de rien. Quant aux regrets, si j'en ai, c'est de n'avoir pas réussi à assouvir tous mes désirs. A commencer par celui que j'avais de vous... mais je sais que vous ne m'oublierez jamais et que, dans la longue suite des nuits solitaires que vous allez passer, vous penserez à moi... presque autant qu'à l'homme que je vous ai arraché! A présent, allez-vous-en! Nous n'avons... plus rien à nous dire...

Il ferma les yeux, respirant avec difficulté. Godivelle tira Hortense en arrière et la jeune femme vit que des larmes brillaient dans ses yeux.

– Faites comme il dit, madame Hortense. Qu'il trouve un peu de paix à son dernier instant!

– Êtes-vous certaine qu'il soit si proche, cet instant? Et moi je veux voir Jean. Où est-il? Pourquoi n'est-il pas au chevet de ce père tant aimé? C'est là sa place. Il l'a payée de tout mon amour.

– Il est allé essayer de lui rendre un dernier service. Allez-vous-en! Demain, tout le pays apprendra la vérité sur ces derniers mois ici et moi je réclame le droit de rester seule avec mon maître!

Vaincue par l'espèce de grandeur qui émanait de cette vieille femme usée au service d'un homme qui ne méritait pas tant d'amour, Hortense baissa la tête...

– Qu'il en soit fait comme vous le désirez. Je vais rentrer, Godivelle. Je pourrais attendre dehors le retour de Jean. Je ne le ferai même pas. Je commence à croire que cela ne servirait à rien... que ce n'est plus la peine. Il a choisi. Que son choix soit respecté, même si je dois en mourir de chagrin. Adieu, Godivelle! Souvenez-vous qu'il y aura toujours, à Combert, une place pour vous.

Elle se dirigeait déjà vers la porte basse, mais Godivelle l'arrêta... et l'embrassa.

– Je dirai ce que j'ai entendu ce soir, murmura-t-elle. Ne perdez pas espoir, madame Hortense.

– Non, Godivelle. Un homme comme Jean ne revient jamais sur la parole donnée. Il est à jamais perdu pour moi... Je vous demande seulement de veiller sur lui comme vous avez veillé sur... son père! Venez, François!...

Les yeux pleins de compassion, celui-ci lui offrait son bras. Elle le prit en réprimant le sanglot qui lui nouait la gorge et s'y appuya un instant. Après les débordements de haine qu'elle venait d'affronter, elle avait besoin de sentir auprès d'elle cette force calme, cette amitié quasi paternelle qui, plus clairvoyante que l'amour, n'avait jamais douté d'elle. Puis, silencieusement, tous deux franchirent la porte basse et redescendirent vers les chevaux... Pierrounet les suivit...

– Je vais vous accompagner jusqu'aux limites du domaine, dit-il. Mais François refusa.

– C'est inutile. Si Jean n'est pas là, les loups n'y sont pas non plus. Néanmoins, garde ce cheval et mets-le à l'écurie. Il te permettra de venir nous prévenir quand tout sera fini...

Tandis que Pierrounet entraînait l'animal vers la maison, les deux cavaliers se remirent en selle mais, au lieu de reprendre le chemin de la rivière, ils passèrent devant la chapelle et se dirigèrent vers le chemin qui longeait le village pour rentrer à Combert par la route normale. Cela, afin d'être sûr d'éviter toute mauvaise rencontre...

La nuit était profonde mais François connaissait chaque pierre, chaque brin d'herbe de son pays et Hortense savait qu'avec lui elle ne risquait pas de se perdre. Il allait en tête et elle le suivait machinalement. A présent que nul ne pouvait plus la voir, elle laissait couler les larmes qui l'oppressaient. Jamais elle n'avait éprouvé pareille détresse, pareille impression d'être abandonnée au cœur d'un monde hostile. Même la silhouette solide de François, qu'elle apercevait devant elle, ne la consolait pas. Qu'allait-elle faire d'une vie sans Jean? Allait-il falloir vivre ainsi l'un près de l'autre, à peine à deux petites lieues, aussi séparés, aussi hostiles peut-être qu'il en avait été du temps du marquis?... Elle avait tant besoin de lui dans sa chair comme dans son cœur mais lui, apparemment, n'éprouvait pas le même besoin. Sinon il n'aurait pas accepté ce pacte scandaleux : renoncer à elle pour le triomphe de devenir un chevalier de Lauzargues.

Le cri d'une chouette, triste à mourir, troua la nuit, cette nuit qui abritait Jean, cette nuit qui était son royaume et où il savait se fondre aussi totalement que ses loups, aussi totalement qu'un fantôme. Il devait bien être quelque part dans ces champs, dans ces bois?... Alors soudain, Hortense cria, de toute sa voix, de tout son amour à l'agonie :

– Jean!... Jean... Je t'aime... je t'aime... je t'aime!

L'écho renvoya sa voix à travers la vallée et l'on dut l'entendre jusqu'au village dont le clocher pointait au ras de la planèze. François, à ce cri, n'avait même pas tressailli. Il le reconnaissait. Il savait, il sentait qu'il allait venir, qu'Hortense ne pourrait pas le retenir longtemps. Lui aussi, jadis, avait crié dans la nuit le nom de Victoire quand il avait été certain qu'elle ne reviendrait plus. C'était une façon comme une autre d'exorciser la souffrance d'amour et il en avait éprouvé un peu de soulagement. A présent, il entendait Hortense sangloter sans retenue, sachant bien qu'il n'essaierait même pas de lui dire des paroles qui ne serviraient à rien, qui ne pourraient jamais la consoler... Simplement, au bout d'un moment, il se retourna sur sa selle et attendit qu'Hortense fût auprès de lui.

– Voilà la route! dit-il seulement. Et voilà le vent qui se lève. Il faut rentrer auprès de votre fils, madame Hortense. Prenons le galop...

Elle ne répondit pas et à son tour se retourna. On était à l'endroit exact où, la nuit de sa fuite, elle s'était retournée pour regarder les tours de Lauzargues. On les apercevait à peine, ce soir, à cause de la nuit sombre et Hortense y vit un signe. Il allait falloir essayer d'oublier...

Le vent se faisait vif et Hortense frissonna. D'un revers de bras, elle essuya ses yeux :

– Vous avez raison, François. Rentrons! Rentrons vite! Je n'ai plus rien à faire ici... plus jamais!

On prit le galop et le vent sécha les dernières larmes d'Hortense...

Il était tôt, le matin suivant, quand l'écho d'un glas vint jusqu'à Combert et jeta Hortense à sa fenêtre pour mieux entendre mais le doute n'était pas permis : les lents battements de la cloche venaient de Lauzargues. Le marquis avait cessé de vivre pour la seconde fois et l'on allait apprendre, par toute la province, comment le plus orgueilleux des seigneurs avait vécu terré comme une bête pour que nul ne fût témoin d'une déchéance physique insupportable à son orgueil...

Le ciel était d'un bleu immaculé, en dépit de la brume qui montait de la rivière et ouatait les vallées. L'air était d'une pureté de cristal et portait bien le son en dépit de la distance. Pourtant, Hortense voulut l'entendre mieux, ce tintement funèbre qui consacrait la mort de son plus terrible ennemi et sa propre défaite. Dans un jour ou deux, on porterait le corps du marquis dans la chapelle Saint-Christophe et il reposerait auprès de ses victimes : sa femme, la douce Marie de Lauzargues qu'il avait tuée froidement, son fils, le malheureux Étienne, l'époux d'Hortense qu'il avait conduit au suicide. Il reposerait là parce que c'était la tradition et nul ne s'aviserait sans doute que c'était un scandale qu'enterrer en un lieu saint ce vieux diable qui avait passé sa vie criminelle sans être effleuré jamais par l'idée de repentir.

Jean, sans doute, conduirait le deuil comme il en avait à présent le droit et le devoir et, normalement, Hortense et son fils devraient être présents eux aussi mais, quoi que l'on puisse dire, au pays, Hortense savait qu'elle n'irait pas. Elle aurait trop l'impression de figurer l'une de ces captives que l'on enchaînait, jadis, au char du vainqueur...

S'enveloppant d'un châle, elle voulut descendre au jardin. Ce faisant, elle rencontra, au pied de l'escalier, François, Jeannette et Clémence. Au visage des femmes, elle comprit que François venait de les mettre au courant...

– Le marquis encore vivant dans ces ruines! s'exclama Jeannette. Qui aurait pu croire chose pareille?

– D'un homme comme lui, rien n'étonne, bougonna Clémence. Faut seulement espérer que, cette fois, il est bien mort!

Et pour se faire pardonner cette pensée si peu chrétienne, elle se hâta de faire trois ou quatre signes de croix... A tout hasard...

– Il faudra prier pour lui, dit Hortense. Je crois qu'il en aura besoin...

– Par ma foi, c'est pas mes prières qui lui donneront la paix, fit Clémence. Après ce qu'il a fait à notre demoiselle Dauphine, il peut bien griller en enfer tout à son aise! Je ne comprends même pas qu'on sonne la cloche pour lui.

Hortense ne put s'empêcher de sourire. La rude franchise de Clémence lui plaisait. En voilà une, au moins, que les hypocrisies de convenance n'encombraient pas...

Son châle bleu serré autour de ses épaules, elle sortit dans l'air frais du matin. Le jardin lui parut particulièrement beau parce qu'aux fleurs encore brillantes s'ajoutaient les ors et les pourpres de l'automne. Il avait la beauté fragile des choses qui vont plonger dans le silence hivernal et disparaître jusqu'à ce que le printemps les rappelle à la vie. La paix y était profonde et Hortense y fut sensible. On aurait dit que le monde se retenait de respirer et concentrait ses forces dans l'attente de l'épreuve qui allait venir.

Lentement, la jeune femme descendit la grande allée, laissant son regard caresser les fleurs : les chrysanthèmes jaunes, les reines-marguerites blanches et dorées, les phlox écarlates qui revêtaient la terre d'une parure somptueuse. Elle voulait aller jusqu'à la rivière, ce lien vivant, indestructible, qui reliait Combert à Lauzargues, et s'y asseoir un moment pour regarder bouillonner l'eau auprès de laquelle elle avait connu ses heures les plus douces. La révolte l'avait quittée et elle ne sentait plus qu'une grande lassitude. Il avait fallu lutter contre trop de choses et trop de gens durant ces mois écoulés! Et Hortense n'avait plus de force pour un combat qu'elle savait perdu d'avance. Elle n'aspirait plus qu'à la paix et cette maison, ce jardin pouvaient la lui dispenser... Elle resterait là, à regarder grandir son fils, à regarder bouillonner l'eau, à regarder passer la vie... alors qu'elle n'avait que vingt ans!...

Elle eut froid tout à coup et quand une main se posa sur son épaule, elle en éprouva un réconfort mais, pensant que c'était Clémence, ou François, elle ne se retourna pas et murmura :

– Je vais rentrer bientôt mais laissez-moi seule encore un moment...

– Tu es trop jeune pour la solitude, dit la voix de Jean. J'aurais dû le savoir...

Le cœur arrêté, elle ferma les yeux pour mieux retenir ce qui ne pouvait être qu'un rêve. Mais une autre main se posait sur elle et l'obligeait à se relever. Alors elle ouvrit les yeux et vit qu'il était là, qu'elle ne rêvait pas, que c'était bien Jean, son Jean, celui qu'elle ne cesserait jamais d'aimer, qui la tenait entre ses deux mains.

– Tu es venu? balbutia-t-elle. Tu es venu vers moi?...

Un sourire fit étinceler les dents blanches et pétiller le regard d'azur pâle si semblable à celui du marquis.

– Cette nuit, tu as crié mon nom dans le vent et le vent me l'a apporté. Il fallait que je vienne.

– Pour me dire adieu?

– Non. Pour te demander si tu veux toujours de moi... tel que je suis, c'est-à-dire l'homme de la nuit, le maître des loups...

– Non. Tu es Jean de Lauzargues à présent et je ne te demanderai jamais un parjure. Je m'étonne même que tu le proposes.

– Qui parle de parjure? Cette nuit, j'ai rendu sa parole au marquis. Je lui ai dit que je préférais n'être rien mais garder ton amour. Si tu le veux toujours, je vivrai auprès de toi, dans ton ombre, auprès de notre fils... J'ai trop souffert de ton absence!

Mais déjà elle était dans ses bras, riant et pleurant tout à la fois, emportée par une vague de bonheur si puissante qu'elle lui coupait le souffle...

– Si je le veux? Si je le veux? Oh, mon amour, je n'ai jamais rien voulu d'autre... Nous nous marierons pour que Dieu soit avec nous et nous vivrons en solitaires comme tes loups, loin des autres, réprouvés peut-être mais ensemble... ensemble! Voilà des mois que j'ai froid sans toi. J'ai besoin que tu me réchauffes...

– Tu n'as pas peur de la calomnie, de la médisance, du mépris des autres?

– Je n'ai peur que de te perdre. Qu'importent les autres et ce qu'ils pourront en penser? Nous serons ensemble!

Alors il la serra très fort contre lui et enfouit son visage dans les cheveux blonds qui sentaient si bon le lilas et l'herbe fraîche. Et ils demeurèrent là longtemps dans la lumière du soleil qui était apparu par-dessus les montagnes, incapables de dénouer cette étreinte qu'ils avaient trop longtemps attendue...

Ce fut la voix de Clémence qui les rappela aux réalités terrestres...

– Madame Hortense! Où êtes-vous? Il faut vous décider pour le dessert de ce soir... Est-ce que M. le chanoine préférera une tarte meringuée ou un gâteau à la purée de châtaignes?

Hortense éclata de rire et son rire s'envola dans la brise fraîche du matin :

– Faites les deux, Clémence! Vous savez bien qu'il est gourmand comme un évêque...

– Le chanoine? dit Jean. Est-ce que tu l'attends?

– Oui. Il vient ce soir et j'en suis bien heureuse puisque nous pourrons lui parler de notre mariage. Il avait promis de le bénir à Pâques... à la seule condition que je t'avouerais mon mensonge. Si tu savais comme j'ai regretté cette sottise...

Jean passa son bras sous la taille d'Hortense pour remonter avec elle vers la maison...

– Nous n'en parlerons plus. A présent, offre-moi à déjeuner car je meurs de faim. Et puis... j'aimerais bien que tu me racontes tes aventures en compagnie de la superbe Felicia...

Dans le lointain, la cloche cessa soudain de sonner et par son silence rappela Hortense à la réalité. Son visage se rembrunit.

– Est-ce que... tu ne dois pas retourner là-bas?

– Non. Je n'ai plus rien à y faire. Hier soir, j'étais allé chercher l'abbé Queyrol pour les derniers sacrements. Et puis je t'ai entendue. Alors, j'ai dit ce que tu sais au marquis et je l'ai laissé avec le prêtre. Le marquis écumait de fureur et ses malédictions devaient s'entendre jusqu'au village mais je dois dire qu'elles se sont calmées peu à peu. Le souffle manquait sans doute et quand je suis revenu, après un long moment, l'abbé priait à genoux au pied du lit où il n'y avait plus qu'un corps sans vie. Il ne m'a même pas entendu. Alors je suis reparti et, toute la nuit, j'ai couru les bois en compagnie de Luern. Je voulais venir vers toi et puis j'ai préféré attendre le jour... Tu vois, tout est fini pour moi à Lauzargues mais toi, mon cœur, il faudra bien que tu ailles aux funérailles. D'ailleurs Pierrounet viendra te prévenir.

– Je ne veux pas y aller.

– Tu ne peux pas faire autrement. N'oublie pas que ton fils... notre fils est le dernier seigneur...

Quand, vers le milieu de l'après-midi, l'antique voiture qui transportait le chanoine de Combert s'arrêta devant le perron où l'attendaient Hortense, Françoise et Godivelle,

Jean, suivi de Luern, son grand loup apprivoisé, et portant le petit Étienne sur ses épaules, remontait de la ferme. Et, avant même d'embrasser Hortense, ce fut lui que regarda, sans douceur d'ailleurs, le petit chanoine :

– Que faites-vous ici, Jean de Lauzargues? dit-il avec sévérité. Votre place est auprès de la dépouille de votre père. Ignorez-vous les usages? Vous devez être là pour accueillir ceux du village et des alentours qui viendront saluer ce corps... qui a jugé bon de mourir deux fois. L'abbé Queyrol vous attend...

– Ne m'appelez pas ainsi, monsieur le chanoine. Je n'ai aucun droit à ce nom. J'y ai renoncé...

– Je le sais pardieu bien. Je viens de là-bas car vous pensez que cette histoire fait un bruit qui court déjà tout le pays et je vous dis, moi, qu'on vous attend pour préparer les funérailles.

– C'est impossible. L'abbé Queyrol a dû vous dire ce qui s'est passé, hier soir, quand je l'ai amené au chevet du marquis?

– Il m'a dit cela, fit tranquillement le chanoine, et plus encore. Ce pacte diabolique qu'on vous avait arraché en échange d'un nom... et aussi ce qui s'est passé quand vous l'avez laissé tête à tête avec le moribond...

Il y eut un silence. Hortense et Jean se regardèrent. Ni l'un ni l'autre n'osait poser de question. Ils avaient trop peur d'une réponse qui eût balayé l'espoir insensé qui montait entre eux.

– Eh bien? fit M. de Combert, vous n'êtes vraiment pas curieux, tous les deux!

– Vous ne voulez pas dire que le marquis, commença Hortense, aurait... renoncé à sa vengeance?

– Quelques instants avant de paraître devant son juge? Mais si, ma chère enfant! Le petit abbé Queyrol est un homme bien plus énergique qu'il n'y paraît. Il a réussi... une sorte de miracle. Allons, monsieur, partez! Il n'est que temps! François Devès a bien un cheval à votre disposition...

Alors Jean n'hésita plus. Remettant le petit Étienne aux mains de Françoise, il saisit Hortense dans ses bras pour lui planter sur le nez un baiser rapide avant de prendre sa course vers l'écurie. Il était transfiguré... Le chanoine le suivit des yeux et vint prendre le bras d'Hortense en poussant un énorme soupir de soulagement.

– Si vous me faisiez entrer, ma chère petite? Je suis resté assez longtemps sur mes vieilles jambes... et je crois qu'une bonne tasse de chocolat chaud me ferait le plus grand bien...

Mais il fallut qu'il réitère sa demande. Figée par la stupeur et la joie, Hortense le contemplait avec une sorte d'adoration. Il lui apparaissait tout à coup, ce petit prêtre rondelet, comme un grand magicien de conte de fées, comme une sorte d'ange Gabriel portant sur ses ailes d'or la plus merveilleuse des nouvelles. Elle le fit entrer au salon comme dans un rêve, avec l'impression qu'il y apportait tout le soleil et toute la joie du monde, le fit asseoir auprès du feu et l'entoura de mille soins : attisant les flammes, cherchant des coussins pour son dos et ses pieds. Puis, finalement, elle se jeta à genoux pour baiser sa main...

– Vous n'imaginez pas comme je vous aime! soupira-t-elle.

– Vraiment? Alors prouvez-le-moi en allant me chercher mon chocolat et en faisant monter mes bagages. Car, bien sûr, je ne repartirai pas d'ici sans vous avoir mariés de ma main.

Ce soir-là, dans la belle chambre que lui avait préparée Hortense, où elle avait mis un grand bouquet de ses plus belles fleurs, disposé sur une table ses meilleures pâtes de fruits et un flacon de sa plus fine liqueur de prunelle, le chanoine de Combert fit, à genoux, une longue prière qui le fatigua beaucoup car ses jambes supportaient mal à présent la position de pénitence. Mais ne fallait-il pas qu'il demandât pardon à Dieu pour le gros mensonge qu'il allait partager désormais avec l'abbé Queyrol?

– Vous en auriez fait autant, Seigneur, soupira-t-il, et je crois avoir accompli Votre volonté en ne permettant pas que ce vieux diable de marquis pût gagner toujours contre ces deux malheureux enfants qui n'ont, selon moi, que trop souffert... Désormais, ils vont pouvoir vivre leur amour au grand soleil en louant Votre nom et Votre miséricorde. Quant à moi, je ferai pénitence en priant, ma vie durant, pour l'âme criminelle de Foulques, marquis de Lauzargues... que j'ai toujours si cordialement détesté!

Ayant achevé sa dernière oraison, le chanoine se releva péniblement et gagna, avec un grand sentiment de béatitude, le lit que Clémence avait si confortablement bassiné et où il ne tarda pas à s'endormir du sommeil des âmes pures...

La maison était silencieuse. A Combert, comme à Lauzargues, tout n'était plus que paix...

Saint-Mandé, janvier 1987.

TABLE DES MATIÈRES

Première Partie

LA FÊLURE

Deuxième Partie

LES JARDINS DE SCHÖNBRUNN

Troisième Partie

LE DERNIER SEIGNEUR

Achevé d'imprimer en février 1992
sur les presses de l'Imprimerie Bussière
à Saint-Amand (Cher)

PRESSES POCKET - 12, avenue d'Italie - 75627 Paris Cedex 13
Tél. : 44-16-05-00

— N° d'édit. 3027. — N° d'imp. 490. —
Dépôt légal : février 1988.

Imprimé en France